当代陕西文学评论文丛 | 编委会

主　编　贾平凹　齐雅丽

副主编　韩霁虹　李国平　李　震

编　委　（按姓氏笔画排序）

　　　　仵　埂　齐雅丽　李　震

　　　　李国平　杨　辉　段建军

　　　　贾平凹　韩霁虹

当代陕西文学评论文丛

接续中坚

历史传承与当代叙事

赵学勇 著

陕西师范大学出版总社　西安

图书代号　WX24N2328

图书在版编目（CIP）数据

历史传承与当代叙事 / 赵学勇著. -- 西安：陕西师范大学出版总社有限公司，2025.6. --（当代陕西文学评论文丛 / 贾平凹，齐雅丽主编）. -- ISBN 978-7-5695-4803-7

Ⅰ．I206.7-53

中国国家版本馆CIP数据核字第2024MJ8658号

历史传承与当代叙事
LISHI CHUANCHENG YU DANGDAI XUSHI

赵学勇　著

出版统筹	刘东风　刘　定
策划编辑	马凤霞
责任编辑	张　佩
责任校对	王雅琨
封面设计	周伟伟
出版发行	陕西师范大学出版总社
	（西安市长安南路199号　邮编 710062）
网　　址	http://www.snupg.com
印　　刷	中煤地西安地图制印有限公司
开　　本	720 mm×1020 mm　1/16
印　　张	18.5
插　　页	2
字　　数	265千
版　　次	2025年6月第1版
印　　次	2025年6月第1次印刷
书　　号	ISBN 978-7-5695-4803-7
定　　价	69.00元

读者购书、书店添货或发现印装质量问题，请与本公司营销部联系、调换。
电话：（029）85307864　85303629　　传真：（029）85303879

文脉陕西,评论华章(序)

贾平凹

从延安文艺的烽火岁月,到新时代的文学繁荣,陕西文学以其独特的风格和深邃的内涵,赢得了国内外的广泛赞誉。在中国当代文学史上,陕西不仅拥有一支强大的文学创作队伍,同时也拥有一批占领各个历史阶段文学批评潮头的评论骨干。他们以敏锐的洞察力剖析文学现象,参与文学现场,解读作品内涵,为陕西文学的发展注入了源源不断的活力。在新时代文化浪潮中,文学评论作为党领导文学事业的重要途径和方式,作为文学繁荣发展的重要推动力和引导力,正凸显着越来越重要的作用。

为了贯彻落实习近平总书记关于文艺工作和文艺批评的重要论述,以及中宣部等五部门联合印发的《关于加强新时代文艺评论工作的指导意见》,进一步加强和改进陕西文学批评工作,打磨好批评这把利剑,把好文艺的方向盘,同时也为深入总结和发扬陕派文学批评的历史经验,全面呈现陕西当代评论家队伍及其丰硕成果,推动陕西文学批评再创佳绩,助力陕西乃至全国文学发展,陕西省作家协会精心策划并编辑出版了"当代陕西文学评论文丛"。

在选编过程中,丛书编委会始终遵循着精编细选的原则,力求每篇文章都能代表作者个人的最高水平,同时也能反映出陕西文学评论的独特风格和时代特征。所选文章以研究和评论承续延安文艺传统的陕西作家、作品为主，也不乏对中国文坛或域外文学研究的独到见解。丛书汇聚了三代文学批评家中三十位代表批评家的学术成果。他们或生于陕西，或长期在陕工作。他们以笔为剑，以墨为锋，用睿智深刻的见解，共同书写了陕西文学批评的辉煌华章。他们的评论文章，或激情洋溢，或理性严谨，或高屋建瓴，或细腻入微，共同构筑了这部丛书的独特魅力与丰富内涵。

丛书将陕西老中青三代评论家分为"笔耕拓土""接续中坚""后起新锐"三个系列。三代评论家有学术师承，亦有历史代际。每个系列都蕴含着不同的时代气息和文学精神："笔耕拓土"系列收录了陕西文学评论界先驱和奠基者的成果，他们如同手握犁铧的开垦者，为陕西文学评论的沃土播下了希望的种子；"接续中坚"系列展现了新一代批评家中坚力量的风采，他们的评论既有深厚的理论功底，又有敏锐的时代洞察力，为陕西文学评论的繁荣发展注入了新的活力；"后起新锐"系列则汇集了新一代批评家的文章，他们敢于创新，勇于探索，为陕西文学评论的未来开辟了广阔的空间。

"当代陕西文学评论文丛"的出版，不仅是对陕西文学批评历史的一次全面总结和回顾，更是对未来陕西文学发展的有力推动和期待。相信这部丛书的问世，将激发更多文学评论家的创作热情，使陕西文学创作与批评携手并进，比翼齐飞，为推动陕西文学批评事业的繁荣发展，为陕西乃至全国文学的发展贡献新的智慧和力量。

2024年11月8日

目 录

001 延安文艺与百年中国文学发展的历史经验

018 天地之宽与女性解放
　　——延安时期女作家群述论

048 域外作家的延安书写（1934—1949）

083 论长安文化精神对当代秦地作家的深层影响

098 当代秦地作家与民俗文化

120 经典的剥蚀："柳青现象"的文学史书写及反思

135 人与文化："乡下人"的追求
　　——沈从文与贾平凹比较论

152 乡土叙事的嬗变：从《长河》到《山本》

170 路遥与中国传统文化

194 路遥的乡土情结

220 人民性：路遥写作的精神指向

234 "路遥现象"与中国当代文坛

242 再议被文学史遮蔽的路遥

258 路遥与新文学的现实主义思潮

275 陕西文学七十年的追求与回望

286 后记

延安文艺与百年中国文学发展的历史经验

在百年中国文学发展中，延安文艺的生成无疑是一个至关重要的历史"节点"。延安文艺上承自近现代以来中国思想文化潮流的主导精神指向，下启当代文学的整体建构，与新时期和新世纪文学又有着千丝万缕的精神联系。延安文艺不仅在战时中国环境中发挥了巨大的革命和文化的作用，更值得关注的是，它在新中国成立后很快由延安时期的"党的文艺"路线转换为社会主义中国的"国家文学"形态，规约和影响着新中国的文化（文学）生态。延安文艺的精神影响并没有随着时代的变迁而消隐，而是在不同历史阶段、不同的现实境遇中得以不断发展，并内化为当代文化（文学）所特有的文艺传统和精神文化现象，渗透于中国文化建设的各个领域。因此可以说，对延安文艺的历史影响及其对当代文化建设的重要性的认识怎么估价都不过分。

一、延安文艺与五四文学的启蒙指向

从新文学发生的历史中认识延安文艺与五四文学的关系，是一个非常重要的问题。众所周知，五四文学革命虽然是中国现代文学的发端，但这种文学革命本身却是一种"被迫"的行为。也就是说，中国现代文学不是一个自然发生的过程，它是外来思潮作用的结果。这种外力，就是西方现代文明及其背后的强势文化，影响并推动了中国现代文学的发生和发展。

发生期的中国文学的这种"西化"现象,也使五四文学革命陷入悲剧性的矛盾之中:一方面,文学革命的目标是要启蒙民智,但这种文学却不是从本土产生的,因此很难对民众发生实质性的影响;另一方面,五四一代作家实际对这种"西化"的文学并不满意,而是着力探寻和创造本民族的文学。正因为如此,20世纪20年代的创造社、太阳社等早期作家即迅速地转向"革命文学"和"左翼文学"的倡导与实践,这是因为他们认识到了五四文学革命与中国社会实际的脱离,希望通过自身的社会实践,催生一种更具本土性质的文学,其最初的文学大众化运动就是回归本土的一种努力。延安文艺正是在对新文学经验充分吸收与反思的基础上,建构起的最具中国本土文化气象和中国风格的文学形态。延安文艺在现代中国革命和文化现代化的历史发展中,充分体现了中华民族以其巨大的革命热情和文化创造精神,结合中国实际,将马克思主义文艺理论中国化,自觉、自信地探寻一种新的民族文化的创构之路。

　　实际上,延安文艺不但没有阻断五四新文学传统,反而在新文学的历史潮流中更为切实地推动了中国文学现代化的进程。以新文学的启蒙为例,如果说五四文学最为重要的特征是启蒙民众,力倡人的解放,书写个性的觉醒;那么延安文艺则是在一个特殊的战争环境时期以民族解放的意识启蒙大众,其表征是民族救亡时期的启蒙,又在启蒙大众的历史潮流中推动了救亡,并将五四时期的个体启蒙推向了群体的阶级性的启蒙。

　　近现代以降,先驱者认为:"国民性以何道而嗣续?以何道播?以何道而发扬?则文学实传其薪火而管其枢机。"[①]而"小说界革命"的主要指向是要"借小说家言,以发起国民政治思想,激励其爱国精神"[②],以文学启迪民智,改造社会。五四新文化运动之所以高举"民主"和"科学"这两面大旗来反对封建思想文化,就是为了"新民"。"国人而欲脱

---

① 梁启超:《丽韩十家文钞序》,见《饮冰室合集》第4册,中华书局,1989年,第35页。
② 新小说报社:《中国唯一之文学报〈新小说〉》,见陈平原、夏晓虹编《二十世纪中国小说理论资料》第1卷,北京大学出版社,1997年,第59页。

蒙昧时代，……当以科学与人权并重。"①胡适、陈独秀等这些主要从事社会活动的思想家和革命家所提出的一系列"文学革命"的主张，是寄希望于文学承担启蒙民众、唤醒国人的重任。鲁迅就非常赞同以文学为旗，改造国民的精神，"而善于改变精神的是，我那时以为当然要推文艺，于是想提倡文艺运动了"②。这与梁启超企望以小说来承载政治使命的观点一脉相承。

到了延安时期，我们可以看到那些最具延安文艺特征的代表性作品，如《白毛女》《王贵与李香香》《小二黑结婚》及丁玲的《在医院中》《我在霞村的时候》，还有艾青的一系列诗歌作品，无不具有启蒙的特征。因为延安文艺的启蒙性质，使得它在战争年代充分发挥了政治宣传、组织人民、鼓动民众、打击敌人的作用，所以，从启蒙层面来讲，延安文艺赓续和发展了五四新文学的启蒙精神，两者在新文学的发展历程中有着某种共通的文化精神和价值指向，只不过其启蒙的主旨表现在不同的历史时段、不同的文化语境中罢了。

二、延安文艺与左翼文学的大众化思潮

文艺的大众化问题，是百年中国文学发展演进中的重大理论命题与文艺的现代性实践问题。

如何使新文学最大限度地达到启蒙民众的目的？首先在于新文学作家的作品要能被广大民众所接受。五四时期，尽管周作人提出了"人的文学"与"平民文学"的主张，但文学与民众之间的关系却不容乐观。无论是文学革命还是革命文学，都有与民众疏离的现象。茅盾曾这样评价启蒙文学的接受状况："六七年来的'新文艺'运动虽然产生了若干作品，然

---

① 陈独秀：《敬告青年》，载《青年杂志》1915年创刊号。《青年杂志》第2卷起改称《新青年》。
② 鲁迅：《〈呐喊〉自序》，见《鲁迅全集》第1卷，人民文学出版社，1981年，第417页。

而并未走进群众里去,还只是青年学生的读物;因为'新文艺'没有广大的群众基础为地盘。"①

启蒙文学脱离了广大民众,自然无法实现启蒙民智、唤醒国人的目标。初期的革命文学也遭遇了与此相似的接受困境。诚如瞿秋白所言:"'五四'的新文化运动,对于民众仿佛是白费了似的。五四式的新文言(所谓白话)的文学,只是替欧化的绅士换换胃口的鱼翅酒席,劳动民众是没有福气吃的。"②郑伯奇也曾表示:"新兴文学的初期,生硬的直译体的西洋化的文体是流行过一时。这使读者——就是智识阶级的读者——也感觉到非常的困难。启蒙运动的本身,不用说,蒙着很大的不利。于是大众化的口号自然提出了。"③

1930年"左联"成立后,其中心工作之一就是探讨文艺的大众化问题。"左联"执委会通过的决议规定:"中国无产阶级革命文学必须确定新的路线。首先第一个重大的问题,就是文学的大众化。"④为了贯彻文艺大众化的决议,"左联"理论家要求文学创作不仅要在题材上正面反映底层苦难的生活及大众的革命斗争实践,而且还要在语言和形式上做到通俗易懂。正如鲁迅要求的:"应该多有为大众设想的作家,竭力来作浅显易解的作品,使大家能懂,爱看,以挤掉一些陈腐的劳什子。"⑤可以说,正是通过大众化问题的广泛而深入的讨论,中国现代文学才具有了自觉的民众意识,从而逐渐摆脱了欧化与泥古的双重焦虑。"左联"之后,

---

① 茅盾:《从牯岭到东京》,见北京大学、北京师范大学、北京师范学院中文系中国现代文学教研室主编《文学运动史料选》第2册,上海教育出版社,1979年,第148页。
② 宋阳(瞿秋白):《大众文艺的问题》,见北京大学、北京师范大学、北京师范学院中文系中国现代文学教研室主编《文学运动史料选》第2册,上海教育出版社,1979年,第391—392页。
③ 郑伯奇:《关于文学大众化的问题》,见北京大学、北京师范大学、北京师范学院中文系中国现代文学教研室主编《文学运动史料选》第2册,上海教育出版社,1979年,第367页。
④ 《中国无产阶级革命文学的新任务》,载《文学导报》1931年第1卷第8期。
⑤ 鲁迅:《文艺的大众化》,见《鲁迅全集》第7卷,人民文学出版社,1981年,第349页。

大众化成为新文学的核心问题，胡风指出，"八九年来，文学运动每推进一段，大众化问题就必定被提出一次。这表现了什么呢？这表现了文学运动始终不能不在这问题上面努力，这更表现了文学运动始终是在这问题里面苦闷"①。胡风的感言无疑传达出了一个中国现代文学思潮的亲历者的深切体验。

出于对一种全新的社会制度的向往，全国各地的作家纷纷奔赴延安和各抗日根据地，尽管作家们希望投身于革命洪流的目标一致，但因其生活环境和创作经验各不相同，由此对文艺大众化的重视和实践也有差别。经过"延安整风"运动，特别是毛泽东的《在延安文艺座谈会上的讲话》（以下简称《讲话》）发表之后，文艺工作者对大众化产生了新的、更为深刻的认识，在思想意识方面达到了高度统一，并在实践中取得了巨大的成功。史家是这样评价《讲话》后大众化运动的历史功绩的，"对于自诞生以来就主要受外国文学影响的新文学来说，这种来自民族传统和民间文化的推动力，是具有特殊的意义与价值的"②。这个观点可以说是对延安时期大众化运动的客观准确的历史评价。

《讲话》后的解放区文学的一个突出现象，就是大众真正成为文学的主体，他们不仅成为作品的主人公，他们的思想动机和鲜明的行为特征都得到了立体的呈现；他们的历史能动性与阶级主体性被一再确认和肯定，他们推动历史、改造历史的壮举得到了丰富的表现；同时大众的政治生活和日常生活也得到了全方位的再现，仅以"人民文艺丛书"所收录的作品而论，就有涉及战争、土改、婚姻、革命历史故事等题材类型。

延安文艺在左翼文艺运动理论建设的基础上，真正意义上切实推动了中国文学的大众化实践之路。文艺的大众化问题，其实质就是"为什么

---

① 胡风：《大众化问题在今天》，见《胡风全集》第2卷，湖北人民出版社，1999年，第504页。
② 钱理群、温儒敏、吴福辉：《中国现代文学三十年》（修订版），北京大学出版社，1998年，第349页。

人"的问题。"为什么人的问题,是一个根本的问题,原则的问题。"①毛泽东总结了五四以来的左翼文艺运动的历史经验,提出了"文艺为工农兵服务""文艺为无产阶级政治服务"等一系列鲜明的主张。其中以工农兵大众为服务对象,以文艺为政治服务为基本定位,以大众化、民族化为创作主导风格,以作家深入工农兵生活并改造世界观为根本保证等一系列理论,实际上解决了中国新文学的方向性问题,即为什么人和如何为的问题。那么,为什么说五四文学和20世纪20年代的革命文学,以及"左联"作家的创作都没能彻底解决这个问题呢?其有多种原因,但最重要的问题还是与作家的身份意识和立场有很大的关系。

五四作家们的本意是要启蒙大众,但由于他们立足于知识分子的精英立场,以民众的先生自居,没有主动融入大众的实际生活中去,因此他们作品中的大众形象是模糊的,是想象化了的大众,此类文学遭到大众的冷眼与拒绝是可想而知的。随后的"革命文学"尽管在政治立场上比启蒙文学更坚定,声称"我们要努力获得阶级意识,我们要使我们的媒质接近农工大众的用语,我们要以农工大众为我们的对象"②,但与启蒙作家一样,革命作家们也并不充分了解大众的生活样态,未能自觉地反映大众的期待和心声。在充分认识到了新文学大众化的缺陷后,毛泽东在《讲话》中指出,"什么叫作大众化呢?就是我们的文艺工作者自己的思想情绪应与工农兵大众的思想情绪打成一片……在群众面前把你的资格摆得越老,越像个'英雄',越要出卖这一套,群众就越不买你的账"③。

延安文艺中出现的大量书写现实生活、同情弱小者之不幸、反映被压迫者种种遭遇等题材的作品,如歌剧《白毛女》及赵树理的系列小说,描写地主阶级剥削和压迫借了高利贷的农民,不是家破人亡就是走上绝路,阶级性主题的开掘"让我们看到了最近十五年来中国在政治上、经济上、

---

① 毛泽东:《在延安文艺座谈会上的讲话》,载《解放日报》1943年10月19日。
② 成仿吾:《从文学革命到革命文学》,载《创造月刊》1927年第1卷第9期。
③ 毛泽东:《在延安文艺座谈会上的讲话》,载《解放日报》1943年10月19日。

文化上发展的一幅真实的图画。他的意义不仅是在暴露了国民党反动统治的本质和中国共产党惊人的建设力量,而且在这里面忠实地描写出中国人民的觉醒与政治力量的成长"①。可见,作家只有改变身份,在深入人民大众的生活之后,才能写出如此真实的场面,才能对备受压迫的民众有如此真切的情感。

文艺的大众化必然要求文艺形式的民族化,这是因为只有创作出老百姓喜闻乐见的文艺形式,文艺才能贴近大众,达到为大众服务的最终目标。五四新文学和"革命文学"之所以没能很好地结合大众,其中一个重要原因就是作家们在创作中简单地反对旧形式,造成文学与民众之间的隔阂。"左联"理论家已经意识到了民间形式之于大众化的重要性,瞿秋白认为左翼作家"必须去研究大众现在读着的是些什么,大众现在对于生活和社会的认识是什么样的,大众现在读得懂的并且读惯的是什么东西,大众在社会斗争之中需要什么样的文艺作品"。而他研究的结果是,大众非常乐于接受"旧式体裁的故事小说,歌曲小调,歌剧和对话剧等",故为了推进文艺的大众化,左翼文学要有意识地利用这些旧形式,但"应当做到两点:第一,是依照着旧式体裁而加以改革;第二,运用旧式体裁的各种成分,而创造出新的形式"。②茅盾也曾撰文阐述了这样一个观点:既然利用旧形式是新文学大众化必须解决好的课题,新文学作家就应当尽全力去做好,否则大众便不来理你,其根据是,"二十年来旧形式只被新文学作者所否定,还没有被新文学所否定,更其没有被大众所否定"③。正因此,不少左翼作家投身民间和底层,并取得了丰硕的实绩:如臧克家《罪恶的黑手》、张天翼《齿轮》、端木蕻良《科尔沁旗草原》、艾芜《咆哮的许家屯》、萧军《八月的乡村》、萧红《生死场》等都是带有浓

---

① 西维特洛夫、乌克伦节夫:《关于中国农村的小说》,见《赵树理研究文集·下·外国学者论赵树理》,中国文联出版公司,1998年,第227页。
② 瞿秋白:《普洛大众文艺的现实问题》,载《文学》1932年第1卷第1期。
③ 茅盾:《大众化与利用旧形式》,载《文艺阵地》1938年第1卷第4期。

烈民族气息的作品。

延安文艺对民间文化资源的重视，对传统的改造与运用显得格外突出。延安文艺是知识分子智慧与民间智慧高度融合的产物，在文艺表现工农兵新生活的要求下，作家们深入民间，认真体味广大群众的思想情感和审美情趣，以知识分子的智慧对中国传统艺术和民间形式进行发掘和改造，创作出了一大批深受人民大众欢迎的作品。这些表现工农兵新面貌的作品给解放区带来了一股刚健清新的文学气象，也使知识分子与老百姓的关系达到空前的融洽，出现了诸如街头诗热、朗诵诗运动等群众性诗歌热潮，老百姓观看的热情空前高涨。不仅如此，因为融化了知识分子的智慧，民间传统艺术因而被赋予了新的生命而得以鲜活，推动并影响着中国现代文学的发展。当时在解放区流行的新评书体小说、新章回体小说、民歌体叙事诗、新歌剧等都是作家在吸收、改进民间传统艺术的基础上创作出来的。

延安文艺创作中对民族形式、民族语言的运用，是民族现代化的要求在文学上的反映。从这个意义来讲，延安文艺的形成不仅是中国文学现代化的必然发展，也是时代要求和中国现代文化建设的自觉选择。因此无论是从中国现代作家的追求抑或从解放区文学创作的实践来看，延安文艺都体现出强烈的现代性质和先锋性特征。

但是也应该看到，延安文艺大众化所带来的一味地屈服迎合大众趣味及对大众文化的过分依赖，无不映射着对作家精英意识的祛魅及自我意识的漠视、排斥，在这种大众化潮流中，很难产生极具作家个性的文学创制和富有持久生命力的经典艺术作品。其在后来当代文学的实践中所导致的作家主体精神的被压抑、被窒息乃至丧失所造成的整个文坛荒芜的现象，也构成了反思延安文艺经验的重要组成部分。

三、延安文艺与马克思主义文艺理论的中国化

纵观中国新文学的历史演进过程，无产阶级革命文艺思潮其实在五四

新文化运动时期已初现端倪。然而,中华民族并没有像五四启蒙者所设想的那样国富民强,而是面临着更为严重的内忧外患的困境。五四退潮后,新文化运动和"文学革命"的号召力也开始式微,整个社会的思想文化陷入迷茫和虚无,在这个大转折时期,左翼文艺成为中国作家激励自己走出彷徨的最佳选择。可以说左翼文学是在五四新文化运动和国内外进步文艺活动的实践基础上发生的,它和五四文学革命一样,自发生起就有着鲜明的介入社会和人生的激进性质,它之所以能够逐渐发展起来,就是因为它从底层民众的利益出发,并在艺术形式上持有一定的探索和革新精神。

但是,20世纪30年代的左翼文学也并不成熟,可以说进入延安时期,中国的无产阶级文艺运动才逐渐成熟起来,切实将马克思主义文艺理论中国化,并在与抗战现实和民众的结合中,进行理论探讨和创作实践,开创了"民族的,科学的,大众的"新文化。从无产阶级文学运动的世界背景来看,中国的左翼文学运动属于世界无产阶级革命潮流中的一部分。因此,其无疑具有现代性、先锋性特征,只不过它是以不同的表现方式表达着现代无产阶级的文化精神诉求,是以无产阶级文学的方式表现着这一代表全人类大多数民众的革命情绪及其愿望。显然,左翼文学运动并没有背离文学现代化的进程,而是代表着一种人类的先进文化方向。正如郭沫若指出的:"在欧洲今日的新兴文艺,在精神上是彻底表同情于无产阶级的社会主义的文艺,在形式上是彻底反对浪漫主义的写实主义的文艺。这种文艺,在我们现代要算是最新最进步的革命文学了。"[①] "最新最进步"意味着它的现代性与先锋性。可见,中国的无产阶级文学运动其实是这一世界性文化思潮的重要参与者和推动者,但又有着本土自身的文学现代性特质。

早在左翼文艺运动初期,左翼理论家们就将文学视为阶级斗争的工具,他们力图以"我们"取代五四时期的"我",以"群体"解放代替

---

① 郭沫若:《革命与文学》,见北京大学、北京师范大学、北京师范学院中文系中国现代文学教研室主编《文学运动史料选》第1册,上海教育出版社,1979年,第444页。

"个体"呐喊,强调文学的阶级属性,同时也赋予文学以浓厚的政治功能和教育作用,这一切实际上与梁启超、鲁迅等先驱者的主张在内在精神上是相承的。因此,笔者认为以文学承载社会政治革命的思想内容,并希望以此担负阶级解放的左翼文学,有着与晚清、五四激进思潮异样却同构的社会变革和思想启蒙精神的内在一致性。就精神实质而言,左翼文学与五四启蒙主义文学家的立场完全一致,都是希望通过文学唤醒民众以至改变整个中国社会。如叶紫、洪灵菲、殷夫等的作品都明显表现出这种精神的内在继承,只不过他们将唤醒大众、启迪民智的思想情绪与重构现代政治文化的社会理想结合在一起,从而更强烈地体现出作家的社会责任感和以文学参与新的国家/民族建构的政治使命。在与"新月派"展开的关于文学的阶级性和普遍人性的论争中,左翼理论家进一步确定了其无产阶级革命文学的性质。所以,尽管左翼作家发出的是"粗暴的叫喊",但这种带有粗粝的美的文学所负载的时代情绪与那种靡靡之音根本不可同日而语。

毛泽东的《讲话》发扬了五四文学"为人生"的精神,深化了左翼文学的文学阶级性的观念,结合解放区文艺运动的实践经验,对文艺的阶级性进行了具有高度政治性与党性的理论概括,"在现在世界上,一切文化或文艺都是属于一定的阶级,一定的党,即一定的政治路线的",并且认为"为艺术的艺术,超阶级超党的艺术,与政治并行或互相独立的艺术,实际上是不存在的"。[①]可见,其理论及实践中对阶级性与党性的进一步凸显,既是国内战争形势的必然要求,也是马克思主义文艺思想中国化的逻辑实践。

长期以来,延安文艺被学界争议的一个焦点问题,是文学与政治的关系问题:一是文艺服从于政治,再是关于文艺批评的标准问题。文艺服从于政治,这是由无产阶级革命功利主义思想决定的,其政治内涵不是一般狭义的政治,"这政治是指阶级的政治,群众的政治而言,不是所谓少

---

① 毛泽东:《在延安文艺座谈会上的讲话》,载《解放日报》1943年10月19日。

数政治家的政治"，"革命的思想战争与革命的艺术战争，必须服从于政治战争，因为只有经过政治，阶级与群众的需要才能集中地表现出来"。①显然，这里所谓"政治"，指的是代表无产阶级工农大众的阶级利益的政治，是中国共产党领导革命战争的政治。在特定战时环境中提出的这一主张，是由于战争年代的特殊需要，具有时代的应时性与合理性。延安文艺把"政治标准"作为文艺批评的最重要尺度，即"一切利于抗日团结的，鼓动群众同心同德的，反对倒退，促成进步的东西，便都是好的或较好的；而一切不利于抗日团结的，鼓动群众离心离德的，反对进步，拉着人们倒退的东西，便都是坏的，或较坏的"②。《讲话》在强调政党政治与阶级意识的同时，并没有忽视作品的艺术性，认为真正有价值的文艺，是"政治与艺术的统一，内容与形式的统一，革命的政治内容与尽可能完美的艺术形式的统一"，而"缺乏艺术性的艺术品，无论政治上怎样进步，也是没有力量的"。③在特定战时环境中，《讲话》对延安文艺的党性与阶级性的突出强调是必要的。然而，从其后数十年的实践来看，其所造成的弊害也是不可忽视的。在当代文学的发展中，"党的文学"和"阶级文学"的评价尺度和价值判断往往成为悬在文艺领域的利剑，也成为讨伐和批判作家艺术家的主要依据，其危害程度是不言而喻的。

以历史的眼光来看，延安文艺是马克思主义文艺理论的中国化实践，其充分展示了作为无产阶级革命文艺的本质特性。延安文艺顺应了中国现代历史和革命文化发展的趋势，规范了中国文艺现代化的走向，因此，无论是从中国现代作家的精神追求道路还是解放区文艺创作的实践来看，延安文艺都具有鲜明的现代性和先锋性特征。延安文艺的现代性内蕴着强烈的本土文化的创造性追求，体现的是中国气象与中国风格的民族现代性，因此可以说，延安文艺的创构无疑是马克思主义文艺理论中国化的重大成果。

---

① 毛泽东：《在延安文艺座谈会上的讲话》，载《解放日报》1943年10月19日。
② 同上。
③ 同上。

四、延安文艺与国家文学的当代建构

新中国成立后,延安文艺话语体系及实践方式规范着当代文学的基本性质及走向。周扬就表示《讲话》"规定了新中国文艺的方向……深信除此之外再没有第二个方向了,若果有,那就是错误的方向"[①]。由此可见,当代文学新秩序的建构,完全沿袭并挪用了延安文艺的经验。挪用,即意味着经验的教条复制与不合时宜的套用,其所带来的负面影响是巨大而沉重的。所以,要探讨延安文艺与当代文学的关联问题,首先应该深入探讨当代文学到底在哪些方面承续了延安文艺传统。

新中国文学由延安时期战时环境的区域化特征上升为一种整体性的"国家文学"形态,并在整个国家意识形态和文化建设中被赋予了建构历史的重任。"国家文学"是随着全国政权的取得,在建构新的国家体制的同时,需要在全国范围内展开对文学领域的组织建构和思想的改造与整合。毛泽东指出:"一个新的社会制度的诞生,总是要伴随一场大喊大叫的,这就是宣传新制度的优越性,批判旧制度的落后性。"[②]文学作为"革命机器的一个组成部分"与"思想战线上重要一翼"[③],自觉承担起为巩固新政权服务的政治文化重任。新中国的文学通过对现代中国革命历史大规模的复述,提供了一种新的文化价值观念和意识形态的合理性、合法性,使民众产生对新政权的认同感。也因此新中国文学具有鲜明的一体化特征。作为新中国文艺体制基石的延安文艺经验,其运作方式也移至新中国的文艺领域。文艺界除了将毛泽东的《讲话》确立为新中国文艺工作的指导方针外,还强调将延安经验推广到新的社会文化体系之中。周扬以

---

① 周扬:《新的人民的文艺》,见北京大学、北京师范大学、北京师范学院中文系中国现代文学教研室主编《文学运动史料选》第5册,上海教育出版社,1979年,第684页。
② 毛泽东:《〈一个整社的好经验〉按语》,见《毛泽东文集》第6卷,人民出版社,1999年,第460页。
③ 邵荃麟:《沿着社会主义现实主义的方向前进》,载《人民文学》1953年第11期。

解放区文艺运动的实践经验为依据,指出了当前文艺界亟待解决的问题:我们党"除了思想领导以外,还必须加强对文艺工作的组织领导"①。组织领导成为党领导文艺工作的不可替代的重要方式,各级群众文艺团体中均设有党组,领导并组织文艺活动的开展,从而使当代文学具有了鲜明的一体化特征。

这一时期,党的文艺路线仍然坚持着延安文艺确定的"为工农兵服务"的方针,在文学从属于政治的指引下,新的国家政权势必会对文学提出更高的要求。特别是建构国家形象,为阐释党的斗争历史,宣传现实秩序的合法性、合理性等意识形态任务就显得更为重要和迫切。在阶级意识和战斗精神的规约下,出现了一大批追求史诗性质和反映阶级斗争的作品,如"三红一创"(《红日》《红岩》《红旗谱》《创业史》)、"青山保林"(《青春之歌》《山乡巨变》《保卫延安》《林海雪原》)等"红色经典"系列。这些作品具有鲜明的阶级倾向性,突出表现了中国共产党领导下的革命历史的正义性、合理性与必然性,具有强烈的时代色彩和战斗精神,它是作家个人的政治激情与时代精神自觉合流的产物。正因为"红色经典"符合时代语境,所以被确立为新中国小说创作的美学范式。

同时,在文学体制化的过程中,文学批评发挥了巨大的作用。延安"整风运动"中以政治运动方式代替文艺批评、统一思想的经验,被挪用到了新中国的文艺界,导致正常的文学批评逐渐为政治批判所代替。如果说延安"整风运动"的某些经验有利于解放区统一思想、团结一致地进行民族解放斗争的话;那么新中国成立后持续进行的一连串批判运动就显然极为错误地夸大了文艺领域的阶级矛盾。尤其是对作家作品和文学问题,常以"决议"的方式,作出政治裁决性质的结论,这使文学批评失去了它固有的性质,而与权力联系起来带有话语霸权色彩,以此方式约束着作家

---

① 周扬:《新的人民的文艺》,见北京大学、北京师范大学、北京师范学院中文系中国现代文学教研室主编《文学运动史料选》第5册,上海教育出版社,1979年,第706页。

的思想，控制着作家的创作，规范着文学活动，推动了新中国文学体制的运行。

延安文艺模式移植到了新中国的文艺领域后，从根本上规范着当代文学的方向性问题，即为什么人与如何为的问题。延安时期，赵树理之所以被树为"方向"，是因为他努力创作出了具有大众化、民族化的新形式的作品。赵树理的经验，也成为当代文学对传统民间形式的改造、利用的样板。不仅如此，赵树理开创的"山药蛋派"，周立波的"方言体"《山乡巨变》，以及闻捷、郭小川、贺敬之等诗人的"民歌体"，都是"十七年"作家在文学大众化、民族化方面作出的创造性贡献。这些作家对传统文学和民间形式的借用和改造，不单是艺术创作的问题，它所具有的民间形式的话语实践方式在客观上又弘扬了民族精神和传统文化。作为凝聚了现代文学经验的延安文艺，是在继承了中国民间智慧和国外文艺理论的基础上，在与社会现实和广大民众的密切结合中所形成的一种切合中国社会现状而又适应中国民众审美趣味的，其本土性和民族性特征格外鲜明。延安文艺的这种经验不仅适于当时的中国国情，也应该是符合当代文学的发展道路的。

当代文学的"一体化"过程，还充分体现在"这一时期文学组织方式、生产方式的特征：包括文学机构、文学报刊，写作、出版、传播、阅读、评价等环节的高度'一体化'的组织形式，以及因此建立的高度组织化的文学世界"[①]。整一的国家计划体制使作为体制内的一员的作家必须严格按照体制所规定的任务和要求去履行自己的职责。不仅如此，文艺刊物、图书出版、经销发行及稿酬评奖等活动，都因为物质的调配与经济的划拨而被国家意志监管和掌控。各类文艺刊物不仅发布文艺政策、推动文艺运动，还通过举荐优秀作品引导作家的创作。同样，读者的阅读也受规训，文学的整个生产过程和每个环节都被纳入体制之中，其生产方式带有

---

① 洪子诚：《问题与方法——中国当代文学史研究讲稿》，北京大学出版社，2010年，第181页。

很强的计划性和强制性。

那么,作为"战时经验"的延安文艺是否还适应于社会主义的建设年代?回答是肯定的:并不是所有的经验都具备普适性,更何况延安文艺的一些做法也未必符合文艺自身发展的规律。没有与时俱进的文学体制会不会影响新中国的文艺发展呢?的确如此,当社会的主要矛盾发生了变化,文艺的任务自然也会有不同的侧重。延安时期面临的是民族危难和国内的阶级矛盾,新中国成立后,民族矛盾和阶级矛盾已不再是主要矛盾,新政权的主要任务是建设新的国家。新中国文艺的主要任务不再是激发广大民众的革命斗志及救亡意识,而是要增强民众认识和建设新国家的责任使命;要用文学来陶冶民众的审美情趣,提升全民族的文化艺术水平。因此,必须正视和吸取延安文艺遗产中的那些负面经验及其引起的深刻、惨痛的历史教训,如:对文艺活动的首要的必需的政治统驭,导致文学的整个生产过程带有强烈的意识形态制约性;用思想批判和政治批判代替文艺批评,破坏了作家自由创作的生态环境;文学体制造成的整个文学生产的计划化,限制了作家创作的能动性和主体创造性;系列大规模文艺政治运动对作家个体情感及其认知、体验、写作的大面积损毁,严重阻滞了当代文艺的正常发展。因此,在新的历史语境下,对延安文艺所引发的这些"经验"的警惕和拒斥,显得尤为重要。

五、延安文艺遗产的当下镜鉴意义

新时代,如何认识延安文艺遗产的成功与负面经验,仍然是极重要的问题。

改革开放以来,随着政治意识形态的拨乱反正,激活了遭遇多年的冷寂局面,当代文艺出现前所未有的新气象。但也不能无视文艺领域的诸多新现象、新问题,如:弃置政治、极力表现自我的倾向;艺术实践上盲目追逐西方技法,脱离民众、远离现实;等。在新时期的文学现场,不难发现有些作家在有意无意地规避宏大主题、疏离主流话语和淡远社会责任，如"先锋派"文学一反传统的创作原则，沉迷于极端的语言试验和文本游戏之中，意在颠覆深度模式和宏大叙事。而"新写实"小说则无节制地描述人们生存的烦恼、艰难和欲望，提供了一种所谓"还原"生活的"客观"叙述文本，最终也没能真正走向大众。

当文学正不断地疏离大众、走向边缘的时候，大众文化开始兴起。消费时代的大众文化并不是以底层民众的民生为本，而是一种消费文化。文学创作由以往的以作家为中心转为以读者为中心。表层上看，这似乎是文学大众化的某种表征，实际上并非真正意义上的文学大众化所归，因此，反思和借鉴延安文艺大众化的某些经验，有助于进一步探索在消费文化盛行的当下如何正视文艺与大众的关系问题。

21世纪以来，众多作家的"底层写作"，以关怀和同情普通民众的态度，揭示现代化进程中出现的新问题，如农民在失去赖以生存的土地之后的窘迫，农民工向城求生的困顿，下岗职工的生活和精神焦虑，社会激烈的竞争中人性的压抑和扭曲，等等。尽管"底层写作"还存在着叙事视角和思想表现等种种问题，但对底层民众命运的悲悯和情感的关注是难能可贵的，也体现了作家书写民众生活的正义感和良知。

不可否认，文艺的大众化必然要求作家向广大民众靠近，但不能认为作家就应该去毫无原则地迎合甚至取悦大众，鲁迅早就说过"若文艺设法俯就，就很容易流为迎合大众，媚悦大众。迎合和媚悦，是不会于大众有益的"①。因此，要正视新时代文艺大众化历程中出现的新问题，延安文艺所倡扬、实践的"普及"与"提高"经验已经不能适应和满足新媒体时代文艺的发展趋势和群众的审美需求，作家应该从单一市场需求化的或迎合、"媚悦"大众趣味的限制中跳脱出来，"成为时代风气的先觉者、先行者、先倡者"，保持一种引领大众接受能力和审美情趣的姿态，从而

---

① 鲁迅：《文艺的大众化》，见《鲁迅全集》第7卷，人民文学出版社，1981年，第349页。

引导整个民族文化的提升。作家的这种"三先者"的角色担当，并不是要悬浮于大众之上，而是更要坚守与大众生活和精神的融合，也因此毛泽东《讲话》所强调的"生活是文艺创作的唯一源泉"的理念之于作家来说，不但没有过时，且具有更加广阔的实践意义。新时代，作家更要坚守并强化"人民性"书写的精神指向，创作出真正不负于时代的精品。近日，电视剧《山海情》的热播，其所体现的广大民众变革历史的巨大力量及对新生活的热望，不乏延安文艺中"人民性"书写的某种精神底色，无疑是大众最喜欢接受的。

当代中国实际处于前现代、现代和后现代多元文化并存的状态之中，在百年不遇之大变局的大背景下，如何建构一种在面向现代化、市场化和全球化的发展过程中，能不断焕发新的生机与活力，为新时代中国提供强大的精神动力的新型的文学，显得急迫而重要。而作为精神遗产的延安文艺的上述成功的或失败的经验为我们提供了无法忘却的历史的镜鉴。

一时代有一时代文学的突出表征与印记。新时代的中国文学应该是"有筋骨、有道德、有温度"的文学，是能够彰显"信仰之美、崇高之美"的文学，是书写和记录"人民的伟大实践、时代的进步要求"的文学，是能够"弘扬中国精神、凝聚中国力量"的文学，是能够鼓舞人民满怀信心迈向未来的文学，这样的文学时代，就是能够产生"有高峰的文学"的时代。[1]习近平的这个期待，是基于对百年中国文学实践的深度透视与宏观把握提出来的。我们相信，新时代的中国文学将会在充分吸纳民族优秀文化遗产的基础上，不断地扬弃那些不利于或阻碍人类现代文明进程的痼疾因素，"有高峰的文学"时代或将在不远的未来得以实现。

原载《中国文学批评》2021年第3期

---

[1] 习近平：《在文艺工作座谈会上的讲话》，见中共中央宣传部编《习近平总书记在文艺工作座谈会上的重要讲话学习读本》，学习出版社，2015年，第7页。

天地之宽与女性解放

——延安时期女作家群述论

引　言

如果说"五四"启蒙思潮中女作家的崛起，昭示着中国文学史上女性首次嘹亮地集体发声的话；那么，延安女作家群的文学活动不仅与其遥相呼应，而且更是一次女性话语在题材领域规模化的"开疆拓土"。这群女作家曾活跃在延安文艺生活的众多领域，她们以极大的真诚和热情，体验和感悟着中国社会的急剧动荡与变革，书写战争背景下的时代风云，讲述着革命岁月里知识分子的心路历程。这个作家群特殊的文化身份及其多样的社会实践活动，使她们成为中国现代史的亲历者与记录者，她们的创作给20世纪中国女性文学提供了一份珍贵的具有历史重量的心灵档案。但遗憾的是，由于多年来政治文化对现当代文学的深层介入，她们的创作总是难以从学术层面得到客观公正的研究与评价，其精神结构中所潜存的种种价值也得不到相应的阐释与揭示①。倘若沿袭新时期以来业已成形的学术

---

① 1949—1978年间的研究，并没有从"女性话语"演变的角度来观察延安时期女作家的创作，也没有"延安女作家群"之说，她们的女性话语探求常常被淹没在文本显示的政治文化的分析与阐释中；新时期以来的研究，虽然格外强调"文学审美性"，但实际却更重视分析其创作的"政治性""意识形态性"，同样没有深刻揭示她们对20世纪中国女性文学作出的重要贡献。

思路,大多会认定延安女作家的创作无非是以文学的方式演绎主流意识形态话语,作品无非是僵硬的形象化了的"政治说教",进而对她们进行一番批驳性甚至嘲讽性的言说与指责,这些都是容易做到的,但却是于事无补的。本文力图能真正进入历史语境,切实感受她们的情感变迁,把握其心灵轨迹,考察其叙事的原动力,在前后比照中揭示"延安经历"对她们创作的巨大影响,进而从文学史的视野对其女性话语探索作出价值重估。

一、在中国西北角相遇:延安女作家群的形成

伴随"五四"新文化运动而诞生的中国现代文学的重镇,在二十多年的时间里一直处于经过现代文明洗礼的北平、上海等大都市,然而随着民族危机的日益迫近,历史却选择了延安作为中国又一次更大规模的、更深刻的文学革命的策源地和新的文化中心。延安——这个位于中国荒僻西北角的小城,注定要在历史的大转折中扮演重要的角色。有人指出,"客观上,迟早要出现一个延安或类似于延安的地方。这样一个地方,是进入'西方'问题系后、秉承19世纪末20世纪初世界意识形态的对立关系的中国所必然产生的"[①]。20世纪30年代,中国的马克思主义意识形态及其政治、军事组织,虽然受到国民政府的巨大挤压,但由于复杂多变的国内国际局势蕴藏了许多有利于其生存的因素,在抗战全面爆发的时刻,延安,终于成为中共领导的新的抗日民主根据地。从1936年"西安事变"到1941年"皖南事变"的几年中,文化人涌向延安的景象可谓蔚为壮观,"1938年上半年一直到秋天可以说是一个高潮。那时的国民党对这一情况并未引起注意,所以对边区也没有产生什么阻碍,像1938年夏秋之间奔赴延安的有志之士可以说是摩肩接踵,络绎不绝的。每天都有百八十人到达延

---

① 李洁非、杨劼:《解读延安——文学、知识分子和文化》,当代中国出版社,2010年,第2页。

安"①。其中就有不少女作家，虽然她们来延安的时间不尽相同，在延安停留的时间也不一样，但很快形成了一个群体，她们的相遇注定要为中国女性文学作出重要贡献。

需要说明的是，本文所谓"延安时期"是一个较为宽泛的时间概念，指从1935年10月中共中央和工农红军进驻陕北，到1947年3月中央撤离延安，以这个时间段为主，适当延伸到20世纪50年代初期。所谓"延安女作家群"，指在这个时段中有过延安经历（参加延安文艺座谈会的经历尤为重要）的女作家，其来源有三：一是从国统区或沦陷区奔赴延安的女作家，如丁玲、草明、白朗等，她们是延安女作家群的主要构成；二是鲁艺培养的女作家，如莫耶；三是从江西苏区经长征到达延安的女作家，如李伯钊，相对来说，有这样经历的人数量最少。在这些有着不同文化背景的女作家中，第一类是我们讨论的重点，这是因为，她们的文学活动更为复杂，多种文学观念的冲撞与摩擦所形成的张力，在她们身上表现得更为明显，她们在延安时期的文学活动更具研究价值。此外，还有到延安访问过的外国女作家或女记者，如艾格尼丝·史沫特莱、尼姆·韦尔斯、安娜·路易斯·斯特朗等，但因为她们关于延安的文学活动多限于"旁观者"的新闻报道，故不在本文讨论范围。

作为一种文学现象，延安女作家群的形成有着极其深刻、复杂的历史文化原因。如果说，五四以来的女性解放思潮促使女性走出家庭并以文学的方式参与社会变革是延安女作家群形成的先决条件的话；那么，由于日寇入侵而引发的民族危机，国共两党对抗日的不同态度，以及对知识分子不同的文化政策，则是形成延安女作家群的直接的现实动因。

丁玲和陈学昭是在五四文学革命落潮时闯入文坛的。茅盾曾这样描述丁玲的出场给文坛带来的冲击，"一位新起的女作家在谢冰心女士沉默

---

① 杨作材：《自然科学院建院初期的情况》，见《延安自然科学院史料》编辑委员会编《延安自然科学院史料》，中共党史资料出版社、北京工业学院出版社，1986年，第384页。

了的那时以一种新的姿态出现于文坛","她的莎菲女士是心灵上负着时代苦闷的创伤的青年女性的叛逆的绝叫者"。①茅盾及时地指出了丁玲创作与谢冰心创作的不同内质,即奋起的"青年女性的叛逆"姿态。如果说"启蒙"话语是以"人的觉醒"为标志的话;那么,丁玲和陈学超则以"女性的觉醒"延续和深化了这种创作旨向。无论是丁玲的短篇《梦珂》《莎菲女士的日记》《暑假中》《阿毛姑娘》,还是陈学昭的散文集《倦旅》《寸草心》《烟霞伴侣》,都是女性觉醒的投射。这种"女性的觉醒",以"女性身份"和"女性自我世界"的确认与抒写为主要特征,重在对女性心理诉求和主体精神的发掘。埃莱娜·西苏曾说,"妇女必须参加写作,必须写自己,必须写妇女"②,"通过出自妇女并且面向妇女的写作,通过接受一直由男性崇拜统治的言论的挑战,妇女才能确立自己的地位"③。丁玲和陈学昭的早期创作正是这样,她们以女性特有的生命体验和内心感受为题材,惨淡经营着一个时代女性的心灵世界。

20世纪30年代以来,民族战争一触即发,激发了许多女作家的爱国热情,她们纷纷投向抗日救亡的洪流中。丁玲在"九·一八"事变同年即与夏丏尊、周建人等文化界同人发起组织了"上海文化界反帝抗日联盟","一·二八"事变后,又同鲁迅、茅盾等四十多人签名发表《上海文化界告全世界书》,强烈抗议日本军国主义侵略中国的法西斯行为④;白朗于1932年参加杨靖宇领导的反满抗日活动,之后又参加了中华全国文艺界抗敌协会组织的"作家战地访问团"⑤;莫耶于1936年11月回到家乡创办抗日妇女识字班,后又与戏剧家左明组织"上海救亡演剧第五队",并在《西

---

① 茅盾:《女作家丁玲》,见《茅盾全集》第19卷,人民文学出版社,1991年,第434页。
② 埃莱娜·西苏:《美杜莎的笑声》,见张京媛主编《当代女性主义文学批评》,北京大学出版社,1992年,第188页。
③ 同上,第195页。
④ 袁良骏编:《丁玲研究资料》,天津人民出版社,1982年,第15页。
⑤ 魏玉传编:《中国现当代女作家传》,中国妇女出版社,1990年,第99页。

京日报》上发表了抗日救亡剧《学者》①；颜一烟在抗战爆发后，从日本回国，即当选为"上海留日同学救亡会"理事，不久又参加了"上海话剧界救亡协会战时移动演剧队"②。陈学昭、草明、韦君宜、曾克、崔璇、袁静、李纳等都以不同方式为抗战呐喊助威。

对这些满怀激情和理想的知识女性来讲，民族的忧患促使她们奔赴延安，国共两党不同的文化政策亦是影响她们抉择的重要原因。其时，国民党的书报审查制度更加严厉，进步刊物屡被封禁，作家身心横遭迫害，许多女作家因不满国民党的暴力统治，遭到特务的监视和追捕。丁玲曾被秘密绑架，长期监禁南京③；陈学昭因早年发表过一些进步文章，与许多"左翼"人士有来往，回国后即受到特务的跟踪与监视，作品难以发表④；颜一烟因在《破晓》副刊发表《夜》而触犯当局，亦被特务追踪，逃往日本⑤。这一切都使得知识女性对国民党统治产生了极大的厌恶与抗争情绪。而与国民党这一时期的文化政策形成鲜明对比的是共产党对知识分子的吸纳态度。"共产党必须善于吸收知识分子，才能组织伟大的抗战力量"，"没有知识分子的参加，革命的胜利是不可能的"⑥，毛泽东发出号召，"一切战区的党和一切党的军队，应该大量吸收知识分子加入我们的军队，加入我们的学校，加入政府工作"⑦，而"争取的主要途径，是通过各地的八路军办事处、地下党组织及一些进步的社会团体、社

---

① 林联勇、胡新尚：《"莫耶的一生，就是一部小说"——记〈延安颂〉词作者莫耶》，载《炎黄纵横》2006年第4期。
② 刘庆俄编：《大海的女儿——颜一烟的生平和创作》，中国和平出版社，1994年，第48页。
③ 袁良骏编：《丁玲研究资料》，天津人民出版社，1982年，第6页。
④ 单元、万国庆：《突围与陷落——陈学昭传论》，光明日报出版社，2008年，第244页。
⑤ 刘庆俄编：《大海的女儿——颜一烟的生平和创作·自传》，中国和平出版社，1994年，第47页。
⑥ 毛泽东：《大量吸收知识分子》，见《毛泽东选集》第2卷，人民出版社，1991年，第618页。
⑦ 同上，第619页。

会媒介与知名人士,引导和组织知识分子到延安"①。延安女性享有与男性相当的待遇,经过埃德加·斯诺、史沫特莱等人的报道,也对知识女性构成了强烈的吸引力②。正是在多种因素的合力中,延安女作家群才迅速形成。

那么,作为一个在特定历史环境中形成的作家群体,有哪些值得注意的特点呢?

首先应该看到,这些女作家大都有着良好的教育背景和较高的现代人文素养,她们的创作体现出浓郁的知识分子情调,渗入知识分子话语。从五四落潮后一路走来的丁玲,始终是以知识分子视角进行创作的。从20世纪20年代末始,她便成为冲破旧家庭的牢笼,在五四民主革命的感召下得以觉醒,进而接近社会革命的时代知识女性。其早期作品中的人物,都是叛逆的时代女性,在她们身上,反映出历史投射在一部分知识青年身上的时代阴影,她笔下的莎菲、梦珂与茅盾笔下的慧女士、孙舞阳、章秋柳等时代女性一样,占据着现代小说人物画廊的重要位置。丁玲总能敏锐地捕捉到过渡时代知识分子的特殊心理和矛盾,使作品具有了深刻的认识价值。而陈学昭的早期散文,又为我们解读"五四"退潮时知识分子的情感世界提供了同样的视角,特别是那惆怅哀怨中不乏执着的追求,追求中又透出些许幻灭之感,幻灭中弥散着无尽的焦灼与失落,都是那个年代知识分子的情调与心路历程。当然,文化素养的生成是极利于这些女作家形成人格化的文学追求的,同样是陈学昭,因为具有较深厚的文化素养,无论写景抒情、状物议论,都别开生面,她散文中的落日、晚霞、枯叶、涛声、月夜、薄暮等意象,深得唐诗宋词之神韵,文字秀美,显得含蓄蕴藉且令人回味。

---

① 刘悦清:《延安知识分子群体的特征及其历史地位》,载《中共党史研究》1995年第5期。
② 陈学昭:《天涯归客——两次去延安的前后》,见丁茂远编《陈学昭研究专集》,浙江文艺出版社,1983年,第126页。

作为五四启蒙思潮中觉醒的一代，这些女作家总是热衷社会革命与女性解放，表现出自觉的女性意识。她们中的许多人都从事过与女性有关的事业，如莫耶在进步思想影响下，逃离家庭，到上海《女子月刊》社工作[1]；崔璇在抗战爆发后，从事妇女救亡[2]。同时，她们大都通过作品探讨女性的社会命运与存在状况，力图为女性寻找一条光明的道路。这其中，最为典型的是丁玲，她"是'五四'以后第二代善写女性并始终持女性立场的作家。她以第一个革命女作家的姿态，打破了冰心、庐隐等因思想创作上的某种停滞所带来的沉寂"[3]。因此她在创作之初就以鲜明的女性立场对处于时代中的女性投以热烈的关注和思考，表现出热切的从事社会革命与女性解放的愿望。"左联"时期的丁玲，创作观念已经开始发生变化，此时的长篇小说《水》，不仅显示着丁玲的创作视野由个体向群体的转换，也体现着丁玲努力摆脱主要描写知识分子的老路，从女性视角开始试写工农大众，为20世纪40年代《太阳照在桑干河上》中大规模地把握与表现农民在历史巨变中的心理情绪奠定了基础。应该说，丁玲是中国现代小说史上最早以明确而强烈的女性意识进行写作的女作家，是20世纪中国女性主义文学的先驱者之一。陈学昭在赴延安之前，经常向《妇女杂志》《新女性》等刊物投稿，并结集了两部关于妇女问题的论著——《败絮集》和《时代女性》，还以女性为主人公写了许多小说，如长篇《南风的梦》、短篇《珍珠姐》等。草明从创作初期就将眼光投向那些奔波和挣扎在生存线上的底层民众，特别是那些被衰败的农村所抛弃、备受城市凌辱、四处碰壁而满心悲怆的城市女工，《倾跌》《大涌围的农妇》《绝地》等都是以女性为主人公的作品。白朗早期的小说《逃亡日记》《生与

---

[1] 莫耶：《一篇小说的坎坷经历》，见莫耶《生活的波澜》，陕西人民出版社，1984年，第109页。
[2] 魏玉传编：《中国现当代女作家传》，中国妇女出版社，1990年，第553页。
[3] 钱理群、温儒敏、吴福辉：《中国现代文学三十年》（修订版），北京大学出版社，1998年，第299页。

死》《一个奇怪的吻》等,也都以女性为对象。①女性意识的突显与女性话语的弥散,赋予她们的创作以较分明的性别写作色彩。

延安女作家群中的大多数,是从20世纪30年代的革命浪潮中涌现出来的新兴作家,因此她们在创作的初期就具有一种突出的社会身份——革命者,她们中的大多数都加入了共产党,投身于实际的革命活动。革命者身份及其实践活动的切身体验,使这些女作家特别强调文学可能的社会效应,注重文学在历史变革中的价值意义,创作无时无刻不体现出炽热的革命话语。从革命信仰的宣传需要出发,在这些女作家所塑造的令人难忘的女主人公谱系中,既有成长中的女革命者,也有革命者的母亲形象,而这些女革命者或革命者母亲形象通常都意志坚定且百折不挠,这样的书写不仅有力地鼓舞了奋斗中的革命者,而且也给无路可走的彷徨者指明了人生出路。白朗的《生与死》就是一部充满着纯净、硬朗的革命话语的文本,特点是呈现铁窗内母爱的伟大,彰显了"一根老骨头换八条青春生命"的人生价值的实现,行文温婉从容,将民族的良心与母性的伟大展现得感人至深。这也证实了革命话语所蕴蓄的不凡魅力。

上述不难发现,在现代中国革命和文化进程中,延安女作家已经远远超越了五四时期走出家庭独自抗争的"子君"们与为个性解放而苦闷徘徊于十字街头的"莎菲"们,她们义无反顾地投向社会革命的洪流,将自己的生命融入民族解放的大潮,实现着自己的人生价值。当这些女作家在中国的西北角延安相遇,预示着她们的文学人生将发生重大变化,也预示着她们在延安的岁月中将以群体的面目出现,共同记录那战火纷飞却充满激情的年代。延安,将成为中国现代女性写作的又一重镇。延安女作家群的形成,不仅意味着中国现代女性文学由分散而趋于某种整合,而且意味着其将对中国现代女性文学进行大规模地开拓。

---

① 除上述女作家外,其他女作家如草明、韦君宜、曾克、李伯钊、莫耶、颜一烟、袁静等也都在作品中描写了大量女性,展现了女性在历史风云中的面影。

二、艰难的转型：文学观念的更新与话语秩序的调整

虽然延安女作家在文艺座谈会召开之前曾十分活跃，但实际的创作成就并不大，没有创作出重大建树的作品。毋须回避的是，她们的创作其实已陷入某种困境，这种困境的产生，现在看来主要是由于创作环境的转移与文艺观念缺乏更新造成的。"从亭子间到根据地，不但是两种地区，而且是两个历史时代"，"我们周围的人物，我们宣传的对象，完全不同了"。①延安对来自国统区或沦陷区的作家艺术家而言，实际上是一种完全陌生的文化环境，他们所熟悉的生活经验、读者群体与文学表达的方式等几乎全部失效，使初到延安的作家常常感到不能像过去那样写作，但又往往认识不到这种变化意味着什么。以丁玲而论，自1936年来到延安之后就属于最活跃的作家之一，但在戎马倥偬之际也不过创作了一些短文、速写之类，其后在对延安文化环境渐渐熟悉的情况下，才创作出了文学性较强的作品。

如果说文艺座谈会召开之前，延安作家的文艺观念及创作呈现较自由的状态的话；那么，其时的"杂文风波"则成为引发中共高层关注延安文艺活动的直接原因。据丁玲回忆，1942年年初的某次高级干部学习会上，与会者的话题很快就集中到《野百合花》《三八节有感》等"暴露"杂文上来了。②从抗日前线回来参会的贺龙曾拍案而起，极不满甚至愤怒地说，"我们的战士在前方保卫毛主席，保卫党中央，保卫延安，你们却在后方说延安黑暗。如果真是这样，我们就要'班师回朝'了"③。毛泽东与艾青的一次谈话，更是道破了整顿的必要性，"现在延安文艺界有很多

---

① 毛泽东：《在延安文艺座谈会上的讲话》，载《解放日报》1943年10月19日。
② 丁玲：《延安文艺座谈会的前前后后》，载《新文学史料》1982年第2期。
③ 艾克恩：《毛主席〈在延安文艺座谈会上的讲话〉的前前后后》，载《新文学史料》1992年第3期。

问题，很多文章大家看了有意见。有的文章像是从日本飞机上撒下来的；有的文章应该登在国民党的《良心话》上"①。

这就是说，文艺座谈会和整顿之前的延安文艺界尽管呈现自由状态，但也显示了某种程度的混乱。原因是多方面的，首先，延安文化界尚未对"延安文学"有明确的界定，从来没有人描述过"延安文学到底应该是怎样的"。由于战争阴云威胁着根据地的生存安全，中共将主要精力都放在了军事、政治建设上，还无暇顾及文化建设，因此也不可能过多考虑文艺问题。既然根据地领导层"不干预"文艺活动，延安的作家、文艺理论家就只能从经验出发，从启蒙文学、革命文学和左翼文学汲取话语资源，即使同样是从左翼文学汲取话语资源，也由于文艺观念的细微差异，可能产生相应的矛盾纠葛，所导致的混乱状况不难想象。其次，延安作家的文学活动还局限在知识分子圈子里，周立波坦言，"我们和农民，可以说是比邻而居，喝的是同一井里的水，住的是同一格式的窑洞，但我们都'老死不相往来'"②。这显然与延安对作家、艺术家的待遇形成了极大的反差③。作家文艺家的自行发展、自行其是及与大众之间的严重脱节，使文学活动很难起到启蒙大众、鼓舞大众和引导大众的战时效应，这是中共领导层极不愿意看到的。延安文艺界的混乱状况及由此而来的负面影响，促使中共领导层慎重看待文艺问题，进一步明确"延安文学"的内涵。

从1942年4月初开始，毛泽东广泛约请延安作家艺术家交谈，以了解延安文艺界的实际状况，作为座谈会议题的前期准备。交谈对象就包括丁玲、白朗、草明等女作家。现在看来，毛泽东《在延安文艺座谈会上的

---

① 朱鸿召：《延安文人》，广东人民出版社，2001年，第125页。
② 周立波：《纪念、回顾和展望》，见《周立波选集》第6卷，湖南人民出版社，1984年，第385页。
③ 张闻天主持颁布的《关于各抗日根据地文化人与文化团体的指示》中说，"应该用一切方法在精神上、物质上保障文化人写作的必要条件，使他们的才力能够充分地使用，使他们写作的积极性能够最大地发挥"，"力求避免对于他们写作上人工地限制与干涉。我们应该在实际上保证他们写作的充分自由"（载《共产党人》1940年第12期）。

讲话》（以下简称《讲话》），是以"现代民族国家建构"为话语背景，以建设"新文化"为目标，从大众性、民族性和现代性的视角对文学的性质、内涵、方向等作了全方位的阐释和定位，并就"延安文学"的叙事资源、叙事伦理和叙事向度等问题作了阐发和限定。《讲话》确有改变延安女作家文学人生的理论力量。

"现代民族国家想象"是一个近现代史命题，也是一个文学史命题。鸦片战争的爆发迫使前现代中国开始进入现代世界秩序，被迫踏上了"现代"之路，从此，"现代民族国家想象与建构"便成为中国社会所有矛盾冲突的集散地，也成为中国不断爆发革命运动的基本依据，戊戌变法、辛亥革命等革命运动都莫不如此。然而，这些革命运动在本质上都是以西方现代性模式作为仿效对象的。但问题在于，中国走西式之路又要和其进行无始无终的残酷的现代性竞争，就有可能将永远置于西方的控制之下并丧失主权，永远不可能在现代世界竞争中胜于西方列强。正因为这样，中国先进的知识分子选择了走马克思主义的"中国化"道路，这种选择的根本意图，在于建构一个完全意义上的现代民族国家。在毛泽东等中国共产党人看来，要实现这个伟大目标，就必须结合中国历史文化的实际走自己的现代之路。结合这样的近现代史背景，也就不难推测，1940年毛泽东在《新民主主义论》中提出的"我们要建立一个新中国"的目标，对延安作家构成了多么大的感召力。毛泽东对这个想象中的新中国作了具象描述，"我们不但要把一个政治上受压迫、经济上受剥削的中国，变为一个政治上自由和经济上繁荣的中国，而且要把一个被旧文化统治因而愚昧落后的中国，变为一个被新文化统治因而文明先进的中国"[①]。于此，毛泽东将现代民族国家的新文化界定为"民族的科学的大众的文化"[②]，这就对新文化的性质和边界作了限定，而《讲话》实际上是对《新民主主义论》精神的延伸及对新中国文化设计的具体化。

---

① 毛泽东：《新民主主义的政治与新民主主义的文化》，载《中国文化》1940年创刊号。
② 同上。

文学作为文化中最敏感、最活跃的部分，必然要以审美的方式去参与和表现现代民族国家的建构历程，因此，现代民族国家想象与实践便成为延安作家的出发点与归宿点，民族化、大众化和现代化等命题都是由其衍生而来的，成为延安文学极为鲜明的标识。在《讲话》中，毛泽东将文学活动在现代民族国家建构中可能发挥的作用提升到了最大限度，将大众化、民族化看作是两个最重要的问题，其落脚点则是现代化，这就为延安作家的创作指明了方向。

毛泽东以中共领袖身份发表的这个讲话，具有不容置疑的权威性，但真正让延安作家心动的，则是《讲话》本身所弥散的理论力量，它的冲击力不仅让延安作家感到震撼，更让他们心悦诚服，使亲聆《讲话》的作家成为延安文艺思想的终身追随者。陈学昭多年后谈起《讲话》，似乎还沉浸在亲聆《讲话》的震撼之中，"在他的'座谈会讲话'之后，我才找到了我新的写作的生命"[①]。或许草明的感受更具代表性。在聆听了《讲话》的当天晚上，草明心潮起伏，突然意识到自己的创作与"延安文学"的要求还有较大差距，这种"突然"使她陷入一种焦虑，"大家心里都品味着这服略有苦味，初感难咽，但对于一个真正的革命文艺工作者来说却是终身受用的良药啊！"[②]延安女作家正是在《讲话》理论的感召下踏上了转型之路，这个转型过程又注定是艰难而漫长的，因为她们与大众必然有一个磨合与交融的过程，她们的世界观、人生观、审美观都需要大的转变，在民族化、大众化和现代化及由其所衍生而来的命题，如叙事资源、叙事伦理和叙事向度的把握上都需要不断的摸索、实践和锻造。尽管如此，延安女作家的真诚是显而易见的，她们期盼通过文学的方式为现代民族国家建构作出贡献，这也预示着她们的努力将终有结果。

从她们转型的实际状况来看，显然有一个由浅入深的过程。《讲话》

---

① 陈学昭：《关于写作思想的转变——自从听了毛主席在延安文艺座谈会上的讲话以后》，载《人民日报》1949年7月6日。
② 草明：《世纪风云中跋涉》，人民文学出版社，1997年，第123页。

刚发表时,她们在理论上的探索,更多地表现为对《讲话》精神的认知与对自我创作的比照性反省。尽管她们的反省有时表现得很"谦卑",但我们却没有理由怀疑她们的真诚。丁玲就说,"既然是一个投降者,从那一个阶级投降到这一个阶级来,就必须信任、看重他们(指大众,笔者注),而把自己的甲胄缴纳,即使有等身的著作,也要视为无物,要抹去这些自尊心自傲心,要谦虚地学习他们的语言、生活习惯"[①]。丁玲显然要从头做起,诚心诚意地置身于大众之中,只有这样方能使自己的创作走向大众化、民族化和现代化。1942年6月15日她在《谷雨》杂志发表的《关于立场问题我见》,表明她进行文学转型的决心。她意识到,"我们的文艺事业只是整个无产阶级事业中的一个组成部分"[②],将个体的生命与文学创作视为"整个无产阶级事业"的一部分,这个认识高度在她过去的文学观中是没有的,预示着丁玲对自身的可能超越。丁玲显然意识到知识分子改造的艰难,但她对这种改造还是很有自信,"根本问题应该是靠作家本身有一颗愿意去受苦的决心。这种苦,不是看得见,说得清的,是把这一种人格改造成那一种人格中的种种磨炼"[③]。从知识分子人格转变为大众人格,尽管是一个痛苦的过程,然而"在克服一切的不愉快的情感中,在群众的斗争中,人会不觉的转变的"[④]。如果说丁玲的"左联"经历使其相对容易理解和把握《讲话》精神的话;那么对五四后就留学法国而对国内的普罗文学、左翼文学略显生疏的陈学昭来说,其转型显然要艰难得多。陈学昭的文学人生,面临的是从"启蒙文学"跨越式地进入"延安文学"时代,这种"跨越"所留下的空白,不是靠文学上的及时跟进就可以弥补的,尤其对文学的民族化、大众化和现代化等内在要求的把握上,感到极难适应。陈学昭说,她虽然是五四时期就已从事文学活动的作家,但

---

① 丁玲:《关于立场问题我见》,见刘增杰等编《抗日战争时期延安及各抗日民主根据地文学运动资料》(上),山西人民出版社,1983年,第179页。
② 同上,第175页。
③ 同上,第178页。
④ 同上,第179页。

"在我的脑子里,感情上,为谁写作,还没弄清楚呢!"①理论导向与自身创作所形成的巨大缝隙,使她坚定了自我否定的决心,"我以前写的东西纯粹是发泄个人感情,即使写了一点对旧社会的不满,那也是出于个人的观点、个人的立场的"②。她同时确立了自己的创作方向,使"写作是为人民服务……站在人民大众的立场上,向人民学习,向社会学习,联系实际,然后才能写作"③。

转型初期,她们在创作上也表现出一种"矫枉过正"的态势,作品面貌大致趋同,这是由于她们对《讲话》精神的理解还不够深入,又渴望快速完成转型,于是就不约而同地放弃自己的创作个性,甚至放弃自己原来熟悉的创作领域。延安女作家在这个时期的表现,往往成了被研究者批评的"证据",但从她们转型的全过程来看,倘若没有这一期间的矫枉过正,又何谈后来更大的超越?正是由于她们的这种经历,为此后更深入的反省和转型奠定了基础,因此,重估这个时期的创作是必要的。其时,她们或讴歌根据地的新生活和工农大众精神气质的新貌,或书写解放区各行各业的劳动英雄和先进模范,或描述西部的地域风光、风土人情和民俗民风,创作视野得到空前拓宽,使她们深深感受到置身大众的真正快乐,亲临于文学天地的无限宽广。引人注目的是,在她们笔下,"大众英雄"开始崛起,这些来自底层民众的所谓英雄,并没有创造惊天动地的伟业壮举,但所体现的历史主体性与阶级自觉性却被作为叙事的焦点而得以展开,这是此前的文学不曾有过的,显示了延安文学特有的气象。

但这些"面目相似",甚至有些"雷同"的表达,毕竟不是她们的终极追求。随着体验的深化和理论认识的提升,她们开始重视创作个性和风格上的变化。丁玲有意识地长期下基层体验生活,为长篇创作作精心准

---

① 陈学昭:《天涯归客》,浙江人民出版社,1980年,第170页。
② 陈学昭:《关于写作思想的转变——自从听了毛主席在延安文艺座谈会上的讲话以后》,载《人民日报》1949年7月6日。
③ 陈学昭:《我的祝愿》,载《延安文艺研究》1984年创刊号。

备。解放战争初期她离开延安,到晋察冀老区农村参加土改工作,使她获得了极为宝贵的生活体验,对"大众化"产生了深刻的认知。数年之后她谈起这次经历,仍记忆犹新,"我好像同他们在一道不只二十天,而是二十年,他们同我不只是在这一次工作中建立起来的朋友关系,而是老早就有了很深的交情"①。这个时候,丁玲才真正触摸到大众化、民族化的精要,其代表作《太阳照在桑干河上》就是在这个时候孕育成形的。丁玲的经历显示,大众化是知识分子话语与大众话语的有机融合,而非单纯的向大众学习,这样的话语形态"愉快、单纯、平凡",这是豪华落尽的纯净,是返璞归真的平淡,也是大众化的可持续发展之路。

　　草明此后的深入大众生活,已不同于以往的"了解",对大众的情感态度也不限于"同情",她坚持到基层去,在社会底层感受革命和建设的脉动,这使她获得了极为真切的生活感受,为创作奠定了坚实的基础。她的代表作《原动力》,就有赖于在张家口宣化炼铁厂、镜泊湖发电厂、哈尔滨邮政局的深切的生活体验。这部作品的成功,使草明对延安文学的大众化、民族化和现代化要求产生了实际的领悟,她认为这是"写给工人看的书,尽量少写虚的,写得实在"②,由此开创了中国新文学的工业题材的书写。延安时期是草明文学人生的重要转折时期,她这样谈自己"转折"的必要与漫长,"延安文艺座谈会,是我创作上的一个分界线","这条分界线是什么呢?就是说过去的十年,我还不懂得要到工农兵里头去","所以,怎样向工人学习呀,改造思想呀,都不懂。到了延安以后才逐渐学会的"。③草明的转型体验代表了来自左翼阵营的女作家的普遍感受。

　　陈学昭则根据自己的实际情况,选取了别样的改造之路:其一,刻苦

---

① 丁玲:《一点经验》,见张炯主编《丁玲全集》第7卷,河北人民出版社,2001年,第417页。
② 草明:《世纪风云中跋涉》,人民文学出版社,1997年,第180页。
③ 草明:《"讲话"精神永放光芒》,见《草明文集》第6卷,光明日报出版社,1992年,第2279页。

学习马列原著、毛泽东著作。赴延安之前，她是一个自由知识分子，对中国革命史、思想史知之不深甚或谈不上了解，她认为自己必须补这一课；其二，积极参加体力劳动，她拔过猪草，捻过羊毛，硬是让自己弹钢琴的手学会了熟练地摇纺车，在长年累月的纺线中学会了实实在在地劳作，更为重要的是，她学会了感受和理解劳苦大众，为她以后的大众叙事找到了切入点；其三，尽可能到大众中去，文艺座谈会后不久她就调往《解放日报》社，经常外出采访，在和大众的实际接触中更深入地了解他们。经过陈学昭的不懈努力，几年下来，她已变成了一个地地道道的革命人，一个忠实于延安文艺思想的践行者。转型后的陈学昭，在题材选择上显然要宽阔得多，对前期作品也有了实质性的超越，如《漫走解放区》记叙了解放区民众正在急剧变革的命运，《新柜中缘》《土地》等作品直接叙述民众的建设活动。伴随着题材的贴近现实，其叙事风格也一扫以往那种幽怨、缠绵、阴郁的情调，变得激昂、硬朗，甚至还带几分粗粝。陈学昭在文学层面的成功转型，说明作家只有扎根于大众生活的深处，才能够生发出持久的激情与灵感。

可以看出，文艺座谈会召开之后，延安女作家的群体特色才渐趋明朗。她们真诚地追随和实践延安文艺思想，纷纷走向大众生活的深处，感受和体验着大众的喜怒哀乐与命运变迁，她们对女性的关注和感受更为深切，并以大众可理解的方式书写时代风云与社会沧桑。需要注意的是，转型之后延安女作家的话语形态在内部结构上的调整，亦即革命话语、女性话语和知识分子话语在新中国的文化设计与践行中得到了某种整合。就革命话语而论，延安女作家已认识到此时所进行的革命不仅仅是一个阶级推翻另一个阶级，而是要建立一个新中国，因此，"革命"意味着政治革命、经济革命和文化革命的同时进行。认识的提升极大地带动了话语内涵的提升，丁玲的《太阳照在桑干河上》就是在土改背景下，尽可能地呈现革命话语的丰富性，作者以土改这样的历史大变动为场域，来观察农村中存在的错综复杂的阶级关系，展现了农民与地主、农民与农民、地主与地主之间的矛盾斗争，真实记录了农民终于成为主体的历史瞬间。作者的可贵之处在于能够沉浸到历史文化的深层，再现农民如何在现实斗争中，逐渐摆脱数千年历史沉淀下来的旧观念、旧传统，以及自私、保守、个人顾虑和宿命论的思想。就《太阳照在桑干河上》所呈现的革命话语的丰富性和深广度而言，已大大超越了丁玲此前的作品。所谓知识分子话语，说到底是知识主体对历史文化或现实情境的判断、质疑和表述，体现着知识主体必然遵循的准则。那么，延安女作家所遵循的准则是什么呢？无疑是对现代民族国家的想象，它的主体则是工农兵，缘于此，《讲话》才反复陈述知识分子改造的必要性，这实际上是要知识分子成为现代民族国家的主体，而绝不是将其排除在主体之外。但就已融入工农兵的知识分子来讲，与现代民族国家的主体——工农兵还是有着不容忽视的区别，那就是他们同时还是知识主体。作为知识主体，转型后的延安女作家，不仅能感受到大众的历史能动性与阶级主体性，而且也能觉察到大众所因袭的沉重的历史文化的负累，这便形成了延安女作家独特的知识分子话语。延安女作家的知识分子话语也承担着启蒙的使命，但此启蒙已非彼启蒙，"五四"启蒙重在"人"的觉醒，而延安女作家的启蒙则重在"人民"的觉醒，虽只一字之差，其境界和结果却差之千里。应该看到，延安女作家的知识分子话语不仅与革命话语是完全融合在一起的，而且也是和大众话语完全融合在一起的，她们忠实地代表着大众的利益在言说，"已经成为"大众中的一分子，在民族革命战争的洪流中，以女性特有的话语方式，展现着现代女性别样的风采。

三、新女性话语：女性命运的变迁与超越

延安女作家的女性话语的生成，同样离不开对新中国的想象。这里有必要首先澄清的是，何谓"女性话语"？众所周知，随着人类社会的出现，性别问题也就出现了，"性别"使人类区分为两种最基本的社会身

份,即男人和女人。但"女人"并不是一成不变的,也不存在雷同的女性观,"女人"既然是某种文明形态的产物,随着这种文明形态的更替,"女人"的内涵也必然发生变化。尽管如此,作为女性自有其不同于男性的必须面对的问题,诸如女性的生理周期、心理特征,女性承担的母职、家庭角色等。这样,我们就可以从普遍的意义上对"女性话语"作出界定,所谓女性话语,是女性(尤指女性作家)基于对特定文明的反思和女性权力的自觉,通过语言来表述自我,表述对男性和女性的感受,对世界的体验,以及对历史文化和社会现实的思考。女性话语的发生,既与特定的文明有着紧密的联系,又与特定的历史语境息息相关。

  毛泽东在《湖南农民运动考察报告》中指出,"政权、族权、神权、夫权,代表了全部封建宗法的思想和制度,是束缚中国人民特别是农民的四条极大的绳索"①。毋庸置疑,毛泽东所指出的旧中国普遍存在的"四种权力"形态,不仅是束缚中国人民的"四条极大的绳索",更是压在中国妇女身上的四座权力大山。"四权"形态的历史沿承,使中国妇女丧失了经济生活的独立、精神信仰的自由和公共空间的表述,她们没有自主的婚姻,不能像男性那样接受教育,不可能参与社会政治生活,更谈不上女性的权力和发声。中国女性被死死捆绑在家庭生活中,这种与外界人为的隔绝,使其承袭着世代的人生悲剧。五四新文化运动,不仅唤醒了"人"的意识,也唤醒了"女性"意识,庐隐、冯沅君、冰心、凌叔华、陈衡哲等知识女性纷纷登上文坛。1918年,《新青年》刊登了挪威作家易卜生的话剧《玩偶之家》,其倡导的女性人格独立引起了知识女性的强烈共鸣,"走出家庭"成为她们共同的文学母题,由此形成了"启蒙"时代的女性话语。启蒙时代的女性话语虽然是中国女性在文坛的一次集体性发声,使中国文学史首度呈现了来自女性的话语谱系,但启蒙女作家实际有许多深层次的问题都尚未触及,譬如,"出走的娜拉"最终可能到哪里去,

---

① 毛泽东:《湖南农民运动考察报告》,见《毛泽东选集》第1卷,人民出版社,1991年,第31页。

"她"可能担当什么样的社会角色，谁来保证"她"的权力的实现，这些问题的确悬而未决，使"她"极有可能重返"旧家庭"。鲁迅的《伤逝》就叙述了"出走的娜拉"在无路可走时不得不重返"旧家庭"的悲剧。

"娜拉主义"的失败说明，倘若不能动摇和瓦解旧的文明形态这一造就女性悲剧命运的基石，任何女性解放都是空谈。马克思主义经典文献从来都是从社会解放的高度来看待女性解放的，其认为剥削制度被废除是女性解放的前提，而女性解放思潮又往往成为社会解放运动的导火线，"每个了解一点历史的人也都知道，没有妇女的酵素就不可能有伟大的社会变革。社会的进步可以用女性（丑的也包括在内）的社会地位来精确地衡量"[1]。正由于此，有人认为，"中国现代女性文学的勃起，同整个民主主义和妇女解放运动相联系，具有鲜明的社会内涵与革命色彩"[2]。不难理解，"左联"时期的女性话语已大不同于"启蒙"时代的女性话语，此时的"娜拉"已经走出家庭，积极参与社会事务，投身革命大潮，寻找着广阔的解放空间。"左联"时期的女性话语渗透着极强的革命话语，换句话说，其女性话语只有在革命、阶级、民族等宏大叙事中才显得生气勃勃，除丁玲、白朗、草明这些奔赴延安的女作家之外，白薇、谢冰莹等也有意识地将女性话语与革命话语进行融合，如白薇的《打出幽灵塔》《革命神受难》《炸弹与征鸟》等作品，就在革命话语中呈现了激进的女性意识。抗战的爆发，在唤起民族意识觉醒的同时，也催生了女性话语的大崛起。民族革命战争给女作家带来了更多进入公共空间的机遇，使她们有机会参与国家政治生活，也使她们自觉肩负起民族救亡的历史重任，从而将民族解放与女性解放有机地统一起来。但无论是"左联"时期的女性话语，还是抗战前期的女性话语，都不足以呈示清晰的女性解放的前景。从深层来看，诸如女性的终极归属在哪里，以什么样的社会制度来保证女性

---

[1] 马克思：《致路德维希·库格曼》，见《马克思恩格斯全集》第32卷，人民出版社，1974年，第571页。
[2] 盛英：《二十世纪中国女性文学史》上卷，天津人民出版社，1995年，第18页。

权力的实现，那些处于社会底层的缺乏基本的启蒙教育的女性的解放之路又在何方，此类种种现实问题，在这些女性话语中没有也不可能有清晰的表述。延安女作家因为有着新中国想象的烛照，使其女性话语显示了某种前瞻性与超越性，如茅盾所指出的那样，她们已找到了女性解放的大道并奋力前行，"'五四'时代的妇女运动不外是'娜拉主义'"①，"娜拉空有反抗的热情，而没有正确的政治社会思想"，现在"她们却已不是'娜拉主义'所能范围，她们已经是'卢森堡型'的更新的女性！她们对于现实有正确的认识，她们有确定的政治社会思想，她们不像娜拉似的只有一股反抗热情，她们已经知道'怎样'才是达到'做一个堂堂的人'的大路"②，于是，她们团结在一起，为女性的真正解放，为获得民族国家的独立自由而卓然前行。

　　毛泽东的妇女理论（包括女性解放理论）对延安的影响无疑是巨大而深远的。在毛泽东看来，"妇女占人口的半数，劳动妇女在经济上的地位和她们特别受压迫的状况，不但证明妇女对革命的迫切需要，而且是决定革命胜败的一个力量"③。正因为妇女是"决定革命胜败的一个力量"，所以，"全国妇女起来之日，就是中国革命胜利之时"。④妇女理论是毛泽东思想的一个重要组成部分，从瑞金到延安，毛泽东始终都在思考女性解放的可行之路，并尽可能地从制度层面保障女性权利的实现。这样也就可以理解，妇女工作在延安为何受到高度重视，如1937年9月的边区党委作出了《关于边区妇女群众组织的新决定》，1938年3月在延安召开陕甘宁边区妇女第一次代表大会，并通过了《陕甘宁边区妇女第一次代表大会宣言》和《陕甘宁边区各界妇女联合会章程》，1939年边区党委再次作出

---

① 茅盾：《从〈娜拉〉说起》，见《茅盾全集》第16卷，人民文学出版社，1988年，第140页。
② 同上，第141页。
③ 中华全国妇女联合会编：《毛泽东周恩来刘少奇朱德论妇女解放》，人民出版社，1988年，第30页。
④ 同上，第45页。

《关于妇女工作的决定》。为切实保障女性权利的实现，延安还将如何提高女性在政治、经济、文化上的地位列入《宪法原则》和《施政纲领》。延安的女性解放不是停留在理论层面，而是注重实践效应，这无疑使延安女作家触摸到女性解放的实体，从而对其创作产生了重大影响。

法国学者伊夫·瓦岱在文学现代性的研究中，提出了"时间类型"的概念，其中一类被称为"断裂类型"，在他看来，"断裂类型基于好几种历史模式，其中每一个模式都会产生一些集体回忆、一种想象、一种修辞"，"这些历史模式中的第一个也是最重要的一个显然是革命的模式"[1]。伊夫·瓦岱的现代性理论对我们的启示在于，在观察女性话语的变迁时，应该看到由革命造成的"断裂"其实也是现代性表述的一个标识。延安女作家在新中国的文化建构中，书写着女性命运的巨大变迁，而造成这巨大变迁的决定性因素便是革命，是革命恢复了女性的人格尊严，恢复了她们生的希望和乐趣，使她们从苦难的旧时代走向美好的新时代。女作家这类书写的突出特点是，一方面揭示女性在旧时代的非人生活，另一方面是描述女性走向新时代后精神气质上的重大变化。草明完成于1947年的短篇《今天》就属于这类作品，女主人公王秀荣，在旧时代活得像一个"含冤未报的吊死鬼"，丈夫在"大扫荡"中被鬼子杀害后，她带着三个儿女逃难到了哈尔滨，靠乞讨过日，后来虽在铁路工厂找了个捻线的活，却因债主和日本人的逼迫而使生计陷入更大的困境。1946年哈尔滨解放，这个已分不清自己是在阴间还是阳间的女性，终于挺直了腰杆。新时代的到来使她爆发出前所未有的活力，她勤奋地工作着，体验到了过去想也不敢想的幸福生活。类似的作品还有白朗的中篇《为了幸福的明天》，颜一烟的秧歌剧《农家乐》等。

从战争硝烟中走来的延安女作家，在深切感受战争和敌我斗争的惨烈的同时，也不断丰富着其女性体验，强化了女性身份的觉悟，从而得以

---

[1] 伊夫·瓦岱：《文学与现代性》，田庆生译，北京大学出版社，2001年，第71页。

全方位地透视战争中的女性不同于男性的"性别差异",拓展了女性对自我的体认。因此类作品叙述的不是女性在家庭,而是在公共空间的智慧与魄力,故与纯粹抒写性别情趣的小女人话语有天壤之别,可视之为"大女人话语"。李伯钊1945年问世的中篇《女共产党员》就是这样一部能够体现"大女人话语"风范的作品。女共产党员帅孟奇因组织上海纱厂女工罢工而被捕,敌人用尽各种酷刑进行逼供,但她始终守口如瓶,不向敌人屈服。在狱中她还经常向同伴进行革命教育,受到狱友的敬爱,甚至得到监狱看守的同情。经过党的营救,她才重返工作岗位。作品塑造的帅孟奇这个女性形象,与此前文坛出现的女性人物有很大不同,她不仅具有钢铁般的意志,还具有超凡的智慧,是集意志、智慧和正义于一身的女性,为此后的女性书写开拓了新的向度。崔璇同年发表的短篇《周大娘》与《女共产党员》形成了呼应,周大娘本是一个平凡的母亲,她的儿子参加了八路军,对儿子深沉的爱使她产生了某种移情,对八路军战士关怀备至。一场战斗之后,她从麦地里救回一名八路军伤员,不惜烧掉自己的房子以掩护伤员撤离。周大娘的身上不仅有着民间智慧,更体现了人民对战士母亲般的慈爱,从中不难看出战争岁月的军民深情,以及作品对女性话语的多向度探索。白朗1946年发表的报告文学《八烈士》也属于"大女人话语"的范畴。作品叙述了八个抗联女战士在前去执行任务的途中,被敌人发现而英勇投江的壮烈行为。女抗联战士殉国的民族气节表现得可谓惊天地泣鬼神,使女性叙事也呈现了沉雄悲凉的风格神韵。当然,延安女作家创造的这类"大女人话语"也不是尽善尽美的,例如,对女性母职一定程度的轻视和极少谈及生育,以及由于对外部"雄化"力量的过分看重而导致的女性性别意识的淡化等,也使这类女性话语有时呈现出中性化的趋势。

对女性成长史的叙述,同样是延安女作家创造出的具有突破意义的女性文本。五四以来,尚未出现一部在较大时空范围内描述女性成长的作品,这使得延安女作家的女性成长叙事格外值得关注。巴赫金对"成长小说"有过精辟的论述,其认为,"在诸如《巨人传》《痴儿历险记》《威廉·麦斯特》这类小说中，人的成长带有另一种性质。这已不是他的私事。他与世界一同成长，他自身反映着世界本身的历史成长。他已不在一个时代的内部，而处在两个时代的交叉处，处在一个时代向另一个时代的转折点上。这一转折寓于他身上，通过他完成的。他不得不成为前所未有的新型的人"①。"人在历史中成长"，人的成长无疑蕴含着历史的重要信息，这也许是一切成长小说最迷人的地方。陈学昭1948年创作的《工作着是美丽的》（上卷）就是这样一部成长小说，作者显然对人的成长与历史的关系有着自觉的认识，她说，"从这样一个女性身上，反映出时代的一角"②。主人公李珊裳出身于一个没落的旧式商人家庭，在五四新思潮的影响下，她毅然冲破家庭与社会藩篱，走上了远赴海外寻求真理的道路。在法国留学期间，由于无知与单纯，违心地嫁给了市侩气很浓的陆晓平，错误的选择导致了她多年的不幸。归国后，李珊裳夫妇曾两度赴延安参加抗战，却因为小资产阶级思想的干扰，对延安的新生活总感到有些格格不入，此时，她的家庭又发生了破裂。在一连串变故的打击下，李珊裳几度心灰意冷，党组织的关怀和群众的呵护终于使她重新振作起来，全身心地投入革命大潮中。经过战争的磨砺与考验，李珊裳逐步认识了中国，了解到广大的工人和农民，完成了由小资产阶级知识分子到坚定的共产主义战士的重大转变。作者在广阔的时空背景中，呈现了一个时代女性的追求与奋斗的历史，字里行间流溢着作者的情感颤动与心灵感慨，作品借人物经历所传达的关于信念、爱情、人生意义的哲理性思考，更是为女性书写增添了几分沧桑与深沉。李珊裳的命运史不仅是个人的成长史，显然也是一个时代的女性成长史，正如法国女性主义批评家西苏所说的那样，"在妇女身上，个人的历史既与民族与世界的历史相融合，又与所有妇女的历史相融合。作为一名斗士，她是一切解放不可分割的一部分"，"她的斗争

---

① 钱中文主编：《巴赫金全集》第3卷，河北教育出版社，1998年，第232—233页。
② 陈学昭：《〈工作着是美丽的〉前记》，浙江人民出版社，1979年，第1页。

不仅仅是阶级斗争,她将其推进成为一种更为广大得多的运动"①。

现代民族国家的文化设计无疑给延安女作家的话语创造提供了多种可能。这是因为,她们处于新旧交替的历史时期,既真切感受到政治上被压迫、经济上被剥削、精神上被奴役的中国妇女,在摆脱旧的文化、制度、风俗、习惯束缚时表现出的冲动、欣喜和巨大热力;同时也深刻体察到中国妇女在政治、经济翻身过程中实现精神翻身——包括思想气质、心理状态的变化,揭示女性解放的长期性与艰巨性。因前者,延安女作家的写作显得格外热情,而后者,又显得别样的冷峻,但无论是热情还是冷峻,都因为生活本身已提供了初步的答案,在中国共产党的领导下,封建残余正在被摧毁,中国妇女已踏上彻底解放的道路,她们的情绪是乐观昂扬的,这是延安女作家明显不同于其他女作家的地方。

婚姻自主是女性话语中一个常说常新的话题,也是标示女性解放程度的一个重要尺度。倘若对两部作品进行简单的比较,便可看出延安女作家所呈示的女性婚姻自主发生了多大的改观。鲁迅的《离婚》塑造了一个泼辣好强的女性爱姑,当丈夫有了外遇且要与其离婚时,爱姑摆出誓死捍卫自己婚姻的姿态,说即使离也要拼他个"家破人亡",但在"七大人"等乡绅的调解下,不得不换了"红绿贴"离婚,无果而终。袁静1947年编创的秦腔剧《刘巧儿告状》却显示了女性完全不同的婚姻命运。故事发生在陕北边区,刘巧儿与赵柱儿自小订婚,长大后,刘巧儿的醉鬼父亲刘彦贵因贪图彩礼,欺瞒刘巧儿说赵柱儿是傻子,便和赵家散了亲,暗中却把刘巧儿卖给了又老又瘸的王财东。刘巧儿知道后,表示"死也要跟赵柱儿",赵柱儿探得刘巧儿的态度,便把刘彦贵卖刘巧儿的事告诉了父亲赵金才,赵老汉一气之下,邀集乡邻把刘巧儿抢回了家。刘彦贵以抢亲为由,将赵家父子状告到了县政府,石裁判员未作调查,对案子作了不公正的判决,群众极为不满,联名向马专员写禀帖,刘巧儿也向马专员陈述了

---

① 埃莱娜·西苏:《美杜莎的笑声》,见张京媛编《当代女性主义文学批评》,北京大学出版社,1992年,第197页。

自己对赵柱儿的感情，最后在上级政府的支持和群众的帮助下，他们终于结为夫妻。爱姑与刘巧儿的婚姻命运之所以如此不同，是因为从爱姑到刘巧儿的时代发生了重大变化，爱姑时代的封建势力森如堡垒，她孤军作战终难取胜，而刘巧儿时代的封建势力已如衰败的黄花，她获得了来自人民政府和群众的支持，故终能与意中人在一起。作者通过塑造刘巧儿这个大胆追求美好生活、敢于反抗的女性形象，表现了在新旧交替时代，延安女作家对女性解放的文学想象与抑制不住的乐观情绪。

刘巧儿的命运也反映出女性解放之路不可能是一帆风顺的，虽然封建势力不足以构成显在的威胁，但旧文化在人们观念中留下的烙印却不是立即就能消除的，如刘彦贵作为父亲仍然视自己的女儿为私有财产，把她当成了可随意交易的商品，王财东也认为买卖婚姻是合情合理的，更有石裁判员作为政府官员仅凭一面之词就轻率定案，这都构成了女性解放的现实阻力。女权主义者瓦勒里·布赖森认为，女权主义"所追求的是去理解社会，以便向它提出挑战，并对其加以改变；它的目标不是抽象的知识，而是那种能够被用来指导和造就女权主义政治实践的知识"[①]。在此且不论瓦勒里·布赖森表述中的偏激之词，就其所说的"理解社会"并试图"对其加以改变"而言，可以说与延安女作家对女性解放的长期性与艰巨性的理解形成了某种呼应。丁玲1940年创作的短篇小说《我在霞村的时候》是一部备受争议的作品，其问世以来争议的焦点集中在女主人公贞贞的"贞"与"不贞"上，在此，没必要做情节方面的复述，笔者感兴趣的是，对贞贞的"贞"与"不贞"应如何看待。贞贞的"贞"与"不贞"，都与其女性身体相关，追求婚姻自主的贞贞逃婚后却被日寇轮奸，并被强迫做了随营军妓，这是她的"失身"，但也是暴力胁迫下的失身。身陷火坑的她逃离后，又被"咱们自己人"派去继续做军妓，为抗日武装提供情报，此时的她是为革命主动"献身"。由于身体长期被蹂躏而患性病的贞

[①] 瓦勒里·布赖森：《女权主义政治理论引论》，见李银河编《妇女：最漫长的革命》，生活·读书·新知三联书店，1997年，第2页。

贞，不见容于乡邻，最后决心去延安治病和学习，期盼在新的环境中"重新做一个人"。可见，如果从封建礼教所倡导的女子不失身不改嫁的道德戒律而言，贞贞的确是"不贞"的，乡邻们就是这样看贞贞的；但如果从"对革命的忠贞"而言，贞贞不但可以说是"贞"，而且可以说是很"贞"，明知继续做军妓是往火坑里跳，她还是义无反顾地去了，可见她操守的是"大贞"而非"小贞"。贞贞所承受的痛苦，除了日寇的强暴和身体的病痛之外，更深广的是精神上的被孤立和不被理解，精神上的痛苦越深，则预示着旧文化对人们的影响就越大，女性解放之路也就越漫长。贞贞最终选择去延安，表现了作者对延安的期待与信心。贞节问题是女性书写中极为敏感的话题，也是女性解放的一个终极性命题，丁玲大胆触及此类话题，可见其思考的深度与女性话语的魄力。

女性话语的核心读者群应该是女性，这似乎是不言而喻的。德国学者尧斯指出，"文学作品的历史生命没有其接收者的积极参与是不可思议的。因为正是由于接收者的中介，作品才得以进入具有延续性的、不断变更的经验视野，而在这种延续性中则不断进行着从简单的吸收到批判的理解、从消极的接受到积极的接受、从无可争议的美学标准到超越这个标准的新的生产的转化"[①]。对延安女作家来说，写作所面临的一个现实问题是，她们的读者群并非知识女性，而是"边区"妇女。边区妇女所经受的"四权"形态的压迫比知识女性要沉重得多，她们中的绝大多数"不识字，无文化"，真正处于社会的最底层。但这并不是说边区妇女就不需要女性解放，相反，她们对女性解放的渴望比知识女性来得更强烈，更需要一场普遍的启蒙运动。延安女作家所面临的现实困境在于，如何以边区妇女可接受的方式来写作。文艺座谈会之后，她们显然意识到了化解这种困境的可能途径，就是使自己的创作能够与边区妇女的接受状况相一致，与边区妇女的审美期待与审美习惯相匹配，这样，追求民族化通俗化便成为

[①] 汉斯·罗伯特·尧斯：《作为向文学科学挑战的文学史》，见《读者反应批评》，王卫新译，文化艺术出版社，1989年，第142页。

延安女作家写作的一个突出亮点。她们融合中外艺术经验，充分吸收民间文化营养，学习和转化那些为边区妇女所喜闻乐见的艺术形式和流行语言，从而切实为边区妇女的真正解放起到启蒙、引导和推波助澜的作用。颜一烟曾将戏剧与陕北秧歌结合，创作了新秧歌剧《反巫婆》《农家乐》《翻身年》等，她还以边区农民特别是边区妇女所喜爱的"逗笑话"这一载歌载舞的形式进行宣传，也大受边区女性的欢迎。袁静《刘巧儿告状》的民间性体现得相当突出，其之所以上演后很快被边区妇女接受，并起到宣传党的婚姻政策的效应，就是因为秦腔剧在陕北广为流行，极受陕北民众的欢迎。延安女作家在女性话语的创建方面所作出的这些探索，应该引起研究者的重新关注。

当然，延安男作家也有关涉女性题材的作品，如孔厥的《一个女人翻身的故事》、阮章竞的《漳河水》、康濯的《灾难的明天》等。那么，其时女作家与男作家笔下的女性到底有哪些区别呢？应该承认，在"女性解放"这个话题上，无论是延安女作家还是男作家，其认识大致相当，即他们都将女性解放看作是社会解放一个重要组成部分，女性解放的程度标志着社会解放的程度。但他们之间的区别还是很明显的，首先是男作家对女性命运缺乏持续关注的兴趣，他们的这类作品还形不成规模，以孔厥来说，除集中书写女性命运的《一个女人翻身的故事》外，也只有《受苦人》等为数不多的几篇作品，而延安女作家却以极大的兴趣长期观察和书写女性，草明属于文艺座谈会之后的一个高产女作家，她的绝大多数作品都在展示着女性在新旧变革时代的命运变迁。其次，他们之间的主要区别还不是表现在女性题材的作品数量上，而是表现在由于性别差异所造成的"体验"上，延安男作家是从男性意识的视角观察女性，这或许对女性外部行为特征的把握是恰切的，却无法深入体验女性内在的文化心理感受，这种"无法"使他们总是与女性话语失之交臂。延安女作家的"性别"身份则使其能敏锐把捉女性的生存状态与精神诉求，表达遭遇的可说与不可说的难题，正如丁玲所说，"我自己是女人，我会比别人更懂得女人的缺点，但我却更懂得女人的痛苦……她们不会是超时的，不会是理想的，她们不是铁打的"①。这种感同身受与同性相惜，有时使女主人公的命运甚至与作家自身的经历合二为一，从而释放出爆发性的情感能量，深深感染着读者。从丁玲《在医院中》和《我在霞村的时候》的女主人公陆萍、贞贞身上不难看出作者的人生经历。陈学昭《工作着是美丽的》的女主人公李珊裳身上更渗透着作者的命运沧桑。这说明延安女作家的女性话语并不是可以取代的。

纵观延安女作家的创作，与新文学前二十多年的女性写作相比，的确显示了全新的气象。这种"新"，不仅表现在对女性话语的多维度的呈现上，表现在对女性话语从女性解放的视野进行的深度开掘上，而且表现在触及了女性解放的某些现实而迫切的问题，诸如女性解放的实体依托是什么，以什么样的社会制度来保证女性权力的实现，那些处于社会底层的、缺乏基本的启蒙教育的妇女的解放之路又在何方，等。延安女作家创造的女性话语，显然不是囿于"性别身份"这样狭隘的视野，而是与现代民族国家建构联系在一起，与新旧时代的巨大更替联系在一起，与革命联系在一起，从而赋予其女性书写以特别的历史感、现实感和崇高感，这也是对此前女性话语的重大超越。对延安女作家来说，女性解放意味着中国妇女在政治、经济和文化上的全面解放，这是中国数千年历史上一次最深刻的女性解放。这就可以理解，延安女作家何以要反复讲述中国女性的命运变迁和中国女性的成长史，并以女性大众可接受的方式进行讲述了。

遗憾的是，新时期以来，由于很多研究者对延安女作家的创作缺乏全面深入的考察，致使他们对如此富于活力和创造性的女性话语缺乏公允的判断，惯性地对其作出粗暴而肤浅的评价，如有人认为延安女作家创造的女性话语是属于"无性之性"②。在这样的研究中，采取"双重"标准就容易走向极端，譬如，对"启蒙"时代的女性话语研究，是从女性解放

---

① 丁玲：《三八节有感》，载《解放日报》1942年3月9日。
② 孟悦、戴锦华：《浮出历史地表——现代妇女文学研究》，河南人民出版社，1989年，第213—215页。

的角度进行考量的,但到了延安女作家这里就执行"性别"标准,将女性解放抛在了别处?毋庸置疑,在所有的女性话语中,女性解放是一个元问题,也是女性话语具有合法性的根本条件。背离女性解放这个元问题而简单地从性别说事,就有可能滑向"男人与女人相对立"的二元论泥淖,不仅会导致对女性话语判断的简单化,更可能导致研究结论的荒谬化,最终动摇女性话语的合理性。性别问题无疑是女性话语研究中的一个重要方面,但远不是全部,这是研究女性话语应有的认知,否则我们将重蹈西方极端女权主义者的覆辙。性别问题被极端放大的后果,就是对所谓"纯粹女性写作"的论证和倡导,但这种努力被认为是虚妄的,提出这样观点的不是别人,正是西方女性主义批评家肖瓦尔特,她认为,"女性美学试图以假设存在着一种女性语言、丧失了的母亲大地,或男性文化中的女性文化来建立一种独特的妇女写作,但这样的做法不能够由学术研究结果来支撑和证明"[①]。肖瓦尔特的观点对女性话语的研究来说,的确是意味深长。

结　　语

延安女作家群的形成及其创构的话语形态是中国新文学发展中一个突出的文化现象,应该受到研究者的充分重视。苏联学者赫拉普钦科指出,"在文学发展的一定时期语言艺术家当中形成的统一体,首先来源于对待现实的态度、对现实的审美感受和创作方法上的共同性。其次,作为这种统一体的根源的,是那些引起属于这一文学(现象)的作家浓厚兴趣的生活问题和创作的相似性"[②]。赫拉普钦科还特别强调,文学现象的发生与新旧时代的更替息息相关,"新的文学(现象)往往产生于社会生活已经

[①] 伊莱恩·肖瓦尔特:《我们自己的批评:美国黑人和女性主义文学理论中的自主与同化现象》,见张京媛编《当代女性主义文学批评》,北京大学出版社,1992年,第258页。
[②] 赫拉普钦科:《赫拉普钦科文学论文集》,张捷、刘逢祺译,人民文学出版社,1997年,第186页。

发生重大变动的时候,或者产生在时代的先进人物开始或多或少清楚地感觉到这些变动的必要性的条件下。新的生活进程和新的冲突要求得到理解和艺术上的阐明,这就使得在文学创作中发生'路标的转换'"[1]。文艺座谈会之后,延安女作家在《讲话》精神的引领下,以新中国的文化想象为烛照,以文学的大众化、民族化和现代化追求为目标,逐渐形成了"统一体"。尽管对延安女作家来说,完成"路标的转换"是一个艰难的过程,但她们在"战时共产主义的理想国"——延安,已切实体验到无论是历史实践还是社会生活都正在发生翻天覆地的变化,这种变化不久将波及整个中国大地,因此她们必然以全新的文学姿态及表现方式呈现"新的生活进程和新的冲突要求"。作为一个创作群体,延安女作家的共性特征主要体现在女性话语的创造上,其女性话语显然不是囿于"性别身份"这样狭隘的视野,而是与民族的命运紧密联结在一起,从而赋予其女性书写以别样的历史感、现实感和崇高感。延安女作家群为中国新文学特别是女性文学的发展作出了不可替代的重要贡献。

原载《中国社会科学》2013年第7期

---

[1] 赫拉普钦科:《赫拉普钦科文学论文集》,张捷、刘逢祺译,人民文学出版社,1997年,第187页。

域外作家的延安书写（1934—1949）①

引　言

长期以来，对延安文学的研究虽取得了不少成果，但整体而言还是远远不够。这既与研究者的重视程度有关，也受制于其较为陈旧的观念意识，还与狭窄的研究视野不无关系。以国内外视角而论，延安文学研究往往更加重视前者，对后者则多有轻视，从而带来域外作家延安书写的整体被忽略。就域外作家的延安书写而言，除了斯诺等著名作家能进入研究者视野外，大量域外作家的延安书写并未引起人们的高度重视，即使对斯诺这样的作家，研究者也更多关注其历史史料及中国行踪的考察，其文学性却明显受到不同程度的遮蔽。这就造成延安文学书写研究的不完整和巨大缺憾，也成为新文学研究的一个短板。

所谓域外作家主要是相对本土作家而言的，是指那些境外或国外的作家。鲁迅在《集外集拾遗补编·儗播布美术意见书》中有这样的话："且决定域外著名图籍若干，译为华文，布之国内。"②这里的"域外"即有此意。本文中所说的"延安书写"的"域外作家"，就是指20世纪三四十

---

① 本文系国家社会科学基金重大项目"延安文艺与20世纪中国文学研究"（批准号：11&ZD113）滚动资助研究的阶段性成果。
② 鲁迅：《儗播布美术意见书》，见《鲁迅全集》第8卷，人民文学出版社，1981年，第48页。

年代书写延安的外国作家，他们是一个巨大的群体，比较有代表性的有斯诺、史沫特莱、海伦·斯诺、詹姆斯·贝特兰、杰克·贝尔登等。前来延安的域外作家，与其说是跨国际的外国观察者，不如说是跨族际、跨语际的域外观察者，他们的延安书写跨越了国别界限，从中国本土之外的域外视角出发，自觉地将延安置于世界历史的视野之中。这就带来域外作家对延安书写的独特性魅力。

国际视野投射下的中国，在20世纪三四十年代经历了"红色圣地"与"红色威胁"两种认知的瞬息反复。①从这个层面出发，探讨延安红色历史的建构历程，具有显在的历史价值与现实意义。本文以众多域外作家的延安文本为基点，讨论域外作家的群体化特征及其文本创作所达到的精神高度，并在本土作家与域外作家延安书写的对比之下，考量域外作家的创作限度及其义化认同过桎中存在的心理变迁，体察三四十年代延安形象叙述及传播的世界性历史景观，以对再认识"文学历史的延安"提供某种参照。

一、域外作家的群体构型

不论研究视野、舆论场域还是媒介载体与传播方式，延安作为被讲述的对象，存在多重的"跨际性"。来自跨族际、跨国际、跨语际的域外凝视，使延安的世界传播，将纸媒、广播②、摄影③等传统媒介，与活跃于世

---

① 周宁：《天朝遥远：西方的中国形象研究》（上），北京大学出版社，2006年，第394页。
② 1946年9月底李敦白来到延安，为第一位以广播为媒介向世界介绍《王贵与李香香》的国际友人，之后与斯特朗合作翻译，向海外传播优秀的延安文学作品（李敦白、贝内特：《红幕后的洋人：李敦白回忆录》，丁薇译，上海人民出版社，2006年，第54页）。
③ 纪录电影导演尤里斯·伊文斯为吴印咸等人主持的延安电影团提供摄影器材等物质支援（司徒慧敏：《伊文思的中国情》，见孙红云、胥戈、基斯·巴克主编《伊文思与纪录电影》，吉林出版集团有限责任公司，2014年，第286页）。

界舞台的纪录电影①并轨。进入20世纪以来,"新闻文学和摄影这两种互相关联的手段","使普通人的世界也可以记载和呈现"。②第一位将中国共产党拉入国际视域的瑞士人薄复礼,在1934年与长征开拔的红军相遇③,展开了延安故事与延安道路的世界性讲述维度。由此,来自世界各地的记者、学者、军事专家等,在延安收获了一个新的身份——作家,他们的纪实文学作品,在战争背景下的中国与同盟国读者间广泛流传。正如斯诺所言,"一个人的文章和言论,在一定情况下可以唤起人们,甚至陌生的外国人,使他们行动起来,视死如归","我开始意识到我的写作是有政治行动的性质"。④三四十年代,大批域外作家汇聚延安,作为自觉书写延安的域外观察群体,他们的群体化成型于文本外部的作家创作驱力,以及文本内部的文学创作共性。首先,域外作家大多具有内在的革命意识,出于精神元素的吸引、政治理想的追求、知识分子的"叛逆"精神,以及民族处境与现实环境的冲突,促使他们将革命性的个人,熔铸于中国共产党领导的人民解放事业之中。

前往延安的域外作家多来自美国与欧洲,思想上颇具自由主义理想和"上帝选民"的使命意识。在海伦·斯诺、埃文斯·卡尔逊等人的认知

---

① 域外记者前来延安并拍摄纪录电影,如分别于1938年8月和1939年5月抵达延安的瑞士记者沃尔特·博斯哈德(《通往延安之旅》)和苏联记者罗曼·卡尔曼(《在中国战斗》《在中国》)。朱纪华主编:《外国记者眼中的中国共产党人》,上海锦绣文章出版社,2015年,第228—232、265—275页。伊文思的《四万万人民》,出现八路军武汉办事处军事会议的场面,以及周恩来、朱德等中国共产党领袖(张同道:《一位电影人和一个国家的传奇》,孙红云、胥戈、基斯·巴克主编《伊文思与纪录电影》,吉林出版集团有限责任公司,2014年,第318页)。
② 艾瑞克·霍布斯鲍姆:《极端的年代》,马凡、赵勇、李霞译,江苏人民出版社,2010年,第196页。
③ 瑞士传教士薄复礼在贵州一带传教,1934年10月被开拔西征的工农红军第六军团扣留,随军长征十八个月,后根据这段经历创作两部回忆录。
④ 埃德加·斯诺:《斯诺文集》第1卷,宋久、柯楠、克雄译,新华出版社,1984年,第231页。

中，延安精神中的某些文化要素和宗教教义存在相同之处。①在延安"发现"了"清教徒气质""斯巴达主义"②等元素的域外作家，从自身文化土壤出发，试图在"宗教性道德"与"社会性道德"之间探索新的交汇点，从而与中国共产党人形成了最初的吸引。其时，他们的延安文本，对马克思主义指导下的延安革命存在极大误解，对中国文化传统的认识混沌，甚至认为延安精神与宗教文化颇为相似。但这种被误认的某些文化要素，又激起了部分域外作家对中国革命的共鸣，也激发了他们的革命热情。

汉斯·希伯、安娜·路易斯·斯特朗等信仰共产主义的域外作家，热衷于运用马克思主义理论，解读中国革命事业。与乡土中国社会的疏离，导致他们对中国共产党的认识被限制在浮光掠影式的叙述层面。并非共产党员，但充满革命激情的史沫特莱，匆忙一生中创作出多部贴近中国人民的作品，是延安与中国农民的真挚友人。基于思想意识上的某种契合，史沫特莱将革命性与情感性融汇于《中国的战歌》等作品之中，空间地理意义的延安尽管是她人生经历的阶段性在场体验，但延安精神的渗透、革命视野的投射，更加延伸于作家个人和文本现实的交感之中，使她在人、文之间达成了独有的汇通。

天生具有反权威意识的知识分子，如贝特兰、王安娜、林迈可、班威廉与克兰尔夫妇、欧文·拉铁摩尔③、乔治·何克等，折服于其时身处"弱势"却坚决抗战的中国共产党人。来自知识分子的延安书写，与叙述对象保持节制的情感距离，为延安观察提供了一个由上而下的俯观视角。

---

① "在山西我看到八路军和人民实行的学说同基督的教义是那样地相像……"（埃文斯·福代斯·卡尔逊：《中国的双星》，祁国明、汪杉译，汪溪校，新华出版社，1987年，第158页）。

② Helen Foster Snow. *My China Years: A Memoir*, New York: William Morrow and Company, 1984, p.276.

③ 欧文·拉铁摩尔和《美亚》杂志主编菲利普·贾菲，与当时的美国外交政策学会远东问题专家毕恩来，于1937年农历六月初一同前往延安。

他们并非着意与延安共呼吸，却也不仅仅停留于超脱的旁观，作品虽失却民间烟火，但无疑描绘了广阔的革命空间和深层的社会肌理。拉铁摩尔等人对延安所倾注的情感，不是来自了解的同情，而是异己的怜悯；不是来自民族与文化的共鸣，而是缘于人类命运共同体的共鸣；不是来自政治范畴的革命意识，而是基于人本主义的革命意识。

犹太民族医生汉斯·米勒[①]、傅莱[②]、罗生特[③]，记者菲利普·贾菲[④]、汉斯·希伯、李敦白[⑤]等人的延安书写多以新闻通讯与电讯的形式出现，对延安的亲近态度往往表现在立场而非情绪上。贾菲在《美亚》杂志刊载大量报道中国共产党真实消息的文章，与亨利·卢斯控制的《时代》杂志相抗衡。另外，爱泼斯坦[⑥]、冈瑟·斯坦因、白修德等犹太民族作家，其纪实文学创作将个人生命体验诉诸中国社会革命。犹太人薄弱的国家观念、四海为家的生活态度、被压迫的民族历史，成为他们奔赴延安、致力于中国共产主义革命事业的主要原因。犹太民族的"散居史"及其"特选子民"意识[⑦]，构成其超国别、超民族的崇高感与自豪感，致使漂泊意识被逐渐内化，但是与延安的相遇，唤起了他们心灵的归属感，激起了反法西

---

① 中村京子口述，沈海平撰文，中国福利会编：《两个洋八路的中国情缘》，东方出版中心，2015年，第24页。
② 江国珍编著：《我的丈夫傅莱：一个奥地利人在中国的65年》，中国电影出版社，2015年，第3页。
③ 卡明斯基主编：《中国的大时代：罗生特在华手记》，杜文棠等校译，中国社会科学出版社，2003年，第5页。
④ 肯尼思·休梅克：《美国人与中国共产党人》，郑志宁等译，吉林文史出版社，1989年，第248页。
⑤ 李敦白口述，徐秀丽撰写：《我是一个中国的美国人：李敦白口述历史》，九州出版社，2014年，第3—4页。
⑥ 伊斯雷尔·爱泼斯坦：《见证中国：爱泼斯坦回忆录》，沈苏儒、贾宗谊、钱雨润译，新星出版社，2015年，第2页。
⑦ 徐新：《犹太文化史》，北京大学出版社，2011年，第68、82页。

斯的革命意识。而那些日军俘虏根据延安境遇创作的回忆录①，则侧重日常生活的朴素记录，书写延安军民对他们的关怀尊重、马克思主义理论教育的影响，以及他们在逐步自我认可的同时，所实现的个人意识的转变历程。他们将昔日在日本军中的遭遇与延安新生活相比照，向读者提供了别样的延安观察视角。

来自文本外部的作家创作动力，形成了书写延安的域外作家群体的外部特性，而他们的延安文本内部的群体化特征，则突出表现在现代性的"风景"意识与文本叙述的距离意识。将"气候风景和人物心情混沌起来"，令感官"为想象召唤而再现"②，是中国现代以来文学创作的关注点。这种被发现的"风景"，也被日本学者看作日本文学之"现代性"的表征。域外作家通过对"风景"的"使用"，力图为"风景"提供一个"解释框架"，并赋了它新的"意义"。③地理符号的延安作为一个革命的核心场景，成为域外作家借以注入主观意识的场域，在满足时代审美的同时，完成了从生态观念向社会文化观念的"移情"。

贝特兰作品中的延安"风景"充满诗意，以"太阳""阳光""红色""红星"等有温度的笔触与饱和的色调，透视生态意味背后的文化与象征意识。"延安城河以外的青山，晨雾未消，山峰隐现，一座宝塔矗立在山巅，被阳光照耀着。任何银幕导演也不会设计出这样美观的革命的背景。"④贝特兰的"风景"书写侧重渲染延安革命意志的渗透性和整体性，这与有吉辛治注重通过人景对话呈现延安"风景"具有明显不同。有

---

① 日本共产党领袖野坂参三和八路军政治部主任王稼祥磋商决定，在延安成立日本工农学校，而后各抗日民主根据地将俘虏聚集延安，加强思想教育。日军俘虏战后回国出版回忆录，如铃木传三郎《日本俘虏的回忆》，张惠才《从鬼子兵到反战斗士》，香川孝志、前田光繁《八路军内日本兵》，小林清《在中国的土地上——一个"日本八路"的自述》等。
② 萧乾：《创作界的瞻顾》，见《萧乾全集》第6卷，湖北人民出版社，2005年，第93页。
③ 斯图亚特·霍尔编：《表征——文化表象与意指实践》，徐亮、陆兴华译，商务印书馆，2003年，第3页。
④ 詹姆斯·贝特兰：《华北前线》，林淡秋等译，新华出版社，1986年，第101页。

吉辛治将景与人所构成的场景并述，使炊烟与晨雾所绘就的背景，延伸为以人民为叙述焦点的延安生活。"秋收之后显得赤裸"的土地，较之以往被形容为贫瘠的黄土高原，凸显出人与自然、人民与革命的深层互动。"原始的""与世隔绝的"①延安生态环境，被人的出场所打破。作者将现实聚焦于近景：身穿毛皮的牧民，向前引着骆驼；头戴白毛巾的本地人赶着牛车，在满是废物和灰土的道上走着。这和作为远景的、前来迎接他们的中国共产党领袖交相辉映。

陕北连绵的山丘和荒凉的地貌，令斯诺感到一派"超现实主义的奇美"景象。②对陌生事物的审美体验处于域外作家"风景"意识的第一阶段，随后它往往被意识形态的强大力量颠覆。旷达、粗粝的山地"风景"成为域外作家有意识地书写取向，自然风貌被纳入时代气候的表征，边区从而被创构为具有高度象征性的文化符号。域外作家将边区生态环境的凋敝、经济状况的滞后和社会文化范畴的神秘与遒劲相结合，对"风景"进行象征性与情感性的"阐释"，透视出域外作家对延安革命文化的认知与情感联系。

作为革命地标的宝塔山与延河，拙陋原始的窑洞，游击队员穿梭其间的青纱帐，象征坚忍顽强的高粱地等叙述背景，大量出现在域外作家的延安叙述中，其与本土作家的延安"风景"呈异曲同工之妙。本土作家笔下的延安"风景"同样被赋予"意义"。初抵延安的陈学昭，对延安街道的物质性感受是"脏"与"挤"，但基于社会文化的认知，她认为自己对延安的"欢喜"更来自"民主与自由的空气"③。基于对"民主与自由"的联想或置换，作者将脏乱感受与"欢喜"心情两者进行强制性并置，将客居地延安与留学地法国相联系。陈学昭的域外经验不仅体现在"风景"的意义化呈现，

---

① Edited by Hugh Deane, *Remembering Koji Ariyoshi: An American GI in Yanan*, Beijing: Foreign Languages Press, 2004, p.17.
② Edgar Snow, *Red Star Over China*, New York: Grove Press, 1978, p.27.
③ 陈学昭著，朱鸿召编：《延安访问记》，广东人民出版社，2001年，第14—15页。

更昭示了延安精神的革命意识对欧洲现代经济文化的消解。

齐泽克曾以反思的角度提出认识事物的三个层面，即"设置的反思""外在的反思"与"确定的反思"。①这三个层次可借以说明作家表述世界的不同位置，分别意谓贴合叙述对象的"零度"叙述、拉开叙述距离或转变叙述方式的迂回叙述、长时间距离统摄下的"成长"的叙述。来自这三种坐标的观察与书写，往往见诸域外与本土作家的延安文本之中。

"零度"叙述要求作者个人参与到所述故事之中，内在于故事本身，斯诺的《红星照耀中国》便是"零度"叙述的典型代表。另外，薄复礼的纪实文学作品②，以平实的语言、白描的手法、"零度"的写作态度，在记录个人历史的同时，绘画出早期中国共产党人的精神高度。他摒弃来自宗教文化屏障的个人评论或批判，基于"零度"情感，追忆他与看守士兵的沿途对话与日常点滴，被具有苦行与献身精神的中国共产党人所折服。1936年薄复礼在英国举办多场演讲，以眼见的真相驳斥了新闻界对红军的诬蔑，澄清了不实的言论③，为欧洲的延安观提供了一个真实的角度。同样擅于"零度"叙述的本土作家赵树理，以朴素的农民语言，再现乡村伦理社会与革命意识。作者从文本的语言形式、反映的生活内容、深度的情感渗透等方面，将文本创作彻底贴近广大人民，其中，为解决乡村"问题"出现的"村干部""农会主席""区长"等形象，也被呈现为一种内在于人民的"声音"。

和运用"别人的眼睛"看延安不同，斯坦因试图抛弃他人的看法和自己的感情介入，置身故事之外，相对独立且迂回地书写延安。叙述者本身就是闯入者。延安生活的常态，不仅是来自延安外部的域外作家所观察的对象，更是其笔下最有价值的部分。为求得客观叙述，斯坦因将延安书写诉诸考察式的材料和描绘式的场面展示，宣称要在延安"强烈而惊奇的印

---

① 齐泽克：《意识形态的崇高客体》，季广茂译，中央编译出版社，2014年，第271页。
② 薄复礼：《一个被扣留的传教士的自述》，张国琦译，昆仑出版社，1989年。
③ 钟文、郑艳霞编著：《见证长征的外国人》，军事科学出版社，2004年，第255页。

象后面去探取真理"①。如此叙述距离无疑强化了作家创作的客观性、在场感、可信度,但是文艺技巧的缺失也降低了作品的流传度和审美价值。这种叙述距离同样表现在本土作家的创作中,如陈学昭1938年的早期延安文学作品,就呈现出与叙述对象较远的情感距离:静夜里"大船拍浪,海波滔天"的延河,令作者想到"平静的印度洋"上行驶的船只,而梦境中的船只却是驶向远离祖国的方向。②对拍浪涛声的审美叙述,从延河到印度洋"动""静"之间内蕴的情感冲动,揭示出隐匿于作家潜意识中的个人话语,与民族救亡的革命话语两者间的某种冲突,这也正是陈学昭前期创作与延安革命话语相对疏离的具体表征。孙犁则以浪漫抒情的散文笔法,书写人民乐观的反抗精神与至善至美的乡土中国,有意绕开革命斗争的"暴力"叙述,迂回书写了别样的延安革命文化品格。

史沫特莱早期的作品叙述焦点相对混乱,材料性铺陈较多,情感抒发恣肆。《中国的战歌》是她在审美投射和现实延安之间保持较远距离的作品,在时空上将延安置于她革命意识成长的一个片段,这种远瞻式的书写成就了作家所希望达到的理想高度。作者深切表白,"我总是忘记自己并不是一个中国人"③。运用停滞的眼光观照人物会使其限定为一个"常数",而将发展性的视野投射于叙述对象,则会灵活反映现实的"变数",从史沫特莱早期的作品直至《中国的战歌》《伟大的道路》,其"成长"诉诸作家个人意识的成长和文本承载价值的增生,昭示出作家与文本共同的"成长"特性,以及作家本人与文本之间的人、文互证与互文关系。而同期丁玲小说《在医院中》的陆萍看待现存"问题",从最初孤立的外在审视,到感性与理性的深层蜕变,也呈现为作家与人物一同"在历史中成长"④的过程,但丁玲对其人物的塑形与心理的体察更具深切的

---

① 斯坦因:《红色中国的挑战》,李凤鸣译,新华出版社,1987年,第3页。
② 陈学昭著,朱鸿召编:《延安访问记》,广东人民出版社,2001年,第24—25页。
③ Agnes Smedley, *Battle Hymn of China*, New York: Da Capo Press, 1975, p.506.
④ 钱中文主编:《巴赫金全集》第3卷,河北教育出版社,2009年,第225、228页。

审视内涵。

"风景"意识作为"现代"文学写作的表征,普遍存在于域外作家与接受"现代"文学观念的本土作家的延安文本中。根植于乡村与人民的本土作家赵树理,对自然景观的描述较少"意义化"的"风景"意识,更多是对故事环境的简述和基于乡村生活经验的泛谈。赵树理源于中国文学传统的创作实践,促使我们进一步思考所谓"现代"文学批评的标准问题,以及深入挖掘与重视本土创作经验的迫切性。从叙述距离的角度对域外与本土作家的延安文本进行观照,会发现其创作是根据不同的观察对象、以不同的比例,将"零度"叙述、迂回叙述、"成长"叙述三者糅合运用。在域外作家那里,观察延安的距离倾向于书写"自己"与书写"故事"相结合的模式,但这两者是相互独立且封闭的,这就与本土作品存在明显差异。本土作家则侧重思考"个人"与"环境"的关系,正是这种勾连文本内外的"间性",使其作品更凸显成长性和延伸感,也彰显了域外作家与本土作家的文本区别。

二、域外作家延安书写的精神向度

被公认为域外作家延安书写顶端的《红星照耀中国》,是确立"世界的延安观"的第一部作品,其价值与意义体现出历史细节的刻画与跨越时代的当下性。1934—1949年间,亲赴抗日民主根据地及解放区的域外作家众多,但就国际信任度和世界影响力而言,并不存在能与斯诺相提并论的作家。和斯诺之热相反,公众对美国记者杰克·贝尔登的接受和研究则趋于极冷,主要原因在于其作品《中国震撼世界》初版于中美关系紧张阶段。斯诺和贝尔登的纪实文学,分别以抗日战争和解放战争为背景,两者的叙述重点不同。前者为求得表述的准确和权威,奠定延安走向世界的域外舆论基础,作者多处转引中国共产党领导的言论,对理论问题着墨较多。后者深入多地村庄,采访许多普通农民,贯注于书写中国民众与乡村。虽然两者均将目光投向中国人民，但贝尔登的作品具有更大的发挥空间。如果说《红星照耀中国》的价值在于参与了历史的生成，那么《中国震撼世界》则旨在记录中国人民的历史创造。

史沫特莱曾说，"中国人十之八九都是农民，而迄今没有一个曾向世界讲述他的故事"，朱德作为一位中国农民，书写他的传记，便正是"中国农民的第一次开口"。[1]从延安时期开始，中国作家将探索"人民"与"社会"主题的外延内缩，着眼民族和阶级问题。斯诺、贝尔登正是和史沫特莱一样，敏锐地将其延安书写的核心置于"人民性"之上，从族际与国际的开阔视野，拓展了"人民"与"社会"主题，在将"中国民间变革"安放于20世纪"世界革命叙事"的同时，也达到了域外作家延安书写的精神高度。

费正清说，《红星照耀中国》"一书出版的本身，就是当代中国史上的一件大事"[2]。这句话的关键词之一"出版的本身"，将斯诺作品的意义衍生到了文学以外。中外斯诺研究中存在一种倾向，即强调个人的政治预见力，以致将其"个人历史"和中国共产党的世界历史并行而论。历史无疑是由人写就的，也是由人创造的，更是由人阐释的，但这里的"人"是不能用"个人"置换的。普列汉诺夫19世纪末的著述[3]早已驳斥了这种唯意志论观念。斯诺准确地向世界传达中国共产党的政策与目标，被视作显示其历史眼光的典型案例[4]；并且在共产党员汉斯·希伯的对比下[5]，他的

---

[1] Agnes Smedley: *The Great Road: The Life and Times of Chu Teh*, New York: Monthly Review Press, 1956, "Prelude", p.3.
[2] 约翰·费正清：《〈红色中国杂记〉序》，见埃德加·斯诺《红色中国杂记》，党英凡译，群众出版社，1983年，第1页。
[3] 普列汉诺夫：《论个人在历史上的作用问题》，王荫庭译，商务印书馆，2010年。
[4] John S.Service, "Edgar Snow: Some Personal Reminiscences," *The China Quarterly*, no.50（April/June 1972），p.218.
[5] 共产党员汉斯·希伯，在《太平洋事务》发文驳斥斯诺的观点（山东省中共党史人物研究会编：《希伯文集》，山东人民出版社，1986年，第355—356页）。后来毛泽东说，希伯"犯了严重的错误"（埃德加·斯诺：《红色中国杂记》，党英凡译，群众出版社，1983年，第33页）。

个人意义更得到了充分证明。

然而,斯诺关于中国社会变革与政治目标的理解,并非一贯正确。邹谠通过分析斯诺于1937年与1944—1945年间所持言论,认为他对中国革命性质的认识出现混乱。①的确,1944年出版的《人民在我们一边》中,斯诺谈到,"中国红军一再声明,他们的方针是领导中国的资产阶级民主革命";中国共产党"深陷于'半殖民地'革命的民族问题中"。②可见,即使斯诺颇具中国历史思维和政治领悟力,但终归是来自域外的观察者。更何况,根植于中国乡土的社会学家费孝通,作为历史的见证者、斯诺的同代人,在《江村经济》中谈及对中国共产党的认识,也不免存在偏颇。③

美国社会学家米尔斯提出"社会学的想像力"概念,认为在我们认识世界与现实的过程中,"理解作为社会中个人生活历程与历史的结合面上的一个个细小交点"④,便是掌握"社会学的想像力"的关键。这里涉及的三个关键词,即个人、社会与历史。正如马克·赛尔登所指出的,斯诺对"共产主义运动的报道过多依赖于对领导人和积极分子原话的转述,来补充他本人的亲身观察"⑤。在《红星照耀中国》中,人物采访与观念认知的互证实例俯拾皆是,斯诺大量直接引述中国共产党领袖和"红小鬼"的谈话,全文转引毛泽东与他的几次深夜长谈。拉里·平克姆认为,斯诺

---

① "1944年6月10日发表的题为《六千万人失去了盟友》一文。在这篇文章中,他对美国与共产党没有官方联系,因而在抗日战争中不能利用他们和他们的基地而表示痛惜。他认为他提倡的利用中共军事潜力的计划是合理的,原因是他们不是真正的共产党人"(邹谠:《美国在中国的失败,1941—1950》,王宁、周先进译,上海人民出版社,1997年,第205—206页)。

② Edgar Snow, *People on Our Side*, New York: Random House, 1944, p.290-291.

③ "如果《西行漫记》的记者是正确的话,驱使成百万农民进行英勇的长征,其主要动力不是别的而是饥饿和对土地所有者以及收租人的仇恨"(费孝通:《江村经济》,上海人民出版社,2006年,第188页)。

④ C.赖特·米尔斯:《社会学的想像力》2版,陈强、张永强译,三联书店,2005年,第6页。

⑤ 马克·赛尔登:《革命中的中国:延安道路》,魏晓明、冯崇义译,社会科学文献出版社,2002年,第269页。

的作品及他本人的影响力,"是那些仅仅长于叙述的新闻工匠远不能做到的","是历史造就了斯诺"。①汉密尔顿也曾写到,"重要的还不是他怎么写,而是他写什么"②。正如贝特兰所言,《红星照耀中国》堪称经典的原因,是人、时机、技巧熟练写作的"三者最幸运的巧合"③,在此,"时机"的价值被推到很高的位置。

据路易·艾黎回忆,在斯诺被告知有机会前往保安时,"开始有些疑虑",是宋庆龄的劝说,使他明白此次旅行的"政治意义"。④援引这一细节无意否定斯诺对保安之行的期望与付出,而是希望我们在探讨大事件的生成时,应该更多地将个人放进历史与社会所编织的复杂语境中,从而无限接近所谓的本质或真实。对斯诺的历史判断进行过高评价,无疑会与中国共产党在制度与文化建构上的主动性相疏离。周恩来对延安交际处工作人员的指示⑤,以及毛泽东在长征胜利到达延安后有意发起集体书写长征经验的号召,均彰显出中国共产党建构自身文化认同的积极尝试和历史眼光。

《红星照耀中国》在全世界影响深远,除却社会、历史的客观原因之外,国内外研究者认为,斯诺的个人原因也发挥了一定的作用。诸如斯诺淡泊、谦和、友善的性格素养,持自由主义而非信仰共产主义的思想立场,对中国文化、语言与中国共产党有一定认知的前提条件,以及乐于涉

---

① 拉里·平克姆:《斯诺和亲身经历的作用》,丁一江译,见中国史沫特莱、斯特朗、斯诺研究会编《〈西行漫记〉和我》,国际文化出版公司,1991年,第42页。
② 约翰·汉密尔顿:《埃德加·斯诺传》,柯为民、萧耀先等译,辽宁大学出版社,1990年,第3页。
③ 詹姆士·贝特兰:《斯特朗、史沫特莱、斯诺和〈红星照耀中国〉的写作》,江枫译,见中国史沫特莱、斯特朗、斯诺研究会编《〈西行漫记〉和我》,国际文化出版公司,1991年,第78页。
④ 路易·艾黎:《对埃德加·斯诺的回忆片断》,见刘力群主编《纪念埃德加·斯诺》,新华出版社,1984年,第55页。
⑤ 周恩来指示延安交际处工作人员,要以外国记者为工作重点,以"强调宣传坚持抗日、坚持民主、坚持团结"为工作核心(金城:《延安交际处回忆录》,中国青年出版社,1986年,第201页)。

奇冒险，秉承记者职业道德与准则，追求作品的客观真实等。另外，一些域外学者认为《红星照耀中国》所写的真实故事极具传奇性[①]，故事性与传奇性虽有失历史的严肃感，但这无疑扩宽了域外的民间读者群。也有许多域外学者将此书作为认识中国共产党的专业历史书籍[②]，由此形成了斯诺作品在民间与专业领域的受众基础与普遍认可。那么，《红星照耀中国》作品本身究竟在文学与文化层面具有哪些独特之处呢？

斯诺对中国共产党人精神底色的深度挖掘与独到认识，使其作品成为勾连中国本土与域外、跨越不同时空与时代的主要原因。斯诺"发现"了中国共产党人与延安精神的"乐感文化"与"实用理性"。中国共产党人高度的道德自律意识等革命文化中的"实用理性"一面，是斯诺书写延安精神的重要方面。但更为突出的是，斯诺对延安精神内核中"情本体"的深层理解和顿悟，如刻画毛泽东其人充满情感性的真实细节：在回忆湖南饥民的悲惨处境时，他的"眼睛是湿润的"[③]；当有人向他描述卓别林的喜剧《摩登时代》的场面时，"笑得哭起来"；等等[④]。中国共产党人张扬的青春激情、"对生存的信心"、随时随地"放声高歌"[⑤]等精神状态，都是斯诺作品中所着意渲染的。战时的客观环境，促使中国共产党人对传统的"乐感文化"进行强化与升华，坚定的革命信念、共同的情感积淀、焕发的青春文化等成为延安精神的内在品格。这两方面的有机融合，不仅包含消解文化与意识形态差异的"共通性"元素，而且具有"形而上的皈依品格"[⑥]，成为部分域外作家敬佩、靠拢延安与中国共产党人的共

---

① 肯尼斯·休梅克：《美国人与中国共产党人》，郑志宁等译，吉林文史出版社，1989年，第44页。
② Owen Lattimore, "Edgar Snow's China:A Personal Account of the Chinese Revolution Compiled from the Writings of Edgar Snow. By Lois Wheeler Snow." *The China Quarterly*, Vol.93（March 1983），p.162-163.
③ Edgar Snow, *Red Star Over China*, New York: GrovePress, 1978, p.72.
④ Edgar Snow, *The Battle for Asia*, New York: Random House, 1941, p.287.
⑤ Edgar Snow, *Red Star Over China*, New York: GrovePress, 1978, p.61.
⑥ 李泽厚：《实用理性与乐感文化》，生活·读书·新知三联书店，2005年，第185页。

通的情感纽带。斯诺侧重书写他对中国人民的情感、民间艺术形式的欣赏、青春力量的肯定,因此,《红星照耀中国》成为域外作家延安书写的翘首之作。

杰克·贝尔登的创作虽面向美国读者,但政局变动导致了社会舆情的转向,使其作品遭受难料的冷遇,致使相关"副文本"①匮乏。拉铁摩尔曾说,贝尔登拥有一般的外国人所望尘莫及的中国体验,是他心中"传奇式的人物",《中国震撼世界》"至今仍是一部被埋没的杰作"②。查尔斯·海福特认为,贝尔登的作品堪称经典,他"对战争的深刻注视,饱含着罕见的诗意",并以其大无畏精神和深刻的洞察力,收获了来自同行们的尊重,在美国新闻界几乎是导师般的存在。③同时代的域外观察者对贝尔登只言片语的评价,散见于国际新闻界浩繁的中国观察资料,如此境遇重申了"时机"的重要性,证明了历史与社会织就的语境对个人的影响,也促使我们将观察《中国震撼世界》的眼光"向内转"。

贝尔登以蛰伏于民间的农民真实经历为核心,深刻理解延安精神一以贯之的内在价值——人民性,他斥责美国观察者的目光,总是"左看看,右看看,还惶恐地抬眼朝天上看看,却从来不肯抱着同情心朝地上看看"④。和斯诺倾向书写延安精神中的"情本体"不同,贝尔登虽折服于中国人民的力量,但较少情感投射,他态度超然,是独立于中国故事之外的观察者。致力于观察乡土中国社会和广大农民的贝尔登,对中国民间所孕育的革命力量的"发现",促使他面向世界读者重新表述中国共产党的

---

① "副文本如标题、副标题、互联型标题;前言、跋、告读者、前边的话等;……包括作者亲笔留下的还是他人留下的标志……"(热拉尔·热奈特:《热奈特论文集》,史忠义译,百花文艺出版社,2000年,第71页)。
② 欧文·拉铁摩尔:《〈中国震撼世界〉序》,见杰克·贝尔登《中国震撼世界》,邱应觉等译,北京出版社,1980年,第1、8页。
③ Stephen R.MacKinnon and Oris Friesen, *China Reporting: An Oral History of American Journalism in the 1930s and 1940s*, Berkeley and Los Angeles: University of California Press, 1987, pp.43-44.
④ 杰克·贝尔登:《中国震撼世界》,邱应觉等译,北京出版社,1980年,第3页。

形象。作者开篇写到中国偏远乡村的孩子们，随着他一面跑一面喊，"打走了日本鬼子，又来了Mei kuo fan tung"。如此境遇令人发窘，但他转念想到，"现在才体会到，在美国的华侨洗衣工被小孩们追逐辱骂"的时候，"心里是如何想的"。①这一场景投射出作者在来自中国民间的美国镜像中对"自我"的审视，进而将昔日"洗衣工"中国与如今"饭桶"美国的两种镜像进行历史性对接，暗示对旧有中国形象观念的怀疑及重审。在这里，被反转的中国镜像认知，预示了中国共产党所代表的红色中国形象即将冲决固有的世界镜像，用民间的勃发生机和人民所内聚的中国力量，书写红色中国的历史创造。

贝尔登认为，中国乡村的妇女群体，既是革命力量的主体，又是革命彻底性的表征。历史压迫与现世控诉中的妇女成为行使斗争权利的主体，这一社会文化意识上的颠覆，从抗战时期的铺垫，演变到解放战争时期的喷发，人民的解放激情和被压抑的反抗力量，写就了中国人民解放的史诗。曾经作为奴隶的中国妇女，"现在变成了新秩序的主人公"——克里斯蒂娃注意到，革命的中国妇女所承担的权力，内蕴着"一种升华的欲望乃至反抗"，显示出中国革命妇女，在内在驱使力与外在权力的结合下，迸发的无限性和无法遏止性。②

由于对中国女性革命力量的"发现"，贝尔登在域外作家中脱颖而出，他从中国乡村中选取几位妇女，以她们的革命路径，揭示农村社会变革的深广度。《中国震撼世界》的第一个高潮，由被汉奸迫害导致家破人亡的妇女三花所点燃，批斗会上的三花，从旧时代权力的底层，一跃成为新社会权力的行使者。走上批斗台"神坛"的妇女们，体验着革命带来的欢乐，揭开了中国女性革命事业的序幕。三花的经历是裹挟着高昂激情的

---

① 贝尔登认为，"Mei kuo fan tung"意为"美国饭桶"（杰克·贝尔登：《中国震撼世界》，邱应觉等译，北京出版社，1980年，第25页）。
② 朱丽娅·克里斯蒂娃：《中国妇女》，赵靓译，同济大学出版社，2010年，第142、188页。

女性斗争个案,此外,作家还敏锐地发现了妇女革命内蕴的隐性倾向:妻子对地主丈夫表现的微妙情感。她温柔以待即将被处决的丈夫,但面对其尸体也并未流露任何感伤。作者以女性在社会、道德与身体等层面崛起的反抗意识,来解释这看似吊诡的场面和矛盾的情绪,故事的戏剧性张力完全不亚于虚构小说。作者深刻体察中国革命女性思想意识的颠覆,无论这一过程是显性的、隐形的,还是刚性的。

现代以来中国妇女的刚性倾向伴随着鸦片战争的觉醒发展而来,叙述这类女性形象的文学作品,从延安时期延伸至20世纪70年代末。刚性妇女形象是在战争中应运而生的群体,也是始于延安的,广大妇女根本性解放的表征。民兵梅素,正是贝尔登在现实中发现的刚性妇女代表,她"没有丝毫的娇姿媚态","满腔热情,干劲充沛"。[①]在现实与文本的互证中,中国女性打破了"柔"的狭隘意识、冲决了"美"的一元化观念、超越了作为财产、欲望、审美的旧时代的符号化象征。

从三花、梅素等丰满且典型的形象,可以发现作者尤其注重人物刻画。囿于纪实文学的写作原则,作者摒弃人物心理活动的再现,以语言描写透视人物的思想意识。贝尔登作品的叙述动力是以人物为视点,从人物活动、人物间关系的变化,拉动故事发展的同时,也凸显其延安书写的时间意识。贝尔登以人物推动情节的理路与赵树理以故事带动人物的手法迥异。在贝尔登看来,赵树理"对于故事情节只是进行白描,人物常常是贴上姓名标签的苍白模型,不具特色,性格得不到充分的展开,其最大的缺点是,作品中所描写的都是些事件的梗概,而不是实在的感受"[②]。其实,根植于中国乡土社会的"农民作家"赵树理,与贝尔登同样,作品都体现着延安文学的核心价值与精神向度——人民性,但是,基于不同的文学传统,贝尔登以"西方"原则为统一标准,无疑遮蔽了本土作家对民族形式的坚守与尝试。

---

① 杰克·贝尔登:《中国震撼世界》,邱应觉等译,北京出版社,1980年,第265页。
② 同上,第117页。

浦安迪曾就神话与原型的角度，探讨中西文学叙述传统的差异，认为西方神话注重细节描写，中国神话仅保留故事的"骨架"与"神韵"，缺乏对"人物个性和事件细节的描绘"[①]。中国叙事传统，在赵树理那里表现为"讲故事"的过程，故事的呈现借助紧凑的人物对话展开，以边区政府的干预力量，解决乡村社会"问题"为叙述动力。在贝尔登看来仅为"梗概"的故事"骨架"，正是赵树理文学创作的基本单元，精练的乡土俗语为空间化、粗线条的故事，增添了中国民间情趣的独特韵味。

贝尔登常被邀看边区的民间文艺表演，对此也十分欣赏，但是，当面对中国作家以民族化、大众化原则所创作的文艺作品时，他却持较低的评价姿态。贝尔登总是对中国文化形式的界定标准不一，在文学范畴内往往将"民族"与"现代"安放于极端对立的位置。实际上，秉持民族化、大众化的本土延安文学创作，并非"现代"或非"现代"能够一言以蔽之的。"现代"本身内聚着驳杂的异质性元素，"现代"也绝非文学作品高下的唯一逻辑，仅仅围绕所谓"现代"去定义或判断文学作品，无疑带有极大的偏见。文学作品的复杂性意味着它不可能是一个维度单一的"均质"存在，任何绝对的理论标准都会扼杀文学作品的多重价值。所以，域外作家更应该拓展视域，不但看到中国民间的反抗精神，也应该看到中国本土的延安文学创作对传统文学经验的执着坚守，甚至领会这些作品在救亡图存的现代中国所达到的现实力量。域外作家与本土作家更应以丰富、多元的跨文化视野，扩宽并实现延安文学遗产的世界性意义。

三、域外作家的延安叙述主题

社会主义现实主义创作原则下的中国文学，在波伏瓦看来，不但没有回避社会现存的"矛盾和冲突"，反而将其作为文学创作的主要内容，丁

---

① 浦安迪讲演：《中国叙事学》，北京大学出版社，1996年，第41页。

玲与周立波的作品是中国现实的"生动描绘"和深刻的反映。①五四文学、延安文学，直至当下的文学创作，"呼唤英雄"和"寻父"一直是不衰的话题。对英雄形象的渴望，和寻父寻母的求索在某种程度上说是同源的，其均指涉新生、重生的过程。其中，延安时期的英雄叙述，出现了"来自底层民众的所谓英雄"，这类形象作为"'大众英雄'开始崛起"，对"大众"英雄的发现和书写，体现了"历史主体性与阶级自觉性"，并"被作为叙事的焦点而得以展开"②。延安时期的"大众"英雄，不同于以往和之后的英雄，如金戈铁马的战地英雄、传奇怪诞的民间英雄、背靠金光的历史英雄。延安文学的英雄叙述，具有人民性与原生性，诸如各行业的劳动模范、民间艺人、乡村能人、基层干部，他们均指向从被压迫的中国土地中走出来的人民大众。然而，同样关注延安"大众"英雄故事的域外作家，又和本土作家的英雄叙述有何不同？③

周立波根据在晋察冀边区的真实所见，创作《徐海东将军》《聂荣臻同志》等报告文学，其中《小哨兵》一文，书写了群落式青年英雄的诞生。作品集中展示了几个场景，再现真实的同时，预示了中国革命群体中青年一代的成长。小哨兵用歌声迎送路人、儿童团孩子的上课情况、父亲将儿子送来军队、小哨兵在野外守卫——这几个场景，和全文开端与收束处严肃的小哨兵那句萦绕耳际的亲切询问"带了路条吗，老乡？"④在语言与场景中，共同构成少年英雄通向圆满的循环旅程。作者将叙述距离拉近，把"大众"英雄与初生少年相结合，烘托出"大众"英雄的成长氛围和童真色彩。少年英雄同样存在于域外作家的延安书写中，海伦·斯诺

---

① 西蒙娜·德·波伏瓦：《长征：中国纪行》，胡小跃译，作家出版社，2012年，"前言"第15页。
② 赵学勇：《天地之宽与女性解放——延安女作家群述论》，载《中国社会科学》2013年第7期。
③ 夏济安：《中共小说中的英雄与英雄崇拜》，李俐译，见《黑暗的闸门：中国左翼文学运动研究》，万芷君等合译，香港中文大学，2016年，第240页。
④ 周立波：《小哨兵》，见《周立波选集》第5卷，湖南人民出版社，1983年，第59、63页。

认为中国共产党解放了中国青年①，青年正是铸就中国革命力量的主要部分，并逐渐成为新中国革命的英雄群体。域外作家借助态度认真和工作热情的"红小鬼"、具有崇高使命感的红军战士及积极抗争并争取解放的青年，表达他们对少年英雄的敬佩和期望。少年英雄群体在本土作家笔下，侧重革命群体成长的象征意义，以及他们与中国革命愿景的深层互文关系；域外作家更关注少年成长的心路历程，观察视野往往不是向前延伸，而是向后回望，着重凸显中国共产党人的青春文化与革命力量。叙述角度的差异一定程度上说明域外作家观照及书写的中国革命历史，较之本土作家而言缺乏对中国革命文化的深度认同感与主体性想象。

历史从来不缺少英雄，"'历史'与'英雄'一直是两个被捆绑在一起的概念"②。讲述中国故事、书写延安经验的域外作家，同样将目光投向延安的"大众"英雄，以及具有"大众"英雄元素的革命领袖。不同的是，域外作家的延安书写往往淡化本土作家所关注的英雄的"荣光"，反而冷静直视光芒下的"阴影"，书写隐遁于"阴影"之中的苦难的褶皱。毛泽东与人聊天时"心不在焉地松解裤带，搜寻着某个寄生物"③，诸如此类的细节呈现，正是斯诺把英雄拉回民间，书写英雄大众化的尝试；《伟大的道路》中的朱德作为战斗英雄，其大众化元素由他深受苦难的农民身份延展开来，成为"大众"英雄成长史的经典文本。

边区高度精神化、崇高化、意义化的吴满有，在斯坦因和哈里森·福尔曼的笔下俨然成为寻常的田间老汉。同一个英雄故事，本土作家倾向于阶级性与民族性相结合的"延安革命模式"的讲述，而域外作家则更青睐"个人奋斗模式"的想象。中国文学传统惯于书写个人所置身的社会与历史筑起的波澜图景，突出环境与人的"间性"关系。因此，即使个人被赋予英雄、模范的意义，延安时期的本土作家大多仍然倾向于对社会与时代

---

① 尼姆·威尔斯：《续西行漫记》，陶宜、徐复译，解放军文艺出版社，2002年，第34页。
② 曹文轩：《二十世纪末中国文学现象研究》，作家出版社，2003年，第291页。
③ Edgar Snow, *Red Star Over China*, New York: GrovePress, 1978, p.72.

的抒情，内在于时代的个人从而被一同时代化、历史化、崇高化。由此观之，域外与本土"英雄"的书写之"异"，似乎暗合了中国文学的家族叙事传统，这与美国、欧洲文学的家世叙事传统不同，域外作家更强调独立于环境之外的个人的意义。

父权之"父"，由于历史中男性长期占据显在地位，使得权力之前冠以"父"之名，但实际上这个权力的行使者主要涉及家庭、亲缘。父权之"权"，在五四新文学以来的语境中，往往意谓残余封建观念、家庭与亲缘对个人所造成的束缚及压制。个人抛弃家庭，由"失父""无父"，转而投向一个新的包容性力量，这个力量即被泛化的"父亲"。个人寻父与社会变革相伴，个人在时间与空间中成长，其"父"也呈现为一个包含着"变与不变"的统一整体。在这个意义上说，"寻父"是具有传染性和革命性的旅程，暗示出个人与家庭、社会、国家的同构。

在斯诺的观察下，个人的"寻父"归宿，正是具有内在文化聚合力的延安和中国共产党。斯诺在《红星照耀中国》中描写了一位基层干部傅锦魁，他们在去往前线途中留宿农家，那夜的长谈使作者意识到普通农民与中国革命的关系。在谈话中农民们将傅锦魁看成他们的儿子，"他也的确是农民的儿子"①。他既是真实农民之子，更是中国人民和土地的儿子；作为中国共产党的干部，他同样是中国共产党的儿子。在此，农民、人民和中国共产党，在社会现实中紧密结合，汇聚成中国民间不竭的革命力量。《创业史》中的"新人"梁生宝，正是在思想上与养父发生断裂之后，转而成为中国共产党和人民的儿子。"他已不在一个时代的内部，而处在两个时代的交叉处，处在一个时代向另一个时代的转折点上。这一转折寓于他身上，是通过他完成的。"②梁生宝的"寻父"旅途与时代的成长轨迹偕同，两者相伴相生。

柳青1945年创作的《土地的儿子》，不单讲述农民对土地的归属，更

---

① Edgar Snow, *Red Star Over China*, New York: GrovePress, 1978, p.251.
② 钱中文主编：《巴赫金全集》第3卷，河北教育出版社，1998年，第228页。

侧重描写这场"寻父"之旅的主人公,即"二流子"李老三。将叙述对象设定为"二流子",提升了教育与改造的难度,正如哈里森所言,"最得意的劳动英雄是二流子的劳动英雄"①。李老三不同于传统意义上的"二流子",作为旧时代的牺牲品,他被迫"过着这种冒险生活"②,以致父亲早亡、家庭离散、邻里质疑。回归土地、重获新生的李老三,竟也作为劳动英雄,成为群众自编秧歌戏的剧本原型,由此,"寻父"过程所弥散的传染性力量得以强化。哈里森笔下的无赖流民刘森海,是作为旧时代的投机者,对这种顽固的"二流子"的改造最为困难。然而在边区群众那里收获的尊重与温情,使刘森海们意识到曾经"舒适"生活的不堪,由此,他们将羞愧感转换为内省的自救意识,进而启程追随至亲般的中国共产党的呼唤。可以看到,在"二流子"叙述中,延安时期的本土作家往往强调改造中的阶级认同,而域外作家总是将这种革命文化的身份认同,置换为社会道德的文化认同。由此,对中国革命缺失理解力与信念感的部分域外作家,在阶级与民族的角度之外,为延安提供了别样的叙述。

贝尔登笔下的金花,其真实存在的成长与革命历程,正是现实真实与文本真实的互文。旧社会的媒妁婚姻,迫使金花颠覆家庭伦理,控诉懦弱的母亲和黑暗的社会:"你还记得你年轻时的情形吗?""我不听你摆布!你这个老蠢货!臭娘们!混蛋!"③极其注重封建礼教的中国农村还处于革命初期,金花的出现无疑是最具革命性的代表,向旧时代宣战,也与旧家庭决裂,成为天然的无父无母之身。丁玲所塑造的贞贞,和金花一同,为改变被压迫的命运参与革命,为反抗婚约而出逃,却被日军掳走,和家庭诀别进而永别。革命初期的客观环境没能使金花即刻投向党的怀抱,出嫁的宿命与来自旧家庭的痛楚一道,成为她革命的伤疤。令金花得

---

① 哈里森·福尔曼:《北行漫记》,陶岱译,新华出版社,1988年,第72页。
② 柳青:《土地的儿子》,见刘润为主编《延安文艺大系·小说卷》(上),湖南文艺出版社,2015年,第460页。
③ 杰克·贝尔登:《中国震撼世界》,邱应觉等译,北京出版社,1980年,第351页。

以持续革命的动力,来自她在夫家所遭受的凄苦生活,这恰与曾经的纯真爱情相映照。而贞贞则处在被激化的社会、家庭、乡邻、旧有观念等多重困境中,与金花相比,贞贞的革命意识、解放意识表现得更为曲折和极端。奋起参与革命的金花,处于中国民间大规模变革与妇女集体革命意识的开端,其开创性意义在于女性革命力量的群体化,"妇女会"将积压多年的女性苦难境遇质变为集体性的革命热情和驱力。因此,贝尔登侧重书写金花解放意识中所包含的被动性与追随性,这与贞贞由个人悲惨遭际所生发的革命觉醒明显不同。丁玲笔下的贞贞,其解放意识的萌生与实践,均凸显出个人的信念感,表现出革命觉醒的主体意识和自发意识。

持续地在革命中成长,这一主题延续至中国"十七年"文学,杨沫的《青春之歌》将一袭白衣的林道静置于中国革命的浪潮之中,被教育、改造、成长。林道静身边的三位男性形象见证了她不断抛弃与蜕变的思想历程。和林道静不同的是,金花的成长是在女性群体的关怀和帮助下完成的,同时她自身也担负了解放女性的新时代使命。由此,中国农村妇女得以实现经济、政治、身体方面的根本性解放。无父无母之身的金花,在投入党与革命的怀抱之后,成为革命的女儿。金花的反抗斗争,体现出女性的性意识觉醒和对爱情的追求。1947年前后中国乡村的思想解放还停留在初级阶段,"追求爱情"似乎颇具资产阶级情调,与后来被极端发展的"爱情政治化""政治道德化"的文本意图不符。从追求爱情出发,寻求个人解放的金花,在革命所绘就的图景中,容纳了对新时代"翻身"的经济与政治诉求,和她对新时代婚姻问题的构想。

贞贞的个人成长是脱胎换骨的,而金花的婚姻追求也同样是以服务革命为旨归的,奋起革命后的金花,她的视野与生活中,曾经的恋人是缺席的。曾经恋人的不在场,正是因为革命意识的在场,解放社会、解放自我的追求,成就了她们,也成为她们的全部。正如金花,她将自己纳入时代的需要,对新婚姻配偶的选择也同样出于革命的考虑,"我想找个思想进步的对象","他应该是个无产阶级","为人民服务"①,这一切侧面反映出中国革命妇女阶级意识的形成。金花选择追求幸福婚姻,而贞贞则决定去延安学习,她抛弃了曾经的恋人、家庭、乡邻、故土,以及伤痕累累的自己,开始新的生活。无父、无母、无根的贞贞,投入了血亲延安的怀抱,在自我解放中重生。金花、贞贞、林道静等的"寻父"旅程,为中国妇女命运的改写提供了一个缩影。这种从旧至新的成长,以延安为肇始,呈现为现实与文学、作家与文本的互证过程。

从改造"二流子"与中国妇女革命二者的"寻父"过程看来,域外作家似乎消解了"寻父"的庄严感与史诗感,将波澜壮阔的中国革命背景看作个体生命意识觉醒的契机,由此,中国共产主义政治文化中的阶级觉悟被彻底边缘化。然而,在本土作家的延安叙事中,中国革命青年的"寻父"过程具有必然性与彻底性,延安所代表的包容性力量,是革命的起点,也是支撑反抗力量得以延续的核心。由于本土作家满怀对中国革命的深切体认,作品中往往以强烈的情感渲染与激越的民族想象,再现中国青年的革命旅程。在这个意义上说,域外作家的延安文本虽然为读者提供了延安历史生成的细节真实,但本土作家的创作则更能捕捉到中国革命的脉搏,并且理解延安精神对个人旧有意识的改造,由此,得以触动中国青年"寻父"旅程的本质真实。

四、域外作家延安书写的限度

麦克卢汉认为,媒介存在冷热之分,媒介承载的信息量小、清晰度低、人的参与度高、包容性强,多存在于"落后国家"②的媒介为"冷"媒介,反之为"热"媒介。当来自"热文化"土壤的美国记者遭遇"冷

---

① 杰克·贝尔登:《中国震撼世界》,邱应觉等译,北京出版社,1980年,第383页。
② 马歇尔·麦克卢汉:《理解媒介:论人的延伸》(增订评注本),何道宽译,译林出版社,2011年,第40—41页。

文化"的延安，必然会发生一场变革。在极热媒介环境中，个人背离以往通往所谓理性的、进步的、目光向上的"冷"文化传统，从个人主义的"热"文化，逐渐向"冷"文化靠拢，孤立的个人趋向集体，成为部分域外作家将其个人话语自觉汇入新时代话语的表征。延安这个包容性强、参与度高的新时代社会，无疑对曾经具有游离性、排斥性的部分域外作家进行了重塑。域外作家的多重身份，暴露了他们的认同困境在延安与世界的双重投影。斯诺与印度、苏联和20世纪20—50年代的美国[①]，在思想文化领域存在某种程度的冲突，而通过与中国共产党人的交往，重启了他的身份与文化认同。史沫特莱早期在印度等地从事革命活动，但身处中国的她，在延安找到了精神归属，弥留之际仍期望重返中国，"亲一亲它的土地"[②]。由于公开发表中国共产党对日作战的新闻，被美国军界排挤的卡尔逊，日后在太平洋战场将延安经验与实际作战结合[③]，实现了他的人生转轨。域外作家对延安的想象性表述，在互动与对话中，容纳了有关主体、对象、环境、时间等诸多因素，这种被裹挟的所有想象性关系，即拉康所说的"主体间性"。[④]域外作家在个人与中国历史文化之间，找寻诸多新的结合点，正是域外作家与延安主体，在变化着的时空中所呈现出的深层互动。

霍布斯鲍姆认为，"对于那些觉得自己的责任和灵感是要'深入群众'，画出群众疾苦的真实画作，并且帮助他们奋起的人来说"，"根本问题是'现代性'"，"中国最伟大的现代作家鲁迅刻意拒绝了西方模

---

① 由于厌弃物质崇拜的美国，从而选择离开的斯诺，在和父亲1920年的通信中已经表明，"在全美国"所弥漫的社会心理中存在着"有毒"且"危险的东西"（埃德加·斯诺：《斯诺家书》，见艾柯等著《知识分子写真》，董乐山译，中央编译出版社，2010年，第212页）。
② 史沫特莱：《史沫特莱文集》第3卷，梅念译，胡其安、李新校注，新华出版社，1985年，"出版前言"第1页。
③ Edgar Snow, *People on Our Side*, New York: Random House, 1944, p.288.
④ 拉康：《拉康选集》，褚孝泉译，三联书店，2001年，第267页。

式,并转向俄国文学",正是"非西方世界"①作家创作路径的典型代表。弗雷德里克·詹姆森也曾谈到,"我们很难适当地欣赏鲁迅本文的表达力量,如果我们体会不到本文中寓言式的共振"②。这些观点旨在思考文学与人、社会、政治的关系问题。部分域外作家对新时代话语和延安语境的某种融合,说明世界格局的巨大变动、个人历史的转轨、文化身份"重述"的出现,这三者具有共生性。20世纪是一个"大众时代","艺术是由普通人创造的,或是为普通人服务的"③。中国新文学以"为人生"的文学为肇始,经由"左翼文学"和"延安文学"的巩固与推进,直至近年来的"底层文学","感时忧国"的中国作家,以其一贯的低垂目光,注视着中国社会和人民。与中国作家对社会的内在反观不同,源于欧洲文学传统的外国作家,大多选择诚惶诚恐地望向上帝、眼光倒转审省自己或是闭起眼睛假想。一些持这种文学传统的外国作家对大众的"观看",在某种程度上成为文学运动的内驱力,即逃离与否定大众的冲动。④

走入延安视野的域外作家,由于深刻领略中国民间的大众力量,作品饱含着对中国人民的深沉情感,斯诺、贝尔登、史沫特莱等人的延安文本便是最佳例证。斯诺悲痛回忆中国流民的凄惨景象⑤,史沫特莱对"红小鬼"沈国华亲人般的深情⑥,都显露出中国人民的力量将他们的文学传统强力扭转的痕迹。索尔兹伯里注意到,斯诺对中国人民的观照和追逐政治

---

① 艾瑞克·霍布斯鲍姆:《极端的年代》,马凡、赵勇、李霞译,江苏人民出版社,2010年,第195—196页。
② 弗雷德里克·詹姆森:《处于跨国资本主义时代中的第三世界文学》,张京媛译,见张京媛主编《新历史主义与文学批评》,北京大学出版社,1993年,第236页。
③ 艾瑞克·霍布斯鲍姆:《极端的年代》,马凡、赵勇、李霞译,江苏人民出版社,2010年,第196页。
④ 约翰·凯里:《知识分子与大众:文学知识界的傲慢与偏见,1880—1939》,吴庆宏译,译林出版社,2008年,第23页。
⑤ 埃德加·斯诺:《斯诺文集》第1卷,宋久、柯楠、克雄译,新华出版社,1984年,第293页。
⑥ Agnes Smedley, *Battle Hymn of China*, New York: Da Capo Press, 1975, p.463-475.

领袖的记者不同,他"采访普通男女,甚至'红小鬼'的故事和他们的观感",这本"有关发现的书"①,发现的不仅是"红星"延安,更是人民的力量。贝尔登的观察正是通过中国普通农民的生存和死亡,折射深层的社会矛盾和革命根基。他说:"你听到关于死亡的叙述,你没看见母亲躺在坑里,双手搂着惊恐的孩子;也没看见他们埋土的情况,更没看见那种恐怖的情景以及那些最后望着天空的眼睛。"②眼前的现实内聚真实民间的力量,而虚构只能诉诸无力的想象。域外作家的纪实文学以其现实批判力和干预力,正跨越文本与现实的界限,成为联结个人与世界的媒介。

  域外作家的延安文本在世界读者中取得了极高的创作成就,但他们所讲述的中国故事还是在复杂的世界语境中显得无力。美国学者反复申明,书写延安的美国记者,"仅仅代表了美国一些私人对共产党发生兴趣"③,这是美国"民间的热门话题"④。据白修德回忆,在一次美国决策会议散场后,一位准将冲他喊道,"像你和埃德加·斯诺这样的人所说的共产党游击队及其所占区——他们的实力是你们这样的人所虚构的","他们只存活在纸上"。⑤此言提供了美国官方看待中国共产党的一个角度,"只存活在纸上"的延安,或许并未超出媒体以外,延安的国际形象和报纸上的文字一样,非黑即白。如此看来,新闻记者固然参与了历史的记录,书写了历史的"初稿"⑥,但也仅仅是"历史长河中""浮沉的泡

---

① 哈里逊·索尔兹伯里:《红星照耀世界》,见艾柯等著《知识分子写真》,中央编译出版社,2010年,第292、290页。
② 杰克·贝尔登:《中国震撼世界》,邱应觉等译,北京出版社,1980年,第319页。
③ 迈克尔·沙勒:《美国十字军在中国:1938—1945年》,郭济祖译,商务印书馆,1982年,第180页。
④ 肯尼斯·休梅克:《美国人与中国共产党人》,郑志宁等译,吉林文史出版社,1989年,"译者序"第1页。
⑤ Theodore H.White, *In Search of History: A Personal Adventure*, New York: A Warner Communications Company, 1978, p.316.
⑥ 董桥:《新闻是历史的初稿》,辽宁教育出版社,1999年,第39页。

沫"①，"泡沫"之中藏匿着他们的无奈和叹息。

需要指出的是，存在于美国新闻界的一个传统特点，便是记者趋向书写名人、政要及国家决策，这在20世纪三四十年代被发展到极端。曾有美国记者坦言，"'名人'对于年轻记者相当于银行存款；他们是信用参考；他们通向其他可接触的人物，其他资源；他们的邀请函等于熟人圈，从而孕育出新闻报道"②。虽然，这仅代表部分美国记者的态度，但企图通过新闻报道参与国家决策，的确是三四十年代许多美国记者的理想。为得到最为可靠的政策来源，有的域外记者专意寻访极具代表性的人物，热衷于采访毛泽东、周恩来、朱德等领袖，而对边区普通人民着墨较少，对日常生活的描绘往往流于概念化。他们详细引述在延安采访财政专家、文艺工作者等人的对话，几乎没有主次之分。这样的书写是带着答案寻找例证的考察之旅，而非斯诺、史沫特莱等人的"成长性"历程，非但没有写出生动的真实所见，还难免让人怀疑他们奔赴延安的初衷。

自《红星照耀中国》出版，"延安就被一种特殊的氛围笼罩着。不管是对越来越多的倾向社会主义的记者，还是对其他人来说，共产党管辖地之行都成为最流行的事"，他们"不管持怎样的政治主张，都觉得有必要打破监管者强加的束缚，而争取延安之行就是宣称自由独立的方法之一"。③以白修德为例，他和贾安娜合著的作品《中国的惊雷》，再现边区人民的生活和革命精神，表明了对中国共产党的信心④，但回国后几年，他的态度发生反转，由此可见，美国新闻界的确存在着这类趋名趋利

---

① 陆铿：《陆铿回忆与忏悔录》（修订本），时报文化出版企业有限公司，1997年，第285页。
② Theodore H.White, *In Search of History: A Personal Adventure*, p.142.
③ 保罗·法兰奇：《镜里看中国：从鸦片战争到毛泽东时代的驻华外国记者》，张强译，中国友谊出版公司，2011年，第284—285页。
④ Theodore H.White and Annalee Jacoby, *Thunder out of China*, New York: William Sloane Associates, 1946, p.227-228.

自觉合唱的新闻记者。①

部分奔赴延安的域外记者，拥有专业的学院训练背景，曾就读于以新闻系闻名的大学。受雇于亨利·卢斯控制的杂志记者更是顶级名校出身。②学院化的知识储备和纯熟技巧，运用于新闻报道、通讯写作，固然能发挥其语言简练、条理明晰、眼光独到等优势，但以通讯写作的方式进行纪实文学创作则不免存在局限。首先，部分记者面对复杂的"中国问题"缺乏宏观把握的能力，对中国共产党和马克思主义感到陌生，对"民主"的内涵理解狭隘、浮泛，甚至将延安精神和宗教相提并论，这不仅造成外界对延安的误解，也令其作品的思想探索显得苍白。其次，奔赴延安的域外作家从来不缺少同行者，他们一同向毛泽东提问，并同时听取讲话，采访的机构、人物有限，常常多人同行前往。这些现象难免使他们的延安书写趋于雷同，作品中大量存在面面俱到的政论性分析，叙述手法较为平面化，对采访材料的合理安排与使用有所欠缺，这无疑降低了作品的审美品格及流传度。最后，部分域外作家创作手法单一，造成文本艺术性的流失。学院化的专业背景，或许对他们文学艺术的创造力有所限制。

作为域外代表作家的斯诺，认为新闻记者写现实生活，必须有"文学修养"，"写通讯特写时，一定要尽量有点文学味道"③。就斯诺的文学审美观念来看，本土作家中将报告文学的"文学味道"发挥到极致的应推萧乾。萧乾将散文与报告文学两者交织渗透，创作出极具文艺色彩和中国情调的报告文学。其文艺性不是来自夸张比喻或激扬的抒情，而是"京

---

① 白修德大学毕业后担任《时代》杂志记者，同时受雇于国民党并为其"大唱赞歌"；1944年前往延安后创作《中国的惊雷》；50年代宣传"冷战思维"；60年代开创"舆论时代"，跟踪报道肯尼迪等多位"美国总统的诞生"（乔伊斯·霍夫曼：《新闻与幻象——白修德传》，胡友珍、马碧英译，新华出版社，2001年，第66—67、101、110、118页）。
② 如《时代》杂志记者，哈佛大学毕业的白修德和耶鲁大学毕业的约翰·赫西等，后者著有报告文学经典《广岛》。
③ 萧乾：《斯诺精神——纪念斯诺逝世二十周年》，见《萧乾全集》第4卷，湖北人民出版社，2005年，第677页。

派"滋养的文学情趣。在德军溃退后的欧洲战场，萧乾眼中的莱茵河凋敝肃杀，天空"蔚蓝得令人发愁"，大森林"阴惨惨似是隐遁着千万的冤魂"；被炸的奶牛，虽已"牢牢地死了"，但仍"四腿挺着劲"，"铜像般"地站着，用两只"钝而挂血边的"眼睛，"垂视着卧在地上的同伴"……①风景、动物均被作家人格化，彰显出情感的力度，"心灵和文字，全是崭新的"，"比画更鲜亮的描写""随处可见"，"写景写人都能抓住神韵和气氛"。②

在讽刺现实方面，斯诺和萧乾均以展示场面和人物语言的方式，不动声色地表明态度，而非插入式的个人批判。《红星照耀中国》的结尾，斯诺将延安和西安对比③，言语中暗含对国民党的讽刺；萧乾的通讯文章，将罗斯福的逝世和两周内"空前伟大的鸡尾酒会"④般的旧金山会议开幕这两个场景并述，以"戏化"手法揭露美国新闻业的众生相。在展示现实世界方面，斯诺较少情感注入，作品具有极强的政论色彩。斯诺关注基层干部和儿童，借以展示延安精神的侧影，而萧乾书写被轰炸的英国，着眼于伦敦废墟中的一个孩子，以此辐射整个顽强的欧洲战场。⑤萧乾眼光始终向下，注视苦难中的人民，他在《鲁西流民图》中聚焦于儿童、老妪⑥，用丰满的人物光影映现整体画面，利用小说技巧绘画人物，散文笔法点染氛围。斯诺在《复始之旅》中描绘旧中国，将记忆中的画面一帧

---

① 萧乾：《从伦敦到法兰克福》，见《萧乾全集》第3卷，湖北人民出版社，2005年，第3页。
② 司马长风：《中国新文学史》中卷，昭明出版社有限公司，1978年，第133—134页。
③ "我们到了南部边界"，"风景很美"，"我在这几天里就同一些农民和红军战士打野猪和鹿"，"前线一片宁静，红军在这里只驻了一营兵力"。而后我"到了西安府"，"街上停止一切交通，城门口的所有道路都遍布宪兵和军队的岗哨。沿路农民都被赶出了家。有些不雅观的破屋就干脆拆除"，"原来是蒋介石总司令突然光临西安府"（埃德加·斯诺：《斯诺文集》第2卷，董乐山译，新华出版社，1984年，第368—369页）。
④ 萧乾：《美国印象》，见《萧乾全集》第3卷，湖北人民出版社，2005年，第104页。
⑤ 萧乾：《银风筝下的伦敦》，见《萧乾全集》第2卷，湖北人民出版社，2005年，第303页。
⑥ 萧乾：《鲁西流民图》，见《萧乾全集》第2卷，湖北人民出版社，2005年，第16—17页。

帧回放，目之所及均浩浩荡荡出现在读者面前。和萧乾的点状投射不同，斯诺对人民的投射是散状的，他们以群体的方式出现，如妇女、老人、儿童、军人、饥民……①将中国人民的凄惨境遇进行平面化、视觉性、铺排式的呈现。

如果说萧乾的现实描绘侧重书写"人情"，那么斯诺的现实展示则着重再现"世情"。与萧乾生动、鲜活的语言相比，斯诺的书写显得严肃老成，他拒绝想象，一切人与景都是被定格的，它既可以借助历史成为永恒的瞬间，也可以被历史遗忘永远停滞。而在萧乾的描绘中，一切都被生灵化，无论人、物、景，都有魂有骨，将现实"诉诸感官"，让读者"看得见，闻得出，摸得着"②，由此，成就了报告文学将艺术情调与眼见真实天然融合的文学高度。萧乾的创作运用声、色、光的艺术，小处着眼，写意传神，语言诗化，以及"滋味""韵味"与"至味"的艺术情愫，均脱胎于中国文学传统。就斯诺对纪实文学的审美要求来看，萧乾的报告文学已经超越了域外作家的延安文本。

虽然域外作家的延安文本在创作初衷、思想认识、叙述手法、艺术审美等方面存在不足，但他们的文学实践成就了国际社会第一次大规模进行自觉主动地靠近中国、书写中国的历史景观。同时，他们的创作也为本土作家提供了一定的文化与艺术资源，促使本土作家借镜域外，放眼世界，在本土与域外文化的交流对话中达成更为多元、理性的文化融通。

结　语

近现代以降，世界的中国形象往往围绕着"身体"描述，不论是指涉其体量之大、人民之众，还是将其"符号化"为睡着、躺着、卧着、跪

---

① 埃德加·斯诺：《斯诺文集》第1卷，宋久、柯楠、克雄译，新华出版社，1984年，第293页。
② 萧乾：《老报人絮语》，见《萧乾全集》第4卷，湖北人民出版社，2005年，第936页。

着,甚至幽灵般地飘着等消极状态。①被认识的主体中国,也将自身诉诸为"身体性"的"翻身""站起来"等形态,似乎成为一种回应。将"身体"意识形态化,不单来自对未知的焦虑与恐惧,更缘于欧洲与美洲诸国文化潜意识领域所隐匿的臆想。国际视域中的这种以图像形式呈现的视觉叙述,是其所牢牢根植的意识形态叙述的互文。"身体"的原始意味,凸显出这些国家为中国形象所附加的"原罪",即从物质化的身体到意识形态化的精神,中国都是作为想象性的异端,存在于一些国家的潜意识中。正是因为认识的缺失和恐惧心理的弥散,中国形象在外部世界的投影,也往往存在畸变。

域外作家的身份认同,在时代浪潮中瞬息变幻,他们对其文化身份的重新反思,在斯图亚特·霍尔那里是一种对超脱于固有民族化的意识形态之外的身份所进行的重新表述,是寻得被"重述"的文化坐标的结果。个人的身份认同或后起的国家身份认同,并非一成不变,而是反复被社会与历史语境所定位、调适、"缝合"②。以斯诺为例,20世纪60年代他再次前来中国,被美国认可的"记者"身份,与"作家及历史学家"身份之矛盾,便说明了特定语境中,认同镜像所发生的变异。面对这种变异,域外作家对自身文化身份进行"重述",或是在固有坐标以外寻求"缝合"便成为可能。无疑,"影响每个人的历史是世界历史"③。20世纪从30年代开始,域外作家将其个人话语自觉汇入中国语境与中国历史,已经说明了中国作风、中国气派与中国创造的无限引力与生命力。在此,当年斯诺的回答似乎成为一个隐喻,"有什么区别呢","历史学家,作家,新闻记

---

① 中国形象的图像表现,见诸鸦片战争以来,欧洲和美洲国家媒体通过报纸杂志,以漫画形式所呈现的视觉化中国形象,图画中的中国往往被画作龙、狮、猪、猴子等。最为著名的是19世纪末由德国皇室根据想象画就,在欧洲诸国间馈赠、流传的,被命名为《黄祸》的画作。在那幅画中,"中国"正是幽灵般地飘着。
② 斯图亚特·霍尔:《文化身份与族裔散居》,陈永国译,见罗钢、刘象愚主编《文化研究读本》,中国社会科学出版社,2000年,第212页。
③ C.赖特·米尔斯:《社会学的想像力》,陈强、张永强译,三联书店,2005年,第2页。

者，谁在乎呢？重要的是故事本身"。①

在域外视野中，《红星照耀中国》可被视作热奈特提出的"元文本"。斯诺的作品经过流传与阐释所产生的"文本间性"②，在某种程度上被特殊历史语境借用，从而陷入被历史结论专意加身的"原罪"。以20世纪40年代末为开端，斯诺与同样有书写延安经历的美国记者，均遭遇"麦卡锡集团"的诬蔑与打击。③在生存空间与话语权被剥夺之下，斯诺远走瑞士，史沫特莱寓居伦敦，海伦·斯诺偏安一隅过着"潦倒"④晚年，斯特朗被逮捕后长居中国⑤……美国政策与国际环境的急转，无疑会诱发他们与旧有意识形态的搏斗，对曾根植的国家身份认同的怀疑，甚至对"西方式"的所谓民主和道德价值产生虚无情绪。域外作家的文化身份"重述"，证明了中国共产党与延安的文化包容力和聚合力，在世界视野的投射下，域外作家个人及其文本自觉汇入中国的新时代话语，无疑昭示了"非西方"的中国文化传统所内蕴的超越本土与时代的生命力。

费正清认为，斯诺作品"出版的本身，就是当代中国史上的一件大事"，此言强调第二个关键词"中国史"。他谈到，斯诺的红色中国之旅，"不仅要去报道重要的内幕消息，而且要为中国历史的记载作出贡献"。⑥虽然此言出于后来者对尘封历史的总结，但也暗示了一个关键，即斯诺之于中国的意义，大于美国或者世界的意义。斯诺及其后来者所建构的有理可依、有章可循的世界的延安观，看似根基深厚，实际上却在数

---

① Edgar Snow, *The Other Side of The River: Red China Today*, New York: Random House, 1962, p.77.
② 热拉尔·热奈特：《热奈特论文集》，史忠义译，百花文艺出版社，2000年，第64页。
③ Helen Foster Snow, *My China Years: A Memoir*, New York: William Morrow and Company, 1984, p.124.
④ 萧乾：《海伦·斯诺如是说》，见《萧乾全集》第4卷，湖北人民出版社，2005年，第177页。
⑤ Tracy B. Strong and Helene Keyssar, *Right in Her Soul: The Life of Anna Louise Strong*, New York: Random House, 1983, p.248-249, 3.
⑥ 约翰·费正清：《〈红色中国杂记〉序》，见埃德加·斯诺著《红色中国杂记》，党英凡译，群众出版社，1983年，第1—2页。

年之中，经历着"红色圣地"与"红色威胁"的二元断裂。形象学所指涉的主观性和碎片化观念，必然使中国共产党的国际形象呈现为一个历史性的复合状态，而非泾渭分明的二元对立。过去的世界中国观之幻象未曾抹去，正在生成中的形象也并未发生改写。符号化的中国形象，在世界中的成像既是历史性观念"层累地"①堆积，更是无法捕捉、四下弥散的魅影。

域外作家在为中国共产党寻找文化象征符号之初，默契地汇聚于相传为拿破仑所言的"睡狮"或"醒狮"中国。②这个存在已久的符号化中国形象不仅在域外作家的延安文本中复活，而且也将他们的期待和隐喻投射其中，充分渲染出"红色中国"的"圣地"色彩。相反，解放战争中后期直至抗美援朝战争之后，"红色中国"镜像的"威胁论"发展到了极端③，甚至有美国人发问，"成吉思汗又回来了"④。短时期内的社会巨变，反映出在"形象"概念之上，政治与历史所占有的不可抗拒的介入和想象性建构。探讨当代的中国形象，并非对"红色圣地"与"红色威胁"两种认知"缝隙"的弥合，而是对国际形象概念的解构。因为，中国共产党走过的延安道路，在自我主体性认同的过程中，早已逸出了"西方形象

---

① 顾颉刚编著：《与钱玄同先生论古史书》，见《古史辨》一，上海古籍出版社，1982年，第60页。

② "睡狮"或"醒狮"论，据传为拿破仑所言，"中国并不软弱，它只不过是一只睡着了的狮子，这只狮子一旦被惊醒，全世界都将为之颤动"。拿破仑的"睡狮"或"醒狮"论，经学者考证，并不可靠，但在世界产生了深远影响（施爱东：《16—20世纪的龙政治与中国形象》，生活·读书·新知三联书店，2014年，第275—288页）。"睡狮"或"醒狮"形象，出现在王安娜、海伦·斯诺等人的延安书写中（王安娜：《中国——我的第二故乡》，李良健、李希贤校译，生活·读书·新知三联书店，1980年，第414页；尼姆·威尔斯：《续西行漫记》，陶宜、徐复译，解放军文艺出版社，2002年，第1页）。

③ 哈罗德·伊萨克斯认为，"成吉思汗和他的游牧部落"，"通过毛泽东那如洪水般横跨鸭绿江的'人海'，再次得以活灵活现，此时数量众多的野蛮人不是手拿大刀，而是以大炮、坦克和喷气式飞机武装起来"（哈罗德·伊萨克斯：《美国的中国形象》，于殿利、陆日宇译，时事出版社，1999年，第77页）。

④ 肯尼思·休梅克：《美国人与中国共产党人》，郑志宁等译，吉林文史出版社，1989年，第236页。

学"的话语边界，冲决了二元对立的形象框定。当代中国所历经的，是以中国的方式对历史与政治文化进行传承与重塑，在完成自我确认的同时，进行自我型构的艰难过程。在这个意义上说，所谓的来自外部力量的国际形象认同，已是自曝其依附性、脆弱性和西方式的弊端，反证了它所远远不及的中国共产党自我历史书写和创造的价值。

"诗无达诂"的困境、时空的距离、多元文化的异质性，必然是域外作家的延安文学创作所遭遇的屏障。然而，他们的延安文本无疑见证了"文学历史的延安"，如同"琥珀"①一般捕捉真实历史发生的瞬间。他们的作品呈现的是凝结着纷杂头绪、无目的的历史细节与无尽猜想的故事，这也是他们的延安文学作品较之本土作品的根本区别。本土作家基于对革命文化的认同及延安模式的服膺，创作表现出鲜明的主体性与愿景式的观念，它赋予了延安文学所特有的历史感与崇高感的华光。由此观之，域外作家的延安书写恰恰成为延安红色历史建构的旁证，为本土文学的主体性叙述提供了另一种历史发生的未知叙述。从延安开始，中国红色革命文化正式参与世界话语体系，步入多元的互动空间，延安文艺与世界文学的深层互动，凸显出物质性自立与身份性自主②，以及主体性信念为中国作家所带来的文化认同感，也为当代中国的文学创作实践，提供了具有借鉴性、融通性及无限可能性的文化遗产与资源。

原载《中国社会科学》2018年第4期

（本文系与王鑫合作）

---

① 哈里森·索尔兹伯里：《〈中国的惊雷〉序二》，见白修德、贾安娜《中国的惊雷》，端纳译，新华出版社，1988年，第10页。
② 经济发展与国际关系范畴上的自力更生，被认为是延安精神中最为宝贵的精神遗产（James Reardon-Anderson, *Yenan and the Great Powers*, New York: Columbia University Press, 1980, p.170-172）。

论长安文化精神对当代秦地作家的深层影响

引　言

　　长安文化不仅是一种空间概念，同时也是一种时间概念。以空间范畴而论，长安文化是以地理意义上的长安为中心而形成的文化综合；从时间范畴而言，长安作为周、秦、汉、唐等十余个王朝的都城，在漫长的历史演变中其基本文化母体的内涵也在不断地充实和更新，因此，在时间范畴上长安文化亦具有延伸性和宽泛性。基于时间和空间双重范畴的考虑，厘定长安文化的基本内涵就不能以一个时期的文化形态为规范，而应该检视其在所有历史时段所呈示的总体特征。

　　任何一种文化都会在物质和精神两个维度上体现出来，因此，关于长安文化的讨论我们更重视从其精神维度上考察。长安文化的源起可以上溯到西周早期，这个时期是长安文化的胚胎孕育期，经过东周的发育，长安文化具备了大致的雏形。周代的长安文化雏形与秦文化合流之后，就形成了长安文化的基本母体。此文化母体在汉、唐这两个封建鼎盛时期，经过各民族间极为广泛的交流和渗透，逐渐演化成以周秦文化为内核，又融合了楚越文化、齐鲁文化及西域边疆文化等不同异质文化的结构，到唐代已达到极盛，终于形成了一种多元并存的综合性的精神文化形态。特别值得关注的是，长安文化兼容了儒家文化的济世思想、道家文化的天人理论、佛家文化的悲悯情怀，这些精神质态与开拓奋进意识、以大为美意识、历史言说意识等结合之后,就形成了长安文化的基本精神核体。尽管长安文化在不同的历史时段可能会表现出不同的景象,但都会显示出它一以贯之的精神核体,并从精神文化的维度上体现出来。这些精神核体不仅在古代众多作家如司马迁、李白、杜甫等的诗文中有饱满的表现,而且在当代秦地作家的创作中亦有真切的释放。它的影响均及于题材的选择、主题的提炼、表述的方式、风格的形成和语言的传达等文学的众多层面。而史诗规模的构架、恢宏气象的追求、宏大叙事的营造,以及对厚重底蕴的格外器重等,是长安文化精神之于当代秦地文学生成的最为直接的美学规范。

另外,根据长安文化不同的传播和接受方式,大致又可以将它区分为士层和民间两个文化系统。长安士层文化曾几度成为古代中国的文化主流,深刻地影响了历代知识分子的人格构成和精神状态。长安民间文化,作为身处社会底层的弱势群体的精神寄托,以乡土文化、神秘文化、侠义文化和秦腔文化为其基本形态,同样深刻影响着中国传统文化的整体风貌。

这两个文化系统,对儒家文化、道家文化、佛家文化及地域性文化等都进行了不同的择取与重构,在内容上既有交叉互渗,在价值判断上又迥然有异,但都影响着当代秦地作家的创作。

在这样的文化背景上,纵览当代秦地作家的文学活动,可以发现,他们虽不像秦地古代作家一样长时间引领文学思潮的主流,但因为秉承了长安文化的精神核体,在创作的美学范式上仍别具格调,于"京派""海派"等之外独标神韵。本文的立意在于探查长安文化与当代秦地作家之间的精神联系,关于这个问题可以从多种视角切入,但为了避免停留在浅表层次的现象描述,笔者力图从"传统与现代""城市与农村"两个维度,以及题材选择、主题话语、审美风格与叙述方略等方面进行探析。

一、乡土与农民:当代秦地作家的题材选择

如果将长安文化作整体观,我们会发现它是一种建构在农耕文明基础

上的综合形态的文化,这种文化在质态上与唐宋之际在东南沿海地带逐渐兴起的以商业活动为主体的城市文化有着天然的分别,农业文化的稳定性和持久性造就了长安文化最基本的性格特征,即"农"成为秦地人原初的精神边界与范畴。这样,"农"的行为意识、"农"的审美趣味、"农"的精神取向也相应成为秦地作家基本的文化心理结构。冯友兰曾指出,"农的眼界不仅限制着中国哲学的内容,而且更为重要的是,还限制着中国哲学的方法论……。这就难怪他们的哲学家也一样,以对于事物的直接领悟作为他们哲学的出发点了"[①]。这种文化心理结构的传承是如此的夯实,以至于有些当代秦地作家如贾平凹,尽管在城市生活了很久,也无法从根本上有效转型,不能以城市人欣喜的心情看待瞬息万变的城市万象。贾平凹在物质文化繁荣的城市依然对遥远的山地故乡有着深切的凝望,他在这种眼神中有着更多的对长安文化的依恋,而当两种文化,即城市文化与乡土文化发生剧烈的碰撞时,他宁愿复归到乡土文化中去,从中寻找灵魂的栖息地,贾平凹的文化心理的确具有极大的代表性。

当代秦地作家大多出身于农家,从他们睁眼看世界的第一刻起,触摸和体验到的就都是"农"的形状、"农"的味道和"农"的颜色,当他们从事创作时,农民、农村和农业生产活动自然就走进了他们的文学空间,成为他们主要的题材选择。乡情、乡思、乡恋,在路遥的小说世界中,构成了重要的审美内容。他曾说:"作为一个农民的儿子,我对中国农村的状况和农民命运的关注尤为深切。不用说,这是一种带有强烈感情色彩的关注。"[②]路遥的"关注",不是"爱"与"恨"的交织,更不是"怨"与"哀"的诅咒,而是以赤子之心的依恋,把自己融入生于斯长于斯的黄土地。尽管秦地作家在20世纪90年代之后,对长安民间文化浸润下的农村和农民不乏冷峻的反思和自觉的文化批判精神,如杨争光笔下的村社,因

[①] 冯友兰:《中国哲学简史》,涂又光译,北京大学出版社,1985年,第32页。
[②] 路遥:《生活的大树万古长青》,见《路遥文集》第2卷,陕西人民出版社,1993年,第376页。

为骨子里对这块大地过于挚爱，血脉中流淌着长安文化的余热，终究难于建构起与鲁迅一样的对传统文化的反思力度和深度。

乡土文化的稳定性和持久性又与城市文化的时尚性和短暂性形成了鲜明的比照，也许是出于一种警惕和提防心理，当代秦地作家于城市文化的体验，更多的是城市文化中的消极与颓废，是城市文化对行为主体的人格异化与灵魂腐蚀。这也就不难理解，为什么出现在秦地作家文学空间的"城市"常常与"海派"作家笔下的城市大相径庭。"城市"不仅对秦地作家而言是陌生的，而且即使"城市"出现在他们的文学空间，也往往是喧嚣的、肮脏的、纷乱的，是一个"异化"之地。在《白鹿原》中，我们看到的西安城是一个死尸遍地、臭气熏天、瘟疫横行的地方，绝不是安身立命的好去处。同样，在《废都》中，闯入城市生活的他者如庄之蝶，是不甘沉沦又难以自拔因而苦闷异常的文人，他们已被城市异化，不断咀嚼着失去自我的悲哀。路遥是一个执着于探究城乡交叉地带行为主体精神流变的作家，在《人生》中，主人公高加林尽管有过城市经历和体验，但后来他终于明白，他的精神家园还是在农村。这其实也昭示出当代秦地作家深层的文化心理结构，即他们离不开"乡土"这个精神家园，在面对"城市"与"农村"的抉择中，他们会毫不犹豫地选择"农村"。

乡土和农民作为秦地作家在题材上的整体性抉择，一方面是由于秦地作家敏锐地发现了长安文化关于乡土所提供的丰厚的话题资源；另一方面，他们也觉察到了长安文化对秦地人持久的塑捏意义，文化在三秦大地上似乎具有更柔韧而永恒的力量，使一切行走于这片大地上的行为主体不得不将长安文化作为他们行为的原点和支点，并由此而生发出一种强烈的身份认同感。秦地作家对乡土文化有着相当复杂而矛盾的情感，他们深知这种文化在全球化的今天绝不会是主流，但对这种古老文化的眷恋又使他们在文化的质态上追加了过多的乌托邦式的幻想，也因而在20世纪的"文化寻根"热潮中很快就凝聚成了一个阵营——陕军东征。毋庸置疑的是，当代秦地作家多多少少有种"文化保守主义"的迹象，这实际上也涉及五四以来一直争论的"现代与传统"的话题。五四启蒙者曾力主废除传统、全面西化，改革开放之后"西化"之风复燃，而伴随着"西化"滋生的流弊却足以触目惊心，这样，原本就对城市文化和"西化"现象怀有戒备甚至排拒心理的秦地作家一如既往地挖掘传统，在乡土文化中寻找题材也就成为情理之中的事情了。但终究城市化和现代化是中国社会发展的总趋势，这种趋势不是地域性力量可以逆转的，秦地作家迟早要告别农村而走向城市，长安文化所提供的一切资源也必须经历一个现代化的过程，而未来秦地作家的领航者也必须在传统文化的现代转化方面把握住精神实质，才有可能再攀文学的新高度。

二、悲悯与进取：当代秦地作家的主题话语

如果说当代秦地作家在题材的选择上，更多的是从乡土文化，即长安民间文化着眼的；那么，在主题话语的生成上则同时倚重长安士层文化系统，具体说，就是承继了其士层文化中的悲悯、济世情怀。"悲悯"是作家之于人类悲剧性存在的一种独特的心灵感受和精神把握，是个体建构在对群体命运的思考和感受基础上的崇高情感，其价值在于对人类苦难和悲痛的担当与救赎，《诗经》"秦风"中的《采薇》《苕之华》《何草不黄》等篇章已透露出浓厚的悲悯情怀，这种传统在司马迁的《史记》中得到了强有力的阐释与补充。有唐一代，抒发悲悯情怀更成为咏史诗的基本母题，那些随历史的风云变幻而产生的悲剧命运及由古今之变所带来的幻灭感，在李白、杜甫等的诗文中都得到了真切的表达。

当代秦地作家承继了司马迁、李白等古代作家的流风余韵，也无不在他们的作品中注入那种悲剧性的人生体验，揭示由于人性的种种邪恶而造成苦难的真相。他们不仅对一切道德高尚心地善良而命运多舛的人物充满了同情，而且即使面对那些心灵卑琐、行为恶劣的小人也同样充满了悲悯，写出了他们无奈、寂寞而凄惶的心境。他们看到了世人所面临的苦

难,对人类由于人性缺陷而招致的灾难报以同情和怜悯,并希望通过自己的努力,暴露出真相,目的在于能使人们警醒,并设计了真正走出苦难的社会蓝图与人生图式。此外,当代秦地作家身处社会的大变迁、文化的大转型之中,他们所坚守的乡土文化正遭遇空前的颠覆,商业文化的枝蔓已延伸到长安文化的末梢,这同时在他们的文化心理深层滋生了一种浓重的忧郁感和彷徨感,也使他们更快地觉察到文化传统的日渐沦丧,以及精神家园的日渐颓败,并因之强化了他们悲天悯人的情怀和精神返乡的决心。以悲悯为主导意识,使当代秦地作家相应远离了肤浅,远离了游戏写作,一种厚重感油然而生。在《平凡的世界》中,路遥对底层民众的创伤、屈辱和苦难的展现的确是刻骨铭心的,他笔下的人物都在进行着痛苦的个体性生存价值的实现,他同时以缱绻之心为其笔下的乡土群体提供了精神尊严,给那些受伤的心灵以精神抚慰。

某种意义上说,悲悯是中国文学基本的审美情感之一。我们在此所谈论的"悲悯",则多指长安文化所孕育出的一种艺术精神,它除了一般意义上悲天悯人的情怀之外,还渗透着大同意念与乌托邦幻想,以及由此而来的时代性焦虑。当代秦地作家并非以救世主的姿态出现,也没有着意成为民族寓言的讲述者,他们的本意是要代弱势群体立言,为那些持久的沉默者诉说,以促使人类的大同与和谐早日到来。于是,这种悲悯在秦地作家的笔下更像是一种仪式,一种类似于宗教般的虔诚与倾诉。而且,为了升华这种悲悯情怀,秦地作家又往往将其与另一种重要的精神资源,即进取精神相结合,也因此使这种悲悯超越了同情与怜悯的表象,最终使读者接受其生存的理由和劫后的痛思。

作为长安文化母体的周秦文化,以进取精神著称。我们今天所能看到的《诗经》"颂"当中的《生民》《公刘》《棉》《皇矣》《大明》等诗,就叙述了自周人始祖至武王灭商的全部历史,这也是一部奋斗史和进取史。秦国在东周早期是个地处西部边地的小国,后秦穆公、秦孝公等历经数代不断地开疆拓土、勇猛精进,终于至秦始皇而统一六国。其后的汉武帝、唐太宗亦以进取精神为垂范,缔造了两个文明史上的泱泱大国。所以,进取精神是长安文化中不可或缺的重要资源。

20世纪五六十年代,秦地作家的进取精神集中表现为民族国家想象及其构建,其最明显的表征就是对新中国成立前的历史的重新讲述,以及对新中国现实的由衷肯定,前者如杜鹏程的《保卫延安》,后者如柳青的《创业史》。在《保卫延安》中,洋溢着昂扬的进取精神,这种进取精神因与主流意识形态具有高度的一致性,并借此获得了充足的合法性。主人公周大勇的坚强的信仰力量,正来自他对观念中的新中国的憧憬,也来自他对新生活的激情想象。而在《创业史》中,梁生宝和他的互助组艰难的创业历程,体现了我们这个苦难民族自力更生、发愤图强的顽强意志,奏响了一曲新中国初期慷慨激越的主旋律。

进入新时期,这种进取精神又在长安民间文化中找到了更广阔的土壤,值得关注的是,当这种进取精神与本土性神秘文化、侠义文化和秦腔文化汇聚之后,便呈现出鲜明的地域风致。首先,从人物谱系来看,秦地作家多倾向于展示硬汉人物的精神世界,这些硬汉人物往往具有超常的行动能力和担当苦难的勇气,他们可以顶着各种逆境和困境,甚至是天灾人祸也要去实现其社会理想,决不轻言放弃人生信念,如《平凡的世界》中的孙少平、《白鹿原》中的白嘉轩。其次,是对底层群体另类生存状态的展示和强力意志的张扬,像高建群的《最后一个匈奴》、贾平凹的《五魁》《白朗》《美穴地》等,阅读此类作品,极易使人联想到《史记》中的《游侠列传》和《刺客列传》,这些作品中的人物类似于侠客,但不一定有过人的技击能力,他们呼唤身心的双重自由,率性而为,是底层社会中用行为言说的一群,他们与三秦苍凉辽阔的大地是融为一体的。再次,是狂欢式苦难图景的依次展现,苦难似乎在秦地小说中是生存的常态,人物在苦难中成长和成熟,正如同基督教徒必经历洗礼,并伴随着秦腔文化激越苍劲的情感宣泄。也正是在苦难图景的喧腾中生命得以升华,信念得以延传,民族向心力得以凝聚,从而使这种苦难图景的展现具备了大众狂欢的色彩，像《西去的骑手》主人公马仲英、《关中匪事》主人公墩子的成长和成熟就是如此。

三、恢宏气象与史诗品格：当代秦地作家的风格追求

中国传统文论在涉及文学与地域文化关系的命题时，其实主要是关注文学风格的形成及其审美效应，如梁启超在《中国地理大势论》中言："燕赵多慷慨悲歌之士，吴楚多放诞纤丽之文，自古然矣。"[①]作家总是在一定地域中存在的，故其文学风格难免要携带大量地域文化的信息，不能不昭彰文学风格的地域性。我们在此研讨当代秦地作家的风格形态时，则略去作家的个体风格不论，主要窥视长安文化之于秦地作家的总体美学规范，尤其是现代化语境中当代秦地作家对这种美学范式的承继与融通。

长安作为历史悠久的都城，事实上在秦汉之际已培育出都市精神，汉武帝时期由于物质文化和经济实力的不断增长，使处于上升阶段的帝国意气风发，踌躇满志，而其时的社会风气之于文学的直接影响，是造就了闻一多曾总结的"以大为美"的审美趋向，这种审美趋向遂被作为长安文化的一个标志性传统一直延续下来。"以大为美"的审美趋向在汉赋中得到了完美、有力的表达，司马相如的《上林赋》《子虚赋》，班固的《西都赋》，扬雄的《甘泉赋》《羽猎赋》，张衡的《西京赋》等都是此类文体的杰作。"以大为美"的审美趋向，在汉大赋中被具象为雄浑壮阔的气势、奇谲飘逸的格调和疏朗跌宕的文采，至唐代则更是演变为"盛唐气象"，成为后世作家毕生追求的理想境界。而所谓"盛唐气象"，在美学风格上则主要指雄浑和豪放，这种美学风格特别在盛唐的边塞诗中得到了酣畅的展现，它也是一个时代的性格形象，是中国诗歌最为天籁的音调。从长安文化的主导审美趋向来判断，无论是汉代的"以大为美"，还是唐

---

① 梁启超：《中国地理大势论》，见刘梦溪主编《中国现代学术经典·梁启超卷》，河北教育出版社，1996年，第707页。

代的"盛唐气象",我们都可以将其风格形态概括为"恢宏气象"。汉唐之际所形成的恢宏气象作为一种风格形态,早已根植于秦地作家的潜意识之中,千百年之后,我们仍可以从当代秦地作家的创作中发现它强旺的生命力。

20世纪50年代初期,《保卫延安》一经问世,便以其雄浑壮阔的美学风格震惊了文坛,以至于评论家一时难以找到恰当的风格术语来概括,只停留在"史诗性"这个话语场进行讨论。那个时代的研究者因为局限于意识形态解读,尚不能联系地域文化进行深入探察,所以对《保卫延安》所呈现出的地域性风格语焉不详。现在看来,《保卫延安》正体现出长安文化对当代秦地作家的美学影响,即恢宏气象的风格追求。如果说上面谈到的"以大为美"和"盛唐气象"都是一种文本的狂欢式释放,其文本中昭彰的是积极的人生态度和昂扬的社会精神,以及豪迈劲健的文学话语,标识出典型的汉唐式狂欢,那么《保卫延安》则是当代语境中汉唐式狂欢的再一次释放,因为它深刻贯注了长安文化的神韵。与《保卫延安》并峙,柳青的《创业史》在结构上的宏伟壮美,气势上的阔大恢宏,堪称新中国成立以来的小说之最。特别是《创业史》的"史诗性"在生成的维度上与《保卫延安》具有异曲同工之妙,可以看到,弥散于《创业史》中的是一种历史言说的激情,一种探索"农民的历史命运和生活道路"的历史哲学意识[①]。柳青怀着悲悯而振奋的心情,深刻关注着一个在苦难中长大的农家子弟如何在乌托邦想象中去艰苦创业,由梁生宝的个人奋斗到合作社的群体创业,叙述者在历史的言说中完成了对新中国的由衷肯定,并确认了新秩序产生的历史必然性。

无论是《创业史》,还是《保卫延安》,作品中那种历史言说的激情都是有目共睹的。为什么秦地作家如此热衷于历史言说?当然,除了柳青、杜鹏程所处时代的整体语境,即那是一个激情燃烧的时代,是一个讲

---

① 冯牧:《初读〈创业史〉》,载《文艺报》1960年第1期。

史的时代之外,恐怕还很有必要从长安文化中进行追溯,因为新时期以来的秦地作家同样热衷于历史言说。历史言说意识是长安文化形成中极为重要的思维方式,它关涉一个群体的社会经验的沉淀和文化身份的确认。前文提及《诗经》"颂"当中的《生民》《公刘》《棉》《皇矣》《大明》等诗,叙述了自周人始祖至武王灭商的全部历史,已注入了浓厚的历史言说意识,由此开了风气之先,这种历史言说意识在随后漫长的岁月里被不断强化和深化,至司马迁更是把这种意识推向了极致。司马迁的"究天人之际,通古今之变,成一家之言"的史学观和文学观,千古而下,深刻影响着秦地作家的创作,故此我们不难理解,史诗品格的追求始终是当代秦地作家一个无法绕开的风格情结。

更为重要的是,柳青、杜鹏程们也为当代秦地文学奠定了基本的美学范式,即文学风格形态上的"恢宏气象"和"史诗品格"。新时期以来,特别是进入90年代,这种美学范式得到了全面的张扬,《平凡的世界》《白鹿原》《废都》《浮躁》《八里情仇》《最后一个匈奴》和《热爱命运》这些标志性的秦地重量级长篇小说的适时发表,使人们不能不惊叹在中国文学整体滑坡和萎靡的境遇中,在文坛盛行"私人化写作"的整体氛围中,当代秦地作家却能以刚健、劲朗、清新的文风独领风骚,人们似乎又一次看到了渴望已久的"魏晋风力"。需要注意的是,新时期秦地作家所追求的史诗品格,某种意义上讲,也是一种历史意识的体现,这种历史意识的存在就是要透视历史本质,还原历史真相,所以,此类具有史诗品格的作品不一定要塑造英雄形象和创造英雄主义的基调。以此观之,我们也会发现,《白鹿原》《最后一个匈奴》等作品所追求的史诗性,是民族秘史,是民族文化史与人性史、心灵史的融会。而贾平凹的一些中长篇和杨争光的一些中短篇,却是"立足于非史文化意识,主要描绘正史圈外的原生态野史,构成一种审美形态的'非史之史'"[①]。

[①] 肖云儒:《史诗的追求和史诗的消解——陕西小说历史观追溯》,载《小说评论》1994年第10期。

当然，生成当代秦地作家"恢宏气象"和"史诗品格"风格形态的元素，除了长篇体式、历史言说之外，其所体现出的积极的现实主义艺术精神、劲健雄浑的文学话语等，也都是不可忽视的重要方面。秦地作家在其创作中表现出的这种美学追求在当代文学史上意义重大，《保卫延安》《创业史》的经典范式不仅影响深远，而且《白鹿原》《平凡的世界》等作品在新时期多元文学格局中也构成了一种巨大而独特的存在。

四、宏大叙事与传奇演绎：当代秦地作家的叙述方略

所谓"宏大叙事"，即是对重大社会历史题材的把握，在主流意识形态主导下以哲学的和历史的眼光透视此类题材的深广度，全景式地钩沉社会内容和历史内容，以复现多层次的社会生活画卷。很显然，宏大叙事是建立在作家崇高的使命感和责任感基础上的一种叙事理念，它也是现实主义文学最为重要的叙述方式。宏大叙事的缘起与中国文以载道传统的关系极为密切，中国文学史上的经典之作大多具有宏大叙事的印记。

作为长安文化精神核体的济世思想和悲悯情怀，本质上走的是重群体和整体的思维路线，这种倾向因与历史言说意识具有更多的契合点，两者融合之后极容易形成宏大叙事。在古代中国，长安几度成为权力中心，也同样通过其文化系统培育出了胸怀全局、积极参政的行为主体，而当这些行为主体一旦走上"立言"的道路，宏大叙事必然成为他们的选择。《史记》叙述了从轩辕黄帝到汉武帝数千年间政治、军事、制度、文化、外交及种种人物的历史轨迹，倘若不采纳宏大叙事的叙述方略从历史的全局宏观把握，司马迁又如何能完成这一浩大的叙述工程？安史之乱后的杜甫，亦以宏大叙事的眼光看待这段历史的悲剧，故能创作出"三吏""三别"这样的旷世之作。当代秦地作家正是承续了宏大叙事这一传统，故而能够在当代文学的叙事中显示出其创作群体的凝聚力量，也才能将汉唐神韵在当代语境中重新释放。

在《白鹿原》中，其情节的时间跨度从辛亥革命、第一次国内革命战争、抗日战争、解放战争，一直到新中国成立，涉及大量的国事民事，以及耕种、婚丧、教育、人际交往等民生事件，情节不可谓不浩繁。由此观之，作为一种叙述，宏大叙事的情节构成，往往具有较大时空跨度的大型化的情节规模。秦地作家因为深受《史记》的影响，强调讲史的格局，常以中心人物组织其情节结构，在情节的运作上也是以事带人，从而强化了文本的故事性。从人物形象的谱系来看，宏大叙事在全力创造典型形象的前提下，亦需创造类型化的形象，还是在《白鹿原》中，作家出于表明其文化立场的需要，创造了朱先生、黑娃等类型化的人物，这些人物虽然缺少性格的丰富性和生动性，但却能有效地实现作家的文化指向。因为这些类型化人物"易于辨认，只要他一上场就会被读者感情的眼睛而不是视觉的眼睛所觉察"[①]。这些类型化人物的存在，对营构宏大叙事很有意义，因为他们能与社会群体的价值想象相一致，从而深化读者的价值认同，换句话说，宏大叙事的"互文性"往往体现在社会的整个价值体系和观念体系之中。

在叙事学视野中，叙述主体具有举足轻重的意义，因此，当我们谈及当代秦地作家的叙事时就不能不研究其叙述主体。作为小说文本的叙述主体，是由小说的作者、隐含作者、叙述者构成的特殊关系。小说的作者是现实的人，处于文化网络中的人，但他可以超越现实、虚构种种可能的世界，从而建构一种诗意的人生样态。《白鹿原》的作者陈忠实是生活在长安文化背景中的现实的人，他的人生阅历、知识结构和美学经验，早已框定了他的文学眼界，因此他的创作决不会等同于张恨水或者张爱玲，对宏大叙事的偏执，是长安文化赋予他的一种地域气质。营构宏大叙事同样离不开叙述者和隐含作者的存在，有意味的是，作为当代秦地作家美学旨趣体现者的叙述者，却是清一色以第三人称全知全能的视角叙述的，他们

[①] 福斯特：《小说结构》，转引自王先霈、王又平主编《文学批评术语词典》，上海文艺出版社，1999年，第201页。

甚至对限制性叙述都不采纳，但从文学接受的经验来判断，采用全知叙事却可以立体、交叉地观察被叙述的对象，叙述者可以从一个叙述位置任意移向另一个位置。宏大叙事因为既要反映生活的全景，又要从这种全景中揭示历史的本质，故全知叙述成为他们必然采用的一种方式。如在《保卫延安》中，叙述者时而置身于我党我军的领导人之间，时而迂回于国民党高级将领之间，时而在战场，时而又在后方，时而在凝视我军将士的惺惺相惜，时而在观察国民党党棍与军阀之间的尔虞我诈，叙述者的无处不在为读者宏观、清晰地把握全景、全貌提供了极大的便利。而隐含作者的确立，拉开了现实的作者与小说价值体系的距离，替代了作家直接干预作品的主观情绪，承担起了种种读者对作家的非公正性诘难，也使作家的价值观更接近于受众，符合大众的情感欲望和价值标准。以《创业史》的阅读经验而论，我们总是能感觉到一个隐含作者的存在，他凝视着梁生宝的创业行为，凝视着梁三老汉等一系列人物的守旧、自私和固执，并最终对所有人物进行了裁判。这个隐含作者实际上也聚合了柳青所有关于真、善、美的价值想象。

当代秦地作家的叙述方略，在宏大叙事之外，其传奇演绎也非常值得关注。鲁迅曾这样阐释"传奇"："传奇者流，源盖出于志怪，然施之藻绘，扩其波澜，故所成就乃特异。"[①]在鲁迅看来，传奇的根本在于叙述奇人怪事，而叙述中也不免夸饰与奇特。传奇演绎在长安文化中根深蒂固，由来已久，《诗经》"颂"中的《生民》《公刘》《棉》《皇矣》《大明》等这些叙述周人始祖及后辈艰苦创业的叙事诗，本身就是一部传奇故事，充满了神话意味，可视为传奇演绎的肇始。《史记》虽以"实录"精神著称，但在叙述具体历史人物时却处处可见那些特异性的事件，这些特异性事件是《史记》艺术魅力的必要构成。传奇演绎的叙述观念，发展到唐传奇可谓登峰造极，这是众所周知的史识。

---

① 鲁迅：《中国小说史略》，百花文艺出版社，2002年，第47页。

当代秦地作家不可能无视长安文化中传奇演绎的叙述传统，实际上这种叙述传统从《保卫延安》到《西去的骑手》都体现得非常鲜明。如果稍作分析，就会发现秦地文学中传奇演绎的共性特征，一是无论突显"纪实性"还是铺展"虚拟性"，这种传奇演绎都追求非常态的奇特性和实质上的浪漫性；二是这种传奇演绎都表明了其非正史性和非正史意识。这两个叙述特征在本源上均与长安民间文化系统有关，即乡土文化、神秘文化和侠义文化使然。宏大叙事与传奇演绎在当代秦地作家的创作中是作为叙事的两极存在的。《保卫延安》《创业史》《白鹿原》《西去的骑手》《最后一个匈奴》等作品不仅追求宏大叙事，在壮阔的文学视野中多层次地展现生活真实和历史真实，同时以传奇演绎为叙事的另一维度，对一些奇闻逸事进行记录和推演，尤其是对一些以地域性的风俗习惯、人情人事为依托而具有奇幻色彩的故事进行推衍。以《白鹿原》的开篇为例，"白嘉轩后来引以为豪壮的是一生娶过七房女人"，正是体现了典型的传奇演绎的思维方式，将故事的奇特性置于最醒目的位置，以引起阅读者的最大兴趣。实现了这个意图之后，叙述者对白嘉轩奇特的婚姻展开演绎就具有了合理性与合法性。当然，在《白鹿原》中，宏大叙事与传奇演绎是经常进行交替、转换的，从而使接受者不断遭遇期待遇挫，也同时不断获得阅读的快感和满足感。

结　语

无论从何种意义上说，长安文化都给当代秦地作家提供了丰富的精神文化资源，在这种资源的滋养中，秦地作家获得了自我表达的内容与形式，获得了自我确认的艺术内涵与文学品格。面对复杂多变的生活万象与多元文化并存的当代境遇，秦地作家仍对置身其中的长安文化有着强烈的认同感与归属感。在这样的背景情态下，长安文化对当代秦地作家的创作产生了极为深刻的影响。

虽然当代秦地作家迄今已成绩斐然，但就目前的力作而言，似乎还没有穷尽艺术探索的可能，更有推陈出新与完善的余地和空间。例如，如何使长安文化与当代秦地文学显现交相辉映、相得益彰，如何在文化的多元碰撞、融会并存中，强化秦地文学的艺术张力与表现力，使长安文化真正成为秦地文学之根，不仅成为文学寄生的土壤，而且成为文学得以滋润的源泉。各种途径显然是敞开的：首先，需要通过当代秦地的优秀作家作品对长安文化进行更有力的整合、凝练和阐释，从而提升长安文化的现代精神内蕴，赋予长安文化以丰富的艺术表现形式和意义；其次，需要把长安文化置于多种文化的汇流中，追踪它既成的特性与衍变的命运，在新的文化阐释中获得更多表述与反映的可能性。另外，当代秦地作家对长安文化的自觉认同和接受也至关重要，这里既有历史传统作用力的因素，也有地域意识与文化倾向的指认，这就使得以长安文化为创作背景的秦地作家，总是能够突显其鲜明的地域特色，并使长安文化最终成为他们想象力和创作激情的来源。

原载《人文杂志》2010年第2期

（本文系与王贵禄合作）

当代秦地作家与民俗文化

五四以降，伴随着强烈启蒙诉求下中国文学"语言的现代化""思想的现代化""人的现代化"[①]等的观念转型，使得长期处于自在状态的民俗文化形态开始作为彼时知识分子观照传统的一个重要参照而"浮出历史地表"[②]。面临新旧交替的时代洪流，作为"历史中间物"[③]的新文学作家们开始自觉以激烈反传统的姿态宣告着与过往价值观念的决裂。但是另一方面，无论是记忆深处的民间风物还是幼时所接受的传统教育，生长于斯的乡村又成为因袭的重担，时时令作家们感受着自身传统文化烙印与追求西方现代性过程中不可调和的矛盾。在这种理智的游离与情感的回归的驱动下，现代小说对乡土中国的叙事及建构应运而生。

于这一特定历史条件下出场的新文学奠基者鲁迅，以其对乡村社会的深切观照及对底层农民的复杂情感，开创并形成了一个以乡土小说为中心的现代文学流派，由此勾勒出了百年间现当代文学与乡土世界密切贴合、形影相携的大致面目。《呐喊》《彷徨》诸篇对浙东乡村民俗的场景化建构，令读者看到了鲁镇年终请神纳贡的"福礼"，如何加速了祥林嫂们对生的绝望；人血馒头治愈痨病的土方儿，如何突显了尚未觉醒的华老栓们

[①] 王瑶：《在东西古今的碰撞中——对"五四"新文学的文化反思》，中国城市经济社会出版社，1989年，第3页。

[②] 孟悦、戴锦华：《浮出历史地表——现代妇女文学研究》，河南人民出版社，1989年，第230页。

[③] 鲁迅：《写在"坟"后面》，见《鲁迅全集》第1卷，同心出版社，2014年，第149页。

的麻木；婚嫁礼仪的族权主导，如何令初具反抗精神的爱姑们仍难逃封建婚姻的枷锁……这一启蒙立场后又被台静农、彭家煌、柔石等五四乡土小说作家们所继承并强化。而另一方面，鲁迅在《朝花夕拾》《故事新编》中对民俗活动以及民间文艺的回顾及改写，又令我们看到了一个充满着温情甚至戏谑色彩的地方传统民间形态。相较于鲁迅于批判视角下对"国民性改造"①的冷峻思考，沈从文、废名及一众"京派"作家对乡土文化的书写则更多呈现出温和的面影。从《边城》《萧萧》《丈夫》《浣衣母》《河上柳》等以地方民俗风情为对象的小说中，不难看出他们笔下的乡村不仅充满着诗意的田园风情，生长于斯的农民更洋溢着质朴原始的人性之美。这一人道主义民俗叙事倾向背后所依托的，是知识分子作为城市过客而渴望精神还乡的愿景，以及民间价值立场下他们在"希腊小庙"中"供奉的是'人性'"②。总之，无论对乡土社会持何种不同的价值立场，现代作家们总是处于特定的地域文化环境之中，这也恰是孕育他们不遗余力地构筑属于自身家园想象的土壤。而民俗文化作为展现这一图景的有效视角与途径，又成为乡土小说叙事中的重要载体。因此，对民俗文化的倚重深刻奠定了百年间乡土文学叙事的整体基调，也不断绵延至新时期以来秦地小说的创作实践之中。

一

谈及地理学意义上的秦地，从外部环境而言，作为我国西北内陆的东部地带，它北与内蒙古自治区接壤，南与湖北及四川二省交界，西与甘肃省、宁夏回族自治区接壤，东与河南省、山西省相连。从内部形态来看，它地形狭长、地势参差，纵深绵延的秦岭山脉与长江、黄河两大水系在

---

① 鲍晶编：《鲁迅"国民性思想"讨论集》，天津人民出版社，1982年，第191页。
② 沈从文：《习作选集代序》，见《沈从文全集》第9卷，北岳文艺出版社，2002年，第12页。

此扩张延伸，从而构成了秦地独特的地理风貌。降水量自北向南的递减，又令其呈现出层次分明的过渡地带特征，由此形成了相互区别的三大区域——陕北黄土高原区、中部关中平原区、陕南秦巴山地区。具体而言，陕北黄土高原区因旱涝分明的气候条件导致植被稀少且作物收成艰难；内部平坦边缘陡峭的众多塬地在此集中分布，呈现出沟壑纵横的总体地貌风格。中部关中平原区气候适宜、雨水充沛，因而生产条件相对优越；渭河支流沉积所形成的冲积平原地貌平坦开阔，营构出了一幅八百里秦川的整体图景。陕南秦巴山地区的亚热带温润气候，嘉陵及汉两江令其水文条件较佳，作物生长适宜；河流穿过秦岭与大巴山地，形成了诸多山间盆地及丘陵区域，呈现为峭壁深涧的总体样态。

"命名意味着以后的岁月是它自身处于独语状态。"①历史地看，作为中华民族早期农业文明的重要发祥地之一，"地宜禾"②的秦地早在尧舜时期便始有称谓。战国时期，其地理版图在秦国所辖范围内已初具雏形。始皇统一六国后，秦地自北向南归为上郡、内史与汉中郡三郡，由此可见秦地内部自然环境与社会结构的差别。及至楚汉相争时期，《史记·项羽本纪》中开始有了"是时，汉还定三秦"③的相关记载。这里的三秦，主要是指彼时雍、塞、翟三国及秦国的部分地区。而后伴随着"多种民族和文化在人文地理及社会历史的演进中融合"④，元代时秦地南北中三大区域首次统合于一体，正式设立了陕西行省。这一区划至清代进一步被廓清厘定后，固定并延伸至当下的行政区划之中。千百年来，秦地的具体地理区划虽时有变迁，但"秦中自古帝王都"⑤，它以深厚的历史积淀和丰富的文化底蕴，毫无争议地长期占据着中国政治文化版图的中心地位。从周文王设王畿于关中、始皇建政于咸阳，到西汉建都于长安、隋设政于大兴

---

① 曹文轩：《20世纪末中国文学现象研究》，北京大学出版社，2002年，第15页。
② 许慎：《说文解字注》（上），段玉裁注，凤凰出版社，2015年，第571页。
③ 司马迁：《史记》，梁勇编，吉林人民出版社，1996年，第150页。
④ 李继凯：《秦地小说与"三秦文化"》，湖南教育出版社，1997年，第5页。
⑤ 叶嘉莹：《杜甫秋兴八首集说》，上海古籍出版社，1988年，第418页。

城,及至唐时定鼎长安城,秦地已在各王朝接力营构的政治文化图景中,升腾成为华夏民族确认自身身份的象征性体现。在这一过程之中,"秦"同时又在世界版图中不断获得着意义。数百年间,作为西北"丝绸之路"的起点段,秦地一直以开放包容的姿态见证着东西方文化在此落地生根、交流汇融乃至开枝散叶。"秦"也因此作为一个历史和时代近乎完美的镜像,成为"他者"视角下"中华文化共同体"①的代名词。所以"秦地"就这样以其生生不息、惠泽四方的地域特质,肩负着中华民族文化对内传承与对外散播的重任。

在这片发源于周、秦,繁盛于汉、唐,积淀着深厚历史与文化蕴藏的土地上,作为当地民众集体化、程序化的日常生活模式,独具秦味的民俗事象又令这个自然场域得以获得文化层面上的支撑,从而使得"这些场所实现其意义。"②。民俗文化作为孕育文学艺术形态的母体,既连接着生产生活、人生礼仪、民间信仰等社会基础形态,又表现出潜藏于其中的文学性的一面,民间文艺即由此基础上逐步演化而来。因此恰如胡适所言:"我们的韵文史上,一切新的花样都是从民间来的。"③具体至小说的发展轨迹也是如此。作为在民族传说文化中生成的文艺形式,小说在提炼自民间的过程之中,能够将地理学意义上的秦地与艺术上的秦地相结合,既从社会生活中汲取资源凝练为文本,又反之令其本身成为社会生活的组成部分,从而成功地创造了秦地"'风情'的美感形态,而且创造了陶醉于这风情的观众与读者"④。

在这个借小说形式将"'空间文学化'的过程"⑤之中,优秀的秦地

---

① 冯天瑜:《中华文化史》,上海人民出版社,2005年,第428页。
② 迈克·克朗:《文化地理学》,杨淑华、宋慧敏译,南京大学出版社,2003年,第17页。
③ 转引自陈勤建:《文艺民俗学》,上海文化出版社,2009年,第4页。
④ 赵园:《地之子——乡村小说与农民文化》,北京十月文艺出版社,1993年,第151页。
⑤ 赵学勇、王贵禄:《守望·追寻·创生:中国西部小说的历史形态与精神重构》,北京大学出版社,2012年。

作家需要在强烈的黄土情结驱动下,以敏锐的感受力对这片土地上日常或独特的民俗生活加以捕捉、聚焦、攫取并历练出秦地文化的缕缕精魂;但与此同时,作家又必须保持适当的疏离感及冷峻的判断力,深刻地透视这片土地于现代化转型过程中所经历的撕裂与阵痛。正因为如此,作家的创作使得"每一个民族的文学都是这个民族的文化心理的象征性表述"①。新时期以来,路遥、陈忠实、贾平凹、红柯、叶广芩、杨争光、李凤杰等一批陕西小说家,便是循此在自觉承继民俗文化传统的基础之上,以深刻的价值反思和多样的表现手法,令这片在艺术形态上沉寂多时的秦地日趋丰富与灵动起来。

二

生长于延安文艺、以鲜明的大众化目标为指向的20世纪40—70年代的农村题材小说,可谓革命谱系下一次对五四乡土小说进行理想化及诗意化提纯的现代性探索。在《种谷记》《创业史》《太阳照在桑干河上》《暴风骤雨》《山乡巨变》《铜墙铁壁》等一系列反映彼时农村革命斗争和生产建设的作品中,革命的宏旨往往需要借助乡社生产、岁时节令、衣食住行等风俗活动的民间叙事加以结合阐发,从而令作品更好地契合受众的审美期待,也更为直接有效地达成组织大众意识形态的最终诉求。

具体至彼时陕西作家的创作实践,柳青的长篇小说《创业史》就是这样一部循着民间叙事路径,展现农业合作化运动这一革命实际的范本。小说开篇即以两条乡谚"创业难……"和"家业使弟兄们分裂,劳动把一村人团结起来"②作为楔子,突出了"创业""劳动"这两个具有强烈隐喻及象征意味的主题词语,铺垫并预设了整个小说文本的结构框架。谚语作

---

① 赵学勇:《新文学与乡土中国——20世纪中国乡土文学与西部文学研究》,兰州大学出版社,1993年,第1页。
② 柳青:《创业史》,中国青年出版社,2009年,第7页。

为一门"民间的学问",是千百年来劳动人民"对人生、社会和自然万物观察经验的总结"①。而柳青精心择取这两条乡谚为引子,一方面影射了传统社会中广大农民群众生存发展之艰难,以及合作化运动的发生带来了新的可能性;另一方面又暗示出伴随着农村经济体制的转型,原有家庭结构的松散及新的共同体生成的发展趋向。

除了引用乡谚俗语以搭建作品的民间叙事结构外,柳青还广泛借助"丰富多彩的群众生活的语言",更为生动地展现了广大农民在"党和领袖的指导"下"日新月异的生活"②图景及个人内心深处的思想遽变。这其中最为典型的应属梁三老汉这一传统农民形象的塑造。他从土改分得土地后"时而惊喜,时而怀疑"的"麻乱得慌"③,到梁生宝参与合作化运动时的赌气、不解与忧心,再到最后"带着生活主人的神气"鼓励梁生宝"好好干世事去"④的前后语言的生动变化中,可以看出在农村体制改革的时代巨变中,农民的个体生命所呈现出的百感交集的真实样态。此外,在这部展现梁三老汉草棚院里的矛盾和统一的"生活故事"⑤的内容之中,作者还充分糅合了婚丧嫁娶、岁时节令及农事生产等一系列深根于农民日常生活中的民俗习气,譬如小说中对梁三老汉与王氏的订婚仪式、王二直杠去世后的丧葬仪式、郭世富另立新居时宴请待客的邻里风俗等的描摹。以上民俗化写作风格的背后,是柳青在政治主题下对文学创作源泉的生活本身的倚重——"起决定作用的还是作家的生活道路"⑥。而这一对民间叙事立场的自觉选择,亦不断延续及内化至日后路遥、陈忠实、贾平凹等一众陕西作家的写作之中,构成了当代秦地小说中最为出彩的章目。

---

① 段宝林:《中国民间文艺学》,文化艺术出版社,2006年,第122页。
② 柳青:《柳青文集》(下),陕西人民出版社,1991年,第774页。
③ 柳青:《创业史》,中国青年出版社,2009年,第16页。
④ 同上,第433页。
⑤ 同上,第20页。
⑥ 柳青:《柳青文集》(下),陕西人民出版社,1991年,第773页。

新时期以来，以路遥、陈忠实、贾平凹、高建群等作家的文学实践为基础，秦地小说在柳青所开创的文学传统下，进一步将丰富直感的民俗文化符号纳入现代叙事机制，从而令陕北、关中、陕南三大区域间的总体气质构成了和而不同的多元文化图景，具体呈现为以下三个方面。

（一）陕北：坚韧乐观、与时偕行的乡土文化

作为黄土高原的中心区域、中原农耕文明与西北游牧文明的交汇地带，陕北地区以悲壮粗犷、包容开放的特征成为三秦大地中具有相对独立品格的文化区域。自然条件的艰苦、延安精神的承续以及多元文化的交融等，无不形成了潜在的风俗习惯并综合作用于当地人民的日常生活及行为方式之中，亦对以路遥、高建群、高鸿及惠雁等为代表的本土作家的创作影响深远。

一部作品的叙事视角，往往代表了作家自身"看世界的特殊眼光和角度"①。与精英化的先锋性叙事相比，陕北作家往往更加倾向于从陕北说书、信天游、陕北秧歌等传统的民间文艺形式中汲取经验，以全知全能的叙事视角、夹叙夹议的写作风格满足普通受众的阅读期待。作为具有地方特色的传统曲艺形式，陕北说书以说唱相间的方式，运用陕北方言讲述本地传统或现代故事，具有夹叙夹议、浅白质朴、声情并茂的特点。以此观照路遥的写作无疑借鉴了这一特色。在小说《人生》中，作者的视角随着人物的出场而不断流动切换，从而将高加林、刘巧珍、黄亚萍等人物的所闻所知完全呈现出来，令读者在阅读的过程中更觉清晰明朗、感同身受。与此同时，路遥又并未在叙事中放弃自己的价值判断，他仿佛化身"说书人"，总会在关键处以寥寥数语作出评判。譬如在《平凡的世界》开篇，作者首先对学校打饭的场景进行全景式描绘后，即转移至读者视角对主人公的身份加以推测"我们可以想来这必定是一个穷小子，他不仅吃

---

① 徐岱：《小说叙事学》，商务印书馆，2010年，第6页。

这最差的主食，而且连五分钱的丙菜也买不起一份啊！"①因而，这样一个"贫穷饥饿，且有一颗敏感自尊的心"②的孙少平形象，尚未出场便已经呼之欲出。此外，作为陕北民间艺术组成部分，与当地农民日常生活密切融合在一起的信天游、陕北秧歌及秦腔等曲艺形式，被作家加以采集提炼后，往往成为其小说中渲染或推动情节发展的点睛之笔。譬如《人生》中高加林狼狈回乡后村里的孩子们信口所唱的："哥哥你不成材，卖了良心才回来……"③，又比如德顺老汉口中那些彰显着其对世事的通透、对生命的感悟以及"对人生的那种乐观主义的态度"④的信天游等等。如果说在《人生》中作者对信天游的运用集中于人物形象的烘托及故事情节的展开，那么在兰一斐的长篇小说《三十里铺》中，作者从头至尾地引用、摘取信天游片段作为章节的标题，以隐喻的形式暗示人物命运与故事走向，则更凸显出了新一代作家有意将传统民间资源纳入现代叙事的尝试及信心。

应当看到，支撑这一全知全能叙事视角的背后，是陕北作家历来所坚持的世俗化的叙事立场。纵观新时期以来的陕北小说创作，通过描绘"日常的、伸手可及的、非抽象的"⑤生活本身，生动地展现陕北农民的生存境遇及生命样态，成为陕北作家为之悉力的方向。由于自然环境的劣势、生产生活的艰辛及历史遭际的波折起伏，作家笔下的陕北人民往往深切地感受着日常光景的贫窭与困顿。譬如路遥、高鸿、惠雁、高建群等诸多作家不约而同地聚焦于饥饿描写："父亲感觉自己的五脏六腑都被掏空了，身子已经成了一个空壳，冷风一下子就吹透了"⑥，"（孙少平）只

---

① 路遥：《平凡的世界》第1部，中国文联出版公司，1986年，第5页。
② 路遥：《早晨从中午开始》，见《路遥文集》第2卷，陕西人民出版社，1993年，第40页。
③ 路遥：《人生》，中国青年出版社，1982年，第219页。
④ 路遥：《早晨从中午开始》，见《路遥文集》第2卷，陕西人民出版社，1993年，第455页。
⑤ 倪梁康：《现象学及其效应：胡塞尔与当代德国哲学》，生活·读书·新知三联书店，1994年，第132页。
⑥ 高鸿：《农民父亲》，时代文艺出版社，2008年，第25页。

感到两眼冒花，天旋地转，思维完全不存在了，只是吃力而机械地蠕动着两条打颤的腿一步步在山路上爬蜒"①，"成千上万的饿得发昏的农民，开始抢粮"②。然而，即使在这样困顿的生活境况下，陕北民间文化中顽强、坚毅和乐观的精神传统，仍然能够令当地人民以异乎寻常的韧性去"忍受生命赋予我们的责任，去忍受现实给予我们的幸福和苦难、无聊和平庸"③。其中，通过作家对陕北婚丧嫁娶等人生仪礼的描绘，亦能够从侧面窥见当地人民尊重传统、热爱生活的坚忍生存姿态。在小说《人生》中，路遥便对刘巧珍出嫁的"旧式"婚俗不厌其烦地进行了描摹——从对婚礼当日娶亲仪式中引人、吹鼓手、"领队"、媒人等角色的介绍，到宴请宾客时"压马"、吹"大摆队"、吃饸饹、上八碗等步骤的说明，再至盖盖头、骑大马、送女等送亲仪式的完成。更为巧妙的是，作者同时将作为新娘子的巧珍的心理活动穿插于整场仪式之间，令这场"里里外外红火热闹"④的婚礼与悲凄痛苦的新嫁娘形成了鲜明的对比，从而突出了当传统农村开始遭遇"变革时代社会生活的矛盾"⑤时，刘巧珍与高加林有情人难成眷属的无可奈何的爱情悲剧。

  同时还应当看到，陕北作家的日常写作并非一味地沉湎于庸碌的碎片化日常之中，而是以开阔的历史视野、强烈的家国情怀和知识分子的责任感，彰显着作家积极介入现实发展进程、见证时代沧桑巨变的宏大抱负。历史地看，这样的叙事主题无疑来自延安经验的当下传承。回首1935年红军抵达陕北延安后的十三年间，中国共产党逐步探索出了一套延安文艺模式，即在共产党的直接领导下，运用现实主义的创作方法积极寻求民间文艺资源的滋养，从而实现文艺"大众化"的最终诉求。这一模式不仅在彼时于陕北地区甚至广大解放区辐射，更是纵向延展至新中国成立时期，成

---

① 路遥：《平凡的世界》第一部，中国文联出版公司，1986年，第5页。
② 高建群：《最后一个匈奴》（上），陕西人民出版社，2011年，第221页。
③ 余华：《活着》，上海文艺出版社，2004年，第4页。
④ 路遥：《人生》，中国青年出版社，1982年，第188页。
⑤ 赵学勇：《生命从中午消失——路遥的小说世界》，兰州大学出版社，1995年，第93页。

为新中国成立后文艺实践活动的重要理论和实践资源。这一革命文化基因潜藏并绵延至在当代陕北作家的创作中，主要表现为诸多小说作品中对革命及现实主义题材的延续，以及理想主义精神的高扬。具体而言，路遥早期的作品《优胜红旗》《在困难的日子里》、常胜国的《三十里铺》、高鸿的《沉重的房子》《农民父亲》、庞文梓的《命运》、厚夫的《土地纪事》、龙云的《女人红》等都是此类型中的代表作品。

此外，还应当注意到陕北作家对特殊的区域民俗信仰及民族融合方面的书写。由于"受统一的中原正统的儒家思想影响较小，众多北方少数民族的文化逐渐发展为陕北文化的重要元素"，因此陕北地区的民俗信仰较之正统的关中文化、神秘的陕南文化，更具有"原始性、实用性、多元性"[1]的特点。而最能体现这一特征的，当属高建群所著的"向陕北高原致敬的书"[2]——《高建群大西北三部曲》。在这三部小说中，作者创造性地将在地的原始信仰文化、民族争雄历史作为进入陕北、书写陕北的重要视角。譬如在《最后一个匈奴》的开篇，作者以具有传奇色彩的"阿提拉羊皮书"[3]为引，通过一段交织着神话传说、英雄伟业、民族迁徙、先知预言等诸多神秘元素的讲述，为读者架构了一个游牧民族最终羁留繁衍于陕北高原的宏大史诗。又比如在讲述吴儿堡的历史时，作者着力渲染了这个陕北村落原始的黄帝信仰及生殖崇拜下接生婆职业的专属性身份："从黄帝部落在这带游牧时候起，接生婆这种古老的行业便开始确立起它的权威位置，并且一直以一种神秘之力庇护着这一方苍生，以一种原始的狂热和虔诚在进行着催种催收"[4]。此外还有作者对以匈奴后裔杨家为主的、三个家族两代人于苦难和抗争中的百年传奇历史的书写等等。也正是因为作家加入了多元民族、原始信仰等异质元素，使得以现实主义

---

[1] 刘翠萍、张小兵：《陕北信仰民俗探析》，载《延安大学学报》2011年第3期。
[2] 高建群：《最后一个匈奴》（上），陕西人民出版社，2011年，第7页。
[3] 同上，第1页。
[4] 同上，第23页。

为主潮的秦地文学创作,又多笼罩了一层粗犷豪迈、诗意浪漫的西北风情。但是恰如作者于自述中所言:"在吴儿堡家族人物身上,寄托了自己的梦想和对陕北,以至对我们这个民族善良的祝愿。"①应当看到,作者的本意并不仅在于对陕北的信仰风俗作简单化堆砌,这一叙述背后所蕴含的实质,更是作者对中华儿女乃至人类发生及存在的终极命题的着力探寻。

(二)关中:中庸调和、务实入世的家族文化

俗语有云:"得关中者盛世统。"作为三秦大地上自然地理条件最为优渥、物产农耕资源最为富庶的地区,关中不仅是人文初祖炎黄二帝的起源之地,还先后引得周、秦、汉等十三个王朝在此建都立业。千百年来,关中地区就这样在相对稳定的社会变迁及深厚的儒学思想的浸润下,逐渐形成了一套固定且独特的民俗文化体系。它在关中人民日常的衣食住行、人生仪礼及宗教信仰等民俗文化景观中得以具体地呈现,又被陈忠实、冯积岐、杨争光、黄建国、红柯、寇挥等在地作家所敏锐地捕捉、提炼及书写,从而令关中由一个地理学意义上的概念,升华成为小说作品中具有浓厚艺术色彩的文化区域。

关中作家们毫不讳言这片土地及人民作为他们创作灵感和现实动力的重要意义。比如陈忠实便屡次强调:"我是关中人,也素以关中生活为写作题材,我更关注关中这块土地的兴衰史。"②冯积岐也曾自言:"(松陵村是)我精神的土壤,是我写作的源泉,我力图从这个背靠点上透视我们的农民我们的文化我们的民族。"③杨争光在提及创作动机时也说:"(当地农民)他们遇到了一些事情,他们按他们的方式做了。我就这么

---

① 高建群:《最后一个匈奴》(上),陕西人民出版社,2011年,第593页。
② 陈忠实:《关于〈白鹿原〉与李星的对话》,见《陈忠实文集》第5卷,太白文艺出版社,1996年,第429页。
③ 邰科祥、冯积岐:《"好作家要能表达边缘的东西"——冯积岐访谈录》,载《宝鸡文理学院学报》2011年第4期。

写。这也是我最感兴趣的。"①这种浓厚的恋乡意识体现在他们的小说创作之中,又突出地表现为关中小说对当地的生产生活、婚丧嫁娶、民间信仰、宗族制度等关中民俗文化场景的宏观建构及细腻表述。

作为中国传统宗法制度的民间延伸,宗族以祖先崇拜和血缘关系为纽带,串联起了一个个族长中心制的同姓氏族群。在这一由族群所构成的固定聚落之中,族人们共同遵循着相沿成习的乡约族规,并通过代际传承不断强化融入个体的潜意识之中,从而形成了一种特定的文化心理结构。历史地看,族群曾作为关中乡村的基本组织形式,在彼时的当地乡村治理中发挥着十分重要的作用。这一特殊的历史景观在当代秦地作家的笔下,已经由史书记载中陌生漂浮的宗族概念变为了有血有肉、具体可感的历史真实。小说《白鹿原》就以汲养于关中文化的白鹿村为背景,讲述了这片土地上的白鹿两大家族于百年沧桑间历经浮沉的生存样态。为了更加真切地展现出受儒家宗法伦理影响至深的白鹿村族人的生存景象,作者在《白鹿原》中突出营造了一个承载宗族文化的重要载体——祠堂。这一场所承担了百十年来白鹿村日常议事、祭祀拜祖、设立学堂、结婚治丧等几乎所有的重大家族事务和人生仪礼。在小说开篇,作者便提及"白嘉轩想出面把苍老的祠堂彻底翻修一新,然后在这里创办起本村的学堂来"②,继而作者又通过写到"全体村民踊跃捐赠的粮食"及白嘉轩、鹿子霖二人主动承担大部分修葺费用的举动,彰显了白鹿村村民同宗同源、一气连枝的宗族精神。及至后来破坏牌位、聚众起事、造塔祛邪、再次修葺等围绕祠堂所发生的一系列故事,既生动地再现了彼时关中地区农村宗法社会的真实样态,亦彰显了由族长白嘉轩所代表的宗法制度的神圣传统及绝对权威。除了上述组织日常生产生活的作用,祠堂还是对违反纲纪的族人进行施法行刑的场所,以此彰显了其威严冷峻的另一面向。作为推行道德教化、维持乡村治理的蓝本,朱先生制定的《乡约》成为衡量每位白鹿村人价值得失

---

① 杨争光:《杨争光文集·交谈卷》第9卷,海天出版社,2013年,第27页。
② 陈忠实:《白鹿原》,人民文学出版社,1997年,第61页。

的标尺,凡有违反此例者必须受到相应的处罚,即使族长的长子也莫能例外。因此,白嘉轩为戒除赌风而对白兴儿八人施以严酷惩罚;为惩戒淫乱而对田小娥、狗蛋进行刺刷狠打。甚至在儿子孝文偷腥被抓后,他也依照"文举人老爷爷创立的族规纲纪"①,不顾家人族人的求情开脱而毅然以"震撼了白鹿原"②的方式惩罚了违戒的白孝文。恰如归顺后的黑娃回乡祭祖时白嘉轩所感慨的:"凡是在白鹿村炕脚地上的任何人,只要是人,迟早都要跪倒到祠堂里头的。"③此时白鹿村祠堂便不再仅是简单的地理景观,更是代表了作为共同意识形态的"'仁义白鹿村'的精神"④,它早已深深根植进白鹿村每位族人的血液之中。

作为古老的农业文明的发源地之一,得益于得天独厚的农业生产条件,关中平原盛产小麦、荞麦、小米、玉米、棉花及豆类等农作物,平原上的农民也因此固守着传统的精耕细作的生活方式,靠以家庭为单位的种植养殖维持生计。这一以种麦为主的生产特色在诸多秦地小说中经常作为背景而出现。譬如杨争光在小说《从两个蛋开始》开篇,便渲染了白云霞和雷工作初次见面的麦地场景:"正是小麦花灌浆的时候""两边的小麦随风起伏着,像柔软的波浪,一层攮着一层,一层压着一层"。⑤相似地,《白鹿原》也时常写到种麦的场景:"麦子播种几近尾声,刚刚播种不久的田块裸露着湿漉漉的泥土,早种的田地已经泛出麦苗幼叶的嫩绿。"⑥同时,物产资源的主导又决定了关中地区产生了以面食为主、杂粮为辅的饮食文化。"长面""苞谷糁子""碱面""臊子面""饸饹""羊肉泡馍""罐罐儿馍""锅盔""花馍""凉皮"这些特色吃食在《白鹿原》中就时有出现,有时甚至起到了推动情节发展、渲染人物情

---

① 陈忠实:《白鹿原》,人民文学出版社,1997年,第298页。
② 同上,第296页。
③ 同上,第588页。
④ 同上,第65页。
⑤ 杨争光:《从两个蛋开始》,见《杨争光文集》第1卷,海天出版社,2013年,第4页。
⑥ 陈忠实:《白鹿原》,人民文学出版社,1997年,第45页。

感的关键性作用。譬如田小娥与黑娃的爱情就是由每日间的"一碟辣椒一碟蒜泥""冒过碗沿儿的凉皮""四五个馍馍""小米稀饭"①而走向一发不可收拾的,作家在此有意将各色食物及旺盛的食欲作为隐晦表达二人情欲的切入口。又譬如孝文沉溺于欲望的狂欢后不得不忍饥挨饿,想象着"一碗稀粥一个蒸馍"②,在贺耀祖家"陶醉在纯粹白面条的美好享受"③而放弃尊严,抢舍饭时看到"热气蒸腾的铁锅里翻滚着黄亮亮的米粥"④等一系列场景,都生动地展现了因违背乡规而遭到放逐的白家长子走投无路的窘境。此外,还有白灵满月时亲朋送来的寓意祝福的"各种各样的花馍"⑤,白灵与鹿兆鹏假扮夫妻时白灵为他做象征长寿长久的长面等等,都从侧面表现出了白鹿村村民们对美好生活祈愿与祝福的情感。

优越成熟的生产条件及崇俭耐劳的民俗民风令关中得以成为秦地相对安定的区域,但即便如此,当地农民仍无法摆脱庄稼人靠天吃饭的大体命运。每当面临旱涝瘟疫等不测之灾所引发的饥馑病馁时,关中百姓便会寄希望于某种超自然力量,通过举行特定的仪式达到逢凶化吉的效果,民间祈禳由此应运而生。可以说在小说《白鹿原》中,从白嘉轩无故连丧六妻的家族之困,再到政权更迭的国族之危;从大旱无收的自然之灾到瘟疫肆虐的鬼神之劫……以白嘉轩为首的白鹿村村民就是这样在接连不断的天灾人祸中,借助带有神秘文化色彩的民间祈禳活动顽强地生存并延续下来。而当面对个体所遭遇的困境时,人们往往借助一些常见的巫觋之术祛灾避祸。譬如白嘉轩的第六任妻子遇鬼时,白家请"法官"利用"天罗地网"⑥捉鬼;白嘉轩在偶遇"白鹿显灵"后,借阴阳先生之手"把亡父的

---

① 陈忠实:《白鹿原》,人民文学出版社,1997年,第130页。
② 同上,第328页。
③ 同上,第329页。
④ 同上,第329页。
⑤ 同上,第81页。
⑥ 同上,第16页。

尸骨安置于风水宝地让白鹿精灵去滋润"①；在原上遭遇瘟疫的初期，白嘉轩带头用桃木橛子与艾枝儿扎在"每一个小房门的门坎下"②以辟邪驱鬼；在鹿三被小娥附体后，白嘉轩又请来牛蹄窝村的"法官"为鹿三驱鬼……除了乡村生活中较为常见的驱邪之术，关中民间的祈禳仪式还体现着当地人民对以关公、西海龙王为代表的雨水之神的原始信仰。譬如在第十八章中，作者便用近半的篇幅详细描摹了一场发生在白鹿原上的伐神取水仪式。"伐马角"作为这一仪式的核心角色承担着为民请愿的重任。当数个小伙子尝试失败后，是白嘉轩最终以"神灵通传"的方式化身"西海乌黑梢"③，带领着众人以"火铳先导，锣鼓垫后"④奔向黑龙潭，最终通过取水献于关帝而宣告仪式完成。纵观《白鹿原》中的禳灾书写，可见关中地区的鬼神信仰带有浓厚的现世意味，它更注重对当下困境的拔除而非对来世或彼岸的向往，由此亦不难看出关中人民安土重迁、务实重礼、生生不息的整体民风特征。

（三）陕南：轻质异俗、隐秘奇诡的山地文化

区别于陕北、关中地区的地理历史条件，陕南地区因受到山高谷深的特殊自然环境及移民众多的人口构成等因素影响，构成了一套地缘性特征较强的民俗文化体系，主要呈现为轻质灵动、隐秘奇诡及安逸愉悦的整体特征。新时期以来，以贾平凹、李春平、陈彦、雁宁等为代表的陕南作家及书写陕南的叶广芩，不遗余力地对当地灵逸鲜活的民俗文化加以挖掘书写，恰如贾平凹在自述中所言："我在商州每到一地一是翻阅县志，二是观看戏曲演出，三是收集民间歌谣和传统故事，四是寻找当地小吃，五是找机会参加一些红白喜事活动，这一切都渗透着当地的

---

① 陈忠实：《白鹿原》，人民文学出版社，1997年，第40页。
② 同上，第452页。
③ 同上，第305页。
④ 同上，第306页。

文化啊！"①由此，陕南地区的作家们开创了一派与陕北、关中和而不同的文学风貌。

由于受"两山夹一川"的特殊地形影响，山高水急、关多路险成为陕南地区标志性的地貌特征，由此也产生了不同于关中等传统农耕区域的生产方式。《汉书·地理志》曾记载："水耕火耨，民食鱼稻，以渔猎、伐山为业。"②陕南人民这种独特的谋生方式在诸多作家笔下也时有体现。譬如在李春平的小说《盐道》中，作者便讲述了一个以"盐背子"③为祖业的崔无疾在匪盗横行的镇平盐道中背盐求生的故事；王蓬于小说《山祭》开篇，借主人公"我"的回忆，再现了狩猎能手姚子怀"打坡"④的传奇往事；叶广芩的小说《青木川》中，主人公魏富堂的父亲"在镇上卖油"，孩子们则"到山上挖菌子，砍柴火，刨地瓜"⑤以糊口。正是在上述生产条件的作用下，陕南人民亦形成了一套独具特色的饮食习惯。除了以水稻、小麦、玉米及其他杂粮作为日常的主食外，陕南人还善吃山珍野味，野兔、山鸡、野猪、蜂蜜、河鱼等都是唾手可得的食材。在小说《山祭》中，姚子怀"一夜都没合眼"为"我""亲手炖的"⑥狗熊肉；贾平凹的小说《山本》中，遭遇蝗灾的游击队员为求生存，"用水浇老鼠洞逮老鼠吃"，还会"寻找死亡的羚羊"⑦作为食物；小说《带灯》中，亦出现了"炒干的獾肉"⑧"狗肉""黄羊腿"等特色吃食，王蓬《水葬》中也提及了麻二捉鳖后分散于邻里共食的情节。此外，由于受历史因素的影响，陕南与巴蜀地区的关系十分紧密，二者在饮食习惯上也颇为相近，即

---

① 贾平凹：《答〈文学家〉问》，载《文学家》1986年第1期。
② 班固：《汉书·地理志》，中华书局，2006年，第1665页。
③ 李春平：《盐道》，作家出版社，2014年。
④ 王蓬：《山祭》，西安出版社，2013年，第1页。
⑤ 叶广芩：《青木川》，太白文艺出版社，2012年，第42页。
⑥ 王蓬：《山祭》，西安出版社，2013年，第17页。
⑦ 贾平凹：《山本》，作家出版社，2018年，第84页。
⑧ 贾平凹：《带灯》，人民文学出版社，2013年。

食必兼肉，好辛酸麻辣等。譬如《山祭》中便提及陕南人逢年过节杀猪吃"刨膛"的习俗；《山本》中亦屡次出现杀猪食肉的场景；《秦腔》中邱老师标榜"秦人喝的是烧酒吃的是锅盔夹辣子，一是不冷二是耐饥"，并因此口出豪言"看不上南方的戏"①；夏天义"有了重要事情的时候就吃凉粉，醋要重，辣子要旺"②；清风街还盛行着"喜吃者死都要吃"③的口感酸甜的浆水面等等，不一而足。

除却生产生活等物质方面的民俗差异，陕南山区于婚丧仪礼、岁时民俗及信仰祭祀等精神活动层面，也呈现出了一套区别于儒家仪礼而自成体系的特色礼俗惯制。譬如在婚姻礼俗中，除了正常的礼制婚姻外，清代的陕南地区还普遍存在着招赘婚这一较为特殊的婚姻形态。它打破了儒家文化中男娶女嫁、嫁夫随夫的伦理纲常，转而采取了"嫁儿留女，娶婿养老"的方式缔结婚姻。这一带有母系社会婚姻形态的婚俗，也被陕南作家挖掘并在小说中加以呈现。叶广芩的小说《青木川》中，魏富堂就是被作为上门女婿"嫁"入刘庆福家的，作者还有意提及了"女婿，在成亲的当天是不能走出岳家半步的，这就是所谓的'倒插门'"④这一特殊婚俗的禁忌。贾平凹的小说《浮躁》中，麻子铁匠也是如此通过倒插门入赘至铁匠家，并因此继承了铁匠的手艺。这一"闺女招婿"的婚姻形态也在小说《山祭》《水葬》中得到叙写。南光荣家的两个儿子及任义成都是如此作为养老女婿而招赘到别家的。从这一特殊的婚姻形态中，不难反映出陕南民俗文化中较为古老原始、无拘无束的一面。

此外，陕南民俗的自在风格又体现为当地兼容的宗教信仰文化，以及由此所衍生而成的一系列神秘色彩较为浓厚的"信巫鬼，重淫祀"的仪式景观。这些缭绕于日常生活及乡野村舍之中的暗影，在贾平凹的

---

① 贾平凹：《秦腔》，作家出版社，2005年，第79页。
② 同上，第87页。
③ 贾平凹：《陕西小吃小识录》，见《贾平凹散文大系》第1卷，漓江出版社，1993年，第377页。
④ 叶广芩：《青木川》，太白文艺出版社，2012年，第45页。

一众作品中得到了淋漓尽致的呈现。在1983年贾平凹的"商州系列"小说创作的数年之间,民间文化中的神秘魅影便已经初现于其《挖参人》《商周世事》《龙卷风》《瘩家沟》《太白山记》等作品之中。这些作品既展现了陕南山民们关于万物有灵的原始思维,又掺杂了作者自身因疾病体验而转向对"生死之谜的玄思"[①]的因素。及至进入《浮躁》《白夜》《废都》《土门》《怀念狼》《高老庄》等小说的创作阶段时,贾平凹的神秘主义叙事进入了更为成熟深邃的阶段。这一时期的贾平凹善于以民间故事及乡野传奇为灵感,在开篇即创造出贯穿全书、推动情节发展的神秘意象。譬如小说《白夜》开篇,作者即通过"再生人"的民间传说,串联起了主人公夜郎及其身边各色人物的欲望与挣扎。小说《废都》的开篇也讲述了一个唐贵妃墓地的土如何灵异的故事;《高老庄》开篇亦渲染了高老庄崖崩时人们所看到的"在葡萄园上空旋转"的"草帽"[②]意象。除了上述形形色色的意象以外,陕南山区诸多拆字扶乩、阴阳八卦、神龟巫术及图腾崇拜等鬼魅神秘的民间仪式亦时常见于作家的文本之中。譬如《浮躁》中占卜师卦观测天象,高举灯笼招来魂魄,人亡后钉桃木楔、贴神符,"成人节"中烙大饼;又譬如《故里》中的道姑抓鬼、《古堡》中的巫舞仪式、《黑氏》中的咒文祷念、《白夜》中的祭歌超度等等,不一而足。恰如贾平凹于《山本》后记中所言的:"秦岭有了那么多的飞禽走兽,那么多的魑魅魍魉,一尽着中国人的世事,完全着中国文化的表演"[③],作家不遗余力地对故乡陕南地区的神秘文化进行书写,正是为了借万物有灵的景观突破人类中心的经验视角,从而"分析人性中弥漫中国传统中天人合一的浑然之气,意象细蕴"[④]。

---

① 樊星、贾平凹:《走向神秘——兼论当代志怪小说》,载《文学评论》1992年第5期。
② 贾平凹:《高老庄》,太白文艺出版社,1998年,1页。
③ 贾平凹:《山本》,作家出版社,2018年,第523页。
④ 贾平凹:《我心目中的小说——贾平凹自述》,见杨扬主编《贾平凹研究资料》,天津人民出版社,2005年,第84页。

三

"民俗是一个国家或民族中广大民众所创造、享用和传承的生活文化。"[①]一个优秀的作家必然不会轻视对民俗文化的观照和汲取,一部优秀的文学作品亦离不开对民俗文化的书写和呈现。根本而言,民俗就是人们生活的一部分,是一种整体性的、约定俗成的行为方式和文化样态。从生老病死到吃穿行住,从婚丧嫁娶到交际往来,民俗每时每刻都体现在日常生活的方方面面。诚如有论者所言:"愈是那些著名的作家作品,对民俗生活相往往愈是特别关注,并有极为细致而成功的描写。"[②]作家要想深刻地认识和把握现实生活,就必须对民俗文化有相当程度的了解和体察,这样他的创作才可能充满生活的气味,从而具备打动人心的力量。当然,描摹民俗并不是创作最终的追求。还需要清楚的是,"民俗描写是为'本事'服务的,是作品不可缺少的组成部分。它如众星拱月般环绕着'本事',如果'本事'是灵魂的话,那么由民俗等构成的小小人事就是作品的血肉"[③]。可以说,正是民俗文化的书写构成了作品呈现形式和具体样态。如果说作家的审美选择、价值立场及现实关怀是创作的精神与意义,那么,民俗文化就是建构文学作品这一大厦的钢筋水泥,既无法分割,亦不可或缺。

对秦地作家而言,这样的书写当然更是如此。秦地地域特色鲜明、文化积淀深厚、人文景观独异,并且有着独特且丰富的民风民俗,所谓"秦风秦韵"即是指此。没有秦风秦韵,秦地也成为不了秦地。因此秦地作家要想在创作中显示地方性和独异性,突显创作的风格,就必须深入民间、考察民俗、发掘传统。实际上,要想表现生活,就离不开对民俗的书写。

---

① 钟敬文主编:《民俗学概论》,上海文艺出版社,1998年。
② 李继凯:《秦地小说与"三秦文化"》,湖南教育出版社,1997年,第249页。
③ 赵学勇:《沈从文与民俗文化》,载《吉首大学学报》1995年第3期。

在不同层次上，民俗文化对秦地作家的创作有着或隐或显的作用和影响，主要可分为三个方面：

首先是在塑造人物与推动情节方面。"一部文学作品要想激动人心，必须在讲述出惊心动魄的故事中塑造出性格鲜明、非同一般的人物。"[①] 可以说小说成败的重要标志就是是否塑造出了深入人心的人物。在新时期以来的一众秦地小说中，性格鲜明、令人印象深刻的人物比比皆是。细察之下不难发现，在描写塑造人物时，秦地作家经常根深于民俗的书写。譬如小说《白鹿原》中白嘉轩择取儿媳妇时，"在室内亲眼观察了她的一举一动一言一行之后，才拍了板，把粮食灌齐，把棉花捆扎成捆交给了媒人"[②]。其时的关中地区主要以粮食和棉花作为聘礼，白嘉轩在送聘礼时的这一细节，令他作为一个谨慎传统的关中人的性格跃然纸上。而且，在秦地作家的书写中，民俗不仅仅是作为一个宏观的文化背景，而是直接作为情节发展的有机部分，从而对民俗景观展开细密的描摹。贾平凹的《山本》中，故事就开始于作为陆菊人嫁妆的那三分"胭脂地"，整部小说都围绕着这块颇具民间神秘色彩的土地，种种的离合悲欢、杀戮温馨和对峙逃亡都在此一一上演。

其次是创作风格的形成。每一个作家的成长都离不开那片生于斯长于斯的土地，正是在那最初的生源之乡，作家萌发了创作的欲望，获得了叙述的灵感并建立了自己的写作园地。纵观秦地作家中，陕北之于柳青、路遥，白鹿原之于陈忠实，商州之于贾平凹，陕南之于京夫、王蓬，皆是如此。王汶石曾如此追溯地域民俗对他创作的影响："……黄河两岸的晋南、关中和陕北乡村就是我成长和从事各种活动的地方，这里的乡土人情，风云变幻，滋养着我的精神，也滋润着我的笔毫。"[③]诚哉斯言，可

---

① 莫言：《用耳朵阅读——在悉尼大学演讲》，见《恐惧与希望：演讲创作集》，海天出版社，2007年，第62页。
② 陈忠实：《白鹿原》，人民文学出版社，1997年，第490页。
③ 王汶石：《我从事小说创作之前》，见《王汶石文集》第3卷，陕西人民出版社，2004年，第132页。

以说地域性的民俗文化对作家创作的孕养和促进至关重要。经由对民俗文化的书写，作家的创作能够获得一种在地性，显示出具体的生活实感，承载起了地方性文化意蕴，也就更为深刻且更具魅力。正是由于对民俗的描摹和展现，作家的创作才会显示出其独特性。因此可以说，作家作品风格的形成与民俗文化息息相关。

有论者指出："民族文化，民俗涵养，陶冶了作家的人格气质和心灵，再通过受感染的心灵和独特的审美意识去观照民族文化，描写民俗，双向的能动作用使情形变得复杂，进入作品中的民俗经过作家受过民俗影响的意识活动的选择和改造，有认同有变异，可以说凡是进入小说中的民俗事象，都有不同程度的变形。"[1]可以说，这样的认识极为深刻。作家的成长确然离不开民俗文化的滋养，作品的形成也离不开对民俗的描绘，但是实际情况要远为复杂。秦地作家笔下的民俗虽然共享着同一套文化模式，显示着同样的民间背景，但在具体的书写中却各有不同。其实，作品中呈现出来的民俗景观是作家经过自身审美理念和文学观念的择取和过滤，并进行恰如其分地变形和组合后的结果。在这一过程中，作家的人生观和思维方式都得以彰显。质言之，民俗书写的不同，造成了文本内容的不同，进一步则是作家风格的不同。

最后是民俗书写对区域、民族共同体形成的作用。秦地作家有一个共同的追求，就是以平凡人物的沉浮和人事的变迁，以显示出历史的宏大与深沉。《创业史》如此，《平凡的世界》如此，《白鹿原》《秦腔》等作品亦是如此。而民俗文化视野的选择，让作家在书写历史时的宏大雄心有了具体的载体，也使他们的叙写显得更为真实可感。可以说，民俗书写是作家进入历史、通向未来的绝佳方式。不仅如此，民俗书写在不同的作家笔下各具特色的同时，在更高的层面上有着近乎同一的旨归，那就是对区域或民族共同体的确认与扩大。有理论家指出，"民族，从本质上而言，

---

[1] 赵学勇：《沈从文与民俗文化》，载《吉首大学学报》1995年第3期。

它是一种想象的政治共同体，而并非具象的物质存在。它是想象的，因为即使是最小的民族的成员，也不可能认识他们大多数的同胞，和他们相遇，或者甚至听说过他们，然而，他们相互联结的意象却活在每一位成员的心中"①。实际上，这"相互联结的意象"就是渗透在生活的每一方面的民俗。正是因为浸润着相同的民俗文化，遵守着相同的民间约定，群体的共同性特征才会显现出来。小说中的民俗书写恰恰是表现这些一般性、普遍性的生活特性、行为方式及更大的文化模式极为有效的方式。其实，"那些上乘的秦地小说，就是既有特殊的风土人情，又有普遍的共同运命为基本内容的"②。这种从特殊见一般，进而达成共同体感受和认识的总体呈现是秦地小说的显著特征，秦地小说也由此具有了民族性意义。

"民俗具有多种多样的表现形式，既是新鲜活泼的民俗生活事象，又有古老深沉的文化内蕴。"③在秦地作家这里，民俗文化不再是抽象、宏大和无所不包的概念性存在，也不只是普遍的、传统的文化积淀，而是更为具体、细致，与现实生活丝丝入扣的生活习惯及审美方式。作家韩少功认为："文学有'根'，文学之'根'应深于民族传说文化的土壤里，根不深，则叶难茂。"④这里的"民族传说文化"大可以等同于民俗文化。可以说，没有对民俗文化深切地体察和描摹，文学就会因漂于浮空中而无所依附。优秀的小说就是从最广大、最民间、最传统和最真实的民俗文化中生长出来的，这一点，秦地作家已经用他们的创作实绩向世人进行了证明。

原载《陕西师范大学学报》（哲学社会科学版）2021年第3期

（本文系与魏欣怡合作）

---

① 本尼迪克特·安德森：《想象的共同体——民族主义的起源与散布》（增订版），上海人民出版社，2011年，第6页。
② 李继凯：《秦地小说与"三秦文化"》，湖南教育出版社，1997，第14页。
③ 赵学勇：《沈从文与民俗文化》，载《吉首大学学报》1995年第3期。
④ 韩少功：《文学的"根"》，载《作家》1985年第4期。

经典的剥蚀:"柳青现象"的文学史书写及反思

一

中国现当代文学学科的建制与演变,在很大程度上是围绕着经典作家和经典作品的选择、认定、诠释和评判进行的。从一个综合的视域来看,文学经典序列的形成,其实是各种权力关系(主要是政治权力和知识权力)运作的产物,而各种权力关系的运作,则集中体现在文学史的叙事与判断之中。在韦勒克看来,文学史是指对"一个与时代同时出现的秩序"①的研究,韦氏所谓"时代"自然包括当下,所谓文学史其实是置身于当下语境中的史家对文学事实的重新排序。"中国当代文学史"的书写活动实际上是在新中国成立十年后渐次展开的。在"当代文学"这门新兴学科的草创阶段,"当代文学史"的言说天然地被赋予了不同于"现代文学史"书写的话语期待。当代文学作为现代文学的合理延续,必然携带复杂的政治文化信息,它又是新体制下建立的文学,因此它必然要更集中地体现国家意志。20世纪60年代初出版过几部较早的当代文学史著作,影响较大的如《中国当代文学史》(山东大学中文系中国当代文学史编写组编,山东人民出版社1960年版)、《中国当代文学史稿》(华中师范学院中文系编,科学出版社1962年版)等。这些早期的史著弥散着强烈的文

---

① 勒内·韦勒克、奥斯汀·沃伦:《文学理论》(修订版),刘象愚等译,江苏教育出版社,2005年,第32页。

学、历史、政治化的气息，体现着鲜明的国家意志，可以看出，编撰者是在自觉接受政治诗学的前提下完成文学史叙事的，叙述者将中国当代文学的事实过程直接与其时的政治运动相对应，显示出这门新兴学科挥之不去的政治性"魅影"与附属色彩。新时期初，涌现出了一批试图回归文学本位的史著，如张钟等《当代文学概观》（北京大学出版社1980年版）、郭志刚等《中国当代文学史初稿》（人民文学出版社1980年版）。这些史著既是从政治诗学向审美诗学过渡的时期的叙事，也是真正意义上的、规范的政治诗学的体现。进入20世纪80年代中期，学术界展开关于文学史叙事的大讨论，既标志着政治诗学一尊格局的终结，也标志着文学史言说中多重话语空间的交叉趋势。"20世纪中国文学"概念和稍后"重写文学史"主张的提出，都是在力图颠覆政治诗学的同时，对启蒙姿态的张扬和对自由格局的呼唤。1999年前后，当代文学史的书写成为学界的一大热点，仅1999年就出版了十种之多的各类史著，如洪子诚《中国当代文学史》（北京大学出版社）、陈思和《中国当代文学史教程》（复旦大学出版社）、于可训《中国当代文学史概论》（武汉大学出版社）、王庆生等《中国当代文学》（华中师范大学出版社）、杨匡汉等《共和国文学50年》（中国社会科学出版社）、陈美兰《文学思潮与当代小说》（武汉大学出版社）、丁帆等《十七年文学："人"与"自我"的失落》（河南大学出版社）等。

20世纪90年代以来的当代文学史书写在叙事话语上开启了两种范式，一种是学术化的审美诗学的言说，一种是持与左翼文学史观相左的知识分子民间立场。其后出现的史著大多不出这两种范式，如吴秀明《当代中国文学五十年》（浙江文艺出版社2004年版）和孟繁华等《中国当代文学发展史》（人民文学出版社2004年版）就明显走的是范式一的路子，甚至在"绪论"中对"红色经典"发出质疑的董健等的《中国当代文学史新稿》（人民文学出版社2005年版）也在"回到历史现场"的自我约束中保持了较为客观的史实描述。民间立场范式在其后的延伸中，几乎走向了另一极端，即由对"文革"文学的否定上溯到了对"十七年"文学的否定。国内这种否定的声音很容易从遥远的西方资本主义国家那里产生共振，如德国汉学家顾彬《二十世纪中国文学史》（华东师范大学出版社2008年版）中认为50—70年代的中国文学乏善可陈，"我们在这一时期的文本中观察到的不是黄金岁月，而是日益严重的思想驯化"①，有人对顾彬这种隔靴搔痒的文学史叙事进行了批评，指出一个"红色中国"是资本主义现代性无法概括的异质性的"他者"，同理，"红色中国"背景下的文学遭遇否定就是必然的了。"如果说现代文学的'对中国的执迷'只是在探求和想象一个现代中国的话，那么50至70年代的中国文学则在致力于建构'红色中国'——'新中国'的合法性。前者尚遭到怀疑，后者的文学价值则更要遭到否弃。"②一针见血地揭示了此类否定声音中所蕴含的意识形态指向。顾彬现象的凸显表明我们的文学史叙事绝非一种话语存在的空间。

90年代以来当代文学史的纷呈现象，有人称之为"转型"，也有人称之为"多元"，命名虽然不同，但意思大致趋近，都说明文学史叙述者的"身份"已发生了微妙的变化，这是特别值得研究者关切的问题。我们不能不看到的是，90年代以来文学史叙述者"身份"的频繁变动，所导致的直接后果，是文学史呈现出了大相径庭的面貌，而同时经典秩序也随之改变。这种状况，在关于50—70年代文学的叙事中尤为明显。仅以"柳青《创业史》现象"为例，或其文学史地位受到质疑，或进入不了文学史，或被封存于某一个历史时段。凡此种种，都一再表明柳青的文学人生和文学成就尚未得到当代文学史的清晰认可。那么，到底是哪里出了问题？是文学史的评价尺度出了问题，抑或"柳青《创业史》现象"本身的确存在问题？还是因为别的什么原因？因此，考察"柳青《创业史》现象"史学评价的演变轨迹，就不单是追究一个作家创作成败的问题，实际也是对整个当代文学史的评价尺度和价值立场的系统考察。

---

① 顾彬：《二十世纪中国文学史》，范劲等译，华东师范大学出版社，2008年，第279页。
② 陈晓明：《"对中国的执迷"：放逐与皈依——评顾彬的〈二十世纪中国文学史〉》，载《文艺研究》2009年第5期。

二

在中国当代文学史上,还没有一个作家的文学史地位像柳青一样大起大落,也没有一部作品像《创业史》一样备受推崇和横遭贬黜。当代文学所经历的辉煌与曲折,所承受的荣耀与阵痛,所肩担的责任与悲情,似乎最终都要浓缩为一个作家和一部作品——柳青《创业史》现象。关于"柳青《创业史》现象"的史学评价,不仅折射出五十年来当代文学的文学观念、话语方式和叙事范型的转变,而且也在更广泛的意义上,显现着左翼文学和延安文学传统的流变衰落、现实主义文学的处境日艰,以及底层大众文学从文坛的悲剧性退场。

柳青《创业史》的命运遭际实在太意味深长。20世纪60年代初,伴随着《创业史》(第一部)的问世,形成了一个壮观的评价热浪。在这些参与评价的学人当中,有资深评论家如冯牧、邵荃麟,也有后起之秀如严家炎、朱寨;一些重要的文艺类报刊,如《文学评论》《文艺报》《上海文学》皆长篇累牍地刊登评论性文章。其参与人数之众、发表评论之多、研讨规格之高、热情持续之久,就一部作品而言,在整个当代文学史上都罕见的,尽管关于主要人物梁生宝塑造的深度问题有不同意见,但都没有否定其所取得的成就。这场旷日持久的论争,实际上奠定了《创业史》在当代文学史上的重要地位。对60年代这场论争作出定性和概括的,是《中国当代文学史稿》:"《创业史》深刻地描写了农村合作化过程中激烈的阶级斗争和农村各个阶层人物的不同风貌,揭示了社会主义必然胜利的客观规律,塑造了一个高大丰满的梁生宝的形象。"[①] "文革"期间,柳青受到重创,被迫辍笔,与此同时,《创业史》也沉入深潭,关于柳青《创业史》的研究随之被搁置。

---

① 华中师范学院中国语言文学系编著:《中国当代文学史稿》,科学出版社,1962年,第653页。

新时期初，沉寂了十年的柳青，拖着病残之躯，以惊人的爆发力修改完成了《创业史》第二部的上卷和下卷，十八年之后对自己创作的这种回应，使柳青《创业史》研究再次成为新时期文学神话中的一大焦点，更多的新人加入这个研究阵容。此阶段的研究，除了对60年代成果的借鉴之外，还对柳青"深入生活"的方式、"创作道路"的形成、"文学思想"的结构，以及他早期创作的一些被忽略的短篇都进行了较为系统的钩沉，《文学评论》《中国现代文学研究丛刊》等期刊发表了众多柳青研究论文，甚至陕西的《人文杂志》《西北大学学报》还开辟了柳青研究专栏。肯定性声音大大压过质疑性声音，从而使《创业史》在"十七年"文学谱系中凸显出来，是这个阶段的一个显著特征，其时的史著对《创业史》的评价也与60年代相比有明显提升，如《中国当代文学史初稿》是这样认定的："《创业史》是一部反映农业合作化运动的史诗性的巨著，其思想和艺术成就都远远超过其他同类题材的作品，在我国当代文学史上占有非常突出的地位。"①"史诗性的巨著""远远超过""非常突出"，这些词语的使用都意在强化《创业史》的文学史地位。引人注目的是，该著小说部分只将柳青和赵树理、周立波单列专章。至此，柳青《创业史》完成了其经典化的历程。

进入80年代中后期，思想文化领域显得异常活跃，不同类型的话语纷纷登场，也是在这种"反思"的时代潮流中，学术界提出了"二十世纪中国文学"的概念和"重写文学史"的主张，其原初的意旨都是为了重倡五四文学传统和再续启蒙话语，而同时，两者也都对50—70年代文学发出了质疑的声音。在当代文学研究整体转向的背景下，《创业史》作为"红色经典"的模本受到冲击是必然的。首先向《创业史》发难的，是1988年发表于《上海文论》的一篇题为《"柳青现象"的启示——重评长篇小说〈创业史〉》的文章，该文对柳青的创作动机发出了根本的质疑，指出柳青《创

---

① 郭志刚等主编：《中国当代文学史初稿》，人民文学出版社，1980年，第308—309页。

业史》"囿于""那些运动的发起者和领导者们对运动的理论概括",来表现"党的指引和历史发展必然要求的一致性",这"就是柳青'永远听党的话,忠于政治'的表现",而这样做的结果,却是使作家"不能真正接纳生活的全部丰富多样性",使"文学创作的自主性受到限制",使"创作主体的丰富度和自由度""也受到限制"。①现在回过头来看,该文的许多论点是欠成熟的,特别是将柳青《创业史》从具体的历史情境中剥离出来的做法,引发了持不同立场的研究者的坚决反驳,而且,该文赖以立论的基础仍然是当年的一些政治话语,切合文本实际的东西并不多。无论如何,这是一种征兆,预示着柳青《创业史》将跌入新的轮回之中。

在90年代的文学史叙事中,关于柳青《创业史》的言说某种程度上形成了明显反差,如洪子诚《中国当代文学史》仍将"柳青的《创业史》"在第七章单列一节,而以"重要的作家作品"单独形成章节的只有六个作家作品,这说明在该著的结构中,柳青《创业史》的经典地位并没有产生动摇。同时期出现的《中国当代文学史教程》(陈思和主编)是以作品解读来辐射和勾连文学史事件的著作,但该著却对柳青《创业史》只在不经意间一笔带过(见第35页),显然,以"民间立场""潜在写作"和"隐形结构"为其择史标准,柳青《创业史》不在其视野之列也是意料之中的事。问题是,在第二章"来自民间的土地之歌"中,将《山乡巨变》作为"表现农业合作化题材"的典范文本是否最恰当,另外,著者宁愿细读《李双双小传》而不愿提及《创业史》就让人大感不解了。我们发现,在整体安排中,对"三红一创"做了有意的疏离,"三红"中唯一被细读的是《红日》,而《红岩》《红旗谱》也遭遇了和《创业史》相同的命运。在此可看到,作为90年代以来影响甚大的两部史著,其对柳青《创业史》评价的悖反现象,在新世纪的文学史叙事中一直还隐隐约约存在着。

21世纪以来,重估"红色经典"的文学价值成为当代文学研究的一个

---

① 宋炳辉:《"柳青现象"的启示——重评长篇小说〈创业史〉》,载《上海文论》1988年第4期。

重要趋向，不同于此前研究的是，在避开已"过度阐释"的政治话语与文化话语的前提下，复归文本现场，以揭示"红色经典"文学性的特质，这种趋向势必使"红色经典"从种种政治话语和文化话语织造的浓雾中重见天日。一篇题为《写得怎样：关于作品的文学评价——重读〈创业史〉并以其为例》的文章，对《创业史》的文学价值进行了探寻，该文从"文学性"视界给柳青《创业史》作了这样的评价："今天的作者在'写什么'和'怎么写'方面超越《创业史》是太容易的事，但是能在艺术描写，艺术表现能力上与柳青一比高低的并不多。"①这个评价提醒我们，从一个熟悉的"政治柳青"走向一个陌生的"文学柳青"不仅是可能的，而且是必要的。事实上，新世纪的文学史叙事大多都能给"红色经典"以一定的文学性评价，而不至于过多地在思想内容方面纠缠，相应剔除了将其等同于政治寓言的荒谬。

在2004年出版的两部史著（人民文学出版社出版的《中国当代文学发展史》，以下简称《发展史》；浙江文艺出版社出版的《当代中国文学五十年》，以下简称《五十年》）和2005年出版的《中国当代文学史新稿》（人民文学出版社，以下简称《新稿》）中，都是将柳青《创业史》看作重要文学史现象而进行阐述的。尽管上述三部史著不约而同地涉及《创业史》的文学性评价，却依然存在着某种悖反。《新稿》在第四章第七节将《创业史》与《三里湾》和《山乡巨变》放在一起进行述评，有关柳青《创业史》的文字大约一千五百字左右，特别指出了《创业史》所具有的史诗性的品格，"作品有意识地将蛤蟆滩发生的故事与外界社会，与整个国家的政治政策联系起来，将故事置于时代风云的宏大背景之中，从而形成了作品一个非常显著的思想和艺术特点：视野宏阔，高屋建瓴，具有强烈的理性思辨色彩"。但该著却在下文中随即做了自我颠覆，似乎又有脱离文本实际而重蹈政治话语阐述覆辙的嫌疑："应该承认柳青创作态度的高度真诚，

---

① 刘纳：《写得怎样：关于作品的文学评价——重读〈创业史〉并以其为例》，载《文学评论》2005年第4期。

但是，由于他的创作基本点是建立在对现实政策进行图解的基础之上，作品的缺陷也就由此而来。"①《新稿》对柳青《创业史》述评中的这种内在矛盾性，其实也是新时期以来关于"红色经典"研究不完善的反映：对文本缺乏必要的阅读耐心，仅满足于外部研究而不能深入其内核。

《发展史》在第八章"红色文学的繁荣"中给柳青《创业史》设置了专节，并对其做了这样的转述评价："柳青的《创业史》被普遍认为是代表五六十年代文学创作最高水平的作品之一。"②该著在这个判断后的行文中并没有对《创业史》的文学性因素做任何诠释，但通过追溯由《创业史》的论争而汇聚为影响深远的"中间人物论"，以及塑造"工农兵英雄人物"成为当时唯一合法性的美学标准，其实也从侧面印证了柳青《创业史》在当代文学史上的重要地位。《五十年》在第三章第二节"以工农兵为主的小说"中，有柳青《创业史》的专门讨论，尽管这部分文字不足千字，而关于其评价却呈现了明显的新气象。该著从90年代以来史学评述中的薄弱环节入手，全新描述了《创业史》的精神内涵："小说通过我国农业社会主义改造运动中农村各阶层人与人之间的新变化、新排列、新组合，展示出我国农业合作化的历史风貌和农民群众精神世界的巨变。可以说，农业合作社的发展史，实际上是一部创业者的心灵史。这也是这部小说具有永恒生命力的一大原因。"这个论断的确刷新了过去人们对柳青《创业史》业已形成的偏见。《创业史》的精神内涵自60年代以来一直由于各种因素的干扰而得不到有效的阐述，该著却在"回到历史现场"的姿态中，举重若轻地归纳出了《创业史》固有的品格，那就是对特定历史时期底层民众心理的深刻把握，是其具有"永恒生命力的一大原因"。此外，该著还对《创业史》从题材处理、人物描写、结构布局等方面作了简要述评，结论是"《创业史》被认为是一部反映我国农村合作化运动的

---

① 董建等：《中国当代文学史新稿》，人民文学出版社，2005年，第145—146页。
② 孟繁华、程光炜：《中国当代文学发展史》，人民文学出版社，2004年，第110页。

'史诗性'的长篇巨著"。①在经历了一个大的轮回之后，有关柳青《创业史》的史学评价好像又回到了80年代初期，但仔细考量，却无论从所占篇幅、史家对其文学地位的认定，还是研究者对其文学价值的挖掘，都无法与80年代初期相比，其经典地位已受剥蚀。

三

"柳青《创业史》现象"作为当代文学史上一个极为独特的存在，其所网络的方方面面关乎当代文学体制的变迁和审美转向过程中必然产生的深层矛盾，所以，要对其作出准确的文学史定位显然不是一件简单的事情。在这些绕不开的复杂矛盾中，主要涉及如何评价来自解放区的作家的问题，如何评价左翼文学和延安文学传统的问题，如何更加理性地评价作品思想内容的问题，如何看待新中国成立后文学与政治的关系及文学受意识形态控御的问题，文学创作最根本的目的何在和为谁创作的问题，只有理清了这些问题，关于柳青《创业史》的史学评价才有可能做到基本的客观与公正。

柳青是40年代"整风"运动后于陕北解放区成长起来的作家，因此，他一生的文学命运始终与《在延安文艺座谈会上的讲话》（以下简称《讲话》）纠结在一起，其荣与辱、浮与沉皆源于对《讲话》精神的操守和践行，这至少可以从下述层面来解读。柳青将文学事业看作是"革命事业"，是为一定时期所肩担的革命任务服务的，是改变劳苦大众境遇的方式，而不可能是休闲娱乐和无病呻吟的载体，所以，一个作家的写作和成长，在他看来，"只要他时刻考虑自己对劳动人民的责任心，不要把文学事业当作个人事业，不要断了和劳动人民的联系，他就有可能不发生停滞和倒退的现象，而逐渐走向成熟"②，这也就不难理解，柳青为什么会提

---

① 吴秀明主编：《当代中国文学五十年》，浙江文艺出版社，2004年，第48页。
② 柳青：《转弯路上》，见山东大学中文系编《中国当代文学研究资料·柳青专集》，1979年，第20页。

出"做文学的愚夫"和"六十年一个单元"的观点了，而其表征则是勤勤恳恳、无怨无悔地笔耕不辍，不为"享受，虚荣，发表欲，爱情要求，地位观念"所动摇。与毛泽东《讲话》提出的知识分子改造相一致，柳青在新中国成立前后多次深入基层，在艰苦的岗位自觉地磨炼自己，苦行僧似的进行知识分子改造，这是柳青区别于很多来自国统区作家的一个重要特征，其早期的长篇叙事如《种谷记》和《铜墙铁壁》，就是根据基层工作的观察和体验而完成的。柳青经受了来自极端的物质贫乏和持久的心灵寂寞的考验，他最终和那些处于社会最底层的农民融为一体，不仅是形象上的，更是情感上的，用他的话来说，"黑夜开完会和众人睡在一盘炕上，不嫌他们的汗臭，反好像一股香味"①，正因为这种情感皈依，他的笔触也就能够沉潜到底层民众的灵魂深处，在时代的大变动中自如地镜像其心灵运行的轨迹。柳青坚持实践的"二个学校"（即生活的学校、政治的学校和艺术的学校）的文学主张亦脱胎于《讲话》的精神范畴。《讲话》非常强调"生活"的重要性，称它是文学创作的"唯一源泉"，《讲话》虽然要求文学成为政治斗争的"武器"，但这种"武器"要有力量，还必须具有强烈的艺术感染力，"缺乏艺术性的艺术品，无论政治上怎样进步，也是没有力量的"。②"三个学校"的文学主张即使在今天看来，依然富于真知灼见。柳青关于创作与生活辩证关系的阐述，是从自身的实践经验总结出来的，他曾反复告诫初学者，"要想写作，就先生活。要想塑造英雄人物，就先塑造自己"，而反对"在房子里头塑造自己"③。和柳青这种主张相悖的是，当代的很多创作不再重视深入生活，趋于虚构的情况普遍存在，这样的作品不要说再过上几十年，就是在发表的当年也经不住细读，更经不起仔细推敲。柳青多次谈及他学习毛泽东著作的感受，并尝

---

① 柳青：《转弯路上》，见山东大学中文系编《中国当代文学研究资料·柳青专集》，1979年，第10页。
② 毛泽东：《在延安文艺座谈会上的讲话》，载《解放日报》1943年10月19日。
③ 柳青：《生活是创作的基础》，见山东大学中文系编《中国当代文学研究资料·柳青专集》，1979年，第37页。

试以毛泽东思想为其判断是非的基准，竭力在纷繁复杂的生活流程中把握历史发展的规律，从而赋予他的作品以一种特有的历史性厚度。在《种谷记》和《铜墙铁壁》出版后，柳青谈到，"我今天能够写出两本稍微有一点点内容的长篇小说来，没有毛泽东思想的教导是不可想象的"[①]。《创业史》发表后受到社会的广泛关注，柳青曾著文表达自己创作的初衷，"这部小说要向读者回答的是：中国农村为什么会发生社会主义革命和这次革命是怎样进行的"[②]。这个真诚的告白一度成为史家抨击他"图解政治"的口实，但如果放回到历史语境中去的话，则不难想象，离开了毛泽东思想指导的柳青还可能是真实的柳青吗？他也绝不会有那么充沛的热情去创作《创业史》了。柳青以其创作实绩成为新中国成立初期文学格局中的"中心作家"之一，这当然不排除主流意识形态的导向作用，但主要的原因恐怕还在于他对《讲话》精神的刻苦钻研和灵活把握，并在具体的创作过程中身体力行地实践它和验证它，因而自然就成为《讲话》精神的成功范例。

80年代中后期，伴随着《讲话》精神一定程度的受质疑，柳青及其《创业史》被冲击在所难免。然而，任何人都是历史地存在着的，柳青不可能无端地超越其所经历的人生和知识结构的边界，去创作某种抽象的文学。辩证地看，《讲话》及其精神的实践者柳青都有值得商榷的地方，但是否所谓纠偏就非要来个彻底的颠覆，柳青们怎么说的、怎么做的则反其道而行之就算"现代"、就算"人性"、就算"启蒙"了？此类简单的逆向思维方式也该到进行清算的时候了，我们只要提出一个常识性的问题就可以判断这种思维方式的不可行性，即新时期以来的"现代派"文学在实绩上有没有达到柳青们所达到的高度？这，也许是文学史家更应该深究的发问。柳青及赵树理、周立波等这些解放区成长起来的作家的创作，在20世纪中国文学的发展史上自有其不可替代的开创性意义。

---

① 柳青：《毛泽东思想教导着我》，见山东大学中文系编《中国当代文学研究资料·柳青专集》，1979年，第19页。
② 柳青：《提出几个问题来讨论》，载《延河》1963年第8期。

柳青们将当代文学的重心从长江流域引向黄河流域，使这块广袤而贫瘠的土地第一次以几乎粗粝的样态大规模地进入文学的审美视野，这种"引入"弥补了现代文学所忽略的领域，从而为创造新的审美维度提供了充分的可能性。读者从那些崇山峻岭、大河古月、荒漠浓云、积雪冰柱中感受到的是一种异样的美，一种有异于南方弱柳扶风般的弥散着力量的美。不仅如此，读者还看到了别样的一群——憨厚中有智慧、粗放中有温情、坚韧中有细腻的北方汉子，这些人物的介入，为当代人物谱系平添了更具质感的魅力。五四一代及后来者大多熟悉并抒写的是江浙、福建、四川和湖南一带的风土人情，而如柳青般40年代在山西、陕西、河北、山东一带的解放区扎根的作家，以满蘸着情感的笔触将那些乡土味、人情味十足的文化景观五光十色地嵌入当代文学的构架当中，从而大大充实了当代文学的文化底蕴。柳青的作品始终充溢着陕北和关中平原那纯朴、壮美和厚实的乡土情调，他笔下那巍峨的终南山，苍莽的渭河平原，白雪皑皑的秦岭奇峰，碧波荡漾的汤河流水，以及关中黏胶样的黑土，蛤蟆滩的茂林渠岸、鸡鸣鸟啼、泥墙茅舍，处处呈现出八百里秦川特有的雄浑和质朴，粗犷里显细腻，俏丽中见豪放，却都能给人以丰富多质的语言快感和审美愉悦。

现代文学的聚焦点较多体现在农民和知识分子身上，而柳青们却把农民——这些现代文学中通常被看作是需要"启蒙"的人物作为主要的表述对象，尤其是再现了苦难的农民翻身做主人的那个历史瞬间顾盼四周、半信半疑、踟蹰不前而又心存感激的情态。主人公"身份"的转移，意味着当代文学在前十七年必将通过农民的生活、心理和欲望的展现来折射中国现代性的曲折进程。柳青们对农民及其生存的文化空间——乡土的诗意抒写，是以不同于五四时代的知识方式，来体现农民的"本质"的。有人曾指出，现代文学对农民的"误读"和"知识"认定（如在鲁迅的笔下，农民形象往往是原始、愚昧、麻木和冷漠的），导致了现代文学一种巨大的遮蔽现象："'乡土'在新文学中是一个被'现代'话语所压抑的表现领域，乡土生活的合法性，其可能尚还'健康'的生命力被排斥在新文学的话语之外，成了表现领域里的一个空白。"①因此，柳青们的创作其实是以自己的方式参与了"中国农民本质"不可或缺的精神建构过程，突显了现代文学中被压抑的有关"农民"的现代性"知识"。当代中国的社会问题，归根结底，还是农民问题，柳青们怀着高度的社会责任感，密切关注着最底层的农民的精神走向，因为他们深知，中国社会的稳定和发展与这个群体息息相关。这些从底层中来、到底层中去的作家，注定要在"历史的现场"叙写农民群体改变自身命运的艰难历程。他们是真正的"底层作家"——长期扎根于社会的最底层，在真切的生活流程中体察底层民众的哀乐人生，而他们的笔端流淌着的却是乐观和豪情，是对新生制度不可遏制的赞美之情，因而在他们的作品中绝难读到与现代文学相类似的沉重的忧患和失望的叹息。但他们对农民的命运并不盲目乐观，其实《创业史》中也传达了柳青深沉的忧虑，蛤蟆滩的"三大能人"及梁三老汉，都构成了农民改造自身命运及奔赴现代化的路途中的解构性力量，柳青的深刻之处，是将这种解构性力量归结为传统文化惯性的运作——根深蒂固的私有观念才是梁生宝必须面对的最顽固的阻力。无论如何，他们的作品有一种天然的力量，尤其是对那些徘徊在社会底层的群体而言，能够从他们的作品中阅读到奋斗的乐趣，并体验到平凡人生中的美好事物。多少年后，当我们已习惯于浏览种种人性的恶和人生的苦时，蓦然回首，才体会到底层文学中的这种乐观和豪情是多么的珍贵，多么的短暂而又激动人心。

在柳青这些作家身上所焕发出来的文学精神，作为一种表征，就是他们虽然有着强烈的政治热情，却从不谋求个人利益，从不计较个人得失，正因为如此，他们才能忘我地投入创作，才能奠定其风格得以形成的基础——细心体察底层最真实的生存和真诚倾听他们内心的呼声，这种文学精神在当今消费主义盛行的语境中更显弥足珍贵。柳青的创作不仅传承了左翼文学和延安文学的传统，而且还自觉实践社会主义现实主义的创

---

① 孟悦：《〈白毛女〉演变的启示——兼论延安文艺的历史多质性》，见唐小兵编《再解读——大众文艺与意识形态》，牛津大学出版社，1993年，第87页。

作方法，设法从古典文学和民间文学中汲取多种营养。从这个意义上说，他们的努力是新文学实现民族化、大众化梦想的重要一环。柳青及其《创业史》既是那个改天换地的时代的产物，又超越了那个时代所能容纳的限度；既是政治话语中的存在，又超越了政治话语所能触及的边界；既是地域性的文学传达，又超越了地域文化的范畴；既是理想主义的激情言说，同时具有理性主义的历史厚度。柳青的文学人生及其精神在当代特别是西部作家中持续发生着巨大的影响。

路遥、贾平凹、陈忠实等作家都是循着柳青的轨迹而展开其文学诉求的。路遥曾有幸多次亲聆柳青的教诲，从而使其精神人格得以提升，他从柳青那里承继更多的是乡土情结、进取精神，以及殉道者的决绝和苦吟者的坚韧。他追踪着柳青的现实主义创作道路，亦然全景式地描述一个时代的巨变在底层群体内心所激起的层层波澜，亦然满怀深情地叙写社会底层青年曲折拼搏的创业之路，亦然雄心勃勃地织造着沧海桑田的巨幅画卷。《平凡的世界》不妨看作是《创业史》的合理延伸，孙少平也是梁生宝的生命延续。《创业史》和《平凡的世界》这两部不同时空中问世的文学力作，感动了数代沉浮于社会边缘的人群，这种"感动"的力量无非来自这两部作品都能够使弱势群体在一个浮华世界的喧嚣之外，看到别一个更真实、更持久，也更具有人情味的世界，这个世界才属于他们，才是他们疲惫的灵魂可以诗意栖息的地方。可以说，路遥是柳青坚定的追随者和维护者，路遥自80年代以来能够引起中国文坛的分外关注，正在于他复活了柳青的文学精神，接续了柳青未竟的文学话语。尽管由于路遥思想高度的限制和知识结构的约束，没有像柳青一样成为一个时代的文学标杆，但柳青应该感到欣慰，毕竟他的薪火已经相传。陈忠实奉行柳青"三个学校"的文学主张，从1962年到1982年这漫长的二十年时间里，他一直处于社会的底层和基层，积累了大量的素材，为其创作一部"民族的秘史"夯实了基础。着手创作《白鹿原》之前，陈忠实花了两三年的时间去作社会调查和历史研究，为了搜集到原始性的素材，他走访了关中平原的上百个村子、几百户村民，查阅了几十个县的县志，做了近百万字的笔记。成稿之后，又花了多年的时间潜心修改。陈忠实创作《白鹿原》的前前后后，始终将自己定位在"做文学的愚夫"的基点上，长时间地忍受着心灵的折磨和创作的煎熬，殚精竭虑、呕心沥血，柳青的文学精神在陈忠实这里以另一种方式呈现了出来。作为一种精神资源，柳青的文学人生已渗透到了众多当代作家的血脉当中，其影响并不会因为时代的更替而褪色。

"柳青《创业史》现象"是中国当代文学史上一个异常复杂的现象。这种现象的复杂性在于，柳青将左翼文学和延安文学的传统顺理成章地带入当代文学，在一个万象更新的时代尝试现实主义史诗性巨著的创作，他自始至终都践行《讲话》的精神要求，创作态度的极端真诚，使他的创作终至代表了一个时代的文学高度。他又是从社会的最底层观察当代中国的现代性进程的，他的创作传达着底层大众的愿望诉求和人生期待，底层大众文学到了柳青、赵树理这些作家才真正地成熟起来。在当代文学民族化、大众化的转型中，他于赵树理之后进行了更为艰苦的探索。柳青、赵树理、周立波这些来自解放区的作家赋予了当代文学以某种特质。由于柳青身处一个政治话语一统的时代，所以，在政治话语的交替中免不了要经历沉浮，文学史在言说他和《创业史》的时候，也潜在地从政治话语进行基本的判断，"文学柳青"总是走不出"政治柳青"的阴影。90年代以来的文学史叙事缺乏必要的"文学柳青"的言说已然成了一种趋向，事实上，在这种叙事的接力中，读者离真实的柳青已越来越远，这不仅是"文学柳青"的悲哀，也更是文学史自身的悲哀。路遥这些西部作家却能祛除意识形态的迷障而走近真实的柳青，这是因为他们对文学的共同追求和宗教般的虔诚使其能够跨越时代的沟壑进行精神交流。柳青不死，不是因为政治，而是因为文学。

原载《当代文坛》2011年第4期，原题为《经典的剥蚀："柳青现象"的文学史叙事及反思》

（本文系与王贵禄合作）

人与文化:"乡下人"的追求

——沈从文与贾平凹比较论

同社会、文化的历史发展一样,文学的历史也往往呈现出惊人的相似之处,尤其是在那些具有共同审美追求的作家笔底,你会不难发现他们所共有的相当深刻的心灵的"默契"。当我们把视野投向新文学运行的历史轨迹中时,沈从文与贾平凹也同时自然"默契"地进入我们的视线。吸引我们注意力的,倒不是因为他们有着"多产作家""文体作家""乡土作家"的共同称誉,而是他们在有声有色地拓垦地域性文化,营建自己的文学世界时自然形成的那份亲近缘分,那种在各自的"湘西世界"和"商州世界"中所表现的自然生态中人的生态和心态,以及渗透于其中的文化价值取向与相近的审美追求。

一、地域景观与乡俗风情

沈从文在1931年写的《甲辰闲话》里曾对自己的创作拟定了一个宏大的规划,其中之一是要为他的湘西写出"故乡的民族性与风俗及特殊组织"①。事实也证明他的作品中写得最多最有魅力的是有关湘西的那一部

---

① 沈从文:《甲辰闲话》,见张兆和主编《沈从文全集》第14卷,北岳文艺出版社,2002年,第48页。

分，如《湘西散记》《湘西》《入伍后》《夜黔小景》《雨后》《三三》《萧萧》《贵生》《龙朱》《边城》等，都是对故乡湘西风土人情的绝妙写照。

贾平凹对故乡的追忆和迷恋并不亚于沈从文。他说过："慰藉这个灵魂安宁的，在其漫长的二十年里是门前那重重叠叠的山石和山石上圆圆的明月，这是我那时读得有滋味的两本书，好多人情世态的妙事都是从那儿获得的。山石和明月一直影响我的生活，在我舞笔弄墨、挤在文学这个小道上，它又在左右我的创作。"[①]"我甚至觉得，我的生命，我的笔命，就是那山溪哩。"[②]他的"商州系列"，浸润着对故土的感情，《鸡窝洼人家》《腊月·正月》《小月前本》《天狗》《火纸》《满月儿》《商州》《浮躁》《远山野情》……，都是系念故土的感情流泻。故乡的山山水水，风俗人情，都跃动着商州特异的情趣。

"仁者乐山、智者乐水"，这是中国人自古以来对自然、对生命自在状态的某种审美态度甚或价值选择的一种精神取向。沈从文生活在水边，贾平凹依赖着大山，对他们来说，"山""水"与他们的生活不可分，更与他们的生命不可分。沈从文描摹的湘西景物千姿百态：如远山，积翠堆茵，烟云变幻；如悬崖，面壁翘首，夹江矗立，被夕阳映炙，成为五彩屏障；如狮子洞，宏敞深幽，四壁光润如玉，洞中泉水，夏盈冬暖，鱼虾随水戏游终日不绝；如溪流，两岸芷草飘拂，谷生幽香；如飞禽，野鸳画眉，鸣声婉转悠扬，神鸦则红嘴红脚成千累万，迎送船只，宛如神兵护航；如走兽，野狗长嚎于荒坟林莽之间，虎豹闯入猪舍觅食；如街市，傍山造屋，临水建楼，重重叠叠，朴野别致；如村舍，屋宇祠堂，隐没在丛林修竹中，各有格局，与峻拔不群的枫杉相衬，有南国的清秀，兼有北国的厚重。这一切都呈现着湘西天然的地域风韵。贾平凹对商州的描绘，

---

① 贾平凹：《山石、明月和美中的我（创作谈）》，载《钟山》1983年第5期。
② 贾平凹：《溪流——不是序的序》，见《贾平凹小说新作集》，中国青年出版社，1981年，第1页。

则形神兼备：如那蛮荒野地，乱崖裂空，古木参天，野兽出没于其间；那山村屯落，古塔山溪，茂林修竹，神秘莫测；那山间小径，条条交错，纷乱中又见出规律；那山里人家，屋舍俨然，溪水绕旁，鸡鸣狗吠，炊烟孤直，粮草俨实，农具齐整，犹如"桃源之境"；那山间云雾如烟如尘，像一群绒嘟嘟的羊羔，一伙胖乎乎的顽童，如扯不开的棉絮，虚无缥缈，把商山点缀得只是水中的一个倒影，淹没得城镇只是一个轮廓；那河水，七拐八弯，时而"山穷水尽"，时而"柳暗花明"；那山泉，挤出石缝、崖壁，滴滴咚咚，夏凉冬暖，永不涸溢。这一切有着西北的朴野，兼有江南的秀丽，呈现着商州天然的地域色调。

沈从文与贾平凹不仅对地域景观的描绘独到而传神，对人文环境的描写更充满生活的情趣。《边城》中对小城人家的速写明快洗练：攀缘的缆索，终年来往的渡船；泥墙黑瓦，桃花丛里的屋舍；临河的小饭店，浅口钵里煎得焦黄的鲤鱼豆腐；勤快的男人，一边聊天一边做事的女人。一切极自然、极和谐。《鸡窝洼人家》里，贾平凹把我们带进古朴静谧的"鸡窝洼"生活氛围中：黎明山林的响声，山溪的咕咕声，男人的鼾声，孩子的啼叫和女人的安抚声；古塔山溪，茂林庙宇，纷乱中规律的山间小径；厚实本分的山里人家，女人手里世代转动的纺车，男人嘴里祖辈传袭的丈二烟杆，还有不知点了多少岁月的煤油灯等等，这是西部小农人家殷实富足的写实图。

沈从文是一个紧紧拥抱着故土不放的作家，他对湘西特有的世态人情、民风习俗的描写，充满着原始神秘的恐怖，交织着野蛮与优美。这里有宗族之间的世代相分、流血械斗的阴影、有头缠细巾的苗巫如痴如醉的跑神场面、有无知受惑而被"沉潭"的女人或发卖的童养媳、有小男孩娶大媳妇的"喜剧"情景。这一切，笼罩着浓烈的边地湘西多民族杂居特有的古民遗风，不乏楚文化的浓郁韵致。贾平凹长于选取富有传奇色彩的人物和故事，来描写商州的风物、人情和古老的生活情调。那深藏历史传说的商山四皓墓，那脊雕五禽六兽、俨若庙宇的古老宅邸，那命运多蹇不入时调充满灵气而又染上世间风霜的商州山村女子，那老诚厚道、善良愚昧、朴拙木讷的男人，传统而又保守顽固的老者，这一切被作家涂上一层浓厚的商州文化的色彩。他和沈从文一样，作品中交织着野性与优美，这里有宗族间的钩心斗角，有山野巫婆的跳大神，有对"求儿洞"的崇拜，有对"夜哭郎"符贴的笃信，有嫁女"送路"、招婿养夫、换老婆的陋习，有乡村正月闹社火的热烈情景，这些又都体现着秦汉文化遗风。

《边城》中沈从文描写了"龙舟竞渡"的场面：那些雄健的桨手与鼓手，在雷鸣般的鼓声中有节奏地挥舞着桨板，犹如水中绿头长颈大雄鸭散布在河面，互相追逐争竞，这幅笔墨浓烈的风俗画，渲染出湘西古老的生活习俗和淳厚朴实的民性。《腊月·正月》中贾平凹给我们展现了舞龙的场景：红白两条龙翻飞滚动，起劲的舞龙人，紧密的锣鼓声，妙龄少女装扮的"魔女"，男扮女装的高跷队，展现着商州特有的文化习俗和山民的雄健朴实。

不论是沈从文还是贾平凹，他们在对乡俗风情的描写中，更关注的是人。沈从文说："我对于湘西的认识，自然较偏于人事方面。活在这片土地上的老幼贵贱、生死哀乐种种状况，我因性之所近，注意较多……我心想：这些人被历史习惯所范围，所形成的一切若写它出来，当不是一种徒劳！"[①]因而在他笔下，可以看到各种各样的有着湘西地方色彩和民族特征的人物。湘西与川贵接壤，由于经济、文化、历史、地理的种种原因，这里是多民族聚居之地，各民族习性的相互渗透使得湘西的社会风俗和道德形态与其他地方有明显的差异。沈从文笔下的人物多是慷慨好义、豪气任侠之徒，他们重义轻利守信自约，天性中带有那份与人为善的秉性。如船户是"欣赏湘西地方民族特殊性"的"最有价值材料之一种"。[②]他们

---

① 沈从文：《湘西·题记》，见张兆和主编《沈从文全集》第11卷，北岳文艺出版社，2002年，第329—330页。
② 沈从文：《常德的船》，见张兆和主编《沈从文全集》第11卷，北岳文艺出版社，2002年，第339页。

豪爽大方，因行驶于不同的江河，经历不同，性格各异，有吃酒骂粗话的沅江的油船主和麻阳船主、勇敢灵活的白河船主、"白天弄船晚上便靠灯"的桃源划子船主。贾平凹不仅着力表现了商州的地域性与风俗习惯，更着重表现了生存于这个环境中的人。商州历史悠久，深受秦汉关中文化熏陶，社会风俗和道德观念都具有浓厚的儒汉文化色彩。这里的山民遵从一种秦汉文化本意上的"礼"，既是古老文化的体现者又是现代文明的阻碍者。有知识而又顽固的韩玄子（《腊月·正月》），热情呼唤现代文明而又无力抛弃传统束缚的金狗（《浮躁》），憨直又不失狡黠、自私又不失善良、偏狭又带着一点有自省诚实心的回回（《鸡窝洼人家》），对师娘产生纯真爱情却又以道德规范约束、压抑自己的天狗（《天狗》）。

把地域风俗的描绘与人文心态的展示融为一体，这是沈从文与贾平凹的共同追求。他们意识到乡俗特有的文化属性，并以此为背景把它嵌入人物的性格、命运历程中，融进人物的精神世界中，写出他们具有丰厚文化底蕴的情趣。对此，沈从文曾有独到的解释："美固无所不在，凡属造形，如用泛神情感去接近，即无不可以见出其精巧处和完整处。生命之最大意义，能用于对自然或人工巧妙完美而倾心，人之所同。"[1]其至高之境即"神在生命本体中"[2]。这里所说的"泛神情感"的内核与老庄的"适性自然"的观点是一致的，都是指人与自然、情与景的和谐统一。如他的《月下小景》《雨后》等作品都是以自然为背景，把人物融化于自然的怀抱中，风俗风景的场面既是故事发生的特定环境，又是故事情节的一部分，是风俗画也是抒情精品。而人物又往往与特定的物象相映照，《边城》中写翠翠对爷爷去世的悲惋心情是以夜莺的啼叫来烘托的，老船夫的死是以小山上的白塔倒塌做陪衬的，这里的自然景物也有了灵性，可以感

---

[1] 沈从文：《潜渊》，见张兆和主编《沈从文全集》第12卷，北岳文艺出版社，2002年，第32页。
[2] 沈从文：《学习写作》，见张兆和主编《沈从文全集》第17卷，北岳文艺出版社，2002年，第332页。

知人物的命运。关于这一点贾平凹也曾说过:"在一部作品中描绘这一切(风景风俗)并不是一种装饰,一种人为的附加,一种卖弄,它应是直接表现主题的,是渗透,流动于一切事件,一切人物之中的。"①像《鸡窝洼人家》中写"整酒夸富"的习俗是极精彩的一笔,淋漓尽致地描写出回回心盛而又目光短浅、易于满足、虚荣心中透着憨厚的农民形象。

沈从文和贾平凹的小说是风俗画,也是地方志,他们对湘西、商州的地域景观与乡俗民情的发掘垫高了各自文学领地的文化品位。

二、现代与传统的冲突

沈从文和贾平凹都有着从乡村到都市的经历,对乡村种种他们迷恋和赞美,对都市种种他们蔑视和拒斥,那些生活虽然"愚暗""粗鄙",然而"冰冷的枪"与"新犁过的土地"②却使生活充满生气。而"在城市中活下来的我,生命俨然只淘剩一个空壳"③。贾平凹也曾真诚地告诉读者:"我喜欢农村,喜欢农村的自然、单纯和朴素,我讨厌城市的杂乱、拥挤和喧嚣……。"④这种"乡下人"的秉性使他们始终以忧虑的目光注视着都市文明的历史进程,并以此与"湘西""商州"进行比照,形成一种"乡村文化"与"都市文明"尖锐冲突的两个相互对立的人生领域和文化环境。

沈从文在他的"都市系列"里一再描写作为都市文明的毫无血性、毫无生命活力的"阳痿"特性,造成这种"文明病"的文化积淀是"现代文

---

① 贾平凹:《答〈文学家〉问》,载《文学家》1986年第1期。
② 沈从文:《〈生命的沫〉题记》,见张兆和主编《沈从文全集》第16卷,北岳文艺出版社,2002年,第306页。
③ 沈从文:《烛虚》,见张兆和主编《沈从文全集》第12卷,北岳文艺出版社,2002年,第23页。
④ 贾平凹:《答〈文学家〉问》,载《文学家》1986年第1期。

明"与封建文化汇成的一种"虚伪和呆板的混合物"①，侵蚀着中国人的肌体，腐蚀着人们的灵魂。而沈从文特别关注的是，在这种"混合物"的浸淫下，导致的中国都市各阶层伦理道德的沉沦。《怯汉》《诱——拒》《一件心的罪孽》《中年》《春》《来客》《记一个大学生》等大量作品，都在揭示现代都市人的灵肉的扭曲和变形，这是被所谓的"文明"挤碎了的一代，他们虚浮、胆怯、懦弱、虚妄，在他们身上体现着"种的退化"和精神的变异。而在这方面具有更深刻意蕴的一批作品如《八骏图》《绅士的太太》《有学问的人》《薄寒》《大小阮》等，都在于揭示所谓"文明人"（知识者）的"野蛮"行径，他们在"文明"的压抑下，在伪饰的道德羁绊中，犹如一群"阉鸡"，完全丧失了正常的人性。沈从文甚至认为是知识把这些人变得如此可怜，如此无血性，如此虚伪。《如蕤》中那个城市女子，表现出对城市文明的极大反感：都市中人是完全为一种都市教育与都市趣味所同化，"一切女子的灵魂，皆从一个模子里印就，一切男子灵魂，又皆从另一模子里印就"，个性与特性全不存在了，恋爱变成了商品形式，如同"在商人手中转着，千篇一律，毫不出奇"。《八骏图》中"八骏"的行为、心理以至潜意识，都表现出一种与真切的人生、真实的人性"分裂"的状态：知识者地位与自己人格的分离，"文明人"身份与自然人性的分离，道德标准与真实情感的分离，都集中体现在一个"病"字上——完全扭曲了个性的、已无力自拔的生命表现形式。

与此相对照，沈从文为他的"湘西世界"灌注了全部的热情。在贯穿都市人生与乡土回忆这交叉进行的作品中，对乡土种种，他的回忆是甜蜜的，仿佛过去那种噩梦般的经历里也有欢乐；对都市的形形色色，却只有厌倦、憎恶和轻蔑的嘲讽。这种感情倾向将沈从文带进乡土风貌丰富多彩的世界：家庭、山村、兵营、沅水边的码头，直到边陲苗寨、河边的吊脚楼……带到粗俗的乡下人中间。当我们走进沈从文为我们设置的"湘西

---

① 沈从文：《〈看烛摘星录〉后记》，见张兆和主编《沈从文全集》第16卷，北岳文艺出版社，2002年，第345页。

世界",首先是那歌声及为这歌声打拍子的宏壮沉重的打油声翻过一个个山头传过来,然后进入我们眼帘的是一伙身上满是油污的邋遢汉子赤露着双膊,挥舞着一双双强健有力的手在空中摆动(《阿黑小史》)。我们又看到那些在河里船上的毛手毛脚的无数黑汉子,以及那个被妇人称为"一只公牛"的永远不知疲倦的柏子(《柏子》);那身体强壮如豹子的四狗(《雨后》);那具有结实光滑的身体、长长的臂,充满了不可抑制的情欲,在"一种力,一种圆满健全的而带有顽固的攻击,一种蠢的变动,一种暴风雨后的休息"中酣荡的黑猫(《野店》);那无视过路行人,在蓝蓝的苍穹下野合撒欢的夫妇(《夫妇》);还有那个有着最"武勇的力,最纯洁的血"、周身散发着光与力,本身就是一头狮子的龙朱(《龙朱》);等。他们都是自然之子,身上有着人所本有的强力与情欲的激荡。这些活鲜鲜的自然之子与萎缩的都市"文明人"形成了强有力的对照。沈从文几乎是用"野蛮"(特定意义上的)构筑他的人性世界的,当我们从这世界走出时,一股澎湃的生命之流涌灌全身。它将引导人们对属于生命本真的原有自我的唤醒,对传统文化和都市"文明"束缚人性的超越与反思。

贾平凹虽然没有像沈从文那样有意识地构建乡村与都市互相对立的两个世界,但我们可以透过他的作品窥测到作家对都市文明的反拨意向。在《商州》中,作家塑造了这样一个叙述人,他出身农家,幼通文墨,长大后终于在城市中大显才能。但终年的城市生活使他感到疲倦和困乏,生命力自感枯竭,而一旦离开城市再次置身于自然的怀抱里,顿觉如"鸟儿冲出樊笼"。他跋山涉水,遍游商州的村村寨寨,见闻了无数异人趣事,重返城市时脸色红润,精神饱满,仿佛找到了失落已久的灵魂。在这个叙述人身上,无疑潜伏着"返朴归真"的审美理想:一方面是城市与乡村本身存在的生活方式所具有的现实意义的不同;另一方面是作家依据自己的审美理想所赋予的文本意义,它使人们自然而然地随着对乡村自在生命形式的向往进而产生对都市生活的厌倦情绪,并用怀疑的眼光再度审视现代文明与自然人性的背离现象。

从《远山野情》《天狗》《商州初录》《商州又录》,到《火纸》《黑氏》系列作品中,贾平凹差不多都是以同一种意图,思考着现代文明与"原始"感情之间的关系。在这两者之间,他的兴趣几乎全部集中在对穷乡僻野的人道遗风的描绘上,这里的乡风民情被写得如牧歌般令人流连忘返,让人品尝到古老文明本身的生活魅力。他笔下的商州生活情调、人际关系、道德风尚也同样具有那种自由实在和质朴的意蕴,很大程度上保留着19世纪以前中国自然经济形态下的小农社会的某些风貌。正由于贾平凹对这一社会形态的挽留,使他塑造出许多敢爱、敢恨、大胆、能干而又泼辣的山乡女子,如烟峰、小月、香香等;有着大山一样品格的充满原始人性的山民农夫,如回回、禾禾、吴三达等。在他们身上所体现出的人性美、人情美和道德美,不正是作者对都市文明的一种强有力的反拨吗?

"乡村"与"城市"的对立只是沈从文、贾平凹笔下两种文明冲突的一部分,而更能体现其精神内涵的是由人性决定了的人的行为与伦理道德之间的冲突。无论是湘西还是商州,都是中国乡土社会被古老文明浸透的地方。由于长期自耕农业自然经济的历史沿革,使农民形成了恋土乐耕、务实守成、重血亲人伦,以及看取族群和谐与以道德为准则的文化心理结构,尽管他们保守、愚昧、遵循天伦之礼、道德至上,然而直率、醇厚、朴实,有一套成规的做人范式。当现代文明的飓风刮向乡土社会时,即便是湘西、商州这种最偏僻、荒野之地也会受到"文明"的侵袭,20世纪30年代的湘西和80年代的商州在这一点上几乎是同样的,即使已经走过了半个世纪。在现代文明与乡村文化的冲突中,最显眼的莫过于现代文明影响下的人的行为与传统道德观念之间的冲突。无论是沈从文还是贾平凹都以忧郁的目光和困惑的心理展露了这种冲突。

在沈从文眼里,西方资本主义文明的侵入,破坏了中国乡村固有的和谐。人性恶代替了人性美,人与人之间的朴素的感情纽带正在瓦解,传统的道德观念正在崩溃。在《湘西》《湘西散记》《丈夫》《七个野人和最后一个迎春节》《长河》等系列作品里，沈从文表现的是湘西社会在现代文明冲击下急剧动荡中衍生的后果，特别是人的行为观念的演变。这里我们可以听到"时代的锣鼓"，看到"毁灭的哀怨"。《丈夫》中畸形的"商业文明"迫使"丈夫"出卖妻子的肉体，时代大力的挤压使得他们丧失了"人生权力"。《七个野人与最后一个迎春节》更显明地揭示出现代文明作为装饰品点缀着人们的外表，而人的情感与道德却在迅速崩溃，向不可救药的方向堕落。《长河》中，沈从文力图全景式地展示这种历史发展的趋向，处于传统文化与现代文明冲撞中的中国农村呈现着从"表现上看来，事事物物自然都有了极大进步，试仔细注意注意，便见出在变化中那点堕落趋势。最明显的事，即农村社会所保有那点正直素朴人情美，几乎快要消失无余，代替而来的却是近二十年实际社会培养成功的一种唯实唯利庸俗人生观。……'现代'二字已到了湘西，可是具体的东西，不过是点缀都市文明的奢侈品，大量输入"①，沈从文清醒地意识到湘西的历史正经受着时代变革前夜的巨大阵痛，那忆往中的"童年的梦"将随着"长河"流水即逝而去。

　　对现代文明，贾平凹是热诚呼唤的，但同时他又常常困惑和担忧。他说："历史的进步是否会带来人的道德水准的下降，而浮虚之风的繁衍呢？诚挚的人情是否还适应于闭塞的自然经济环境呢？社会朝现代的推行，是否会导致古老而美好的伦理观念的体解或趋向实利世风的萌芽呢？"②因此，他的作品在开掘历史发展的同时，又想尽力挽留传统文明中古朴醇厚的美德。对商州的一切，他一方面是一种生命之根维系于此的挚念，他本身就直接生活在它们里面，吸收它们，回忆它们，而不仅仅是冷眼旁观一番；他尊重这里所有的智慧和感情，因为凡此种种都培养和激发了他自身感悟的心理主要机能。这使他对世风和时尚的大幅度变迁，有

---

① 沈从文：《长河·题记》，见张兆和主编《沈从文全集》第10卷，北岳文艺出版社，2002年，第3页。
② 贾平凹：《答〈文学家〉问》，载《文学家》1986年第1期。

时会身不由己地采取一种谨慎的目光，担心衍化流贯在这块山地上的人的纯真厚道、韧性的信念和诚实的生活态度及充满生命原始本性的民俗风物，会在现代社会进程中分解消融，或者会被外来力量冲撞得支离破碎、不伦不类。可以看到，贾平凹在他的"商州系列"中汇聚起他心智和感情的绝大部分，向世人表明，传统生活秩序中所有有价值的东西，只有在被人们自觉地吸纳、整合到新的生活结构中，才能不断地保有它的美质，并继续发展它的内在机能。而这只有当商州顺应山地以外的现代社会进程，物质上摆脱了贫困落后和宗法观念及旧有伦理道德的束缚之后才可望做到。

正因为如此，《山城》中的小说家对背倚着古朴文化传统的商州山镇女子和来自现代社会省城女子在感情趋向上，回环逡巡、目光游移得相当厉害的情形，正是贾平凹商州小说思维格局的一种张力结构。他的《鸡窝洼人家》《腊月·正月》等更是以强烈的性格反差来体现民族传统的伦理道德在物质文明中逐渐崩溃瓦解、迁移变位的事实。那种美与丑的观念的易位，确实是每一个从传统文化氛围中生活过来的人所不能容忍和接受的，然而这种易位绝不是以传统意志为转移的。《鸡窝洼人家》表面上是在叙述着一古老的易妻故事，然而，这两个家庭的重新组合正象征着农村中两种生活方式和思想观念在互相撞击过程中的错位，他们各自的选择正清晰地传达出新的文化心理在渐变的母胎中躁动的足音。而在《腊月·正月》中，那传统文化心理的对应物——也是一尊偶像——韩玄子的精神衰败，以及人们崇拜偶像的易位，不正是农村中现代商品经济观念压倒小农经济观念的绝妙象征吗？

与沈从文一样，贾平凹的"商州世界"对传统伦理道德美好的方面既作了赞美与肯定，又对其束缚人性的糟粕方面进行了批判与扬弃；既有对冲破伦理道德束缚大胆行为的颂扬与欣赏，又有对陈腐伦理扼杀人性罪恶的控诉。在《古堡》中他把光大与小梅的"换亲"看作是一种文化，不作现有道德的价值判断，而是从中表现了纯朴和高尚。《天狗》中的主人公始终是传统观念的奴隶。天狗与师娘虽有了纯真的爱情，先前双方的克制是合于道德的，但李正伤残后天狗和师娘仍然遵循陈腐的伦理观念，不去采撷爱情之果，不能不说是一种悲剧。

无论是20世纪30年代的湘西还是80年代的商州，现代文明与传统文明的冲突并没有因时代的变迁而淡化，沈从文与贾平凹也正是在这一独特的领域开掘出乡土中国文明进程的历史趋向，并试图为民族寻求一种融"古典文明"与"现代文明"于一体的崭新的文化心理结构。"湘西世界"与"商州世界"也正是在这种宽阔的文化视野内增加了中国现当代文学的深度。

三、文化意识与价值取向

如上面所探讨的，沈从文的"湘西世界"与贾平凹的"商州世界"在作家的艺术领域是作为与另一世界（现代或当代都市）的对立面被构筑并获得生命元气的。两个彼此参照着的世界，以交替互补的存在方式，显示着对峙两端的文化价值取向。中国的城市本来就是从乡村中分化出来的较为聚集和发达的文化区域，这种历史模式使得城市文化具有昭示湘西、商州某种前景图式——它们迟早会逐渐趋向于城市文明的生存方式；而商州、湘西则反照出现存城市文化的某些弊病对人性的扭曲，以此确证自身拥有的某种文化优势，以及并不能泯灭的魅力永存的文化价值，并且提醒现存的城市文化应当考虑把这些人类无法抛弃的生命之根，重新整合进历史的进程，使之成为高层次社会生态中的自觉韵律，使人类的每一种进程都能与人类普遍的生存经验汇通，矫正现存城市文化在急遽推进中难免的疏漏与片面。

中国知识分子的审美理想很难完全超越"乡土中国"这一现实，何况还有强大的极富诱惑力的文化传统，但无论如何取得与自然之美的和谐，至今仍然是他们普遍的审美追求。沈从文与贾平凹也不能例外，他们的审美意向也正是投向这诱人的"乡土中国"的世界的。

沈从文处于古老中国向现代社会迈进的交替阶段，中国文化对他渗入肌理的影响远比西方文化的吸收来得更深。他的人生形式、文化性格、审美意识更多地带有中国农业文化的内涵。"湘西世界"的构筑是他审美理想的总体象征。善、美的审美选择是"湘西世界"文化判断的重要价值取向。

综观沈从文构筑的"湘西世界"，无不深深地表现着作家的这种审美态度和文化价值取向。与现代文明的大都市相比，"边城"如一潭清水，自然的美景、古朴的习俗、善良的百姓、纯洁的心灵浑然一体，构成了一个令人神往和思慕的境界。翠翠是作家理想人格的化身，在她身上，集中体现了沈从文理想中的生命与人性：美丽、淳朴、善良、勤劳、重感情、尊道义；在她生命之光的映照下，城市中人的生命形态是多么苍白无力。沈从文的理想人格不是只通过翠翠个人来体现的，而是以身处"边城"的所有人和事的交融来映现的。在满蕴着人性美和诗化了的"乡下人"世界中，沈从文发现了中国文化的前景，并赋予它以理想化了的意义。在与《边城》相呼应的系列作品诸如《三三》《贤贤》《月下小景》《龙朱》《灯》《媚金·豹子·与那羊》《长河》中，无不倾注着沈从文审美理想中的文化价值取向：以现代思想意识择取农业文化中的积极因素，并输入现代社会，作为同封建文化和现代资本主义文明造成的弊端相抗衡的新文化观念。

这里须进一步指出，像《边城》这类以美型为特征的作品，更多地与中国农业文化有深切的联姻。农业文化的经济结构是以小农经济为主要形式的自然经济形态，而"直接靠农业来谋生的人是粘着在土地上的"[①]。加之封建主义的长期稳定统治，以儒家为主的儒、释、道三家思想对人们心理的潜移默化，造成了与西方诸民族不同的民族性格及文化心理特征：

[①] 费孝通：《乡土中国》，北京大学出版社，2012年，第11页。

内向、平稳、务实、谐合、保守等。从积极方面而言,生命意识中融合了浓厚的崇尚自然、眷恋乡土,看重人与人之间的血亲关系,善于协调人与人之间的情感平衡等农业文化意识。反映到艺术追求、审美情趣、欣赏习惯和接受心理等方面,都体现出与农业文化相谐合的美学特征:含蓄、朴素、情景交融、淡化情绪、创造意境等等。沈从文的精神品格具有较深厚的中国农业文化的价值取向,这不仅无碍于他作为一个现代作家的条件依据,而且表现在现代,恰恰反映出了处于传统文化与现代文化冲突之间的中国知识分子的思想、感情、文化心理特征。他们是介于现代与传统之间的"中间物"。正是这种与农业文化和民族性格及审美习惯割舍不断的感情纽带,使沈从文在同所谓都市"现代人"文化心理的演变对照中,构筑起了他的"湘西世界"的人性大厦,并以此与都市文明相映衬、相抗衡。而他的审美选择在更多意义上适应了我们民族传统性的欣赏习惯和接受心理,并以民族性的审美价值为标准。这使他特别擅长描绘地域性的世态人情、乡野风俗美:别致诱人的水乡吊脚楼,多情粗野的妓女和水手;苗寨山乡缭绕的缕缕炊烟,厚道诚实的老者和孩童;神秘静穆的原始森林,健美善媚的苗乡女人……就连鸡鸣、狗吠、牛叫的声音都无不浓浓地涂上了乡土文化的情致和生趣。用现代人的意识展现民族传统的文化形态,根据自己民族的心理习惯,体现民族独特的文化个性和理想追求,并将它融化于审美情感思绪中,达到一种理想化的境界,就更能引起不同民族的共鸣,这或许是沈从文得以从边城走向世界的最重要原因吧!

与沈从文相比较,贾平凹笔下的商州古地,是美丽、富饶而又充满着野情野味的地方,这里的人们勤劳又多情善良。这里又是偏僻闭塞的山地,中国农业文化后期的封闭、保守、落后等也在此得到了充分表现,在这里的民情风俗中沉积下来,中国农民的特性和农业文化的特征从历史一直延续到今天。贾平凹描绘的商州也是一个体现着浓厚的农业文化意识、形态的自足"文化圈",这里的一切都十足地符合着古老中国的传统文明的要求,只不过比之现代湘西,在历史的转折中,在变革的声浪中,这一切因素都因受到冲击而波动，由隐形变为显形，由内在变为外化，构成一幅纷纭复杂的现实图画。作者正是在这样一个封闭自足的"文化圈"经历着时代变革的颠簸中，表现着与沈从文相似的审美追求和文化理想，并从中体现着相似的文化价值取向。

贾平凹的审美追求和人格理想深深地涵化着农业文化的内蕴，他从一开始创作就默默地体察着一种平静的生活氛围，追求着一种静穆、清朗的意境。其中虽然不乏对时代律动的描摹速写，但更多的还是在平和旷远之中积淀了富于传统意蕴的日常情趣。"拙厚、古朴、旷远"是他的审美追求，这种审美追求无疑是沈从文的"湘西世界"审美意蕴的发展与延续，因为他把这种"拙厚、古朴、旷远"的美学追求与中国传统农业文化的优美之处紧密地联系起来，表现了对乡民习俗的挚爱和对淳朴人性的赞美，由此给人以强烈的情感熏染和浓郁的乡土生活气息。从《浮躁》中，我们已经习惯瞧见他笔下淌出的那条河，那河从秦岭上蹦跶下来，淌出一片滞重幽远或是平和宁静的忧伤和快乐。而生活在这里的人，他们的心理结构是稳固的，从相沿成习的乡俗民风中，他们建立起自己的行动准则、伦理规范。他们并不孤独也无所谓孤独，他们自信仍然拥有广袤的空间和众多的人口，他们也许不无麻木、不无迟钝、不无愚昧，但对任何异己的新的事物却抱有让人诧异的敏感。如果说"浮躁"的精神实质是面对一个日益开放的世界持一种开放的姿态，表现出巨大的受容力的话，那么他们稳固而滞重的心理结构和心理内涵则刚好相反，以一种封闭的姿态保存自身，表现出巨大的排他力量。正是他们的呈静态的稳固性提供了一种参照，反衬出"浮躁"的精神内涵所具有的动态价值：变革因素的活力与跃动，如同静态的原野反衬出高速行驶的列车。在此意义上，"浮躁"本身的价值内涵构成了这片土地上变革的历史进程的价值尺度。而这一切正是贾平凹所追求的，在一种静态的文化氛围中挖掘出动态的时代流向，并昭示出他审美的价值取向。

如果说沈从文的"湘西世界"呈现的美学境界如水样的清澈、明净、透亮、秀逸；那么贾平凹的"商州世界"则凝重、浑厚、拙朴，这正是由于两位作家身处不同的地域而显示出的不同美学境界。厚拙、古朴、旷远是商州最为鲜明的地域色彩，相应地也成为作家的审美追求。《商州》《商州初录》中除了色彩浓郁的民俗活动外，还有因人迹罕至而保留着原始形态的山岩林水，以及叫人摸不透的古老宗教意识，这使商州的厚重、朴拙更显其特异。在《古堡》《天狗》等作品中，作者描写了大量的古老的物象，大量的未经开垦的原始地貌，仿佛使人回到某一个古老的年代。《浮躁》中的那群男人，他们日出而作，日落而息，褐黄色的肤色如同褐黄色的土地。他们恪守祖宗的遗训，骨子里是重农主义；信奉传统的人伦，崇尚薄利厚义的古风；既膜拜权力又痛恨权力，既眷恋家园又厌恶家园，既信命又反抗着命。还有那群女人，她们姣好善良，却须在生理上、更得在心理上承受比男人重得多的负荷，在封建性的、以小生产方式为特征的农业文化中，她们处在最底层。贾平凹笔下的他们，不愿跪着但又在无意识（或者说是"集体无意识"）中双膝磕地。而作者正是从这块土地发掘出了古朴、凝重、醇厚、善良的人性美。

  然而，时代毕竟不同了，商州古地和古老而又年轻的中华一样，正在经历着一场艰难的蜕变，正如沈从文的"湘西世界"已成为遥远的过去一样，商州也正在慢慢地脱去它古老的外衣，在这里，历史的、现实的、固有的、外来的种种因素，使这个角落里，农业文化与现代文化杂陈，乡土意识与开放观念并存，自然经济向商品经济过渡，单一的农业生产正改变为农业、手工业、社队企业、个体商贩、国营和集体商业等多种经济因素互相制约、互相促进的局面。构成这些变动的中心，是人的价值观念的改变。新的生活气息扑面而来，那大山外面的世界，忽隐忽现地闪烁着，诱惑着人们。小月和烟峰以她们女性特有的敏感，捕捉到了新的气息。曾经为世世代代庄稼人所向往的夫耕妇织、丰衣足食的生活模式，忽然在她们眼中失去了迷人的色彩，传统生活的价值观念由此而贬值了。她们把自己的命运与新出现的、挣脱土地和自然经济的束缚而发展商品生产的新型农民门门和禾禾联系在一起。而文化内涵更为丰富的《远山野情》《天狗》《冰炭》等，作者把考察的视点由两种生产方式和生活方式所代表的不同价值观移向对于人性和道德观念的思考，由此而加深了贾平凹文化价值取向和审美判断的深度——古老的商州正在艰难地走着由外在向内在的深层变化，昭示着它未来的令"商州人"希望的文化前景。

无论是沈从文还是贾平凹，他们以"乡下人"的眼光对民族文化的审视，对乡土中国在现代化历史进程中的忧思，以及所表现的作家文学世界的独特性，都足以说明他们是真正属于本土的、民族的，更不乏以现当代人的思想意识和忧患精神注视着民族命运的走向；与其说他们是出于对湘西、商州故土的眷恋和偏爱，倒不如说是倾注着对民族文化心理、人类文明前景的关注与思考。正是在这一点上，"乡下人"沈从文与贾平凹的追求在20世纪中国文学发展的链条中具有别人无法替代的作用。

原载《中国文学研究》1994年第3期

乡土叙事的嬗变：从《长河》到《山本》

一、乡土叙事：从沈从文到贾平凹

20世纪以来，乡土叙事作为中国现代小说最重要的叙事母题之一，具有其深厚的社会现实依托与文化心理沉积。乡土叙事既根源于"乡土中国"的农耕文明、社会结构、家族制度、道德人伦等文化心理的郁积，又在很长一段时期内深受主流意识形态的政治规约——"乡土中国"的基层传统主导了农村的革命战略性与农民的历史主体性，由此在革命、建设、改革等一系列民族国家的现代性想象中，围绕着农村题材、农民形象的乡土叙事一度成为文学主流，它同时还映射着知识分子的人道主义、平民关怀、忧患意识等文化精神，以及乡情、乡思、乡恋的"乡土情结"。然而，伴随着中国现代化的急遽转型以及审美价值观的时代衍变，"乡土中国"不断被形塑为"城镇中国"，传统叙事不断被置换为新潮叙事，由此乡土小说不可避免地遭受着触目惊心的挤压，尤其是乡土镜像、乡土意识、乡土韵味不可逆转地经历着悲剧性的丧失，这不得不说是一种由社会变革所引发的百感交集又意味深长的文学现象。

在乡土小说的历史兴衰中，沈从文与贾平凹的乡土叙事极具独特性与代表性。就现代文坛而言，沈从文的乡土经验"最具原生性、最'纯粹'、最为丰富完整"[①]，其以"乡下人"自居，选取了苗汉杂处的湘西

---

① 范家进：《现代乡土小说三家论》，上海三联书店，2002年，第171页。

边地题材，以传奇人生阅历及边缘化的巫楚文化体验，营造了鲜明的异域情调与乡土本色，以"爱""美""善"的人性理想及写实、想象、象征等艺术手法，描绘了富有生气的乡土灵魂与民间场景。同时，沈从文以湘西世界独特的生命诗学，开辟了现代乡土小说的抒情传统，以地域性、民族性的文化视角，建构了富有中国经验与民族特色的文学样式。不同于五四乡土写实派，沈从文为现代乡土小说增添了新的质素：如果说五四文化精英以居高临下的启蒙姿态，侧重于对乡土传统文化的理性审视，从而致力于国民性改造的思想革命；那么，沈从文却以民间对话的审美姿态，侧重于对乡土美好人性的深入开掘，从而致力于"民族品德重建"的文化理想的实现。由此，沈从文凭借自我生命的实感经验及湘西自足的民间文化资源，来体悟人性的理想形态、生命的超越意义，以及民族精神的"重塑"，从而在现实与虚构、真实与梦幻、抒情与讽刺、自然与人事、生活与生命、人性与神性的辩证张力中，生成了明净恬淡、含蓄隽永的牧歌体式。在沈从文的影响下，"京派小说"成为现代乡土小说的中坚力量，其坚守纯正艺术趣味与本土文化立场，关注乡土中国在现代工业文明与传统农耕文明的价值冲突中的"常"与"变"，通过描绘自然和谐的田园风光、朴野淳厚的风俗人情、庄严坚韧的生命形态，来呈现文化怀乡、文明再造的深沉主题。

缘于两次故乡之行的契机，《边城》《长河》的问世构成了沈从文湘西题材的创作高峰。《长河》延续了《边城》的人性思索与牧歌谐趣，共同奏响了"生命自为的理想之歌"[①]，尽管《长河》散漫朴拙，失却了《边城》的精巧别致，但是以"湘西事变"为创作背景的《长河》具有广阔的历史内容与人生视景——"可听到时代的锣鼓，鉴察人性的洞府，生存的喜悦，毁灭的哀愁，从而映现历史的命运"[②]。同时，作为沈从文

[①] 凌宇：《摘星人——沈从文传》，湖南文艺出版社，2018年，第339页。
[②] 司马长风：《中国新文学史》（下），昭明出版有限公司，1978年，第79页。

"与故乡父老子弟秉烛夜谈的第一本知心的书"①,《长河》以平易的现实品格与鲜明的入世精神,真切地展现了在民族战争与现代化浪潮的席卷之下湘西社会的命运变迁与乡土灵魂的生存挣扎。从《边城》到《长河》,于自然之美、人性之善的浪漫诗意中,增添了人事丑恶、生存不安的现实危机,于梦幻抒情、感伤怀旧的清新明丽中,增添了现实批判、理性思辨的悲怆沉郁,由此呈现了大时代变动下美好人性堕落与民族品德丧失的动态图景,从中渗透着沈从文深厚的乡土忧患与文化焦虑意识。在中国现代化转型的历史进程中,现代化初始阶段的乡土小说《长河》所呈现的传统乡土的溃败、人事变动的哀乐、乡愁意绪的抒发、生存价值的反思等多元视野,可以为当下乡土小说文化冲突、生命意志的书写提供富有启发的文本参照。

在当代文坛上,贾平凹异常活跃、惹人注目,其每一阶段的乡土创作都呈现出鲜明的时代特色与自觉的文体探索意识,如以《浮躁》为代表的新时期初期的改革文学,以《商州》为代表的20世纪80年代的寻根文学,以《怀念狼》为代表的世纪之交的生态文学,以《秦腔》《高兴》为代表的新世纪的底层文学,以《古炉》《老生》《山本》为代表的新历史主义文学等,某种意义上其乡土小说序列已成为改革开放四十年来乡村叙事的典范。同时,在市场经济的冲击及文学潮流的更迭之下,贾平凹日益由文化寻根的严肃文学家转向了欲望消费的解构文学家,由此其也成为当代知识分子人文精神失落的突出代表。

自言深受沈从文影响的贾平凹的"商州系列"小说,无疑接续了沈从文的乡土抒情传统,其通过描绘陕南的商山丹水、风土人情、美好人性,塑捏了清新秀美、明丽淳朴、灵性通脱的商州世界,从而以地域化、本土化的商州文化汇入了民族文化的寻根板块,由此成为当代中国的乡土标本。90年代,伴随着经济改革、审美风尚、生命遭际、创作心态的影响,

---

① 黄永玉:《这一些忧郁的琐屑》,见孙冰编《沈从文印象》,学林出版社,1997年,第203页。

贾平凹的乡土创作日益由审美化的商州诗意导向审丑化的欲望叙事，日益由传统现实主义转向虚拟现实主义。21世纪以来，伴随着多元文化的激烈碰撞，贾平凹的乡土创作滑向了散点透视的"微写实主义"[①]，即以客观冷峻、价值中立的写实立场，原生态呈现乡土密实烦琐的日常生活，通过铺排细节、意象象征，来探索20世纪历史剧变中乡土中国的暴力冲突与人性隐秘。《山本》作为贾平凹21世纪长篇乡土小说的集大成之作，与《秦腔》"密实的流年式的"[②]碎片叙事、《古炉》自然主义的粗鄙叙事、《老生》血腥残酷的零度叙事及民间写史的传奇叙事一脉相承。借斑窥豹，《山本》为我们探察贾平凹新世纪以来碎片化、欲望化、暴力化、解构化的创作倾向提供了极佳视角，为我们剖析、反思当下乡土小说的创作困境、发展出路提供了典型文本。

《长河》与《山本》都从反思现代性的视角，叙写了20世纪上半叶中国现代化急遽转型的过程中，传统乡土与激进现代性的冲突错位，以及自在自为的乡村生命被迫卷入强势规划的现代性潮流中所付出的沉重代价。但是，《长河》与《山本》却提供了两种截然不同的乡土叙事方案，由此构成了乡土小说从现代审美建构到后现代欲望解构的时代镜像。通过两个文本的比照式解读，可以体察中国乡土叙事的正反经验，从而为当下乡土小说的创作提供价值参照与启示意义。

二、现代性反思的不同向度

智者乐水，仁者乐山。《长河》通过沅水流域从萝卜溪（村）、吕家坪（镇）到常德府（市）的空间延展，来呈现抗战时期湘西社会的人事变动与历史命运，并以坚韧超然、包容并蓄、积极进取的"水"的整体意象，来追索纯美人性、圆融生命。《山本》通过秦岭山麓以涡镇为中心的

[①] 李遇春：《贾平凹走向"微写实主义"》，载《当代作家评论》2016年第6期。
[②] 贾平凹：《秦腔》，作家出版社，2005年，第565页。

空间叙事，来叙写中原大战时期秦地军阀林立、地方割据、民不聊生的历史记忆，并以苍莽博大、厚德载物、生生不息的"山"的整体意象，来探求生命本源、生存本相。基于创作理念、思想意蕴、审美趣味的差异性，《长河》与《山本》构成了反思现代性的不同向度：《长河》立足于现代的生命史观、存在史观，《山本》立足于后现代的解构史观、欲望史观。

就创作理念而言，20世纪三四十年代的沈从文，以自由知识分子立场，独异于左翼政治思潮与海派商业思潮之外，他坚守文化审美主义的纯正趣味，着眼于人性普遍性、现实超越性，以及爱、美、善的美德精神，来构建乡土社会自然和谐、秩序理性、人性纯洁、生命庄严的精神家园，由此批判现代文明衍生下的物欲横流、功利短视、人格异化、病态灵魂，从中包含着其对个体生存价值及对人类现代命运的深切忧思。新世纪后现代历史语境下的贾平凹，趋向了文化消费主义、解构主义的庸俗趣味，着眼于人性欲望、天机命数等原生态、非理性因素，来呈现秦地民间传说的历史演义，由此消解正邪善恶的阶级道德评判，颠覆启蒙、革命的宏大崇高叙事。

沈从文的生命史观基于平凡个体的生存体验，通过叙写弱小人物向死而生的生命过程、日常生活的人事变动及社会风俗的心理变迁，来呈现本真流动的美好人性与生命尊严，从而具有终极关怀的宗教意味与神性色彩。"两千年来这地方的人民生活情形，虽多少改变了些，人和树，都还依然寄生在沿河两岸土地上，靠土地喂养，在日光雨雪四季交替中，衰老的死去，复入于土，新生的长成，俨然自土中苗起。"[①]贾平凹的解构史观，由正统的意识形态立场转向了民间的传统文化立场，由客观性、必然性的规律揭示滑向了主观性、偶然性的经验想象，由理性的进化论、真理观导向了神秘的宿命论、不可知论，从而展现乡土历史的荒谬无常及生存个体的人性隐秘，正所谓："生死穷达之境，利衰毁誉之场，自其拘者观

---

① 沈从文：《长河》，见张兆和主编《沈从文全集》第10卷，北岳文艺出版社，2002年，第12页。

之,盖有不胜悲者,自其达者观之,殆不值一笑也。"①沈从文的乡土生命史观所宣扬的健康、和谐、理性、庄严的理想化生存样态,在传统痼疾的非人性奴役,以及现代文明的非理性异化之下,只能通过想象、追忆的方式求得短暂的心理平衡,由此染上了浓郁的现实悲剧色彩。贾平凹的乡土解构史观虽然能够以具象丰赡的历史细节来揭示被宏大叙事所压抑的民间生存本相,但是对历史客观真实性与主体情感倾向性的双重剥离,导致乡土叙事的虚假化、冷漠化,由此制约了文化反思、人性批判的思想深度。

就思想意蕴而言,《长河》直面现代文明与民族战争席卷之下湘西社会的"常"与"变",捕捉时代转型期广大农民的心理恐慌与精神裂变,忧思传统湘西的未知命运,寄予民族品德重建的文化理想,并探寻生命本体的价值意义,从而将现实批判、理性思辨、温情诗意融为一体。《山本》着眼于秦岭的神秘文化与历史演义,通过人性、欲望、暴力、死亡等粗鄙化、冷漠化的乡土叙事,来呈现反英雄、反崇高的解构旨归,由此难以生成深邃内蕴与恢宏气象。

《长河》与《山本》都描绘了中国激进现代性初期传统乡土衰败溃散的历史图景,但《长河》传达了严肃的文化冲突主题与真切的乡土忧患意识,《山本》却偏向了消极的历史虚无主义与荒诞的文化神秘宿命论。《长河》着重窥探20世纪上半叶现代文明对传统湘西的全方位挑战,既暗含着沈从文立足于湘西本土文化经验,对民族国家现代化改造的反讽批判,又表露着沈从文对湘西社会边缘处境的焦灼悲悯。政治方面,小说表现了官方横暴权力,以及以《申报》为核心的权威意识形态对湘西乡绅自治制度的肆意干涉(如保安队长凭借政治权力在吕家坪横征暴敛、商会会长依据军情动态计划货运行程);经济方面,小说反映了机械化生产对传统手工业的压榨,以及商业理性对人情社会的强势冲击(如机械榨油坊对

---

① 贾平凹:《山本》,作家出版社,2018年,第523页。

当地桐油手工业的威胁，以及橘子在上下游迥然不同的交易形式）；文化方面，小说通过乡村公共舆论空间，既揭示了旨在改造国民精神及社会道德的"新生活运动"给乡下人所带来的观念眩惑与心理震荡（如由于以往的痛苦生活体验，背着猪笼的妇女、老水手等人对新生活运动心生畏惧），也展现了乡土生活经验对现代科技文明的嘲讽戏谑（如由于现代知识结构的匮乏，乡下人对委员使用显微镜化验土壤困惑不解），由此小说鲜明地呈现出文化冲突、文化隔膜的思想主题，以及反思现代文明、悲悼传统文明的价值取向。《山本》倚重于对乡土记忆、民间文化的书写，尤其偏向于对非理性的神秘文化及无为避世的道家文化的宣扬，从而展开秦地风云激荡、诡谲传奇的历史演义。小说开头便借鉴了魔幻现实主义的回溯式笔法，将三分"胭脂地"的神秘风水与涡镇的福祸命运相联结，由此奠定了贾平凹惯用的奇幻诡秘的叙事基调。小说主体部分主要人物的命运转折及重要抉择几乎都要受制于外在神秘力量的摆布，而非价值主体独立自主的认知判断（如陆菊人以豺猫与狐狸来定夺是否经管茶行；井宗丞以街头戴草帽之人的方位来断定寻找首长的路线；周一山听蝙蝠叫声，建言消灭璩水来，看蜘蛛捕螳螂，献策修建迷宫街等），同时，即便是作家心目中儒道文化理想化身的陈先生，对世道衰败、人性堕落也无计可施，对无常人生、悲剧宿命也深以为然："每片树叶往下落，什么时候落，怎么个落法，落到哪儿，这在树叶还没长出来前上天就定了的，人这一生也一样。"[①]由此小说难以建构元气蓬勃、积极有为、精神救赎的文化人格。直至小说结尾，混杂着天机不可道而又不可违的"初八"谶语，荣辱俱灭、万物岑寂的历史废墟之上空留生存无依、孤独茫然的柔弱个体。可见，基于民间神秘文化的乡土叙事，虽然一定程度上利于揭示被宏大叙事所遮蔽的历史多元性及幽暗之处，但是一味地以文化想象、文化猎奇为能事，不仅缺少了对乡村日常生活场景的真切描绘及对农民情感心理的深入

---

① 贾平凹：《山本》，作家出版社，2018年，第435页。

挖掘，也缺乏了现代超越意识与民族精神气韵，从而深陷历史虚无主义与悲观宿命论的泥淖，使得乡土叙事流于臆想化、消极化。而我们"对待传统文化，包括地方性的神秘文化，最需要的是深入而理性的思考和探究，而不仅是一种姿态和浮光掠影的展示，否则，它所给传统文化带来的不是积极的传承而是实质的伤害"①。

《长河》与《山本》都呈现了对乡土社会文明进程的历史反思，但《长河》在"常"与"变"、传统与现代的张力叙事中具有了鲜明的理性思辨色彩，《山本》却在反英雄、反崇高的解构叙事中消解了理性锋芒与思想深度。《长河》在氤氲哀愁的田园牧歌中，寄予了对湘西世界"常"与"变"的深入思索。"常"，湘西传统的农耕文明，造就了顺应自然、安土重迁、自给自足的生存方式，塑成了万物有灵、人神交通、敬畏天命的思维模式，以及安分自守、朴素通达、坚韧乐观的美好德性，但同时遗留着封建礼教钳制之下暴虐残酷、麻木愚昧的精神创伤，如被贩卖为土娼的受害妇女，在群体缄默下继而遭受"沉潭"的不公命运，由此沈从文对湘西之"常"既眷恋又批判。"变"，湘西世界的人情美、人性美在现代文明的入侵下日趋堕落，"农村社会所保有那点正直朴素人情美，几乎快要消失无余，代替而来的却是近二十年实际社会培养成功的一种唯实唯利庸俗人生观"②，但湘西世界非理性、非道德的积习弊病也亟待革新，由此沈从文对湘西之"变"既哀悼又犹疑。在情感与理性、抒情与批判的矛盾纠葛中，沈从文寄予了对湘西社会悲剧命运的真切忧患，对短视功利的现代文明戕害优美健康的自然人性的深刻反思，以及对人格独立、精神庄严等生命本真意义的执着追寻。《山本》中关于人性、欲望、暴力、死亡的碎片化叙事，虽然还原了历史想象的多重可能性，但是却放弃了价值理

---

① 贺仲明：《思想的混乱与自我的复制——对〈山本〉文学价值的重新考量》，载《南方文坛》2019年第2期。
② 沈从文：《长河》，见张兆和主编《沈从文全集》第10卷，北岳文艺出版社，2002年，第3页。

性的深度思考。小说基于人物的生存本位，着重剖析人性的粗鄙、贪婪、自私、丑恶（如老魏头顺手牵羊将陈先生施舍给霍乱病人的布鞋据为己有；陆菊人为了保护百姓巧用土蜂蜇土匪，之后土匪折返寻事，百姓却埋怨陆菊人先前多管闲事），但是由于缺乏典型人物、典型细节的生动刻画，未能达到批判国民劣根性的思想高度。小说的欲望叙事，一方面基于权欲冲突，将崇高悲壮的英雄叙事置换为了琐屑庸常的平凡叙事，主要情节以军阀、土匪、地方自治、红军游击队等各方势力混乱无序的权力斗争来架构，主要人物以功名崇拜、权力膨胀的心理欲望来设置，如井宗秀由自命不凡、缜密果断、虚伪狡诈的一方枭雄，逐步沦为专制残酷、骄奢淫逸、刚愎自用的地方暴君，最终难逃被刺身亡、死无其所的凄凉命运，从中隐含了作者对权力之恶、英雄史观的反讽批判，但与此同时抑制了对民族脊梁式精神人格的积极构建；另一方面基于性欲冲突，以自然主义的手法原生态呈现弱小人物的生存困境，如叙写普通士兵因生理欲求的压抑，备受身心折磨、精神屈辱，直至走向斩尘根、发疯、枪毙、自杀的悲惨结局，但是过于鄙陋粗俗的原始兽性的描写，不仅消解了底层人物的生存价值，也制约了对社会、文化等根源性因素的深入开掘。小说的暴力叙事，通过还原以强凌弱、优胜劣汰的自然生存法则，大肆渲染了惊骇残酷的乡土场景，如以"割耳朵""斩尘根"的方式作战记功，以活人填墙、投肉喂狼的方式处置仇敌等，从而使得乡土叙事趋向了生命虐感的媚俗趣味，却未能在血腥残忍与温情怜悯的张力中展开更为有力的人性反思与文化批判。小说的死亡叙事，侧重展现在战事频仍、命如草芥的革命年代，从高级将领到普通士兵、从阳刚男性到柔弱女性、从凶煞土匪到淳朴农民等形形色色的生存个体死亡的无意义与无理性，既通过生的卑微、死的随意，呈现了死亡的均质化、平庸化，传达了"天地不仁，以万物为刍狗"的自然生命代谢与冷峻生存现实，也通过死亡的群体性、残酷性，突破了"重生恶死"的传统观念，显现了直面死亡的超然态度，然而与此同时却滑向了价值中立的零度叙事，由此制约了对乡土暴力革命与荒唐历史的深刻省思。

《长河》与《山本》都叙写了乡土历史变迁的人事哀乐与悲剧命运，但《长河》彰显了生命的庄严神性与苦难的超越意识，《山本》却在碎片化、平面化的乡土书写中，制约了悲剧叙事的情绪张力与生存价值的深入发掘。《长河》在表现人物偶然无常的生命律动与命运遭际中，开掘了人物积极进取的生命能量与达观务实的生存韧性，由此"听天命"不过是"尽人事"之后的精神修复，生存个体始终没有丧失自主独立的生命尊严与乐观豁达的主体人格，"乡下人照例凡是到不能解决无可奈何时，差不多都那么用'气运'来抵抗它，增加一点忍耐，一点对不公平待遇和不幸来临的适应性，并在万一中留下点希望"[①]。老水手并未因时运不济、身世不幸就怨天尤人、自暴自弃，反之安身立命、坚韧求生，一句"好看的总不会长久"[②]，不仅仅道出了历史的沧桑与命运的沉痛、生命的悲悯与人生的忧患，更道出了对当下人生的加倍珍惜，以及对美善理想的永恒求索，从中寄予了沈从文深厚的生命关怀意识。《山本》虽然也关注了乡土人物的生存苦难与命运困境，但是缺乏深沉的悲剧感染力与鲜明的生命抗争意识。小说既表现了世道不论治乱，普通百姓都难以逃遁的苦难——和平时期，大兴土木，劳民伤财，战乱时期，命如草芥，朝不保夕；也表现了柔弱女性的生之美好与死之黯淡——美丽善良、温柔体贴的花生遭遇了无爱婚姻、凄然死亡，孟家庄原本安分守己的姐妹，遭遇了被玩弄、被侮辱、被迫害的悲惨命运；还表现了人事不巧、命运无常的凄凉叹惋——跛腿冉双全误杀了医腿莫郎中，寿材生计的杨掌柜不幸罹难却死而无棺。然而，小说碎片化、解构化的艺术手段难以深入展开乡土人物的命运刻画与悲剧叙事，由此降解了悲天悯人的情感厚度。

---

① 沈从文：《长河》，见张兆和主编《沈从文全集》第10卷，北岳文艺出版社，2002年，第45—46页。
② 同上，第169页。

三、乡土诗意世界的塑型与消解

　　乡土诗意世界的塑型是现代中国乡土叙事作品普遍追求的审美风格，而这一风格的嬗变在《长河》与《山本》中以具象的不同呈现尤为鲜明。《长河》通过借鉴儒家入世、道法自然、佛家向善的传统文化资源，以平易贴切的叙述语言、幽默诙谐的人物对话，描绘了清新素雅的风景画、朴素庄严的风俗画及真挚醇厚的风情画，营造了人与天地自然相交通的和谐澄明的审美境界，形成了平和冲淡、温厚深婉的牧歌情调，以及明净高雅、蕴藉圆融的风格特征。《山本》通过汲取儒道佛的精神传统及民间的神秘文化，以通俗粗鄙的叙事语言、古朴雅致的描写语言，绘制了苍茫寂寥的风景画、奇异冗长的风俗画及灰暗残酷的风情画，但是未能实现自然物象、人物心理、玄虚哲学与人文精神、地域文化、现实生存的水乳交融，最终呈现为粗粝怪诞、琐碎冷漠的风格特征。

　　《长河》所塑造的人物性格既烙印着儒道佛坚韧达观、自然率真、宽容善良的精神传统，又濡染着巫楚文化敢于反抗、洒脱泼辣、刚健明朗的地域个性。如老水手命途多舛却无怨无艾，虽因霍乱丧妻丧子，又因意外船毁货失，但终归自得其所，守祠堂度日；夭夭天真无邪又敏锐机智，既能与熟人赤诚相待，又能对军官巧妙周旋；滕长顺通情达理也宽厚和善，既能公正道义治理一方，又能情义担当帮扶老友；三黑子反抗强权亦刚正不阿，勇于拒缴护送费，敢于怒责保安队。《山本》同样也有儒道佛传统文化的渗入，但却未能与人物形象的塑造取得协调，由此造成了人物符号化的弊病。小说欲通过借鉴道家本真自然、虚静淡泊、物我神游、虚实相生的思想，来呈现自然的客观规律、人性的本然状态、超然的处世哲学与和谐的物我关系；欲通过汲取佛家博爱慈悲、儒家仁义宽厚的思想，来传达人道主义、生命悲悯的普世关怀。但是，小说大多停留在语言、行动等外在描写上来设置人物的文化标签，而很少挖掘传统文化与人物情感心理、精神气质、性格命运的深层关联，由此导致人物塑造的理念化、单薄化。如陈先生、麻县长、宽展师傅作为儒道佛传统文化的代表人物，大多以行医、编写《秦岭志》、吹尺八的扁平化形象出现，既缺乏幽微细腻的心理刻画，更缺乏积极能动的主体精神，由此无力在乱世之中实现文化救赎，难以成为传统文化的人格化身。

《长河》的语言文白夹杂，生动活泼，含蓄蕴藉，透露着鲜活质朴的湘地民间气息与雅俗共赏的文化趣味，如方言"吃闷盆"（上当）、"乌趋抹黑"（黑）；俗语"在石板上一跌两节"（不圆通）、"快来帮我个忙"（吃东西）；借代语"皮带带"（保安队长）、"两只脚的大耗子"（过路人）等。《山本》的语言同样俗雅并置，一面采用秦地的方言、土语，还原乡村人物的生活本色，但是某些直露、粗俗的口语（如"娘的个×""屙""尿"等）的滥用，损伤了明朗健康的语言质感；一面运用比喻、象征的意象化语言，传达对历史、文化、人性、生命的反思，具有含蓄蕴藉的审美雅趣，但整体上缺乏虚实相生、形神兼备的浑融诗意。如"秦岭"以地理脊梁的形象，象征着中国传统的文化命脉、精神气韵，但未能具象化地建构博大精深的民族寓言；"铜镜"以圆满无缺、明净昭然的形象，隐喻着团圆相守的美好情愫，以及光明磊落、反省自戒的人格精神，但未能生动地交融在陆菊人与井宗秀的情感关系及个人品性之中；"涡潭"以白河、黑河相交的阴阳太极形象，暗示着历史的风云际会及命运的沉浮不定，但未能典型地贯穿于故事情节与人物性格的动态发展之中；"皂角树"作为吉祥神祇、德行之木，虽然以荣枯命运，大体关联了涡镇的兴衰历史，但对欲望、权力的隐喻批判却极尽乏力。

《长河》的风景描写在人文精神的渗透下，呈现了大自然的庄严神性及人与大自然的和谐共生，具有鲜明的湘西地域文化色彩。如"在淡青色天末，一颗长庚星白金似的放着熠熠光亮，慢慢地向上升起。远山野烧，因逼近薄暮，背景既转为深蓝色，已由一片白烟变成点点红火"①，以镜头的推移、颜色的渐变，渲染了静谧祥和的夜幕氛围，与看完社戏晚归之人的愉悦心理交相辉映。《山本》的风景描写在天人合一、自然无为的道家思想的渗透下，营造出淡远苍茫的审美境界，但是缺乏鲜明的主体激情。如"玄女庙后的山梁上竹林正堆起云，越堆越高，越堆越高，无法看到竹林是绿着还是也黄了。猛烈间那云堆竟顺着梁畔往沟里倾泻，如瀑布一样，陆菊人似乎听到了巨大的轰鸣，回过头来，沟道里，那玄女庙，那村子，就已经被白云覆盖了"②，以比喻、通感的手法，生成了白云堆叠、天地交接的高远辽阔、孤独寂然的画面，暗含着陆菊人对井宗秀残暴、淫逸性情的茫然困顿；又如"屋院之后，城墙之后，远处的山峰峦叠嶂，以尽着黛青"③，以韵味悠长的景语作结，在"成败转头空"与"青山依旧在"的对比中化成了古朴苍茫的意境，但是却弥漫着挥之不去的历史虚无感。

　　《长河》的风俗、风情描写具有鲜明的湘西地方风味，不仅暗含着沅水流域乡民独特的生存方式与情感观念，也渗透着沈从文深厚的生命关怀意识与崇美向善心理。迷信、传说故事等民俗意念，以及社戏、传统节气等民俗仪式构成了湘西人顺应自然、敬畏神明、安分守己、乐观通达的文化性格。湘西人凭借朴素虔诚的民间信仰来寻求情感附着、精神依托，从而抵御现实、超脱苦难，"不论他们过的日子如何平凡而单纯，在生命中依然有一种幻异情感，或凭传说故事，引导到一个美丽而温柔仙境里去，或信天委命，来抵抗种种不幸"④。如，"何首乌"成仙不老的传说，蕴藏着身世浮沉、饱经忧患的老水手对无忧无虑、安然舒畅的理想生活的渴

---

① 沈从文：《长河》，见张兆和主编《沈从文全集》第10卷，北岳文艺出版社，2002年，第165页。
② 贾平凹：《山本》，作家出版社，2018年，第409页。
③ 同上，第520页。
④ 沈从文：《长河》，见张兆和主编《沈从文全集》第10卷，北岳文艺出版社，2002年，第21页。

慕;"聚宝盆"财源滚滚的传说,以"打赌"的方式,诙谐地穿插在摘橘子的劳作场面中,不仅凸显了夭夭天真烂漫、古灵精怪的性情,也营造了滕家平和愉悦、温馨融洽的氛围;陌生人话语投机便同饮苞谷子酒的礼节,显露了湘西人热情好客、耿介和善的性格;惊蛰荞粑、寒食腊肉、夏收米酒、中元放灯、重阳焖鸭等节气仪式,反映了湘西人顺天应时、随俗陶然、安身立命的生活方式;观音、财神、药王、伏波等神明祭拜及社戏表演传达了湘西人祈福祛灾、敬天畏命、人神同乐的心理特征。《山本》的风俗、风情描写,结合秦地的神秘文化、风水文化,既呈现了一定的民间生存智慧与实用经验,也以从容舒缓的节奏调和了紧张激荡的战事氛围,但过于推崇想象化、非理性的民间文化趣味,造成了真实生存体验与鲜活文化性格的缺失,由此导致风俗、风情描写的隔膜化与生硬化。诸如用麦颗、蝴蝶与米颗、蜻蜓的印纸化灰喝的婚俗,焚烧旧鞋与草绳,为失踪之人的占卜,猪鼻孔插葱、白公鸡招魂的祭奠仪式,剥皮蒙鼓的惩戒方式,黑茶、酱爆刺猬肉等乡土饮食,这些都与乡土日常的文化习俗、温情的民俗场面、朴素的生活方式有所距离,由此制约了地域文化深层意蕴的开掘。

　　《长河》明净深婉的风格特征,根源于沈从文的生命史观与审美趣味。小说在呈现湘西自然美、人情美、人性美的同时,也难掩底层民众现实生存的艰辛脆弱与惶惑不安,如老水手对新生活运动的敏感警觉,何尝不是身世沧桑的心灵隐痛;滕长顺作为德高望重的地方良绅,依旧避免不了苛捐杂税的经济盘剥;夭夭原本是无忧无虑的天真少女,却平添保安队长居心叵测的骚扰侵犯……只是沈从文的美善理想与高雅情趣使其更加关注苦难的超脱、生命的张扬与悲剧的净化。正是由于"不管是故事还是人生,一切都应当美一些!丑的东西虽不全是罪恶,总不能使人愉快,也无从令人由痛苦见出生命的庄严,产生那个高尚情操"[①],所以《长河》即

[①] 沈从文:《〈看虹摘星录〉后记》,见张兆和主编《沈从文全集》第16卷,北岳文艺出版社,2002年,第342页。

便直面乡土的现实忧患与人事矛盾,也要揉以牧歌谐趣来冲淡苦痛,由此形成了平和节制的叙述语调。《山本》琐碎粗鄙的风格特征,根源于贾平凹的解构史观与审丑趣味。伴随着西方现代派异化理论与审丑美学的渗透,结合市场经济变革所带来的欲望膨胀、精神颓废、人性扭曲、道德沦丧的文明危机,以及作家自身人事变故、疾病体验的痛苦遭际,自20世纪90年代《废都》始,贾平凹由清纯、明丽、古朴的审美理想转向了颓废、冷峻、凝重的审丑观念,由纯美商州的诗意想象转向了世俗生活的原生叙事,从而观照"整体的,浑然的,元气淋漓"①及"无序而来,苍茫而去,汤汤水水又黏黏糊糊"②的乡土现实,进而把捉真假难辨、美丑杂糅、善恶交织、生死同在的混沌世象,由此贾平凹的作品充斥着对露骨性欲、丑态行为、肮脏习性,以及怪诞场景、畸形人格、鄙陋心理的大量描绘。《山本》实际上与这种朴拙凡庸、琐屑荒诞的乡土叙事一脉相承,然而一味地痴迷于自然主义与解构主义的丑陋化、非理性叙事,导致了参差互现的美丑张力的缺失,由此制约了对复杂人性与文化悖论的深刻洞察。

受制于"湘西神话"纯粹化、理想化的审美惯性,沈从文无力在《长河》中整合已有的、变动的湘西经验来建构新的美学理想,但在社会转型、民族危难之际,还是显现了沈从文出于知识分子的正义良知与社会担当,试图由纯美恬静的梦境叙事过渡到直面人事的现实叙事的文学转型的努力。这背后也折射出乡土小说创作中如何处理想象与体验、诗与真等复杂关系的问题,即"如何从处在空前民族与社会巨变之中的边地与乡土场景中融铸一份现代诗意,如何从经受着现代震荡的边地乡土人物与风俗中发现一份动态的而非静止的美感?如何以审美的方式来直面与正视在世界性现代化浪潮冲击下中国传统农村所必须经历的外在生活与内在精神上的现代转换?"③而这一问题依旧是当下乡土小说实现突围的症结所在。

---

① 贾平凹:《高老庄》,长江文艺出版社,2016年,第393页。
② 同上,第395页。
③ 范家进:《现代乡土小说三家论》,上海三联书店,2002年,第329页。

《山本》想象化、神秘化的乡土叙事，难以在自然之常与历史之变、世俗生活与文化哲学、人性欲望与生命本体的多维思考中，构建起理性思辨又温情四溢的乡土世界。值得说明的是，《山本》现象既关涉原本作为严肃文学的乡土小说，却日益解构化、媚俗化的创作问题，"贾平凹小说创作每况愈下的根源：一方面背离文学常识，粗制滥造；另一方面又打着纯文学的旗号行消费主义文学之实"①；也关涉源于地域的乡土小说如何超越地域的理论问题；还关涉学术批评清醒理性抑或主观吹捧的态度问题。

四、当下困境及启示

当现代化的时代车轮不可阻挡地呼啸前行时，田园荒芜、乡土喑哑的历史宿命将无以逃遁，长此以往，伴随着悲喜交集、怅然嗟叹的城市文明进程，传统乡土题材恐怕难以为继，对文学而言，不得不说是一种时代之殇……同时，乡土小说的边缘化退场也映现着乡土中国逐渐地历史性退隐的悲剧命运，而"文学的失落，说到底是人的失落，主体意识失落了，个性也随之失落"②。

贾平凹的乡土小说《山本》从某种程度上便折射出当代乡土小说的创作困境及知识分子主体精神的失落。其一，在消费主义、虚拟现实主义、解构主义等后现代的文化语境中，《山本》的乡土叙事走向了欲望化、臆想化、冷漠化、粗鄙化，最终不过以虚假荒诞的乡土形象解构了真实朴素的乡土本色，从中映照着当代乡土小说文明省思与文化批判的写作立场的缺失。《山本》一味偏向食欲、性欲、物欲、权欲等欲望化叙事，来还原人性的自然本能与历史的偶然无常，却放弃了对生存本体、乡土文明的形上思考与理性批判。《山本》折回到乡土历史及民间神秘文化中进行虚构

---

① 鲁太光：《价值观的虚无与形式的缺憾——论贾平凹的长篇小说〈山本〉》，载《文艺研究》2018年第12期。
② 丁帆等：《中国乡土小说史》，北京大学出版社，2007年，第368页。

想象，以民间记忆的碎片化叙事取代了乡土现实的全景式描摹，以奇风异俗的神秘化展览取代了民间生活的鲜活化再现，以乡土人物的平面化设置取代了乡土灵魂的典型化剖析，由此既回避了实实在在的农村生存苦难与农民精神需求，也造成了想象与体验、理念与形象的艺术失衡。《山本》一味标榜回避主体介入、悬置价值判断的零度叙事及自然主义的审丑观念，来渲染血腥残酷、粗鄙荒诞的乡土场景，却消解了悲天悯人的情感关怀与纯真诗化的审美理想。这种一味放逐理性、真实、激情、诗意的消极化写作姿态，难以在传统性、民族性、现代性的宏阔视域中建构起深邃温厚的乡土美学，从中透露着贾平凹生活资源的枯竭、叙事经验的贫乏及人文理想的没落。其二，在社会矛盾尖锐、文化冲突激烈的大发展、大变革时期，当代乡土不仅面临着政治腐败、经济凋敝、生态失衡、教育滞后等一系列的现实问题，也经受着道德沦落、人情淡薄、价值失范、思维断裂的精神危机，由此广大农民在背井离乡、进城务工的艰难生计中也饱尝着文化冲击所带来的心灵震颤与价值焦虑。遗憾的是，以贾平凹为代表的当代乡土作家一时之间还难以整合剧烈变动的乡土经验，更难以把握乡土社会的整体特征，由此无力实现乡土的精神建构与文化突围。

相比之下，以《长河》为代表的沈从文的乡土小说凭借严肃性的创作立场、原生性的乡土体验、诗意性的情感表达、民族性的风格体式，构成了富有中国经验与民族特色的乡土叙事的有效实践，由此对纠补以《山本》为代表的当下乡土小说欲望化、臆想化、冷漠化、粗鄙化的创作偏颇极富启发意义。沈从文坚守纯正独立的文学立场，在《长河》中展开了对文化弊病的反讽批判及对乡土底层的抒情悲悯，由此开掘了文明再造、人格重塑的严肃主题。同时，沈从文基于独特的湘西文化背景，以具体感性的乡土经验与丰富纤细的生命感受，在《长河》中真切描绘了凄凉悲怆的乡土命运与痛苦忧郁的乡土灵魂，并试图探寻理想纯然的人性形式与庄严自为的生存方式，从而建构起真挚深沉的乡土生命诗学，"沈从文是湘西风情最出色的表达者和湘西精神最透彻的领悟者与传递者，他对湘西生命形式的诗意阐释终于让自由美好的湘西在文字当中地老天荒，也使湘西挣脱了地理意义的限制而上升为生命的理想境界和生存的基本信仰"[1]。此外，沈从文在《长河》中以湘西乡下人的眼光来观审乡土中国整体性的文明进程，以湘西地方性的文化经验来反思中华民族系统性的现代化构建问题，从而通过激发传统文化的活力来推进民族精神的重构，由此超越了狭隘化的乡土民间立场，上升为开阔性的民族文化经验，而且"文学发展的历史证明，越是反映本民族文化特点的文学作品，越具世界性。沈从文及其文学创作，之所以能从边城走向世界，正是由它的这一品格特点决定的"[2]。

因此，当代乡土小说只有弘扬现实主义的精神传统，建立起与乡土世界平等真诚的对话关系，才能以敏锐的问题意识捕捉到农村转型的尖锐矛盾与广大农民的心理裂变，才能以深厚的底层悲悯意识描绘出真实鲜活的乡土场景与生气蓬勃的农民形象，才能构筑起生命体验、情感关怀、理性批判、文化哲思水乳交融的乡土世界，从而才能"为一个时代留下'最后的挽歌'、多彩的'写真集'和激荡的'心灵史'"[3]。同时，当代乡土小说只有投注理性思辨的超越眼光，才能将历史意识、民间文化、地域经验与时代意识、现代精神、民族经验相融合，从而促进乡土传统的创造性转换与现代性更新。归根结底，当代乡土书写只有真正情系乡土命运的急速转换，思考乡土重建与农民出路，才能创作出富有温情诗意、道德筋骨与中国气派的乡土作品。

原载《文艺争鸣》2020年第5期

（本文系与吕惠静合作）

---

[1] 赵学勇：《传奇不奇：沈从文构建的湘西世界》，商务印书馆，2016年，第25页。
[2] 凌宇：《看云者：从边城走向世界》，湖南文艺出版社，2018年，第437页。
[3] 丁帆主编：《中国乡土小说的世纪转型研究》，人民文学出版社，2013年，第22页。

路遥与中国传统文化

一、历史潮动中的创作命题

路遥是一个浑身熏染着"乡土气"的作家,他的"根"在乡土,这势必形成他与中国传统文化血肉般的联系。他的创作,蕴含着浓厚的传统文化的旨趣,寄寓着他深沉的情感趋向、价值判断,以及对传统文化走向当代的命运的审美运思方式和难以摆脱的困惑。这一切,都构成了他文化心理结构的重要内蕴。请先看他自己的表白:

……当历史要求我们拔腿走向生活的彼岸时,我们对生活过的"老土地"是珍惜地告别还是无情地斩断?

这是俄罗斯作家拉斯普京的命题,也是我的命题。

理性与感情的冲突,也正构成了艺术永恒的主题。

我迄今为止的全部小说,也许都可以包含在这一大主题之中。[1]

这里所说的"老土地",并不是指呈现于作品中深阔的主题意象,而是具有丰富含义的广义上的文化象征,更确切地讲,它应该是指中国传统文化的象征,因为,"农"是一切中国文化产生的根基,"农"的生活方式、"农"的人生理想,也是一切中国文化得以发展和延续的基本条件。而"富于暗示,并不说得一览无余,是一切中国艺术的理想,诗歌、绘画

---

[1] 路遥:《早晨从中午开始》,见《路遥文集》第2卷,陕西人民出版社,1993年,第66页。

以及其他无不如此"①。

基于这种理解，我们有必要首先探讨路遥文化心理结构的基本因素。路遥是一个参与意识极强的作家，他的小说是他直面人生的产物，也是他内在人格的宣泄和外化。一方面，他按照生活的本来面目塑造现实中丰富多彩的人物；另一方面，他笔下的人物又是他心灵的外观，是他的理想、希望、意志、情感的具象化。他看到了现实世界的种种复杂性，但却在自己的作品中把世界还原为明确的和富有感情色彩的基本单元——善与恶、好与坏、现代与传统、光明与黑暗，他笔下那些富有光彩的人物形象如高加林、孙少平、孙少安、巧珍……，都具有这种人的复杂情感。而进一步审视，路遥总是把自己的全部热情都表现和寄托在善的一面，满怀激情地描绘了他们美好的精神世界。在他们身上，既有社会主义新人的优秀品质，又有中华民族的传统美德，诸如振兴民族的责任感、奋进者的斗争精神、高度的原则性，以及舍生取义的豪侠之气、安贫乐道的静虚原则、实现道德的自我完善，等等。有时为了"善"，这些人物不惜压抑一己的个性，压抑作为人的各种正常需求。如《平凡的世界》中，田润叶和李向前的结合，在还没有爱情的时候，竟违心地维持着表面上的"模范夫妻"；金波为了他心爱的草原姑娘的牺牲精神到了一种出神入化的地步；《人生》中的巧珍、德顺爷爷身上更是被赋予了一种理想化的人性——美和善的化身；还有马延雄（《惊心动魄的一幕》）为了广大民众的利益不惜牺牲自己的献身精神……。这种对人性善、人性美的揭示，基本上是以中国传统的伦理道德为标准并显示其价值取向的。

有人认为，在对中国传统文化的接受过程中，路遥竭力汲取的是儒家文化，而非道家文化，他是将传统的儒家文化与中国的现代文化进行了新的整合或补充。这是对作家主体富有见地的理解。可以看到，路遥文化心理所承袭的儒家文化，主要表现在他的理性认同和积极入世的人生态度，

---

① 冯友兰：《中国哲学简史》，涂又光译，北京大学出版社，1985年，第17页。

并直接渗入他的小说创作中。在他笔下，凡是积极奋进、功利观强，在人生的道路上历经磨难而不屈不挠的人物及其行为，总是得到他的赞美。他塑造了一系列"高考落榜或辍学后的生活强者"的人物形象，其中给人印象突出的有：高加林（《人生》），杨启迪（《夏》），卢若琴（《黄叶在秋风中飘落》），高大年（《痛苦》），冯玉琴（《风雪腊梅》），孙少平、孙少安、田润生、郝红梅（《平凡的世界》）等等。即便是这些同龄人中的幸运者，像田晓霞这样的考上大学的高干子女，也绝不被幸运所陶醉，努力创造富有独立个性的人生价值；像郑小芳（《你怎么也想不到》）这样的林学院高才生，却放弃在大城市工作的优越环境，固执地跑到毛乌素大沙漠荒凉而贫瘠的土地上，实现自己崇高的人生目标。从这些不向挫折、不向命运低头的奋斗型人物身上，明显地寄托了作者"儒化"的审美理想。不仅如此，路遥还把儒家"积极入世"的人生态度注入当代人的生存意识中，他写出了这些人物在剧变的社会环境中，"不择手段"地加入社会的竞争行列，如高加林的弃旧恋新，孙少平为当矿工"走后门"求医生，孙少安为发展矿厂"请客吃饭"等，但由于作家的主导方面是积极入世的，因此这些人物仍然受到他的深切同情和偏爱。有时，他格外突出他们的倔强、执拗与"可杀不可辱"的硬汉品格。马建强（《在困难的日子里》）那种因饥饿自卑而不自贱的坚韧和灵魂的纯真；孙少平在超负荷的劳动磨难中坚守自己人格的尊严，绝不受别人小利的刚直品格；马延雄为人民利益而不顾个人得失的无比硬朗的崇高精神，以及特写《病危中的柳青》中因病魔缠身、外表瘦弱却灵魂傲然，用燃烧着的生命创作的"柳青"；作家自己的带有象征性的名字"路遥"和他在"不潇洒"的创作劳动中奋进不息的身影，等等，都显豁地表现出儒家风范。即使如《黄叶在秋风中飘落》中的高广厚，在其看似懦弱的灵魂中，也被植入忍中见强、理中见义、克己复礼的儒生原型。

这些人物的精神世界及行为不独体现在个人奋斗的人生道路上，而是与国家、民族的利益联系在一起。儒家提倡"修身、治国、平天下"，强调一种为整体而献身的精神，因此，即使像高加林这样的"个人奋斗者"，在抗洪救灾中，也"热血沸腾"，异样地表现出一种"冒险精神"，"需要牺牲什么，他就会献出什么"。而"先天下之忧而忧，后天下之乐而乐"的崇高思想和追求"廓然大公"的高尚境界，在马延雄身上更是得到富有现代意义的强化。儒家强调"义以为上""先义后利"，反对"见利忘义"，主张"义然后取"。所谓"君子喻于义，小人喻于利"，作为判断"君子"与"小人"的评价标准。对此，在路遥笔下，算不上"君子"的六婶子（《卖猪》）在垂手即得的利益面前却表现出"君子"式的情操，不沾"公家"一点光，"只要是公家的，就是一粒麦穗穗，她也要拾起放在公场的庄稼垛上"。在这个近乎"愚昧"的农妇身上，却有着对"公家"无私奉献的闪光的人性。像孙少安这样的"农民式"带头人，在赚了钱后，首先想到的是为双水村修建学校（尽管他内心也有出人头地的欲望），施利于民，造福于民，表现着儒家"义以为上"的做人准则，只不过它体现在一个"现代型"农民企业家的身上。

由此可见，路遥对儒家"刚勇有为"的积极进取的人生态度的汲纳与表现，垫高了他作品人物形象的思想境界。他将儒家这种富有实践理性意义的文化精神注入当代最广大普通人民的生活追求和有自觉创造意识的生命实践活动中，使中国古典文化之精华获得了富有当代意义的生命活力。

二、道德意识与伦理观念的重造

路遥曾说，对"刘巧珍、德顺爷爷这两个人物。有些评论家指出我过于钟爱他（她）们。这是有原因的。我本身就是农民的儿子，我在农村里长大，所以我对农民，像刘巧珍、德顺爷爷这样的人有一种深切的感情，我把他们当作我的父辈和兄弟姊妹一样，我是怀着这样一种感情来写这两个人物的，实际上是通过这两个人物寄托了我对养育我的父老、兄弟、姊妹的一种感情。这两个人物，表现了我们这个国家、这个民族的一种传统的美德,一种在生活中的牺牲精神。我觉得,不管社会前进到怎样的地步,这种东西对我们永远是宝贵的"①。这种表白,再清楚不过的说明作家对他偏爱的人物的感情基调来自:一是乡土,一是传统。

19世纪德国著名美学家谢林认为,一切艺术家情感的表露在古代都被解释为某种神力的感召,它们现在表明"它们是非自愿地被驱使到作品的创作过程中去的",一部作品于完成之际,便产生"一种无限和谐的感觉",艺术家把这种感觉"不是归因于自己,而是归因于其他天性中有意而为的韵致"。

> 艺术家之投身于创作并非有意而为,甚至是顶着某种内心阻力而行的(因此才有古人的"与上帝相会"等说法,尤其是因此才有"他人一口气,召我灵感来"的观念)……艺术家尽可以是目的明确的,但是,就其创作中真正客观的东西而言,他似乎总是受到某种力量的影响,这种力量把他同所有其他的人分离开来,迫使他去表现或描绘那些连他自己也不完全清楚的东西。这种力量的意义是无限重大的。②

在此,谢林对作家主体创作情感活动的阐释,实际上作了一种半形而上学、半心理学的解释:作家的创作过程之所以得以进行,其动力乃是某种执着的需求,想以"在他的整个生命的根源处"起作用的意识和无意识之间最终完成创作的过程。而对大多数中国作家来说,创作乃是出自一种自觉的、有意识的、有目的的活动(如众多现代作家把文学作为"武器",甚至于"匕首""投枪",来参与社会革命和民族解放的斗争),特别是像路遥这样一个有着强烈使命感、责任感和参与意识的作家,他的人物无疑是主体审美思维的结晶,并具有鲜明的价值取向。

---

① 路遥:《关于〈人生〉的对话》,见《路遥文集》第2卷,陕西人民出版社,1993年,第416页。
② M.H.艾布拉姆斯:《镜与灯——浪漫主义文论及批评传统》,北京大学出版社,1992年,第329页。

具有浓烈乡土人格的路遥，对民族传统道德始终保持着极大兴趣，这种文化性格与中国现当代绝大多数作家文化性格的普遍性特征相一致：他们在精神上（灵魂深处）几乎都是背负着几千年传统文化的重压，满溢着发展意识的历史感，向往着文化的现代化。而对传统文化中积极的精神养料，诸如伦理的自觉、道德意识的强化、人性的善美等，总是以满含青睐的眼光，积极地汲取，创造性地投射于他的人物身上。读路遥的作品，总觉得他将人写得太美、太善，以至于使我们不能不怀疑在商业文明急速发展的当代中国社会中，是否还会有这样美好的人性？是否还存在像刘巧珍、德顺爷爷及孙玉厚、孙少平、孙少安、田润叶、田晓霞、李向前、冯玉琴、高广厚、金波、田润生……这样一些从各个侧面展露和烘托人的"本性"即"善"、人的"德性"即"美"的平凡人的生活和心灵。不难发现，路遥之所以对他的人物倾注了全部的热情，一方面是生于斯养于斯的黄土地培植了他终生难以割舍的感情；另一方面，是巨大的道德力量驱使着他不遗余力地塑造着理想中的新人。因为道德意识作为"人性美、人性善"的最基本的素质和条件规定着人性的内容，它不仅是属于个人的，而且是属于社会整体的。基于此，路遥满怀着对"民族精神"中"优美德性"的重塑愿望，力图通过自己的创作，不是从局部的、浅层次的意义上看取传统文化在当代的命运，而是要真正借助传统文化中于当代社会、于当代人有益的"营养"和"水分"，实现中国人精神面貌的文化上的调整与心理上的治疗。

与他的"积极入世"的人生态度相一致，路遥所直接得到滋养的文化养分仍然是儒家思想中富有实践意义的"人性论"、伦理意识、道德观念，并使它在平凡人的世界中得到较完美的体现。

儒家哲学的基本特征是把理想的道德和伦理意识作为衡量处世做人的价值标准，注重道德的文化的力量，强调伦理、心理原则，满足人们的情感需求，使之融化于人们的日常生活和心理，又构成了儒家最重要的哲学实践。在艺术方面，它强调应以表达伦理情感为中心，追求伦理情感和谐的审美趣味。从孔子提出的诗"可以群，可以怨，迩之事父，远之事君"[1]，到《礼记·经解篇》对"温柔敦厚"的诗教的概括；从公孙尼子关于"乐以道和"（《乐记》）的主张，到欧阳守道关于"原舜乐之所自，本乎父之慈爱之间推而达诸宇宙民物之生意"[2]的表述，都表现了这一特点。

因此，与其他民族的文学相比，描写伦理情感乃是中华民族之所长，产生了不少堪称"天伦之爱至情至性之作"。更重要的是，由儒家所形成的这一套文化思想，在中国历史的长河中，已无孔不入地渗透于广大人民群众的观念、行为、习俗、信仰、思维方式、情感状态、生活习惯之中，自觉或不自觉地成为人们处理各种日常事务和生活的指导原则，亦即构成了民族的某种共同的心理状态和性格特征。在客观上，儒家的这一套文化思想由理论形态已郁积或转化为民族的一种文化——心理结构，成为一种历史的和现实的存在。尽管它经历了阶段、时代的种种变异，却保有某种形态、某种结构的稳定性，构成了我们民族文化和民族心理的某种重要特征。而且，从另一意义上看，它既已成为一种比较稳定的文化结构、心理形式和民族性格，就具有适应于各个不同阶段、各种不同层次和身份的人物以相对独立的功能和作用，如果否认这一点，便很难理解一个民族的文化、心理、思想、性格及艺术所具有的继承性和共同性等诸种问题。

在路遥的文化心理结构和创作中，明显地体现着儒家以理想道德和伦理意识作为衡量处世做人的价值标准和审美取向。他的人物，无论是父辈一代，还是奋斗着的年轻一代；无论是走向城市的农村"知识者"，还是扎根乡土甘当农民的农村新人，都无不闪烁着道德的光彩。作家在通过文学形象体现道德的内涵时，往往采取以善美与恶丑交叉、对立的形式，赞颂美化前者，否定鞭挞后者，体现着他基本的价值判断和取向。

《风雪腊梅》中冯玉琴与康庄、与为高干夫人的所长在城乡的去留

---

[1] 杨伯峻译注：《论语译注》，中华书局，1980年，第185页。
[2] 转引自薛永武《〈礼记·乐记〉研究》，光明日报出版社，2010年，第121页。

上展开的冲突；《卖猪》中六婶子与"公家人"在善良的人性与失落的人格之间的较量；《姐姐》中"姐姐"与插队知青高立民在变化着的时代中"爱的痛苦"和爱的变故；《黄叶在秋风中飘落》中高广厚与刘丽英，以及交叉着的卢若琴与卢若华兄妹间，在醇厚的人性与虚伪的道德之间的心灵交战；《人生》中高加林在抛弃了巧珍后的自忏、自辩及心灵上的矛盾……，这一切，都无不深深地表现着作家强烈的道德意识，他把自己的人物放在道德的天平上进行审视，并鲜明地体现着他的价值判断和取向：扬善抑恶，在普通人的身上充分显示民族传统的优秀品德，"富贵不能淫，贫贱不能移，威武不能屈""唯义所在"，就是他的人物生活和追求的人生价值观。

为了把传统美德输入当代人的生活和生命意识中，路遥甚至以理想化的审美情致，满含深情地塑捏着他心目中的"意中人"。在刘巧珍身上，凝聚着作家对传统优美德行的礼赞和张扬。他曾说，"我写的刘巧珍，是长期的感情积累……我很激动，写到她出嫁，我自己痛哭流涕，把笔都从窗户里扔出去了"①。可见，他不想让他理想中的美型人物得到丝毫的损伤。在中国新文学史上，刘巧珍这个集传统妇女美德于一身的形象，可以同任何一位作家笔下类似的人物相媲美。如果说沈从文塑捏的翠翠具有"水"一样的清澈、透亮、天真和无暇；那么，巧珍却像陕北高原上土生土长的山丹丹花，纯朴、善良、真挚和不矫饰，她是扎根在民族的道德观念和丰厚的民间文化土壤之中的，是黄土地的精灵之气孕育的。她虽土但不俗，不知书却达理，自卑而不自贱。她爱高加林，但绝不向爱乞求，自始至终没有失掉爱的尊严；她恨高加林，但更多的是怨而不是怒，能够从失恋中痛感到文化知识对普通妇女的重要，反而以已嫁之身暗中扶助高加林而毫无报复的企图。她的可爱、善良和无私的奉献精神，足以使人们的精神为之升华。她的悲剧，也许是由于她太善良。从她身上，我们看到传

---

① 路遥：《关于〈人生〉的对话》，见《路遥文集》第2卷，陕西人民出版社，1993年，第417页。

统中特别是儒家文化从"爱人"出发，才能达到"人恒爱之"的人本主义的道德原则对作家深入肌理的影响；而"生我所欲也，义亦我所欲也，二者不可得兼，舍生而取义者也"①的儒家对人性的道德追求和向往的理想人格在他笔下的人物身上的闪射，更对人们的心灵有巨大的融化力量。

而德顺爷爷又是作家将传统道德贯注于乡村老者并使其负载着一种人格力量的化身。在《人生》中，作家对这个人物虽然着墨不多，但他足以让人回味和尊崇。在中国乡土社会，每一个村庄上都有这种类型的"父辈式"长老，他们的精神和行为，对乡村人们的生活方式起着至关重要的作用。而他们又往往是道义的代表者、维护者，在乡村人的心目中有着崇高的地位，其精神感召力甚至超出于亲生父母。这恐怕是路遥在《人生》中特意塑造这个人物的原因之所在。德顺老汉打了一辈子光棍，但他有一颗极其善良的心。他不属于乡村社会中知书达理的"先生"或"文化人"，但他却有着乡土人生的全部知识，深懂如何做人的道理。当高加林抛弃了巧珍以后，他以父辈的身份理所当然地劝阻加林：

"你把良心卖了！加林啊……"德顺老汉先开口说。"巧珍那么个好娃娃，你把人家撂在了半路上！你作孽哩！加林啊，我从小亲你，看着你长大的，我掏出心给你说句实话吧！归根结底，你是咱土里长出来的一棵苗，你的根应该扎在咱的土里啊！你现在是个豆芽菜，根上一点土也没有了，轻飘飘的，不知你上天呀还是入地啊！你……我什么话都敢对你说哩！你苦了巧珍，到头来也把你自己害了……"②

德顺老人的话是农村长者最朴实的话，然而，这发自肺腑的心里话却像铅一样，沉甸甸地压向高加林的心底，深深地触动了高加林的神经。德顺老人已经预感到高加林的未来，当高加林被生活的巨浪再一次打回农村时，又是德顺老人（这是作者的有意安排，因为，德顺老人又代表着土

---

① 杨伯峻译注：《孟子译注》，中华书局，2005年，第265页。
② 路遥：《路遥文集》第1卷，陕西人民出版社，1993年，第161页。

地，代表着这块土地上的父老乡亲）给高加林以做人的勇气和力量，就连这个"傲气的虽然研究过国际问题，讲过许多本书，知道霍梅尼和巴尼萨德尔，知道里根的中子弹政策"的高中生，也想不到"这个满身补丁的老光棍农民，在他对生活失望的时候，给他讲了这么深奥的人生课题"。正是在德顺老人的感染和启迪下，使高加林重新燃起生活的勇气和希望。从德顺爷爷这一形象身上，我们看到传统道德的化育力量。

这种道德的力量不仅是个人的，而且是社会的，它充分体现在普通人的世界中。像田润生和郝红梅、田润叶和李向前（《平凡的世界》）的爱情结合，高广厚与刘丽英（《黄叶在秋风中飘落》）在经历挫折后的再次复婚，在很大程度上都是出自道义上的责任感和同情心，而非真正意义上的爱情。在他们身上，道德的力量胜于爱情力量，道德的光彩更胜于情爱的光彩。路遥把他的人物置于富有道德理性的审美意识判断中，使这些人物带有乡土中国普通人生活和命运的真实感。

而道德之于家庭，则体现为人伦关系的和谐，强调每个人在家庭中的权利和义务。在人伦关系中，儒家特别重视父母同子女的关系，即所谓"父子有亲"和"父慈子孝"。"抚养子女"和"孝顺父母"，是中华民族传统人伦关系中最重要的要求。"孝"被称为一切道德的根本，是所有"教化"的出发点。父子关系，是社会中的一种最基本的关系，从一个人对待自己父母的态度，可以推断他对他人、对国家、对社会的态度。只有对自己的父母能够孝顺的人，才能报效国家。儒家的这一套伦理思想和价值观念渗透于中国人的文化血液里，极大地影响着群体的生活习惯和社会心理。

在路遥的创作中，可清楚地看到他受儒家这种思想的影响，以伦理关系作为衡量道德之根本的审美情趣和价值取向。在《平凡的世界》中，作家将传统的人伦关系主要渗透于农村伦理生活机制的描写中。孙玉厚的家庭生活正是千千万万农民的传统家庭生活的缩影。孙玉厚自幼丧父，家境贫穷，是他靠着庄稼人的本分和勤劳供养母亲，将弟弟拉扯成人。他靠着用苦力挣来的仅有的几块"钢洋",发狠供弟弟上学,希望"能把玉亭造就成孙家的人物",这样"他孙玉厚一辈子也就值得了"。然而,孙玉亭是个无法"造就"的人物。孙玉厚并不为此而过分地懊悔,为了给弟弟成亲,他背了几十年还不完的债。当弟媳提出分家时,他又让出了祖居的窑洞,自己携母带子借居别家。刚有了一孔属于自己的窑,大儿子少安的婚事又成为他人生的目标……而懂事较早的少安,"本来是念书的好材料",也有一番人生的理想,但在家庭生活中,他又是传统伦理义务的承担者。长子的地位需要他为弟妹的前程作出必要的牺牲,于是"初中也没上,十三岁就回来受了苦",帮助父母支撑这个家。为了整个家庭,少安割舍了同润叶之间的爱情,选择了一个能吃苦、本分、诚朴的外乡女子一起生活,共同奔劳;他不仅将爱心给了妻子,也给了整个家庭。即使当了"农民企业家",他也首先想到的是为父母建造一院新窑,让他们过上好日子……。变革着的时代虽然把孙少安推向了农民带头人的行列,但他身上的传统美德并没有失落,而是更加焕发出感人的光彩。

在《平凡的世界》中,孙玉厚一家的生活虽然很沉重,但孙家男性传人少安和少平,女性传人兰花和兰香,都不去咀嚼自己的痛苦,而将作为子女的义务给予祖母、父母亲,给予下一代,同他们在贫乏的物质生活中相濡以沫。家庭成员之间的关怀、体贴,以及建立在尊老爱幼基础上的人格平等是他们人生感情的重要支柱。尽管在实际生活中,这种人伦关系也可能包含着某种阻碍人性的封建因素,但是对农村父老的爱和理解、同情,使作者情不自禁地把它作为人性的自觉内容,付诸平常的生活情境中。劳动人民家庭生活中的爱及人伦义务,是和封建文化有质的区别的,它是封建伦理观念所无法戕杀的人之尊严、人性的基本规范,是古老传统中的人性人情因素在乡土中国社会中的优美形态。它的奇异力量,融化着巨大的人间苦难,维系着人类一代又一代的生命繁衍,对这种文化的确认,构成了路遥创作中普通人生命意识的重要表现形式,也蕴含着作家的人生理念。

那么，作为一个当代作家，为什么要在他的整体创作中以美化的形式将传统的道德观提到一个极崇高的境地？这是不是与他作为一个当代作家的"现代意识"相抵触？回答是否定的！这是因为"在一个农业国家，人们总是尊重过去，所以这些儒也总是最有影响"的，更何况"儒家学说的专用范围是社会组织，精神的和道德的文明，以及学术界"。①歌德在他的晚年曾经无限感叹地赞美中国人的道德感："中国人在思想、行为和情感方面几乎和我们一样……只是在他们那里一切都比我们这里更明朗、更纯洁，也更合乎道德。"而且，"在中国文学中，许多典故都涉及道德和礼仪。正是这种在一切方面保持严格的节制，使得中国维持到几千年之久，而且还会长存下去"。②道德，作为一种推进人类文明的文化动力，历来成为衡量我们民族精神面貌并具有实践理性的重要价值尺度。如果再以审美的眼光看，它又成为特定意义上的区分善美与恶丑的重要标准。而儒学之所以能在几千年中国文化历史中占据极重要的地位，正是与它把道德和伦理意识提到中心位置密不可分。作为当代作家的路遥，他的心理意向并非要复活儒家的文化思想及道德意识。从他创作的一贯思想来看，他既尊重历史，更看重现在和未来：

> 我们必须重视历史，对历史和对现实生活一样，应持严肃态度。有的作品为什么比较浅，就因为它没能把所表现的生活内容放在一个长长的历史过程中去考虑，去体察。我们应追求作品要有巨大的回声，这回声应响彻过去、现在和未来，而这回声只有建立在对我国历史和现实生活广泛了解的基础上才能产生。③

正是基于对历史文化传统的当代性思考，路遥总是力图把传统文化中具有积极意义的精神资源输入于当代人的生活中，使传统文化中富有价值

---

① 冯友兰：《中国哲学简史》，涂又光译，北京大学出版社，1985年，第250—251页。
② 歌德：《歌德谈话录》，人民文学出版社，1978年，第153页。
③ 路遥：《答中央广播电视大学问》，见《路遥文集》第2卷，陕西人民出版社，1993年，第446页。

的精神质素获得了当代意义上的审美表现。再从新中国成立后的历史看，在一连串的政治运动刚刚结束又疾速步入商品社会，使道德的纯洁性和较为坦诚、真挚、友好的人际关系，遭遇了极为严重的破坏，道德水准下降，社会风气恶化，人与人之间的虚伪成分大大增加。这种现象直接引起了包括路遥在内的当代作家极大的反感心理，在他们中间，有些人另寻道路——面向自然，而且是不带人间烟火气的原始状态下的自然，用一种静默的心灵去感受天地似乎刚从浑沌里分开的大海、大荒原、大森林之魂。文学作品出现了挽弓捕兽的猎手和手持野牛角的壮健的荒原人，闪耀着纯朴的、没有一丝虚伪的远古精神的光辉。另外一些作品则写天然状态中的未经文明社会熏染、饱含中世纪情调的乡村和小镇的生活，勾画了一幅幅宁静平和的中世纪风俗画："方宅十余亩，草屋八九间。榆柳荫后檐，桃李罗堂前。暧暧远人村，依依墟里烟。狗吠深巷中，鸡鸣桑树颠。户庭无尘杂，虚室有余闲。"[①]这种曾在沈从文作品中出现过的风情画，今天，我们又从汪曾祺等一批作家的作品里领略了这种古风。与此同时，一些作家对这种自然状态里的原始的道德观念表示欣赏。淳朴的乡风，单纯的人际关系，两性之间无所顾忌的、并不丑恶甚至带有天然美感的性行为，不分贫穷贵贱的无等级社会，总之在一些作家笔下，这里的一切由一种原始的道德观念所支配，人更多的带有天真、朴实而野性的自然属性。盘老五（叶蔚林《在没有航标的河流上》）一丝不挂，在蓝天下、碧河间亢奋地发出一声尖叫，岸边那些妇女们面对这具赤裸的躯体，并不十分讨厌地扬声骂着。光天化日之下，他挺着身子，顽童一般扑进清凉的河水，将肉体痛快地溶化于大自然中。这种用文明社会的道德观念衡量无疑是一种"出轨"的行为（至少被看成有伤风化），却在原始道德观念面前，表现出一种自然生命的活力。和这些同时期的作家比较，路遥的心理意向却不同。路遥是一个忧患意识很强的作家，以文学参与社会变革的强烈的当代意识

---

① 陶渊明：《归园田居（其一）》，见林庚，冯沅君主编《中国历代诗歌选：上编（一）》，人民文学出版社，1964年，第196页。

冲动时时促使着他，要反映和表现当代人的生活和斗争，他是带着谴责的态度批评同期的"寻根文学"的："令人费解的是，为了'寻根'是不是要号召所有的作家和艺术家深入到'原始森林'里去。"①他从过去的生活中发现的是不人道、丑恶、肮脏、痛苦和令人窒息的黑暗，从而表示厌恶和愤懑。这种对历史的不同角度的思考，反映着路遥不同的审美态度。他对传统文化中道德观念的当代走向的极其关注，其意向是要通过开掘农民身上所蕴藏的许多可贵的"传统"的心理、品格，写出他们在新的历史条件下观念意识的发展变化，以实现民族传统精神人格的创造性转化。而从传统文化心理中开掘富藏，以此表现农民精神的当代重建，无疑属于当代中国文化建设的重要内容。

三、现代理性与传统情感的冲突

改革开放的历史潮动，不仅引起了中国社会经济结构的巨大变化，还引起了国人的思想观念、精神面貌等一系列变化，一切传统文化在现代浪潮中受到了前所未有的冲击和考验，农民的思维方式和生活方式也发生了新的变化。对一个作家来说，如何把捉这种变化，无疑是至关重要的，往往体现着他认识和反映生活的深度和广度。

如上面所探讨的，路遥在反映和表现这种种变化的时候，由于受儒家文化的影响，表现出对传统的伦理道德观念的倾心关注，蕴含着他明晰的审美价值取向。然而，这仅仅是他小说思想表现的一个方面。问题的复杂性还在于，对传统文化中积极精神资源的汲取和表现，始终遮掩不住作家强烈的现代理性，并时时表现为现代与传统之间的矛盾冲突，使现代与传统交叉、时代心理与世俗人文心态交叉、商品价值观念与人伦道德情感交叉，这一切，都在不断变化着的情势中构成了路遥创作的内在张力及复杂

---

① 路遥：《〈人生〉俄译本后记》，见《路遥文集》第2卷，陕西人民出版社，1993年，第425页。

性，同时，也表现出作家在价值判断上难以避免的困惑。

首先，应该看到，路遥是一位具有清醒的现代意识的作家，他给自己创作确定的准则是"力图有现代意义的表现"①。这一旨意，无疑是指作者用现代意识对历史和现实进行观照的认识和表现。从他给我们展现的现实图景中，几乎都能感受到作者那种自觉、清醒的现代意识的体现。中国的普通劳动群体，特别是农民群体，由于长期受封建文化的统治，造成了思想观念的异常封闭与落后。中华人民共和国成立后，农民虽然在政治上翻了身，但在精神上、心理上并没有得到彻底的转换，"农民的生活方式是顺乎自然的。他们赞美自然，谴责人为，于其纯朴天真之中，很容易满足。他们不想变化，也无从想象变化"②。农业文化的特征是群体性、依附性、内向性、和谐性，这使中国的农民大都缺乏一种强烈的独立精神和自我意识。"自我"往往被群体消融，而这种消融于群体中的自我，又因其天然的适应性，却能够在互相依存中得到心理上的平衡。这种现象，造成无论在民族内，或在家庭内，都特别强调伦理的自觉和道德的责任，一种意识或一种意志，都不是限于个人的人格和利益，而是包罗着全体一般（群体）的共同利益。个性意识不存在了，个人的创造精神被淹没了。这种文化的长期浸润，势必形成民族缺乏创造机制，乐于"安贫守道"，不思进取，逆来顺受，心安理得。对此，自鲁迅以来的许多新文学作家都把其视为国民的"劣根性"进行无情的挞伐，并且看成自己作品的深刻处和支撑点。其意义是不言而喻的。但是，路遥似乎是执意要另辟蹊径，他不去着意开掘平凡世界中负载于农民身上的民族劣根性，而是更多地发掘他们身上潜在的传统美德，特别是他们在社会变革中不断清刷历史的污垢，克服自身弱点走向自我觉醒的痛苦历程。在《你怎么也想不到》中，郑小芳选择大漠作为自己的人生道路的起点，具有很强的自觉性，是一种现代意义上的个性意识的自觉，她要以个人的意志创造幸福的未来。《人生》

---

① 路遥：《早晨从中午开始》，见《路遥文集》第2卷，陕西人民出版社,1993年, 第12页。
② 冯友兰：《中国哲学简史》，涂又光译，北京大学出版社，1985年，第34页。

中，高加林的个人奋斗精神也不失为一种个性意识的表现，对长期固守土地而不思变迁，也"无从想象变化"的大多数农民来讲，高加林的行为无疑是一种挑战、一种反叛。而人物自我意识的觉醒表现在《平凡的世界》中，更为显眼。我们看到，在孙少安、孙少平等人物身上，作者表现了一代农村青年自我意识觉醒的不断深化。孙少安的人生理想，是建立在"在双水村做一个出众的庄稼人"的基点上的，这当然也属于一种个性意识的滋长，他内心萌发的出众思想比起父辈那种"光宗耀祖"的唯一希冀来说，是一种时代的进步。而比起孙少平来说，孙少安的人生追求似乎还缺乏一种更为宽阔的胸怀，一种更为自觉的个人奋斗意识。孙少平的走向城市，是理性的、执着的，他要抛弃的是小生产者的思想意识和生产方式，他担心的是唯恐自己会在乡村意识的汪洋大海里失去自我。因此，强烈的个性意识，使他与一般农村青年有着明显的不同，也是他甘愿领受"苦难"，在城市底层和煤矿的艰苦劳动中实现自我价值的直接动力。孙少平期望和追求的是，要努力使自己从思想上挣脱土地，到辽远艰苦的地方去经受磨炼，"哪怕是在北极的冰天雪地里；或者像杰克·伦敦小说中描写的严酷的阿拉斯加"去。显然，孙少平的内心充溢着一种强烈的憧憬新生活的情感冲动。在他身上，使我们感受到时代发展的必然趋势和社会变革的内在潜力。由此可看出，孙少平的自我意识的觉醒较之孙少安来说，显然是更高意义上的人生追求和自我价值的实现。而这种个性意识体现在田晓霞身上，又以不同的视角显示着其特点。在那个思想还没有大解放的年代，于较为优越的领导干部家庭生活环境中成长起来的田晓霞，不仅没有干部子女的傲然与清高，反而具有一种平民意识。如她和孙少平的爱情是建立在充分理解、信任的基础上的，在她身上没有媚俗，有的却是真诚的挚念。她敢于独立思考，往往能够谈出让身为领导干部的父亲都无言以对的见解；她不顾忌孙少平在生活环境、工作事业方面与自己的巨大差距而热恋孙少平的举动，不仅是对传统世俗眼光的挑战与反叛，也更显示着她的自我意识的成熟。她不同于《人生》中的黄亚萍，黄亚萍还做不到为爱情嫁给一个农民，而她热恋的是一个"掏炭的男人"。如果没有这种强烈的个性意识，田晓霞恐怕很难主动要求去抗洪救灾前线为保护群众生命财产而献出宝贵的青春。

在《人生》中，路遥曾因让高加林在经历了许多挫折后最后回到土地的问题上受到过一些评论的责难。为此，他极力替自己辩解，指出这"是生活的历史原因和现实原因，而不是路遥"①。如果不是因为社会现实的迅猛变革，像孙少平这种纯粹的返乡农村知青最终也只能是与高加林殊途同归。但是，我们也不能不看到在高加林的回归土地和孙少平的最终离开土地的问题上作者深层意识的变化，即作者观照现实的现代意识的强化。从某种角度看，孙少平性格的成长，是对高加林回归土地以后有可能再进入城市的人生追求道路的再深入、再补充。"高加林虽然回到了故乡的土地（当时是被迫的），但我并没有说他就应该永远在这土地上一辈子当农民。小说到此时结束了，但高加林的人生道路并没有在小说结束时结束；而且我为此专门在最后一章标了'并非结局'几个字。"②这说明，时代巨变的浪潮时时警示着作家，不能不对他的思想进行调整，对他的人物的命运进行再思考。因此，在《平凡的世界》中，他设计了让孙少平走出黄土地，甚至让孙兰香走出国门，这是改革开放发展的必然趋势，反映着路遥现代意识的不断深化。

这种现代意识的深化，不仅表现在路遥所偏爱的人物身上，也体现在他对改革大潮整体景观的把握和审美运思方式上。他深刻描写了三中全会以后，中央明确发布了一部分人通过劳动先富起来的政策对广大农村的冲击，以及不同的人受冲击的不同反应和表现。在受到冲击之初，一些人迷茫困惑，一些人彷徨观望，一些人跃跃欲试，少数人捷足先登，也有一些人痛苦失望。作者以对现实生活的深入体察，细腻真实地剖析了这种种人不同的心态。不仅如此，作者还通过对田福堂、孙玉亭这样一些人的迫不

---

① 路遥：《早晨从中午开始》，见《路遥文集》第2卷，陕西人民出版社，1993年，第64页。
② 同上，第65页。

得已的变化,深刻地揭示了改革大潮的不可阻挡之势,当田福堂面对急剧发展的形势还在迷茫痛苦中时,他那瘦弱的儿子田润生却在划分责任组的队会上,请求众人不要与他甩手而走的父亲计较,诚恳表示要辞去教书工作,到责任组去劳动。而田福堂后来也终于走上了"资本主义道路",到县城当起了包工头。"无产阶级革命家"孙玉亭在划分责任组后,最终也还要为解决吃饭问题被老婆贺凤英咒骂着,扛起镢头出山去了。大时代的浪潮不仅改变着物质世界,更重要的是在改变人。路遥把自己对社会变革的深刻观察和理解,给予富有现代意识的表现,使他的作品获得了具有全景式透视中国当代社会变革的审美景观。

路遥的小说创作取得了很大成功,不仅得力于作者对现实社会复杂现象的现代意识观照,同时也得力于在审美追求中呈现的与其清醒的现代意识时而相矛盾的审美情趣。表现在作品中则是人物情感世界变幻的传统性,以及作者情感体验的传统性和价值取向上。

在新时期以来乡土题材的大量作品中,由于经济关系的大幅度变化引起的社会伦理关系和道德意识的变化,造成了小说主题的多向景致。尽管作家们对农村经济政策的调整表示了极大的热情,但对由此带来的(或可能带来的)社会伦理关系和道德意识的变动,却难取一致的态度。几近与路遥创作同期的张贤亮的《河的子孙》和王润滋的《鲁班的子孙》就是典型的例子。前篇以外号"半个鬼"的农村基层干部对农村三十年社会生活的回顾,对经济关系的变动可能带来的整个社会的进步,表现了乐观的态度。后篇则在父子两代木匠由不同的生活信念所引发的伦理关系的破裂中,关注着乡村古朴的伦理关系在"商朝"的冲击下日趋瓦解,忧虑拜金的狂热污染民风,流露出沉郁的感伤情绪。

在路遥的小说创作中,这种由经济关系的变化所引起的人们道德意识和伦理关系的变化呈现着复杂的形态。一方面,作家对经济浪潮中人们的兴奋、欢乐,以及为改变自身命运的奋斗精神表现出热情的赞美,体现着作家现代意识的自觉;另一方面,却为由此带来的人性变异和道德意识的蜕变表现出内心掩饰不住的厌嫌和愤慨。而在表现这一切的时候，他的情感又往往是传统的，体现着他鲜明的以道德标准衡量人物行为的价值判断。可以这样说，路遥的思想意识是现代的，他有着一个当代作家强烈的忧患意识和参与现实变革的精神，总是把自己同时代、同人民紧密地联结在一起；但是，路遥的情感运思方式却是传统的，这使他总是不忍心对自己所倾心讴歌的人物有悖于伦理关系和道德情感的损伤。他是用传统的眼光来评判改革年代的人际关系的，他的审美取向往往表现在对大幅度经济变化中的人的道德观念的失落、瓦解的深深担忧和疑惧，并不遗余力地深情呼唤和挽留传统的优美德性在当代的延伸和再现。他的所有作品几乎都可以纳入这样一种矛盾交叉、互相冲突的视野内。《姐姐》《我和五叔的六次相遇》《人生》《你怎么也想不到》及《平凡的世界》等作品中，作者对经济发展中引起的人伦关系及道德观念的变化和心理冲突进行了全面地展示，并构成路遥小说创作的一种模式：其叙事大多是在青年的爱情生活中，男主人公多是回乡或插队知青，女主人公又多是诚朴善良的山乡女子，一旦男主人公有了某种脱离土地的机遇或大学毕业后留在城市工作，女主人公继而被抛弃或被冷落。作者的情感趋向和价值判断不仅表现在对那些被损害、被抛弃的人物深深的同情上，而且，他总是在道德的天平上进行审判，使他的情感运思漫游在对传统美德的挽留和怀念之中，如高加林之于刘巧珍，高广厚之于刘丽英，康庄之于冯玉琴，薛峰之于郑小芳，高立民之于小杏……，都反复地呈现出一种主题意向：经济发展了，世界变了，人伦关系和道德意识也随之变化了，难道就应该如此吗？人性中不是还有更美好的东西存在吗？商品经济的发展难道一定要付出道德的代价吗？在现代性与传统性的冲突中，路遥的情感趋向往往徘徊在传统的境况中。

路遥无不感慨地说："在当代的现实生活中，我们常常看到这样一种现象：物质财富增加了，人们的精神境界和道德水平却下降了；拜金主义和人与人之间表现出来的冷漠态度，在我们的生活中大量地存在着。如果我们不能在全社会范围内克服这种不幸的现象,那么我们就很难完成一切具有崇高意义的使命。"[①]正是这种忧患感和使命感的驱动,使他更多地从普通的人生实际着眼,看待社会的矛盾,体察历史的发展。他更多地给人们以温暖谅解,分析多种精神现象产生的客观条件,理解普通人平凡追求的内中苦乐,委婉地批评他们的弱点,指出他们精神迷误的原因。因此,他的审美评价的态度也更宽容。这使他在追求现代意识表现的同时,总是昭示着承接传统、发展传统的意义。在《平凡的世界》中,人们往往会发现,作品中最令人为之心动、为之感慨之处,是人物命运出现波折,感情抑郁痛苦之际。而值得回味的是,作者此时审美观照的中心并不在当事人的命运波折和情感痛苦上,而是着意渲染当事人周围的社会环境及他们的情感世界和言行。"二流子"王满银贩卖老鼠药被劳教,给他的妻儿和岳父一家都带来了极大的羞辱、痛苦和不安。尽管如此,王满银被抓去劳教的当天,陪他受尽屈辱的孙玉厚,回到家里却不忘叮嘱儿子为王满银"把家里的粮食准备一点,再腾出一床铺盖来",而少安妈在给王满银装起一罐高粱黑豆钱钱饭后,又在饭罐上面的碗里放了几个黑面馒头和几筷子酸白菜。在这两位老人内心的恨与爱的交织中,其纯朴善良的美德却还是不由自主地流露出来。作为王满银的妻子,兰花的善良、朴实几乎到了迂执的地步,然而她的真情却又让人为之感动,她宁愿一辈子靠自己的劳动养活他,也不愿让他离开自己和孩子。对一个和自己结婚后漂泊浪荡的人,兰花不但从不抱怨嫌弃他,而且始终在心里热爱着他。而对王满银,作者写出了他的可气与可恨,但他又不是很坏,每逢过年,这个浪荡鬼总还要回家团聚,用积攒的一点钱给孩子买件新衣服。路遥以他平和宽容的笔调,生动地描绘了普通人生活的苦与乐、悲与喜,并处处流露着他对传统美德的赞赏。

应该看到,路遥自身存在的理性与感情的矛盾并不全然是由他的现

[①] 路遥:《这束淡弱的折光——关于〈在困难的日子里〉》,见《路遥文集》第2卷,陕西人民出版社,1993年,第440页。

代意识和传统的情感体验自相冲突的结果,而是他的一种自觉地追求。这就使路遥自身存在的意识观念的现代性和情感世界的传统性形成了如他自己所说的"理性与感情的冲突"[①]。孙少安和孙少平兄弟俩可以说都是中国处于社会大转型期间富于变革意识的一代青年农民,他们都在不同程度上对固有的生活方式和落后的农村现实不满足而企望着变革。但是,一旦当他们置身于变革的旋涡之中,总时时为情感和理智的矛盾所困扰。如果说在"分家"问题上,孙少安那种理性和感情的冲突还不具有深刻的时代意义的话;那么,他在砖场的用工问题上所遇到的苦恼,就不能不反映着社会变革中新的意识观念对固有的情感心态的冲击。可以认为,孙少安作为"双水村"的"新一代领袖",他在发家致富的道路上,率先走在了农村改革的前头,他的行动是现代的。但孙少安又是一个善良而极富同情心的人,他为"分家"问题可以与妻子反目,为处处尽长子的义务而尊崇孝道,为同情村里的贫困户可以不顾忌砖厂的前景,因此,他的心灵又是传统的。在这一人物身上,最明显地体现着现代性与传统性的冲突。

由于路遥自觉地追求现代意识与传统情感的冲突,使他在表现农村新人的同时,又时时维护着自己心目中的传统人伦和道德美型。这突出地表现在他对两性情爱的描写上。他笔下众多的女性形象,其身心上都不同程度地烙有"礼教"的印记,儒家崇尚道德完善的倾向支配或约束着她们的言行,悖逆道德的心灵一定是负罪的。像杜丽丽(《平凡的世界》)这样的敢尝禁果的现代女性,却被离婚痛苦折磨得一塌糊涂;像田晓霞、黄亚萍、吴月琴、吴亚玲、郑小芳这样的女学生、女知青,颇有现代女性的况味,但仍然莫不是"止乎礼义"的。从作家展示的一些性际关系的描写中,可以更清楚地看出他对传统道德观念的认同与尊崇。在《生活咏叹调》中,他将男女之间那种广义的"朋友"关系视为相当珍贵的性际关系,极尽渲染。"军人"对那个卖菜包子的大嫂的忆念,属于孩提时的一

---

① 路遥:《早晨从中午开始》,见《路遥文集》第2卷,陕西人民出版社,1993年,第66页。

段纯真温馨的友情，但作者却赋予其以朦胧、道德净化般的恋情。对卢若琴之于高广厚、吴亚玲之于马建强、孙少平之于惠英嫂的处理关系，也是这样。在她们身上，恋情被道德理性规范着，朦朦胧胧，不可捉摸；或者说不是恋情的友情，是广泛意义上的朋友关系。而对那些较多地游离了传统女性规范的人物，如黄亚萍、贺敏（《你怎么也想不到》），皆被置于"第三者"的位置上，往往给予否定性的描写，有时甚至是明显的讽刺与嘲笑。从路遥的作品中可以看到，他对现代文化的择取或认同，在经济生活的改革方面比较大胆，在道德观念的更新方面却比较畏缩。他及时地写出了经济政治改革的突飞猛进，对一些传统化的神圣东西给予了揭露，在《平凡的世界》中，这种意向就更鲜明，如在农村还没有大幅度进行生产责任制时，孙少安已萌发出这种念头并有所行动。作者为许多原本认为是"资本主义"的东西正了名，出了气。但是在伦理道德领域特别是性际关系的描写中，作者却多有顾虑，停留在传统上。因此又可以说，路遥的经济思想观念是现代的、开放的，但他的妇女观却是传统的、保守的。妇女的解放程度被视为人类文明进步程度的重要标志，也是人性得以健全发展的重要标志，而路遥笔下流露出来的传统文化中的男性中心倾向，以及女性仍处于依附男性的地位，如巧珍之于高加林、刘丽英之于卢若华（《黄叶在秋风中飘落》）、秀莲之于孙少安、兰花之于王满银等，都说明了作者至少在道德领域及在其他许多方面，仍处在传统文化的阴影之下。这是他的局限，但这种"局限"似乎又促使了他的成功，因为他将这种"非个性"化的文化传统表现在普通人的生活中，很适应广大中国老百姓的口味儿，容易被大多数的"平凡的世界"中的人们所理解，所接受，所尊崇，这或许是路遥的审美心理及他所企盼的接受效果吧。

四、传统意识的当代性诠释

上述对路遥文化心理及文学精神中的儒化倾向、人伦价值观念、道德意识，以及现代性与传统性的冲突在创作中的种种表现的分析，再一次给我们提供了认识中国当代作家精神世界的契机。我们已经看到，路遥是一个具有强烈现代意识的作家，但他的文化性格内却具有深厚的中国农业文化的价值取向；他的时代进取意识是现代的，但他的人伦观念和道德意识又基本上是属于传统的。这种矛盾的对立统一，促成了路遥，同时也限制了路遥。这种种表现，恰恰反映了处在传统与现代之间的中国知识分子的思想、感情、文化、心理特征。20世纪的中国，其整体性的文化演进特征是由传统向现代的过渡，伴随着这种时代演进特征的必然是各种大震荡、大骚动、大分化、大前进。而过渡时期的文化，又真正折射着传统。从旧营垒中走出来的人都带着一个与传统无法彻底割断的影子。历史、现实、人生、宇宙、情感、理智、价值判断与思维定式的方方面面，构成了这个时代的阵痛，使许多人一直存在着深刻的矛盾心境。在这种矛盾心境中，人们时时受着失落与痛苦的煎熬，无论痛苦还是欢乐，都是自然而然地和盘托出，以至于几十年后，人们谈起这类话题，仍然不知所言。但是，有一种现象确实可以肯定：从现代文化构建的意义上说，借用传统文化中积极的精神资源以促进现代化的进程，实现国民心理的自我转换，不仅是对彻底扬弃、否定传统的一种反拨，而且，至少在方向上又是富于现代性的。因此，路遥的人伦观念和道德意识的当代表现又是积极的、可取的，它对中国人精神品格的重塑，特别是商品大潮冲击下的人性的堕落不失为一种精神剂、一种美型的参照。

历史的进程总是充满着矛盾与困惑，以致人类对任何一次历史的突破都怀有深深的疑惧。对中国这样一个传统的农业国度来说，无论发展中伴随着多少痛苦和梦的散佚，但从理性的高度看历史的发展，都不允许有任何纯感情的悲啼。然而一个艺术家的审美判断、道德理想、文化思考，使他对伴随着这历史进程中的各种属于"人"的情感、属于"人"的思维和活动表示人性与道德的关注，都是合理的、正常的，也是无法回避的。正是在这种意义上，路遥深切地表现了人性善、道德美，这反映出作家总希望人类的任何发展都同时符合人的目的性：趋向人性的善与美，实现人类道德的最终完善。作家的希望与整个人类的最终目的是一致的。

路遥毕竟处于古老中国向现代化迈进的交替阶段，中国文化对他的影响远比西方文化的吸收来得更深。这并非路遥的个人特征，而是自新文学以来的中国作家普遍具有的文化心理特征，在他们身上，哪一个不是在现代与传统的矛盾对立中，艰难地、痛苦地实现着自我价值的不断完善？又有哪一个作家彻底摆脱了传统，变成了一个完全意义上的"现代人"？更确切地说，在他们身上，离开了传统，也就没有了现代。传统就像是一条流动的巨川，永远不会静止，也永远无法割断源头。人们不断地反叛着传统，传统又无形地约束着人们；人们生活在传统之中，传统又在历史的发展之中。因此，路遥对传统人伦价值和道德观念的重视，是他自觉或不自觉的心理显现，更何况他的根（生命之根、文化之根、情感之根）是扎在乡土。"在乡土社会中，传统的重要性比现代社会更甚。那是因为在乡土社会里传统的效力更大。"①基于此，现代性与传统性的冲突表现在路遥身上，更具有鲜明的时代特征。而路遥把这种现象视为"我们永恒的痛苦所在"，是文学创作中"痛苦而富于激情的命题"②，这种"痛苦"与"激情"，不仅表现在他对传统道德美的眷恋和赞叹上，还表现在他痛苦的告别中，使他的作品笼罩着难以抹去的悲情色调。

原载《陕西师范大学学报》（哲学社会科学版）2011年第3期，原题为《"老土地"的当代境遇及审美呈现——路遥与中国传统文化》

---

① 费孝通：《乡土中国　生育制度》，北京大学出版社，1998年，第50页。
② 路遥：《早晨从中午开始》，见《路遥文集》第2卷，陕西人民出版社，1993年，第66页。

路遥的乡土情结

一、现代中国作家的乡土意识

乡恋、乡情、乡思等诸种"乡土情结"作为人类的一种天性,一种心理、情绪,一种情感的寄托和归宿,在自有文学以来的历史上反复地出现和衍变。毋庸置疑,不管人们如何赞美"土地",看重"土地",依恋乡土,都不过分,因为,人总是"地之子"。自有人类诞生以来,土地便成了满负着人类历史文化的载体,联系着人类生存的最悠长的历史和最重复不已的经验。人类文明进程的每一步履,都粘连和凝结着土地的哀欢,更何况它在文学中又是远远胜于"爱情主题"的最重要的"母题"。

人类历史在经历了无数次的劫难和痛苦之后,将土地分割成大大小小的区域,人们有了自己得以栖身的具体的生存空间,有了对某一个地域,一种人生环境的确认,于是,家园意识、乡土意识、爱国意识、民族意识油然而生(既是自然的,又是情感的、情绪的);然而,对整个人类文明的历史进程来说,这一切并不意味着满足,因为这一切对人类的前景意义来讲仅仅是其漫长的历史过渡中的一个阶段,它困扰着、折磨着、养育着同时也丰富着人的生存的诸种"甜蜜的痛楚"。这诸种"甜蜜的痛楚"始终成为人属于大地、生命属于世界的有力表征。

人类学家在论证"乡土情结"时将其追溯到人类的远古阶段[1],认为原始初民有关人与特定地域之间存在一种神秘的感知。"每个图腾都与一个明确规定的地区或空间的一部分神秘地联系着,在这个地区中永远栖满了图腾祖先的精灵,这被叫作'地方亲属关系'……"[2]"每个社会集体(例如澳大利亚中部各部族)都感到它已与它所占据的或者将要迁去的那个地域的一部分神秘地联系着……土地和社会集体之间存在着互渗关系,等于是一种神秘的所有权,这种所有权是不能让与、窃取、强夺的。"[3]这应是"乡土情结"的萌发之始。这种神秘的空间体验也与人类祖先的其他文化经验一样,经由精神遗传,影响着此后人们对其生存空间的知觉形态。

哲学家则把"乡土情结"上升到人类思维和探求世界的本源,认为"哲学原就是怀着一种乡愁的冲动到处去寻找家园"(诺瓦利斯)。哲学家的这个定义之所以能撼动人们的心灵,是因为它把哲学同文化的创造、文学艺术的创作紧密地联系起来,把科学语言说不清、道不明的宽广朦胧情绪领域统统网进了哲学活动的范围。比如,作为一种哲学,宗教的探求就充满了一种朦胧的情绪。音乐、绘画和诗歌的美妙也在于表现这种朦胧的情绪,这些情绪皆可归结到绵绵不绝的乡愁和寻找自己的家园的冲动。从这一意义上讲,我们也可以把"乡土情结"视为人类在生命进程中为自己寻找归属的愿望在心理上的一种显现。因此,寻找精神上的家园,这也是人类的一种天性,是人类的生命本能。这种寻找摆脱的办法,也就是寻找精神的乐土,寻找失去的家园,寻找遭受惩罚的原因同时也寻找超脱。

在人类漫长的历史进程中,"乡土情结"不但作为一种个体生命的心理意识而存在,而且它更渗透进一种社会文化的内容,成为一个民族群体的历史潜意识的积淀。也就是说,它已经归结成为某种观念、某种情感或

---

[1] 所谓"乡土情结"是指在人类历史长河中人们所特有的对自身生存空间的那种内心深处的眷念、固守及偏爱等诸种情感因素。
[2] 列维-布留尔:《原始思维》,丁由译,商务印书馆,1981年,第84页。
[3] 同上,第114页。

情绪的原型，在人类文化史、文学史上反复地显现。明白了这一点，我们就不难理解鲁迅在谈到"乡土文学"时，为什么要特别指出它与勃兰兑斯所说的"侨民文学"的区别。因为19世纪法国的"侨民文学"，大都描写侨居国的风光习俗，多异域情调，而没有"乡土文学"的"乡土灵魂"，二者的主题类型是不同的。无疑，鲁迅所说的"乡土灵魂"是特指那种生存于具体地域空间的人对本乡本土内在精神的领悟、思考与开掘。

随着自然科学的发展，神话的地位沦落了；随着人文科学的进步，上帝死了；随着历史学的深化，"大同说"也失去了魅力。然而，现代文明的发展也给人类带来了空前的精神危机，人们的心灵在科学的冲击下倾斜了。文明的进步与人类精神的恐慌间的巨大反差，使人类自身深深感觉到生命的痛楚和人性的压抑，人是多么渴望拥有一片使精神安宁、使灵魂得到抚慰的乐土啊！理解了这一点，我们就不难理解西方自卢梭并历经叶芝、乔治·桑、劳伦斯、哈代、弗罗斯特、T.S.艾略特、福克纳……而形成的一股对人类旧有文化的那种挽歌式的"回归"潮流；更不难理解中国现当代文学中一大批作家"乡土情结"深沉的文化底蕴和对民族心理结构的思考与重构。

"乡土情结"并不全是由现代文明引来的人类的逆向文化心态所致，在其现当代意义上，它无疑与人类文明同野蛮的交战、消长相适应。而在20世纪世界文化竞争、融汇的格局中，必然会敦促人们格外重视民族的历史、民族的文化，使人们从历史的深井中去寻找和发掘民族的荣光，以加快人类文明的进程。而乡恋、乡情、乡土意识等诸种"乡土情结"也是对民族历史文化及其品格的一种富有深刻意蕴的心理情绪的反映，这种反映既是历史的，也是现世的，其文化心理意向是指向未来的。这也是对"乡土情结"的当代性的一种理解和诠释。

实际上，从某种角度看，人类的现代进程是以"都市"的形成与发展这样一种社会构体为标志的。那么，与此相应的便是：都市越发达的国家，与"乡土"的距离也就越大，情感也就越淡；而都市不甚发达的国家,与"乡土"的距离则相对较近,情感也就更浓。基于这样一种认识,我们就能够理解"乡土情结"为什么总是在西欧和美国等国家的作家作品中不是那么显眼,而在一些比较落后的国家则异常突出。比如黎巴嫩这样的小国,却能产生出纪伯伦这样的乡土文学大师。而在拉丁美洲诸国,更产生出像加西亚·马尔克斯、胡安·鲁尔弗、巴尔加斯·略萨、米盖尔·安赫尔·阿斯图里亚斯、克拉林、加尔多斯、阿索林、博尔赫斯、洛尔卡、塞拉、卡蒙斯、聂鲁达、亚马多等一大批享有世界声誉的作家,并在16—20世纪的拉美文坛上接连不断地掀起以拉美本土为题材的美洲主义、印第安主义、地域主义、风俗主义、加乌乔文学、查罗文学[①]、高乔文学[②]、土著小说[③]、大地小说[④],以及浪漫主义、感伤主义、自然主义、现代主义、克里约奥主义[⑤]、现实主义、新现实主义、表现主义、魔幻现实主义、创造主义、极端主义、结构现实主义等多种文学流派和思潮。拉美文学的"爆炸"效应不仅令世界为之震惊,而且使我们看到了这样的事实:"乡土情结"在某些民族的身上表现得相对淡弱,而在另一些民族身上(特别是那些与"乡土"更贴近的民族)则表现得更强烈、更富有文化穿透力。

中华民族诞生在原始农业社会的摇篮里,从远古时期开始,生命的繁衍和发展便牢牢地维系在土地上,因此,"乡土情结"在我们的民族心理中得到了充分的强化,从而形成我国民族心理结构的一个重要特点。著名哲学家冯友兰先生认为,"农业性"特征是中国哲学的"总背景",也是

---

① 墨西哥的文学作品中常以"查罗"为主人公。"查罗"是墨西哥高原农民的统称。
② 阿根廷作家在作品中着力刻画具有鲜明民族特点的阿根廷草原上的拉普拉塔河畔的牧民——高乔人,从而形成了拉丁美洲文学史上独具特色的文学流派。
③ 安第斯国家和中美洲一些国家中土著居民聚居,这些国家有不少优秀的土著文学作品问世,代表作家有危地马拉作家、诺贝尔文学奖获得者米盖尔·安赫尔·阿斯图里亚斯等。
④ 21世纪初,拉美作家以农村生活为题材,兴起"大地小说"。作品运用现实主义的手法,或揭露大庄园主的野蛮行径、歌颂印第安农民的反抗精神,或描写人与大自然的英勇搏斗。重要作品有《青铜的种族》《漩涡》《堂娜芭芭拉》《广漠的世界》等。
⑤ 18世纪末,克里约奥(即土生白人)要求摆脱宗主国束缚,争取民族独立的思潮风起云涌,被称为克里约奥主义,在文学上则表现为描写美洲本土题材的美洲主义。

中国文化的根基和前提：

  中国是大陆国家。古代中国人认为，他们的国土就是世界。……

  古代中国和希腊的哲学家不仅生活于不同的地理条件，也生活于不同的经济条件。由于中国是大陆国家，中华民族只有以农业为生。甚至今天中国人口中从事农业的估计占百分之七十到八十。在农业国，土地是财富的根本基础。所以贯串在中国历史中，社会、经济的思想和政策的中心总是围绕着土地的利用和分配。

  在这样一种经济中，农业不仅在和平时期重要，在战争时期也一样重要。……

  中国哲学家的社会、经济思想中，有他们所谓的"本""末"之别。"本"指农业，"末"指商业。区别本末的理由是，农业关系到生产，而商业只关系到交换。在能有交换之前，必须先有生产。在农业国家里，农业是生产的主要形式，所以贯串在中国历史中，社会、经济的理论、政策都是企图"重本轻末"。

  从事末作的人，即商人，因此都受到轻视。社会有四个传统的阶级，即士、农、工、商，商是其中最后最下的一个。士通常就是地主，农就是实际耕种土地的农民。在中国，这是两种光荣的职业。一个家庭若能"耕读传家"，那是值得自豪的。

  "士"虽然本身并不实际耕种土地，可是由于他们通常是地主，他们的命运也系于农业。收成的好坏意味着他们命运的好坏，所以他们对宇宙的反应，对生活的看法，在本质上就是"农"的反应和看法。加上他们所受的教育，他们就有表达能力，把实际耕种的"农"所感受而自己不会表达的东西表达出来。这种表达采取了中国的哲学、文学、艺术的形式。[①]

  正是这种本质上的"农"的特性，更加深了中华民族与土地的密切联

[①] 冯友兰：《中国哲学简史》，涂又光译，北京大学出版社，1985年，第22—24页。

系，从而使我们的一切文化都来自"土地"。我们知道，黄河是中华民族的发祥地，而黄河流域土壤松软肥沃，面积广袤，草木丰盛，以农业为主的民族本身由于生产、居住条件的稳定，性格不像游牧民那样剽悍，感情不像游牧民那样奔放，人们的活动范围狭小，把一切希望都系念于土地。这就造成了民族性格的内向性、依附性、闭锁性、自足性。另一方面，由于长期的封建统治，中国的农民与西方中世纪的农民比较，具有相对的自主权，无论是自耕农还是佃农，都具有恩格斯所说的"自由农民"的意味；西方中世纪的农民都是隶农，从属于一个个的封建地主庄园，各方面都受到庄园主的严密控制。这造成了中国农民的农耕生产的主动性、积极性也要充分得多。正是在此基础上，才有了中国封建社会数千年的灿烂辉煌的盛景，才有历来为人们所称道的汉唐气象，才会使马可·波罗到达中国时惊叹这是世界上最富裕最先进的国家。

而在民族文化、民族心理方面，其农业特征也是显而易见的，是以农业生产为其潜在的而又强大的历史背景的：从孔子的"知者乐水，仁者乐山；知者动，仁者静；知者乐，仁者寿"[1]，老子宣扬的小国寡民，鸡犬之声相闻，民至老死不相往来，到陶渊明憧憬的"世外桃源"，古风犹存，礼义昭然；从孟子筹划的"十亩之田，五亩之宅"，种桑种粮养畜养禽，到太平天国的口号"耕者有其田"；即便是讲法制、讲帝王术的法家，其基本纲领仍然是重农耕、抑商贾，是以促进农业生产为根本目的的；董仲舒的阴阳五行说，是与农业生产的季候相对应契合的；中国传统文化的重血缘、重伦理，也是以宗法制的农业社会，以家庭为最基本的生产单位的现实为其现实依据和心理依据的。如果再从社会文化的角度来看，即便是到了"现代"，中国的城市还远远没有发达，它的宗法气息和农业根性实在比现代文明的冲击来得更深，周朴园（曹禺《雷雨》）、吴荪甫（茅盾《子夜》）哪个是真正意义上的"现代资产者"？就是今日，

---

[1] 刘宝楠：《论语正义》，高山流水点校，中华书局，1990年，第237页。

中国仍然是一个农业国。纵观世界历史,没有任何一个国家像我们这样一个农业国具有悠久的历史和强大的生命力,这样把农业国度的全部潜能和特性展现得淋漓尽致,这样对历史、现实乃至未来产生不可替代的影响。

因此,不了解"农业性"特征的中国,就难以理解民族的历史和文化,也难以理解中国现当代作家"乡土情结"的内在精神意蕴。

中国现当代作家的农业文化根性极深。在他们中间,有相当一部分来自乡野(路遥更不例外),有深厚的土地之恋——农民式的恋情。这自然也很难说是中国现当代知识分子特有的精神现象,对所有刚刚摆脱了对土地的单纯依赖的民族,所有刚刚走出土地的人们,都会有类似的感情倾向。而人类的土地之恋也许要与人类的历史共始终的。

> 我是生自土中,
> 来自田间的,
> 这大地,我的母亲,
> 我对她有着作为人子的深情。①
>
> 为什么我的眼里常含泪水,
> 因为我对这土地爱得深沉……②
>
> 我爱土地,就像
> 爱我沉默的父亲
> 我爱土地,就像
> 爱我温柔多情的母亲
> 我的诗行是沙沙作响的相思树林
> 日夜向土地倾诉着

---

① 李广田:《地之子》,见卞之琳编《汉园集》,上海书店出版社,1993年,第82页。
② 艾青:《我爱这土地》,见王晓编《艾青诗选》,人民文学出版社,2012年,第71页。

永不变质的爱情[①]

这是一种多么深沉、多么固执、多么真挚的爱！这种恋土之情如同土地本身一样蕴含丰厚、令人回味！正是这样一种与乡村、与农民的牢固的精神血缘联系，助成了中国知识分子特有的精神品格、气质，包括那种农民式的固执的尊严感。当路遥呕心沥血完成了他的长篇小说《平凡的世界》的时候，他没有想起别的，而是首先"再一次想起了父亲，想起了父亲和庄稼人的劳动。从早到晚，从春到冬，从生到死，每一次将种子播入土地，一直到把每一颗粮食收回，都是一丝不苟，无怨无悔，兢兢业业，全力以赴，直至完成——用充实的劳动完成自己的生命过程"[②]。于是，他以神圣的庄严感把作家的劳动和"庄稼人的劳动"联结在了一起：

我在稿纸上的劳动和父亲在土地上的劳动本质上是一致的。

由此，这劳动就是平凡的劳动，而不应该有什么了不起的感觉；

由此，你写平凡的世界，你也就是这平凡世界中的一员，而不是高人一等；[③]

....

而这不仅是一种尊严感——农民式的尊严感，你由此不也深刻地领悟到了中国现当代知识分子特有的价值观念吗？"中国现代作家乐于承认、告白他们与农民、与下层人民间的联系，几乎没有司汤达那个著名的小说人物那种关于自己寒微出身的自卑感，却又大不同于中国古代文人的'布衣'的骄傲。"[④]

何止情感、尊严感，只要我们稍加留心，便不难发现在他们中间，有多少人以"乡下人"自命！他们把自己本来就当作农民中的一员。沈从

---

① 舒婷：《土地情诗》，见《舒婷诗文自选集》，漓江出版社，1997年，第76—78页。
② 路遥：《早晨从中午开始》，见《路遥文集》第2卷，陕西人民出版社，1993年，第94页。
③ 同上，第95页。
④ 赵园：《关于中国知识分子的随想》，见《艰难的选择》，上海文艺出版社，1986年，第352页。

文一向自称"乡下人",而且是那样的执拗。蹇先艾也称自己是"乡下人"①。芦焚说过:"我是乡下来的人,说来可怜,除却一点泥土气息,带到身边的真亦可谓空空如也。……"②李广田则说自己:"我是一个乡下人","虽然在这大城市里住过几年了,我几乎还像一个乡下人一样地生活着,思想着……。"③更不要说"恂恂如农村老夫子"④的赵树理,差不多就是一个地地道道的农民。而路遥也称自己"像个农民","生活习惯像个农民"⑤……。这种固守"乡下人"或"农民"身份的执着认同,映现着多重的文化内涵,也反映着他们的文化个性。

与农民、乡村、土地的联系,也的确影响到他们的思维方式,以至他们达到真理的独特道路。冯雪峰由艾青的诗中发现了"农村青年式的爱和理想"。在他看来,作为诗人的艾青,"他的诗的外表自然是极知识分子式的,但他的本质和力量却建筑在农村青年式的真挚、深沉,和爱的固执上,艾青的根是深深地植在土地上"⑥。这不仅对艾青来说是这样的,而之于路遥,也是很恰当的。

二、乡恋:童年之梦

乡情、乡恋、乡思,在路遥的小说世界中,构成了重要的审美内容。作为一个在陕北黄土地上长大的、充满了农民的乡土观的年轻人,陕北黄土地的一切是渗透到路遥的每一个毛孔之中的。他曾说:"作为一个农民

---

① 蹇先艾:《乡间的悲剧·序》,见《蹇先艾文集》第3卷,贵州人民出版社,2003年,第373页。
② 芦焚:《黄花苔·序》,见《师陀全集》第3卷(上),河南大学出版社,2004年,第3页。
③ 李广田:《画廊集·题记》,见《李广田文集》第1卷,山东文艺出版社,1983年,第108页。
④ 孙犁:《谈赵树理》,见《晚华集》,山东画报出版社,1999年,第160页。
⑤ 路遥:《早晨从中午开始》,见《路遥文集》第2卷,陕西人民出版社,1993年,第76页。
⑥ 冯雪峰:《论两个诗人及诗的精神和形式》,见《冯雪峰论文集》(上),人民文学出版社,1981年,第165页。

的儿子,我对中国农村的状况和农民命运的关注尤为深切。不用说,这是一种带着强烈感情色彩的关注。"路遥的"关注",不是"爱"与"恨"的交织、"怨"与"哀"的诅咒,而是以赤子之心的依恋,把自己融入生于斯长于斯的黄土地的。在此,我们不妨把莫言和路遥作一比较,可看出他们的乡土情感基调的不同。莫言对故乡的感受是复杂的,在他离开农村十年之后,曾这样写道:

> 我无法准确地表达我对故乡那片黑土大地的复杂情感,尽管我曾近乎癫狂地喊叫过:高密县无疑是地球上最美的、最超脱、最圣洁、最英雄好汉、最能喝酒最能爱的地方,但喊叫之后,我依然、甚至更加悒郁沉重。我在那里生活了整整二十年,那里留给我的颜色是灰黯的,留给我的情绪是凄凉的——灰黯而凄凉,是高密留给我的印象。

> 离开故乡之后,我的肉体生存在城市的高楼大厦里,我的精神却依然徘徊游荡在高密荒凉的大地上。对高密的爱恨交织的情愫令我面对前程踌躇、怅惘。①

这也许是莫言对故乡爱得太深,所以,恨得太切。他显然是以一个"知识者"的心态,站在一定的现代文明的高度,反视乡土的;他依恋家乡,然而家乡的荒凉灰暗却使他感到无法忍受,他欲逃离这一切,也果真逃进军营逃进城市,却发现,在新的生存环境中,他竟是这样格格不入,决然对立,不禁又急切地思念起家乡。然而,一旦踏上家乡的土地,他就又为新的幻灭感所俘获,急欲逃离……翻来覆去,不得安宁。这简直是一个怪圈,在无始无终的循环中,碾压着作家的敏感而忧伤的心灵。这已远远不是什么"淡淡的忧愁",而是那种难言难诉、难解难分的切肤之痛在折磨着他:

> 去年暑假里,你在愤怒中无声地吼叫:我不赞美土地,谁赞

---

① 莫言:《高密之光》,载《人民日报》1987年2月1日。

美土地谁就是我的不共戴天的仇敌；我厌恶绿色，谁歌颂绿色谁就是杀人不留血痕的屠棍。……现在原野上是繁茂的、不同层次的绿，象不同层次的感情和不同层次的感情需要，象一个伪君子的十几副面孔。（莫言《欢乐》）

关于土地，关于生命的绿色，我们听惯了对它们的赞美，我们也许会想到郭沫若写作《地球，我的母亲》时，赤着双足，扑到地上，想与大地母亲亲热的狂态；我们也许会想到古人"池塘生春草，园柳变鸣禽"和"有风南来，翼彼陇亩"的欢喜，因此，当你读到上面这一段话，会令你大吃一惊，令你气愤不止，这里表现的是一种什么样的情感？

你当然完全可以说，这种感情太不健康、太颓唐、太灰暗了，可它之于莫言，却出自一种特定的心境，莫言的身心并不是健康地成长起来的，他从小是在极度的压抑和抑郁中生活的；说他有一点儿病态，有一点儿近乎绝望的颓唐，是切乎实际的。他能够毫不掩饰地把这种情绪和盘托出，也表现了他的真诚；他把自己的真情实感——从生活底层和心灵深处掘出来的真情实感，沉甸甸地捧给读者，令人心灵战栗，反映出别有一种乡土滋味的乡土观。

莫言写这恨爱交织，以至于咬牙切齿地诅咒的土地，是用他带有病态的目光摄取那些病态地生活着的人们。鲁迅在评述陀思妥耶夫斯基时说："陀思妥耶夫斯基将自己作品中的人们，有时也委实太置之万难忍受的，没有活路的，不堪设想的境地，使他们什么事都做不出来。用了精神的苦刑，送他们到那犯罪，痴呆，酗酒，发狂，自杀的路上去。"[①]莫言笔下的人物，也有类似的命运，以自杀的方式与不堪忍受的境遇决裂的不在少数。在作家心目中，土地的形象变了，人的形象变了，人与土地的情感、关系也变了。中国的农民，是最看重土地的，"靠种地谋生的人才明白泥土的可贵。城里人可以用土气来藐视乡下人，但是乡下，'土'是他们的

---

① 鲁迅：《鲁迅论创作》，上海文艺出版社，1983年，第399页。

命根"①。但是，这"命根"之于莫言这一代农民，其生活的境况已经发生了很大变化。一方面，传统的小农经济在合作化、人民公社化的热潮中解体，生产和分配方式的变化，割断了农民与土地之间那种衣食父母般的关系；土地和劳动，不再成为他们生活状况的决定性因素，人对土地失去了兴趣，再也不会像《红旗谱》中的严志和那样，在失去土地之前捧一把泥土咽到肚子里。另一方面，走出乡村，告别土地，过一种新的生活，也是可能的；因此，土地失去了脉脉温情，成了人们的生活桎梏，他们被束缚在那里，苦苦地挣扎着，遍布田野的绿色，仿佛大海洋，更使人们感到有被淹没的危险。"你能体会到一个常年以发霉的红薯干果腹的青年农民第一次捧起发得暄腾腾的白面馒头，端起热气腾腾的大白菜炖猪肉时的心情吗？"（莫言《黑沙滩》）这就是莫言终于得以离开贫困和饥饿的土地，穿上军装之后的第一印象。然而，衣食温饱，在最初的陶醉之后，却把被物质的贫困掩盖下的精神的贫困凸现出来了。当年曾经在书本中寻找幻想的小天地，如今却感到了精神上的无所归依，强烈的农民根性使他无法化入他已经进入的城市，惨痛的记忆又使他拒斥家乡的那一片土地。于是，他变成了一个无可放置的精神上的流浪儿、漂泊者。

在路遥这里，对土地却表现出与莫言截然不同的情感。他有一种永远赞美不尽的激情，仿佛要把整个黄土地化入自己的胸中，融入自己的灵魂。他是把自己的整个生命和故土紧紧地融为一体的。同莫言一样，路遥的童年也是在饥饿和抑郁中度过的，但是，他对黄土地及世世代代繁衍生长在这块土地上的人们却没有丝毫怨恨，更不要说他想从精神上背弃他们。当马建强（《在困难的日子里》）带着父老乡亲们的一片厚爱，背着"百家姓粮"②进城上学的时候，他首先想到的是：

> 我的亲爱的父老乡亲们，不管他们有时候对事情的看法有着怎样令人遗憾的局限性，但他们所有的人都是极其淳朴和慷慨

---

① 费孝通：《乡土中国》，生活·读书·新知三联书店，1985年，第2页。
② 指《在困难的日子里》的主人公马建强靠全村人救济来的一点粮食进城上学的情景。

的。当听说我父亲答应我继续去上学后,全村人尽管都饿得浮肿了,但仍然把自己那点救命的粮食分出一升半碗来,纷纷端到我家里,那几个白胡子爷爷竟然把儿孙们孝敬他们的几个玉米面馍馍;也颤巍巍地塞到了我的衣袋里,叫我在路上饿了吃。他们分别用枯瘦的手摸了我的头,千安顿,万嘱咐,叫我好好"求功名"去。我忍不住在乡亲们面前放声哭了——自从妈妈死后,我还从来没有这样哭过一次。我猛然间深切地懂得了:正是靠着这种伟大的友爱,生活在如此贫瘠土地上的人们,才一代一代延绵到了现在……①

升腾在马建强胸中的是一种厚重的、伟大的"黄土地"精神,它代代延续,哺育着它的子孙。这种精神所凝聚的爱的力量,已不属于一般意义上的人道主义的友爱,而是属于最无私、最真切的奉献与牺牲精神。在这里,我们才真正体会到"母亲——大地"的深刻含义。也正是在这种精神的哺育下,马建强不仅度过了那些最困难的日子,而且他决心"把自己的全部青春和生命贡献给土地"。因为他已经懂得了"劳动并不是一种耻辱,而是我们生活的基本要求。当个农民,对于土生土长的农家儿子来说,这样的命运是很平常的,无数的人都这样走完了自己生命的历程,末了,像一棵平凡的树木一样,从土地上长出来,最后又消失在土地里……"马建强的认识决不是农民意识,对一个少年来说,之所以能产生这样的思想,是因为他已经深深懂得了生活在这块土地上的农民的艰难,他要把渗入自己血液的"黄土地"精神重新化入黄土地,实现自己的人生价值。

路遥的乡恋,其始发点都不是对故乡自然景观简单的赞颂,而是由故乡景物和童年记忆凝结而成的精神氛围,是由别离勾摄出的惆怅苦恋,其中土地、家庭和亲人是乡恋情结最富有吸引力的磁场。在《生活咏叹调

---

① 路遥:《在困难的日子里》,见《路遥文集》第2卷,陕西人民出版社,1993年,第101页。

（三题）》中，当那个已经是"现代化炮兵师的政委"终年生活在祖国绿莽莽的西南边陲时，梦里"却常常是一片黄颜色"。这里的"黄色"，是一种阔大的土地意象，它说明"军人"常常生活在童年故乡的梦境里。当他再次回到已离别二十多年的故土时，"两只眼睛闪闪发光……他又终于看见了这亲爱的土地"。在他心目中，"黄色永远是温暖的色调"。而他永远是黄土高原上那个偏僻山村"大马河川"的儿子。路遥在此展示出一幅幅美妙、忧伤、生动的童年生活画卷，并通过"军人"的回忆，把过去的情景事物与现时的心境冲撞所迸发的乡恋情愫，活脱脱地展示给读者。而"军人"对那个曾经卖菜包子的大嫂的怀念，已不仅是对美好人性的单纯赞美，更是乡恋情绪的载体。从时空两维来说似乎均已远逝，而故乡和往事却难以抹去，故乡人、故乡情……在军人的思绪里滚滚翻腾，你瞧他：

> 望着无边的黄色的山峦，发出一声长长的叹息。哦，我的故乡，我的小镇，我的下水洞，我的焦二大叔，我的卖菜包子的大嫂，我的逝去的童年……我对你们所有的一切都怀着多么深切的眷恋和热爱！就是焦二大叔那只揪过我耳朵的手，现在对我来说，也像卖菜包子大嫂的手一样温暖。大嫂，你再用你那温热的手摸一摸我的头发吧。焦二大叔，此刻我也多么想再让你用你的手揪一揪我的耳朵，好让我再一次感受一下故乡那热辣辣的惩罚……①

这里的乡恋幻化出一股涌动的激情，以至于使"军人"产生了一种错觉，把眼前那个卖菜包子的小姑娘误当成忆念中的大嫂。当"军人"再度离开小镇子时，那"玄黄色的山峦，以及悬崖上垂挂着奶白色的冰凌"，变成了"凝固的激情"——这是一种永远剪不断的乡情。

同样，《杏树下》那个中年知识分子也是生活在童年的乡土回忆里。作品中，"杏树"已不再是实实在在的一棵树，它具有一种"人化"的品

---

① 路遥：《生活咏叹调（三题）》，见《路遥文集》第2卷，陕西人民出版社，1993年，第309页。

格，它夹裹着故乡山野的风，带着春天的温暖，"轻轻地抚摸着他那已经夹杂几根白发的头，抚摸他的脸颊，抚摸他的心"。而作品中的那个他忆念中的小萍，不仅是他"甜蜜又痛楚"的回忆中的童年的伙伴，而且在她孩童的身上具有一种母性的柔情，这是故乡泛化出的母性的温情。这里，恋土却映照出了恋母。在古今文学史中，母爱和乡恋在情感尺度上常常是同律的。"慈母手中线，游子身上衣。临行密密缝，意恐迟迟归。谁言寸草心，报得三春晖"（孟郊《游子吟》）。无微不至的母爱极能衬托出游子的孤凄和乡恋的醇厚。恋乡在此实际上也是恋母，或者是寻找生命的母体。怪不得在《杏树下》中，当那位中年知识分子从城市来到故土，追寻他的生命母体的时候，总是反复不断地用"抚摸"这样一种带有母性化的语词传达着他的思恋之情。而母性的情思是刻骨铭心的，她将永远激励着、祝福着这个已经离开故土的人：

> 我相信，不论我们走向何方，我们生命的根和这杏树一样，都深扎在这块亲爱的黄土地上。这里使我们懂得生活是多么美好，从而也使我们对生活抱有永不衰竭的热情，永远朝气蓬勃地迈步在人生的旅途上……①

在这里，路遥又将童年的乡土之梦拉向现实的人生追求，使乡情成为主人公生活的永恒的动力——而这一点，正是路遥生命世界中的重要内蕴。

三、农民式的乡土观和理想

当路遥从童年的乡土之梦中醒过来的时候，他对土地有了一种更深沉的思考与理解，并时时流露出具有强烈乡土意识的价值判断。他的"乡土情结"不仅与时代紧密相关，也和农民的生活命运密切相连。

---

① 路遥：《生活咏叹调（三题）》，见《路遥文集》第2卷，陕西人民出版社，1993年，第317页。

在短篇小说《姐姐》中，路遥叙述了一个令人心酸的故事：温柔善良美丽的"姐姐"爱上了从省城来的插队知青高立民，她爱得是那样真挚，仿佛要把整个身心都融入他的心灵。然而，时代发生了巨大变化，由于高立民的父母平了反，他考上了北京的一所大学，"姐姐"期盼着，等待着……，她等待的结果是一封高立民"忏悔"式的绝交信："你是个农民，我们将来无法在一起共同生活。……再说，从长远看，咱们若要结合，不光相隔两地，就是工作和职业、商品粮和农村粮之间存在的现实差别，也会给我们之间的生活带来巨大的困难……"。

然而，作品的重心并没有到此为止，它明确地告诉我们：人可以嫌弃人，但"这土地是不会嫌弃我们的！""我们将在这亲爱的土地上，用劳动和汗水创造我们自己的幸福"。这里的意义已超出对人性所作出的一种道德意义上的价值判断，它把人性提到土地面前加以审视，并最终为"姐姐"的出路作出了永远立足在这块土地上的唯一的人生道路的选择。而作品中的"父亲"，不仅是诚笃厚朴的老一辈农民形象，从某种角度看，他又是"土地的化身"，因为他总是反复地叙说着"我知道人家终究会嫌弃咱们的"，但"土地是不会嫌弃我们的"。显然，可以看到，路遥的"乡土情结"的深层流露出一种对城市文明的拒斥和排他心理，而对土地，则带有一种"农民式"的乡土观念的固执，绝对维护它的厚爱和尊严。在乡村与城市的价值取向之间，路遥的心理意向是再明朗不过的。

这种"农民式"的乡土观渗透在路遥创作的各个角落，并从不同层次、不同身份的人物形象身上反映出来。同是以青年男女的爱情体现这一观念的短篇小说《风雪腊梅》，比《姐姐》更直接地反映出在城市与乡村之间的情感价值判断。在冯玉琴身上，有着浓重的乡土味儿，当她像山里的"土特产"那样被吴所长（地委第一书记的夫人）用"权力"带进城里工作时，环境变了，她那山里姑娘的本色不变。她从内心爱着从小青梅竹马的康庄。对她来说，"亲爱的康庄哥虽然是个农民，但她爱他。这爱，是那熟悉的土地、熟悉的山路、熟悉的小河和熟悉的村庄长期陶冶出来的、和生命一样珍贵的感情结晶。对她来说，要割舍这种感情，就像要割舍她的胳膊腿一样"。正是由于这种从土地上培养起来的感情的厚重，使她坚决拒绝了地委书记的儿子。她清醒地看到，自己是"一个普通的农村姑娘，享受不了这种荣华富贵。她要是跟了地委书记的儿子，她将是这个家庭和她丈夫的奴隶——尽管物质上她一生可能会富有，但精神上她肯定将会是一个奴隶"。在她眼里，"权力"和"金钱"并不重要，"千块块金砖万两两银，买房买地买不了人……"她决心和她亲爱的康庄在那"穷乡僻壤创造他们的幸福生活"，哪怕是当一辈子农民，也是很值得的。但是，她喜爱的康庄却变心了，他羡慕城里人的生活；吴所长再次用她的权力给他找了一份"公家"人的差事，使他穿上了一身"工不工农不农"的衣服。冯玉琴悲哀、痛苦、绝望，她想用爱情的力量唤醒他、夺回他！她甚至这样苦苦地劝说他："康庄哥，咱一块回咱村去吧！再哪里也不去了！咱就在咱的穷山沟里过活一辈子！天下当农民的一茬人，并不比其他人低下！咱吃的穿的可能不富足，可咱的精神并不会比别人穷的！康庄哥，咱一起回去吧！……"她的这些从心窝里掏出来的话——这些使石头也会落泪的话，竟然没有打动这个从乡下进城的农民的心，他说："我思来想去，咱可再不能回咱那穷山沟啊！我再过一个月就要转正哩！说心里话，好不容易吃上公家这碗饭，我撂不下这工作！……没有来城里之前，还不知道咱穷山沟的苦味；现在来了，才知道那地方根本不是人住的地方……"冯玉琴震惊了、愤怒了——无比的愤怒！她斥责着这个没有骨头的人："咱们的先人祖祖辈辈都住在那里，你爹你妈现在还住着，难道他们都不是人吗？我看你才不是人，是一条狗！"冯玉琴毅然离开了给她留下深深精神伤痕的城市，怀着对家乡的一片深情，再次回到了她日夜思恋的山村。

  同路遥其他一些作品的叙事模式一样，在《风雪腊梅》中，表层的男女爱情生活背后，传达出不可动摇的"农民式"的固守土地的观念。像冯玉琴这样的山村女子，在现时社会里，竟然不被一丝城里人的意识所侵蚀，她可以舍弃爱情，但不能舍弃乡土。在这里，我们一方面为这样执着的乡土感情而赞叹，被这样一种纯洁的人格精神所感染；可另一方面，不能不促使我们思考的是，像这样一种至死不渝的乡土观是否就能使农民真正从精神上解放出来？难道只有"祖祖辈辈"、一代接一代生活在那个山村，才能实现人格的健全和完美？而路遥正是从这一方面加以肯定和赞颂的。

在《青松与小红花》中，执着的固守乡土的意识变成了对"土地"的感恩。当那个留在村里的唯一插队知青吴月琴在"粗犷雄浑的高原大地上……为了不使自己在霜雪风暴中枯萎"，她付出了青春的代价。当她在经历了"一场感情上的大激荡"以后，她突然成熟起来，"她的一切看起来还是老样子，但精神上却经历了一次庄严的洗礼"：

> 她从运生和运生的妈妈身上，看到了劳动人民的高贵品质。这些品质是什么恶势力都无法摧毁和扭曲的。这些泥手泥脚的人，就是她做人的师表！她不想再抱怨生活对她的不公平了，而要求自己在这不公平的遭遇中认真生活，以无愧于养育自己的土地和乡亲。她要一生一世报答这些深情厚谊！
>
> 她好像一下子老成了。那双春波荡漾的眼睛一夜间变得像秋水一般深沉。……[①]

吴月琴是被一种浑厚的"乡土精神"的巨大力量所染化的，在这块土地上，她脱胎换骨地洗去了曾经历过的城市生活方式和情感方式，并使自己从心灵和情感上真正成了黄土地的子孙。尽管吴月琴最终又进入城市上了大学，但她在精神上仍属于乡土。路遥的"农民式"的乡土观决定着他的乡土自足性，因为他自己的思想情感始终处在这样一个乡村世界中，他的乡土之根太深，使他的笔不能容忍任何悖逆于乡土的行为。

即便是商品大潮冲击下的乡土社会，农民的思想在变，世界在变，但对土地的感情不能变。《卖猪》中六婶子的心地就像"大地一样的单

[①] 路遥：《青松与小红花》，见《路遥文集》第2卷，陕西人民出版社，1993年，第277—278页。

纯",当那两个"干部模样的人"把她心爱的"猪娃娃"骗到"公家"的收购厂后,她"像一个探监的老母亲",一次次"把那瘦骨伶仃的手伸过铁条的空隙,抚摸着这个已经不属于她的猪娃娃",她"把那母性的辛酸泪一滴滴洒在了无情的铁栅栏下"。这个像"土地一样醇厚"的农村妇女怎么也想不到在这块土地上,会有如此堕落的人性。

在《平凡的世界》中,孙少安是农村在变革浪潮中的最先觉醒者,他有随时代潮流行进的眼光和勇气,是他第一个在古老的双水村引来了机器声,办起了乡镇企业。他不但自己要先富起来,而且要使全村人都富起来。但他又是一个本分的农民,不愿意离开土地一步。他总是这样说:"咱们是农民的后代,出路只能在咱们的土地上。"对自己的那片地,"他宝贵的不知种什么好,从庄稼到蔬菜,互相套作,边边畔畔,见缝插针。种什么都是精心谋划的——有些要补充口粮,有些要换成零用钱……他一年不知要在这块土地上洒多少汗水"。不管他怎样困顿、劳累,一旦进入了这个小小的天地,浑身的劲就来了。"有时简直不是在劳动,而是在倾注一种热情。"在孙少安眼里,属于他自己的这块地上的每一种收获,都将"全部属于自己。只要能切实地收获,劳动者就会在土地上产生一种艺术创作般的激情……"孙少安的这种爱土地的"激情",也体现在爱他的妻子上。他看到自己的妻子在有了孩子以后,更不讲究穿戴,经常是一身带补丁的衣服,便会记起很小的时候,还年轻的母亲也是穿着一身缀补丁的衣裳。他会立刻产生"像土地一样朴素和深厚的母亲"这样一种情思,而且"想起来就让人温暖,让人鼻根发酸。少安很喜欢妻子这身打扮,他希望自己的儿子也能记住这样一个母亲的形象……"在这里,作者又一次把爱情—土地—母亲联系起来,土地在这里不仅作为最本质的、最富有感情的、最能使人动情的中介,它可以使爱情更加深切,使母爱更加醇厚。可以看到,在孙少安这个青年农民身上,路遥那种"农民式"的土地意识和"农民式"的爱情和理想是多么深厚和富有诗情。

作为一个"农民企业家",孙少安的最大"野心"和最高理想是真正一辈子在石圪节或原西县"闹一番世事",给村里人证明:孙家再不是过去的孙家!"为老人建新房,这是孙少安多年的心愿。他决心要把父亲住的地方修建得比他自己现在住的那院地方更好。他要瞒着好强的弟弟,再添进双倍的钱,把这院地方搞漂亮。正如少平说的,某种意义上,这是为孙家立一块'纪念碑',他不仅要用细錾出窑面石料,还要戴砖帽!另外,除过围墙,再用一色青砖砌个有气派的门楼——他有的是砖!"而使他最满意的是:

> 这院地方现在成了双水村最有气派的。新窑新门窗,还圈了围墙,盖了门楼,样样活都精细而讲究。他还打算在他不忙的时候,请米家镇的著名石匠打两只石狮子蹲在门楼两边。据村里人回忆,旧社会只有金光亮他爸大门口有过石狮子。而那时,他父亲就在这老地主门上揽工种地。现在,孙玉厚的大门口要有威风凛凛的石狮子了……①

这里,再清楚不过地表现出,孙少安是把立足于本乡本土做人、立人作为精神追求的最大满足,因为在他心目中,只有"双水村是他生存的世界,他一生的苦难、幸福、屈辱、荣耀,都在这个地方……"孙少安尽管是改革浪潮中乡土社会的最先觉醒者,但小生产者的眼光仍然局限着他,使他不可能向更高的文明层次瞩目;孙少安仍然处在小生产意识包围的汪洋大海之中,他的"好日子"理想也仅仅是以达到旧社会地主家门口有"威风凛凛的石狮子"为显富标志。在此,我们再一次警觉到,一些农民有可能先富起来,但精神上并没有获得彻底解放,在他们身上,仍留有传统思维的巨大阴影;他们有可能是改革以后中国乡土社会中的"新一代领袖",但也只能是"农民式"的带头人。而作者对他的人物倾注了满腔热情给予赞美和歌颂,没有进行更深层次的文化心理的开掘,再一次反映出他那种"农民式"的乡土观和"农民式"的理想给他视野带来的局限。

---

① 路遥:《平凡的世界》,见《路遥文集》第5卷,陕西人民出版社,1993年,第420页。

也许，路遥已经看到了他笔下人物身上的这种乡土自足性，如作品中对孙少安在"发达起来"不愿"露富"和又"不甘心寂寞无闻"的两难心境的揭示，但由于路遥难以割舍的乡土情感，使他不可能从理性上达到揭示农民意识的更高程度，巨大深沉的乡土意识笼罩着他整个的精神空间，使他往往从情感上为他的乡土人物抹上了一道浓重而动人的光环，而总是让人觉得缺少了一点冷峻——一种对乡土的峻切审视。

从心理的角度看，路遥的这种乡土情感牢牢地植根于他饥饿贫困的童年，童年的生活和记忆对一个人一生经历的影响不能说起到决定性意义，但却是潜在的无法割舍的。路遥对生他养他的这块土地上的一切太熟悉、太难忘了。成为一个"知识者"的路遥即便是"进了城"以后，他的思绪仍深深地留在农村，在他忆念中的土地上；他的理想仅是建立在为改变自身命运和使农民"有饭吃""能吃饱"、有富余的基础之上的。而一旦农民真正过上了这种日子，他也就心满意足了。这不能不说是他"农民式"的乡土观念和"农民式"的精神理想的心理基因。而这一点，恰恰促成了他，同时也局限了他。

冯友兰先生曾指出："农的眼界不仅限制着中国哲学的内容，而且更为重要的是，还限制着中国哲学的方法论。……农所要对付的，例如田地和庄稼，一切都是他们直接领悟的。他们纯朴而天真，珍贵他们如此直接领悟的东西。这就难怪他们的哲学家也一样，以对事物的直接领悟作为他们哲学的出发点。……而在审美连续体中也没有这样的区别。在审美连续体中认识者和被认识的是一个整体。"[1]哲学家是用哲理化的语言概括出中国文化的一个重要特征；而作为文学家的路遥，在对乡土和他的农民"父老兄弟"的认识上，也同样处于"认识者和被认识的是一个整体"这样一种"同一"的境地。

---

[1] 冯友兰：《中国哲学简史》，徐又光译，北京大学出版社，1985年，第32页。着重号为作者所加。

四、富有哲学意味的乡土

路遥曾说:"从《人生》以来,某些评论对我的最主要的责难是所谓'回归土地'的问题。通常的论据就是我让(?)高加林最后又回到了土地上,并且让他手抓两把黄土,沉痛地呻吟着喊叫了一声'我的亲人哪……'。由此,便得到结论,说我让一个叛逆者重新皈依了旧生活,说我有'恋土情结',说我没有割断旧观念的脐带等等。……首先应该弄清楚,是谁让高加林们经历那么多折磨或自我折磨走了一个圆圈后不得不又回到了起点?"[①]

在此,作者提醒我们首先要"弄清"是谁让高加林重新回到了土地?让我们顺着作者的思路谈开去。《人生》是路遥不可多得的精品。在与其大约先后出现的农村题材的小说中,最常见的大都着眼于农村的社会变迁和新旧势力的冲突,从而停留在就事叙事、摹写生活的水平上,使作品成了生活表象的记录。而《人生》,不仅与众不同地带有浓重的哲理色彩与普遍的人生意识,更重要的是它触及了中国农民乃至整个中华民族精神构成中最重要的元素之一——乡土观念。路遥是带着他多年的思考和探索来开掘人与土地、土地与人这样一个民族深层文化——心理结构的重要命题,并引导人们进行富有哲学意义的再思考。

首先,作品给我们提供了一个让人反复咀嚼的问题,即高加林对"乡土"的态度问题。高加林在这一问题上陷入迷途。他本来就是土地的儿子,"在故乡的山水间度过梦一样的美妙的童年,但进城上学以后,身上的泥土味渐渐少了"。与土地的联系少了,感情淡薄了。土里长出的一株苗,却不愿把根扎在土里,害怕在土地上生活,"看不起山乡土圪垯"。他不情愿像他的父辈那样生于黄土,刨挖于黄土,终老于黄土。他对他父

[①] 路遥:《早晨从中午开始》,见《路遥文集》第2卷,陕西人民出版社,1993年,第64页。

亲和德顺爷爷说，"你们有你们的活法，我有我的活法，我不愿再像你们一样，在咱高家村的土里刨挖一生"。作品清楚地告诉我们：高加林不满足于农业生产状况的落后，不满足农村生活方式的平静闭塞，这显然不失其有着追求新生活的进取性的一面，但遗憾的是他缺乏扎根土地、在家乡的土地上实现自己理想的决心。他一方面痛苦于农村落后，另一方面又缺乏改变它的信念。他心灵中片面追求自我价值的倾向，促使他总想展翅高飞，到大城市去发展自己的前途，寻找自己的理想乐园，殊不知理想的乐园正在怀抱他的大地之中。他企图依靠个人奋斗去争取自己的前途，殊不知生他养他的大地母亲才是他力量的最深厚的源泉。高加林之所以能读书并能读到高中毕业，获得满身才能，是因为他的父辈们在黄土地上终年刨挖供他上学的结果。

　　当高加林被挤掉教师职位，第一次复归到土地上真正变成了一个农民时，他感到理想破灭，心灰意冷，是德顺爷爷的教诲和巧珍的爱情给了他安慰，使他在不幸时感到了精神的充实和感情的富有。当他"走后门"当了县委通讯干事的事情败露，又一次被退回农村时，他感到"自己孤零零的，前不着村，后不着店"，而乡亲们再一次真诚地安慰他："回来就回来吧，你也不要灰心！""天下农民一茬子人哩！逛门外和当干部的总是少数！""咱农村苦是苦，也有咱农村的好处哩！旁的不说，吃的都是新鲜东西！""慢慢看吧，将来有机会还能出去哩。"乡亲们的掏心话使他感到温暖。德顺爷爷像一个热血沸腾的老诗人和哲学家再一次给予他人生的启迪："你也再不要看不起咱这山乡圪崂了。……就是这山，这水，这土地，一代一代养活了我们。没有这土地，世界上就什么也不会有！是的，不会有！只要咱们爱劳动，一切都会好起来的。再说，而今党的政策也对头了，现在生活一天天往好变。咱农村往后的前程大着哩，屈不了你的才！"高加林经过生活激流的冲洗，认识到追求理想不能脱离养育他的土地和家乡的人民，他扑倒在德顺爷爷脚下，两只手抓着两把黄土，沉痛地呻吟着，喊叫了一声："我的亲人哪……"

显然，《人生》的主人公高加林所走过的人生道路是一个圆圈：他离开了乡土，最后又回到了乡土。作者不仅通过这种无情的客观现实肯定了乡土对一个农村青年难以摆脱的牵坠力，而且通过高加林扑向故土表达深深的忏悔来显示乡土的庄严和神圣，也表现了作者自己对乡土的深情和无保留的认同。作者有意识地让高加林离开土地后处于精神流浪和灵魂失重的状态，而让他再次返归土地时终于找到了自己真正的人生支点与归宿。小说中的德顺爷爷，无疑是一个饱经风霜的老人，他一再用自身丰富的乡土智慧去影响、教诲高加林：不能脱离开乡土，不能没有扎在乡土的"根"。一旦断了"根"，高加林不但成为人生道路和精神上的弃儿，而且还要受到应有的惩罚。

任何爱情选择其实也是人生道路的选择，高加林先是爱上巧珍后来又爱上黄亚萍，表现了两种人生意识在他身上的冲突：走出土地的高加林已经比那些世世代代生活在土地上的人们和他同时代的农村青年要幸运得多，而他还要抛弃有"金子"般心灵的巧珍，这不但为社会道德舆论所不容，更会受到责难、惩罚，因此，让他再回到村里去似乎是理所当然的；而高加林在抛弃了巧珍之后最终又被黄亚萍所抛弃，这种仿佛是宿命般的戏剧式的结局设置流露出了作者鲜明的倾向性。读《人生》，你会感觉到弥漫于作品中的浓郁的乡土之情，以及建立在这种乡土之情上的强烈的恋土恋乡观念：从作者对乡土自然美的描绘和人情美的赞颂直到对乡土人生的哲理升华。小说这种"只有扎根乡土才能活人"的生活观念再一次引起我们思想上无法接受的抗拒心理。作品流露的不仅是一种典型的农民式的乡土观念和家园理想，而且富有农民式的生活经验的总结和哲理概括（德顺爷爷是典型代表，而作者的思想则是通过德顺爷爷表现出来的）。

实际上，这种乡土观念和乡土人生的出现可以追溯到乡土中国遥远的过去，由于几千年来乡村生活超乎寻常的稳定性，这种观念遂成了代代相因的群体记忆，农的意识、农的思维、农的生活哲学成为民族文化——心理结构的深层积淀，并且一直延续到今天。因为长期自给自足的生产方式所决定的极其狭窄的生活天地,也因为祖祖辈辈食啄于乡土的严峻的生活经验,中国农民长期形成了一种对土地的无法动摇的情感依赖和一种把乡土诗化、神化的宗教般的虔诚心理和崇拜意识。正是对乡土外面世界的无知与拒斥造成了这种作茧自缚、安土立命、生活哲学不变的封闭心态,进而发展成了维护旧的生活方式、风俗习惯和道德伦理的顽固的保守惰性。农民后代只有扎根乡土才能立足,《人生》中德顺老人仅凭对乡土的朴素情感而非理性的、近乎蛮横的断语是地道的农民乡土观念的表现。农民式的乡土观念不可避免地浸染了包括知识阶层在内的整个中国社会,因为中国自古以来就是一个农业国,农的意识笼罩着中国的历史和文化;中国"士"层的"根"也是"农",只不过"士"层用文化知识表达着农民所无法表达的思想观念和理想。由此,从德顺老人这种纯情感而非理性的乡土观念的形成,以及不用判断而用历史经验直接作为价值取向的意识深层中,我们一方面在感叹他们美好人性的同时,却不能不为我们的父辈、祖辈的生活方式、生存观念的陈旧而充满同情并感到无比的忧痛和悲哀;同时,我们也清醒地看到了这种农民式乡土观念的落后和蒙昧。尤其在中国向21世纪的新生活迈进的今天,这种观念就越发显得与时代精神的总格调格格不入,甚至成了年轻一代必须抛弃的历史重负。而我们的作家一时难以挣脱这种旧观念的束缚是可以理解的,但作家们必须警醒自己逐渐认识它的真实内涵。

尽管路遥在《人生》中对乡土人生含情脉脉地、深深地留恋和呼唤,但他自己的理性认知还是清醒的(这是因为,文学作品往往是作家受感情驱使的结晶,一旦创作灵思的闸门打开,往往不受理性的支配)。例如,他就说过以下这样的话:

>……我们最终要彻底改变我国广大农村落后的生产方式和生活方式,改变落后的生活观念和陈旧习俗,填平城乡之间的沟壑。我们今天为之奋斗的正是这样一个伟大的目标。这也是全人类的目标。

但是，不要忘记，在这一巨大的历史进程中，我们也将付出巨大的代价，其中就包含着我们将不得不抛弃许多我们曾珍视的东西。

这就是我们永恒的痛苦所在。

人类常常是一边恋栈着过去，一边坚定地走向未来，永远处在过去与未来交叉的界限上。失落和欢欣共存。尤其是人类和土地的关系，如同儿女和父母的关系。儿女终有一天可能要离开父母自己要去做父母，但相互之间在感情联系上却永远不能完全割舍……①

这是完全符合历史发展实情的理性思考。因为，人类历史文化的发展有它无法割断的承传性，文明的不断进步，也是对历史的惰性不断清刷的过程——这是一个充满忧伤和痛苦的漫长过渡。"人们自己创造自己的历史，但是他们并不是随心所欲地创造，并不是在他们自己选定的条件下创造，而是在直接碰到的、既定的、从过去承继下来的条件下创造。"②从这一意义上讲，《人生》在路遥的创作中无疑是深刻而富有哲理思考的，它毕竟从乡土中国的深层探触到古老民族文化心理结构的内在动律，并提醒我们从另一面认识当代乡土中国儿女们的精神世界、生活和理想，这便是《人生》所具有的复杂内容之一。

原载《兰州大学学报》（社会科学版）1996年第2期

---

① 路遥：《早晨从中午开始》，见《路遥文集》第2卷，陕西人民出版社，1993年，第64页。
② 马克思：《路易·波拿巴的雾月十八日》，见《马克思恩格斯选集》第1卷，人民出版社，1925年，第603页。

人民性：路遥写作的精神指向

百年中国文学对"人民性"这一重大理论问题的探索与创作实践的不懈追求，积累了丰富的经验，也成为衡量一个作家精神结构的重要元素与创作成就的重要尺度。中国当代文学中的"人民性"精神指向，如果从其承载主体的文学史发展脉络来看，脱胎于延安文艺传统的"十七年"文学，历经20世纪80年代以来的文学启蒙、寻根文学、新写实与底层书写等，均体现着丰富多样的人民性内涵。路遥作为重要的坚守现实主义文学创作的作家，他的《人生》《平凡的世界》等作品在中国改革开放以来当代文学的人民性视野中更具典型性。这不仅在于路遥的创作，首先关注了大变革时期中国的"三农"问题，书写了"城乡交叉地带"人民的生存与生活、奋争与理想，从时代的高度反映了改革开放初期中国社会的发展与变迁，而且相当规模地展现了广大民众要求变革的时代情绪及民族的精神心理动向。以现在的目光看，曾经被淹没于当代文学繁杂思潮更迭发展中的路遥小说，在现实主义的创作方法、传统文化的现代转换、书写人民艰难创造历史的情感基调等方面，丰富了中国当代文学"人民性"书写的审美追求及其精神意向。

一

众所周知，从《人生》到《平凡的世界》，路遥的创作总是从社会历史发展的宏阔背景出发，有意识地拒绝20世纪80年代文坛日新月异的各样流派与技巧，执着地遵从和选择现实主义观念进行创作。从新时期以来文学发展的历史看来，当代文坛在先锋派文学之后所走过的轨迹，是逐渐扬弃形式主义而向着现实主义的道路行进的，这恰好证明了路遥的清醒、独立以及对时代的自信。正如他所说，"对于作家来说，他们的劳动成果不仅要接受当代眼光的评估，还要经受历史眼光的审视"[①]。这样的自我要求为他的小说带来了强烈的时代感与前瞻意识。同时，路遥的创作实践也极大地丰富了以往的现实主义要求及其内涵，与同时期的文学作品相比，《平凡的世界》首先尝试将经济单元置换为文化的、社会的单元，而其中所展示出的乡土视野也为日后的寻根文学和"底层书写"提供了有益的思考。

百年中国文学积累的丰富经验，其中极为重要的一点就是作家们对重大的社会现实问题的关注和反映，这成为新文学的优秀传统，特别是体现在叙事文学中，尤其注重作家要以现实主义的创作姿态、宏大的视野，站在社会历史文化发展的高位上，选取重大题材，构织一个时代心理的、情绪的涌动及走向。也正因为如此，现实主义文学创作及其张扬的文学精神始终成为人们公认的"百年中国文学主潮"。

路遥所奉行的现实主义及创作实践，是与五四以来的新文学精神一脉相承的。对社会现实的热切关注及对现实生活的积极参与，是路遥创作的主要目的。路遥曾多次谈到，他的创作不是为了消愁解闷，不是为了游戏消遣，"而是应该全心全意全力满足广大人民大众的精神需要"[②]。同五四以来的大多数作家一样，他非常重视文学的社会功利目的，坚信文学改造社会的力量与塑造民族精神的重要作用，在这一点上，他与茅盾、柳青等新文学的现实主义主流作家一脉相承，都是把叙写时代动向的"为人

---

① 路遥：《在茅盾文学奖颁奖仪式的致词》，见《路遥文集》第2卷，陕西人民出版社，1993年，第374页。
② 同上。

生"创作，作为作家的使命和职责。可以说，路遥是继茅盾、柳青之后步入新时期以来中国当代最优秀的现实主义作家之一，他对现实主义文学的自觉实践及富有创造性的文学追求，首先来自他极力强调作为一名作家对社会、对人生强烈的忧患意识和责任感，在他看来"现实主义在文学中的表现，绝不仅仅是一个创作方法问题，而主要应该是一种精神"。"真正的现实主义文学……需要一种强大的精神力量和对事业的虔诚的态度。"①

作为一个始终心系人民的作家，路遥对自己的人生使命有明确的意识。他的小说创作，继承了五四新文学"为人生"的优秀传统，他怀着对祖国、对人民、对生活热切的大爱及深厚的悲悯之情，审视现实世界、直面真的人生。无论是写"城乡交叉"的变革，还是探讨人生、家庭、社会、爱情、伦理道德等问题，他的小说都显示出真善美和假丑恶的尖锐对立及交锋，真实展现了社会前进的艰难和曲折，剖析了形形色色人物的内心世界。在新时期作家中，路遥是真诚而步履坚实的，态度是执着而鲜明的。迫切地参与社会改革的思想意识，对社会现实人生的积极干预，对理想的执着追求，瞩望社会前进的奋争精神，都使他的小说强烈地体现着当代中国现实的动态景象。

路遥并不局限于现实主义的固有范畴，他的现实主义视野是开放的、发展的。从《人生》到《平凡的世界》，构成了路遥创作的重大突破。而这一时期，正是中国文坛各种新观念、新知识、新方法、新技巧争奇斗艳异常繁闹的时期。重客观、面向大众世界的反映论遭到批判，重主观、面向自我的表现论受到推崇。抽象主义、象征主义、表现主义、直觉主义、神秘主义、魔幻主义、精神分析等等，一时成为许多作家竞相模仿和追逐的目标。这不能不对执着地选择现实主义文学的路遥心理上造成一定的压力。但是他却执拗地坚持自己所选择的路子不变。路遥在坚持现实主义的

---

① 路遥：《关于〈人生〉与阎纲的通信》，见《路遥文集》第2卷，陕西人民出版社，1993年，第401—402页。

基础上，非但不拒斥一切有利于现实主义的东西，而且是放开眼界，尽力吸收。

　　实际上，我并不排斥现代派作品。我十分留心阅读和思考现实主义以外的各种流派。其间许多大师的作品我十分崇敬。我的精神常如火如荼地沉浸于从陀思妥耶夫斯基和卡夫卡开始直至欧美及伟大的拉丁美洲当代文学之中，他们都极其深刻地影响了我。当然，我承认，眼下，也许列夫·托尔斯泰、巴尔扎克、司汤达、曹雪芹等现实主义大师对我的影响更要深一些。

　　……我的观点是，只有在我们民族伟大历史文化的土壤上产生出真正具有我们自己特性的新文学成果，并让全世界感到耳目一新的时候，我们的现代表现形式的作品也许才会趋向成熟。①

路遥不仅在理论上具有现实主义文学应该具有的气魄和胸襟，而且在创作中努力实践，吸收在现实主义以外的对自己有用的诸种文学观念的优势和长处，丰富了他创作的内在表现力。在他的小说中，有象征、抒情与写实结合在一起的《风雪腊梅》《青松与小红花》等短篇；有以心理现实和内心独白为基调的《你怎么也想不到》等中篇；有借用现代派手法表现人物的内在情绪流动的《平凡的世界》，如在长篇中，写到当田晓霞目睹自己的恋人孙少平在井下劳动的情景后，有这样一段描述：

　　……她眼前只是一片黑色：凝固的黑色，流动的黑色，旋转的黑色……

　　……她就像刚刚从雷鸣电闪的暴风雨中走回来。脑子里一片空白，只有不尽的黑色在眼前流动着……

　　……矿上前来送行的领导在车窗处挥手道别，但她根本没有在意那几张殷勤的笑脸。眼前流动的仍然是黑色……

　　…………

---

① 路遥：《早晨从中午开始》，见《路遥文集》第2卷，陕西人民出版社，1993年，第12—13页。

> 又是红地毯。杯盖里是红葡萄酒，盘子里是红鲤鱼，高朗的脸泛出兴奋的红光，柜台上播放轻音乐的收录机闪着红色的讯号……
>
> 可是，她眼前却又流动起排山倒海般的黑色。她的心又回到了远方幽黑的井下。黑色。是的，黑色。黑色之中，他和他的同伴们黑脸上淌着黑汗，正把那黑色的煤攉到黑色的溜子上……①

像这样的描写人物心理的精彩段落在《平凡的世界》中随处可见，它显然是受到现代派手法的影响（或者说直接采用这种手法），才能达到的一种艺术效果，而这种手法对现实主义作品的渗入，不仅有力地加深了作品内在的底蕴及人物心灵色彩的深度，而且使得路遥的现实主义书写具有着"心理现实主义"的特点。

在当代文学的初创期，心理现实主义以柳青最为出色。他的《创业史》（第一部）堪称史诗性作品，其所反映的生活对人们了解那个时代有着重要的认识价值，所塑造的梁三老汉、梁生宝等形象对了解中国农民的文化心理有着重要的美学价值。反复阅读柳青，视柳青为"精神导师"的路遥，所遵循的就是柳青承续下来的心理现实主义传统。但是路遥又不完全同于或模仿柳青，在他的创作中，不像柳青那样有着激越的浪漫主义色彩，也不像柳青的作品那样存在着浓厚的政治因素。他的《平凡的世界》更倾向于按照生活的本来面目，按照人物自身的心理逻辑、命运历程、心灵历程把生活忠实地反映出来，同时，也不乏作者主观精神的"突入"。从《平凡的世界》中可以看出，路遥不仅师承了柳青，而且有些方面又超越了柳青。这表现在：对人物的刻画，不是从政治化到性格化，从共性到个性，而是从个性到共性；主要人物的内质不再是阶级、阶层的直接化身，而是大时代中个体意志及其创造精神的强烈表现（如高加林、孙少平、孙少安等人物身上突出的个性化奋斗精神）；在叙事结构上，它不再

---

① 路遥：《平凡的世界》，《路遥文集》第5卷，陕西人民出版社，1993年，第89—94页。

是重在展现社会政治矛盾演变中的人物形象,而是以有血有肉的人物为中心,将时代冲突、矛盾心灵化;与此相关,所叙述事件特别是政治性事件退后了,人物的心理情绪被直接推到了描写的中心位置,人物在自身发展的过程中才能获得意义,也就是说,路遥反映的是大时代浪潮中的活的人、活人的精神动态、活人的心理历程。因此,我们在《平凡的世界》中看到的是一个变动的世界——一个平凡的活生生的人的世界,看到的是中国陕北黄土高原上那些山洼沟壑的褶皱中、窑洞里的农民的众生相,这幅众生相,构成了中国社会的全景图像,这些人物,不再是被政治意识化了的符号,而是当代民族心理及精神走向的集中体现。

由于路遥对现实主义文学精神有着强烈的认同感和自觉实践,使他能够在坚守现实主义文学创造的基点上,以开放的姿态,尽力吸收诸种文学观念及文学创作方法的优长,来营造自己的文学世界。这使他的现实主义书写有着这样的特点:在继承五四以来现实主义文学精神的基础上,勇于实践,富于创造。一方面对当代中国极富震荡时期及变革年代的现实生活的各种关系,能够作更深广的把握;一方面又能发掘潜藏在生活深处的理想之光,将其熔铸到人物形象和生活潮流中去。他是由书写个人的心理历程到对历史意识的剖析,从对民族历史的把握深入对民族精神的探察,把雄阔的历史与繁复的现实迭现出来,这样表现的历史真实便上升到新的审美层次。他的作品不但在反映现实生活时沉实雄辩,而且具有相当的历史深度和广度,塑造出高加林、孙少平、孙少安等众多富有历史感的又是极富生命质感的人物,在他们身上体现着"较大的思想深度和意识到的历史内容"[1],使得路遥的现实主义文学有着沉实的底蕴。

---

[1] 恩格斯:《致斐·拉萨尔》,见《马克思恩格斯选集》第4卷,人民出版社,1972年,第343页。

二

新文学创作中的"人民性"精神指向，总是充分地体现在作家对人民的现实生存状态的高度关注，以及在其创作中表现的对人民在历史创造中的博大的人文情怀。在路遥的创作中，则突出地体现在他不仅史诗般地书写了人民群众在改革开放的历史潮动中对政治经济解放的渴望，而且深刻地表现了他们精神的心理的解放。他的作品有一种大悲悯、大同情的精神境界，这种"境界"的形成，不仅来自他是一个"血统的农民的儿子"，还在于他和民众之间那种真诚热烈的情感。他说："作为一个农民的儿子，我对中国农村的状况和农民命运的关注尤为深切。不用说，这是一种带有强烈感情色彩的关注。"这种对民众的"强烈感情色彩"的关注，充分体现在他创作中对民众创造历史的"苦难"的书写，他把个人成长的生命体验与当代中国"三农"的复杂社会问题充分结合，映现出整个时代的困境与人民生活的苦涩及对"苦难"的抗争。苦难在路遥的创作中不仅是个人的或群体的经历，更是社会问题的基调与背景，这种思想深度为路遥的创作增添了庄严感与悲壮的力度。路遥不愿意掩饰和美化自己对生活的真实感受，他总是真切的、毫不怜惜地展示人世间的苦难，执着于这苦难，倾其全力于这苦难。这样的写作姿态，促使他把广大民众的苦难写得深切、厚实，写得撼人心魄。在路遥的系列作品和《平凡的世界》中，我们看到的是那些普通人苦难的奋斗史，他们创业的历史沉郁、悲壮而崇高；在这种苦难的奋斗史中，容纳着他们对历史、对社会、对生活、对人生、对生命坚定不移的信念、追求和牺牲精神，充满着积极进取的乐观态度。这种达观进取的人生态度，催人奋进，振人心弦。我们从这种苦难的奋斗史中得到的不是忧伤、凄婉和悲哀，而是厚重、刚健，满怀着昂扬激情的精神力量。它同时构成了路遥"苦难意识"的主旋律，以审美的形式回旋在平凡人的世界中。

在路遥的小说世界中，苦难，作为一种审美的对象，显示着它深沉的底蕴。路遥并不是把苦难作为"历史哲学或人生哲学的真理性"推向极致，而是着力发掘平凡人身上顽强的生活毅力和生命意志，从而揭示出历史的动力——历史，是由成千上万的普通劳动者所创造的，他们在苦难的生活历程中锻铸着自己，塑造着自己的形象，同时也推动着历史的发展。而苦难表现在这些人物身上，又都是由社会政治、经济的历史状况所造成的——路遥对这一点有清醒的意识。

《在困难的日子里》不仅写出了人的苦难，人对苦难的反思，而且写出了"混合着"的苦难中的人性光彩和伟大。吴亚玲等人对马建强的物质关怀和精神温暖，把苦难的青春提升到崇高的奉献和牺牲的人生境界，使人们从苦难中看到了具有永恒意义的人性魅力和生命原色。"人物在这里已经不简单是社会学范畴中的一个理念因素，他活动在社会舞台上，却又始终或者雄浑或者低沉地吟唱着人本身。"[1]是的，当你从这苦难中走出时，你所领悟到的却是对苦难的超越，是对苦难中的人性的怀念与赞美。如果说路遥的《在困难的日子里》的苦难意识极力表现在主人公对战胜饥饿、自卑、屈辱、歧视、冷漠、孤寂等艰难困苦的非凡勇气和信心，并渲染了苦难中的人性美；那么，在《惊心动魄的一幕》里，他赋予苦难以更崇高的审美力量。作品中，路遥把"悲剧是将人生有价值的东西毁灭给人看"[2]这一美学哲言表现得淋漓尽致。在马延雄身上，我们感受到的已不仅仅是一个普通的共产党员对党的事业的鞠躬尽瘁，死而无憾，而是从他精神深处喷涌出来的一个博大的灵魂，一个用全部生命同"恶"的强大势力斗争的正义力量的化身。在这里，充分体现着"美是人的自我肯定""美是强力的形象显现"这一审美价值的判断。[3]

---

[1] 陈泽顺：《〈路遥小说名作选〉序二》，见陈泽顺选编《路遥小说名作选》，华夏出版社，1994年，第2页。
[2] 鲁迅：《再论雷峰塔的倒掉》，见《鲁迅全集》第1卷，人民文学出版社，1982年，第92页。
[3] 尼采：《悲剧的诞生》，生活·读书·新知三联书店，1986年，第10页。

路遥的长处在于他比同期的作家更深刻地观察、感受和传达出造成苦难的政治和文化背景,这使他能够开掘出人在巨大的痛苦中往往有着惊人的意志和伟大的灵魂。在马延雄身上,我们从苦难中感受到的是一种沉郁的、厚重的美的精神的激扬,是一个升腾着的美的精灵的飞舞,以他无比的震慑力久久地回旋在人们的心里。这不禁使我们想起海明威在《老人与海》里所反复吟诵的一个主题:你尽可以消灭他,但你却永远打不败他。——从马延雄身上,难道你感受到的不正是这样一种精神力量吗!

海德格尔给美下了个定义:"被形象化的东西就是自行去蔽的存在的亮光朗照。如此朗照的光把自己的显明置入作品。这置入作品的显明就是美,美是作为无蔽的真理显现的一种方式。"①美不是并随真理出现的,真理自行设置入作品,真理就敞明自己,这一敞亮的澄明就是美。在《惊心动魄的一幕》中,我们看到的难道不正是这样一种美吗!

路遥不愿意掩饰和美化自己对生活的真实感受,他总是真切的、毫不怜惜地展示人世间的苦难,执着于书写这些苦难,倾其全力倾诉这些苦难,竟至于在自己的创作中迷恋和崇拜上这些苦难了。这样的心理状态,才能把苦难写得深切、丰厚,写得撼人心魄。在《平凡的世界》中,我们看到的是那些普通人苦难的奋斗史,他们的历史沉郁、悲壮而崇高;在这种苦难的奋斗史中,包容着民众对历史、对社会、对生活、对人生、对生命坚定不移的信念、追求和牺牲精神,充溢着积极进取的乐观态度,用孙少平的话来讲:他通过"血火般的洗礼",已经很"热爱"自己的苦难,并把自己从生活中得到的人生启示提升为"关于苦难的学说"。孙少平身上所体现的"苦难体验"和"苦难学说",已经远远越出了个人化的生命创造的轨迹,它映射着广大民众抗争历史、创造历史的不凡品格,以及达观向上、悲壮沉郁的精神力量。人们感怀的是作家对民众创造世界的悲悯情怀的由衷赞美。它同时构成了路遥作品中"苦难意识"的主旋律,也成

---

① 刘小枫:《诗化哲学——德国浪漫美学传统》,山东文艺出版社,1986年,第231页。

为路遥书写"人民性"的重要表征。

三

"人民性"书写在路遥的创作中,还深刻地体现在他对优秀传统文化资源的认知与吸纳。在路遥的思想意识中,由于深受传统儒家思想与民间文化的影响,他的创作总是追求以传统的伦理道德关系看取社会及家庭结构和谐的审美倾向和价值取向。因此,也反映着他对传统文化之于现代转换的深沉思考。路遥将农村一代又一代人生活的悲哀和辛酸,同农村家庭生活、人伦关系的温暖情愫,溶解于人的经济、政治、文化的关系中,让严酷的人生氤氲在温馨而浓烈的人情氛围中,体现着他对传统美德的欣然认同与赞美。在《平凡的世界》中,作家将传统的人伦关系主要渗透于农村伦理生活肌理的描写中,孙玉厚一家作为乡土社会千千万万个劳动人民家庭的缩影,其生活中每个成员所承担的爱及人伦义务,是古老传统中的人性人情因素在乡土中国社会结构中的优美形态。它的奇异力量,融化着巨大的人间苦难,维系着一代又一代的生命繁衍。对这种文化的确认,构成了路遥创作中普通民众生命意识和生活方式的重要表现形式。路遥所塑造的系列人物形象,为作品建构起了强大的情感世界与道德境界,这种审美理想深度契合了民族文化血脉中所灌注的道德观与人生观,充盈着作家书写"人民性"的思想内涵。

路遥是一个从乡土深处走来的作家,他的"根"在乡土,他的心系念在黄土地的父老乡亲身上,这势必使他与中国传统文化有着血肉般的联系。他的创作,蕴含着浓厚的传统文化的底蕴,寄寓着他深沉的情感趋向、价值判断,以及对传统文化走向当代的命运的审美运思方式。这一切,构成了路遥创作的"人民性"的重要内涵。他这样表白:

> ……当历史要求我们拔腿走向生活的彼岸时,我们对生活过的"老土地"是珍惜地告别还是无情地斩断?

这是俄罗斯作家拉斯普京的命题,也是我的命题。

理性与感情的冲突,也正构成了艺术永恒的主题。

我迄今为止的全部小说,也许都可以包含在这一大主题之中。①

这里所说的"老土地",某种意义上不妨认为是对中国传统文化整体性的"象征"性的概括。有人认为,在对中国传统文化的接受过程中,路遥竭力汲取的是儒家文化,而非道家文化,他是将传统的儒家文化与中国的现代文化进行了新的整合或补充。这是对作家主体精神富有见地的理解。那么,路遥是怎样将传统文化进行现代转换的呢?

可以看到,路遥的创作中所承袭的儒家文化的精神取向,主要表现在他的理性认同和积极入世的人生态度上。在他笔下,凡是积极奋进、功利观强,在人生的道路上历经磨难而不屈不挠的人物及其行为,总是得到他的赞美。他塑造了一系列"高考落榜或辍学后的生活强者"的人物形象,其中给人印象突出的有:高加林(《人生》),杨启迪(《夏》),卢若琴(《黄叶在秋风中飘落》),高大年(《痛苦》),冯玉琴(《风雪腊梅》),孙少平、孙少安、田润生、郝红梅(《平凡的世界》)等等。即便是这些同龄人中的幸运者,像田晓霞这样的考上大学的高干子女,也绝不被幸运所陶醉,而是努力创造富有独立个性的人生价值;像郑小芳(《你怎么也想不到》)这样的林学院高才生,却放弃在大城市工作的优越环境,固执地跑到毛乌素大沙漠荒凉而贫瘠的土地上,实现自己崇高的人生目标。从这些不向挫折、不向命运低头的"奋斗型"人物身上,明显地寄托了作者"儒化"的审美理想。不仅如此,路遥还把儒家"积极入世"的人生态度注入当代人的生存意识中,写出了这些人物在剧变的社会环境中,"不择手段"地加入社会的竞争行列,如高加林的弃旧恋新,孙少平为当矿工"走后门"求医生,孙少安为发展砖厂"请客吃饭"等,但由于作家的主导方面是积极进取的,因此这些人物仍然受到他的深切同情

---

① 路遥:《早晨从中午开始》,见《路遥文集》第2卷,陕西人民出版社,1993年,第66页。

和偏爱。

对传统文化的当代重塑，路遥有着明确的价值取向。他说，对"刘巧珍、德顺爷爷这两个人物。有些评论家指出我过于钟爱他（她）们。这是有原因的。我本身就是农民的儿子，我在农村里长大，所以我对农民，像刘巧珍、德顺爷爷这样的人有一种深切的感情，我把他们当作我的父辈和兄弟姊妹一样，我是怀着这样一种感情来写这两个人物的，实际上是通过这两个人物寄托了我对养育我的父老、兄弟、姊妹的一种感情。这两个人物，表现了我们这个国家、这个民族的一种传统的美德，一种在生活中的牺牲精神。我觉得，不管社会前进到怎样的地步，这种东西对我们永远是宝贵的，如果我们把这种东西简单地看作是带有封建色彩的，现在已经不需要了，那么人类还有什么希望呢？"[①]——这种表白，再清楚不过地说明作家对他偏爱的人物的感情基调来自：一是乡土，一是传统。

在路遥的精神结构中，明显地体现着儒家文化以理想道德和伦理意识作为衡量处世做人的价值标准和审美取向。他的人物，无论是父辈一代，还是奋斗着的年轻一代；无论是走向城市的农村"知识者"，还是扎根乡土甘当农民的农村新人，都无不闪烁着道德的光彩。作家在通过文学形象体现道德的内涵时，往往采取以善美与恶丑交叉、对比的形式，赞颂美化前者，否定鞭挞后者，体现着他基本的价值判断和取向。

《风雪腊梅》中冯玉琴与康庄、与为高干夫人的所长在城乡的去留上展开的冲突；《卖猪》中六婶子与"公家人"在善良的人性与失落的人格之间的较量；《姐姐》中"姐姐"与插队知青高立民在变化着的时代中"爱的痛苦"和爱的变故；《黄叶在秋风中飘落》中高广厚与刘丽英，以及卢若琴与卢若华兄妹，在醇厚的人性与虚伪的道德之间的心灵交战；《人生》中高加林在抛弃了巧珍后的自忏、自辩及心灵上的矛盾……，这一切，都无不深深地表现着作家强烈的道德意识的承担，他把自己的人物

[①] 路遥：《关于〈人生〉的对话》，见《路遥文集》第2卷，陕西人民出版社，1993年，第416页。

放在道德的天平上进行审视,并鲜明地体现着他的价值判断和取向:扬善抑恶,在普通人的身上充分显示民族传统的优美德性,"富贵不能淫,贫贱不能移,威武不能屈""唯义所在",就是他的人物生活和追求的人生价值观。

为了把传统美德输入当代人的生活和生命意识中,路遥甚至以理想化的审美情致,满含深情地塑捏着他心目中的"意中人"。在刘巧珍身上,凝聚着作家对传统优美德行的礼赞和张扬。而德顺爷爷这个形象,又是作家将传统道德贯注于乡村老者并使其负载着一种人格力量的化身。在《人生》中,作家对这个人物虽然着墨不多,但他足以让人回味和尊崇。在中国乡土社会,每一个村庄上都有这种类型的"父辈式"长老,他们的精神和行为,对乡村人们的生活方式起着至关重要的作用。而他们又往往是乡村道义的代表者、维护者,在人们的心目中占有着崇高的地位,其精神感召力甚至超出于亲生父母。这恐怕是路遥在《人生》中特意塑造这个人物的原因之所在。在《平凡的世界》中,普通大众家庭结构的和谐维系来自每个人所承担的道德责任和伦理义务。劳动人民家庭生活中的爱及人伦义务,是和封建文化有质的区别的,它是封建伦理观念所无法戕杀的人之尊严的体现,是人性的基本规范,也是乡土中国的社会结构与文化秩序得以延续数千年的重要保证。对这种文化的确认,构成了路遥创作中普通人生命意识的重要表现形式,也蕴含着作家的人生理念。

作为一个在文学书写中始终以"人民性"看取创作意义与价值追求的当代作家,路遥的写作卓然践行了以人民为本位的根本原则,并为当代文学提供了难得的"中国经验"。路遥多次表达自己是"农民的儿子",并将文学创作称作如"父亲在土地上的劳动一样";作家"永远也不丧失一个普通劳动者的感觉,像牛一样的,像土地一样的贡献"。[1]路遥将作家的自身定位、写作行为与书写对象并置,深入贯穿到人民的身份意识之

---

[1] 路遥:《作家的劳动》,见《路遥文集》第2卷,陕西人民出版社,1993年,第380页。

中。正是这种自觉的对自身身份的清醒意识，使他的创作总是不满足于社会问题的再现，而是苦苦求索社会问题的发现。人民不再是作家代为发言的群体或是深受同情的阶层，而是作家个人及其作品的主体性存在。也正是在这种精神层面上，路遥的创作在很大程度上实践并回应了当代文学中所存在的窄化"人民"的问题，拓展了人民文艺的宽阔视域。

从这个角度来说，以当代文学的"人民性"视角为参照，路遥的《人生》《平凡的世界》等作品，对新时期以来的现实主义文学具有独特的标识性价值，对当代作家的使命意识与审美理想有着积极的重塑意义，并对正视当代文学与社会、与人民大众之间的关系具有示范作用。

原载《中国文学批评》2020年第1期

"路遥现象"与中国当代文坛

在中国当代文坛上,能以一个作家的创作或其产生的影响力构成某种"现象"的并不多见,比如我们也曾经说过"赵树理现象""柳青现象""王蒙现象""王朔现象""废都现象"等,显然,这种种作家或作品产生的"现象",都是以作家创作产生的影响力或其与众不同而呈现的,一旦形成了某种现象,它不仅会对整个文坛产生较大的影响,且往往又会成为人们谈论的话题或思考和研究的重要问题之一。从这样一个角度研究路遥,我以为,在中国当代文坛上,路遥不仅构成了一种现象,甚至是一种重要的具有启示意义的现象。从整体上看,"路遥现象"是以一种"悖论"的形态(或者说"两极"状态)出现的,这更显示了路遥的独特存在及其价值,并且给当代文坛以重要的启示。

一、冷落与热情

1992年,正当英年的路遥在向世人捧出发自灵魂深处的遗作《生命从中午开始》后,怀着对生命、对人世间的无比留恋离开了这个"平凡的世界",至今已有数十年的时间了。今天,我们为什么要重提路遥呢?主要有两方面的原因:一方面是因为学术界、评论界对路遥固执的冷漠,一方面是读者对路遥持续的热情。显然,这构成了一对矛盾(或悖论现象),它同时成为中国当代文学中一个非常有意思的现象。

首先来检视一下这一矛盾的两面（或两极）性的具体表现。路遥耗尽最后的生命写就的上百万字的《平凡的世界》，应该说是他当之无愧的代表作，同时也是中国当代文坛的重要收获，该作曾获得过第三届茅盾文学奖且居榜首，称得上一部在当时及其后数年间产生了很大影响的重量级作品。但是，在近年来出版的一些有影响力的文学史著作中，《平凡的世界》却遭遇了普遍的意想不到的冷遇。据笔者所接触到的一些"当代文学史"教程中，除了雷达先生主编的《中国现当代文学通史》给予西部作家当然也包括路遥以较重要的篇章外，其他文学史著作中对路遥的评价均寥寥无几，而影响最大的两部文学史著作中，北京大学洪子诚所著的《中国当代文学史》，只字未提路遥的作品，复旦大学陈思和主编的《中国当代文学史教程》虽然评析了路遥的《人生》，但对其更具代表性的《平凡的世界》却只是一句话带过。上述两部文学史著作是目前大多数高校中文学科采用的教材和重要参考书，也是备研考试的重点参考书目。路遥及其创作的命运在最讲求全面性、客观性、科学性和学术性的大学教科书里尚且如此，那么在一些所谓"新潮"学者或批评家那里，路遥的遭遇也就可想而知了。

一面是极端的冷，而另一面却是极端的热。有两份调查结果很能说明问题：根据中央电视台"读书时间"栏目开展的"1978—1998大众读书生活变迁调查"显示，在这二十年间，对读者影响最大的书，前三位分别是《红楼梦》《三国演义》《钢铁是怎样炼成的》，《平凡的世界》位居第六，而前二十八部作品中，没有其他新时期小说入选。还有研究者所作的"茅盾文学奖获奖作品调查"表明，在前四届茅盾文学奖的二十部获奖作品中，读者最喜欢、购买最多的是《平凡的世界》。这里需要特别指出的是，这些调查的对象大多是文化层次较高、具有一定阅读欣赏能力的人，而《平凡的世界》最广泛、最虔诚、最铁杆的读者群是那些处于贫困阶层的学生和民工，他们对《平凡的世界》的"热读"远远超过了文学史家们的想象。而盗版的《平凡的世界》在这些人群中的销量我们更无法估算，但毫无疑问那会是一个不小的数字,绝对远远超过了正版的数量,由此我们可以想到《平凡的世界》的畅销程度。这种冷热相兼同步并进的局面在新时期以来的文坛上还是不多见的,"冰"与"火"的对比如此鲜明且如此令人深思。很自然地,我们会思考这样一些问题:形成这一现象的深层原因是什么?这一现象又说明了什么问题?

显然,在这种冷与热的背面,路遥给当代中国文坛的启示是不言而喻的。整体上看,路遥的创作是属于现代中国以茅盾为代表的"社会剖析派"这一流脉的,运用历史唯物主义观点,以宏大叙事组织起来的对中国某一历史时段走向的全方位把捉,高扬时代心理和情绪,以及运用经典现实主义的创作方法,塑造典型环境中的典型人物的这一类作品,在一个文学花样不断翻新、文学潮流竞逐的时代,显然有点"不合时宜"。特别是在史家眼里,或许更看重那些引领文学潮流的颇有先锋意味的作家或作品,而那些在方法上被认为是"守旧"的作家或作品受到冷落便是无可非议了。这在上述两部文学史著作中已经有明显的反映。然而,史家的取舍并不妨碍或影响受众的热读,大众更看重那些是否表现了他们的情绪和心理,是否发出了他们的心声,是否为他们言说,是否和他们一起歌哭的文学作品,至于方法,对他们来说是无关紧要的,也正是在这一点上,路遥是当之无愧的。路遥是以他创作方法上的不逐新和以其真诚的人道主义关怀赢得了大众。这也许就是路遥在史家和大众之间遭遇的尴尬处境吧。

二、新潮与传统

从20世纪80年代中后期开始,国内的学术界、批评界,当然也包括创作界形成了一股强劲的追赶"西潮"的风气,只要是西方的,就是新潮的,就是时髦的,就是先锋的,就是权威的,就要拼命去追,唯恐追赶不上,被人讥为落伍。不可否认,整个20世纪中国文学与"西潮"的关系是相当紧密的,甚至可以说,没有外来思潮的影响,也就没有现代意义上的中国文学。在此，笔者无意贬抑或否定"西潮"与中国文学的这种联系。问题是，这种现象的背后，却潜伏着另一种危机，即对"西潮"的盲目跟从与追随。于是我们看到，在当今这样的所谓"先锋"或"时尚"的批评话语里，在所谓的"新潮"批评视阈内，在一系列西方现代或后现代的名词术语诸如性别、私语、权力、寓言、想象、公共空间等等范畴内，路遥算什么？他根本沾不上边儿，他不过是一个土得掉渣的遵循着传统现实主义创作方法的作家而已！《平凡的世界》算什么？不过是一部简单幼稚粗糙的"青年农民的奋斗史"罢了！更何况，在这样一个追赶时尚的欲望话语时代，在某些批评者眼里，路遥的作品缺乏对人性欲望的书写，更缺乏对人的原欲、爱欲、生命欲的大胆逼视——路遥是一个"净欲主义者"，一个无聊、无趣、无味、空泛而虚妄的柏拉图式的"理想主义者"。《平凡的世界》不仅缺乏技术层面上的"先锋性"，而且其文本叙事缺乏新意，它是"老土"的现实主义。总之，路遥是一个乏味的人，他本身缺乏"咀嚼"，他的作品经不住"阐释"和"解读"。如果再回过头去看，路遥及其作品这数十年间在"精英圈"中遭受"冷遇"简直就是一种必然，因为他和他的作品没有什么可挖掘的"新意"和"深度"，这也就难怪路遥在学界评论界要受到尴尬及冷遇了。

　　然而，我们还是忍不住要这样追问：文学作品的价值是以什么来体现的？文学批评的标准是以什么来衡量的？文学史的"入史"条件又是以什么眼光来取舍的？作家创作小说是为了让读者看的呢，还是专为批评家们所品评或为史学家们所备选的？这些问题的答案似乎再清楚不过了。但批评家们和史学家们也许会说：事情并不那么简单，各人有各人的评法，各人有各人的判断。是的，我们应当承认，批评家的眼光或史学家的判断无疑都会有着自身知识结构和情感的投射，当然也有着自己"立史"的不同角度及作品选取的价值评判，这构成了他（他们）发现和评估某一个或某一群作家和他们的作品的重要尺度。而从作家创作方面来看，我们也应该承认，有少数作家写作的目的的确不在获得读者，而只是自我愉悦、自我陶醉或自我发泄，但对绝大多数作家来说，获得尽可能多的读者仍然是他们梦寐以求的期盼。在这方面，路遥获得了巨大的成功，也许这种成功甚至远远超出了作家本人的预料，上面所提到的调查结果再清楚不过地反映出了读者的态度（阅读期待）。我们甚至可以说，在这样一个充满欲望的时代，路遥的作品从另一面恰恰满足了读者的阅读欲望，这又是一种什么现象呢？显然，像《平凡的世界》这样的以所谓"传统现实主义"结构的长篇小说，恐怕不能简单地以新潮与传统、先锋与保守、新与旧来判别其高下的，技术层面上的创新肯定是必要的，但那是末，而不是本，最根本的东西仍然是作家情感的呈示和思想的表达。所以不能只看作品表面的技巧是时尚还是守旧，而应该考量它对生活的态度，对时代心理情绪的深层探掘。

　　路遥不是一个天才型的作家，在小说创作中，他的确缺少当代有些作家那样的"才气"和"鬼气"，他也没有高深的理论，没有华丽的文笔，没有过人的技巧，他是单纯的、质朴的，甚至是笨拙的，但他以自己深沉的爱和博大的胸怀，将黄土地上艰难生存和顽强抗争的中国农民形象矗立在20世纪的中国文学史上，这不仅给他带来了巨大声誉，而且也深深感动并鼓舞了无数的读者。路遥是一位真正思考"中国问题"、密切深情地关注"中国现实"的作家，他将自己的生命融入了现代化进程中艰难行进的"中国历程"，在这一点上，他表现出了令人钦佩的真诚和难以置信的生命能量，在中国当代文学史上树立起了只有属于路遥的"这一个"。路遥的真价值和真意义将会不断地被发掘，特别是在这样一个物欲横流的时代，路遥的风采将会再次彰显，这也是他给中国作家的一种启示。

三、浮躁与沉潜

　　由上述启示中我们又不能不正视当今文坛的另一种现象，即文学创作的"浮躁与沉潜"。什么是文学，文学的本质是什么，它的终极目的何在，它有哪些规律，诸如此类的问题，自古以来，众说纷纭，无法定论。

但有一点恐怕谁也不会否认,那就是:时间和历史是检验作品的唯一标准。那些经过时间和历史的淘洗,既为史家所选取,又为读者所欢迎的作品无疑是好的。而问题的复杂性还表现在,经典不一定都是畅销的,当然,畅销的也未必都是经典。但一个作家长时间拥有广泛的读者群,至少我们不能熟视无睹。从这一角度看,路遥是成功的。有评论者指出,20世纪80年代以来的很多长篇小说已经被人们逐渐淡忘了,也有很多作家淡出了人们的视野,原因很简单,他们及他们的作品经不起历史的无情筛洗,距人们的视线越来越远。而路遥的《平凡的世界》却经受住了人们持久的兴趣,不仅如此,一个明显的事实是,它经受住了两个巨大时代转换的考验:计划时代和市场时代的洗礼。《平凡的世界》并没有因为进入市场而失去它的价值和魅力,相反,其影响力却不断扩大。恐怕不会有人说《平凡的世界》有炒作之嫌吧?如果有,那就太离谱了,在炒作之风还没有盛行起来时,路遥就已经离开了这个世界。那这是什么原因呢?我想,这和作家的写作姿态和精神境界密切关联。当今的文坛,是被所谓"大话""戏说""把玩""自娱""肉身""兽性""绝望""迷狂""焦虑""空虚""呓语""无耻"……充斥着,有谁还像路遥当年写《平凡的世界》时那样"手指都写得痉挛了……痛哭流涕"呢?且看路遥自己在做创作准备时的一段回忆:

> 首先是一个大量的读书过程。有些书是重读,有些书是新读。其间我曾列了一个近百部的长篇小说阅读计划,后来完成了十之八九。同时也读其它杂书,理论、政治、哲学、经济、历史和宗教著作等等。另外,还找一些专门著作,农业、商业、工业、科技以及大量搜罗许多知识性小册子,诸如养鱼、养蜂、施肥、税务、财务、气象、历法、造林、土壤改造、风俗、民俗、UFO(不明飞行物)等等。[①]

---

① 路遥:《早晨从中午开始》,西北大学出版社,1992年,第50—51页。

>……十年间的报纸——逐日逐月逐年地查。……于是，我找来了这十年间的《人民日报》《光明日报》、一种省报、一种地区报和《参考消息》的全部合订本。
>…………
>我没明没黑开始了这件枯燥而必需的工作。一页一页翻看，并随手在笔记本上记下某年某月某日的大事和一些认为"有用"的东西。工作量太巨大，中间几乎成了一种奴隶般的机械性劳动。眼角糊着眼屎，手指头被纸张磨得露出了毛细血管，搁在纸上，如同搁在刀刃上，只好改用手的后掌（那里肉厚一些）继续翻阅。①

类似的回忆文字还有很多，但已经使我们看到路遥创作时的一种积累、一种姿态、一种精神。而这种阅读仅仅是他创作前的一些材料准备，更重要的是作家充满人生历练的生活、生命体验和对广大民众的挚爱，这一切形成了路遥创作的基点。

对路遥的"用生命写作"，也许有人会说，这不是傻子干的事吗？这不是自己和自己过不去吗？这不是拿自己的生命开玩笑吗？小说哪有这样写的？写小说靠的是才气、灵感，是虚构、编故事，是好玩、游戏……如果以时下人们的生存观、生命观、价值观来看路遥，他的确太傻，他活得太累！

然而，如果照此推演，中国文学还有什么希望？中国作家承担的道义和良知将如何体现？有关资料显示，近年来，中国的长篇小说生产量逐年攀升，年产量已达三四千部，如今的中国不乏高产作家，有人一年推出一部、两部甚至更多部长篇小说，实在想象不出他们是怎么制造出这些产品的，而这种以工业化速度生产出来的精神产品究竟能存活多久，显然值得怀疑。尽管商品时代做什么都讲求成本，要核算投入产出比，文学当然不

---

① 路遥：《早晨从中午开始》，西北大学出版社，1992年，第54页。

能用数字方法来计算，但花费时间、精力、心血少的作品的"含金量"肯定不会太高，这不能不说是一条定律，特别是在长篇小说的创作上更是如此。当然，在一个欲望化、世俗化、浮躁化的时代，要求所有作家"板凳要坐十年冷"也许有点不大现实，但我还是固执地认为，一个真正的作家是否还应该葆有一种为民族、为民众而写作的道义和责任，是否应该在这样一个超欲望的时代坚守作为一名作家的精神底线呢？

对中国当代文学来说，"路遥现象"的确是一个绝好的标本，它折射出了当今文坛的五颜六色，让我们透过炫目的光色，看到了真正的文学应该有的深沉底色。而对大众来讲，希求作家们能够创作出真正为他们声言的精神产品，无疑是最重要的。

原载《小说评论》2008年第6期

再议被文学史遮蔽的路遥

路遥"《平凡的世界》现象"已构成了当代文学无法回避的一桩"难断"的公案。路遥从20世纪80年代初崛起于文坛,十年的时间创作了数量惊人的小说作品,他的鸿篇巨制《平凡的世界》成为当代文学中最受读者欢迎的作品之一,其发行量之大、影响之广,在百年中国文学史上也是不多见的。然而,路遥却一直被史家"集体遗忘",成为文学史叙事一个盲区。而读者对路遥及其作品的持续热情,形成了文学史叙事与读者这两者之间一种匪夷所思的张力。这种张力,不仅持续推动着路遥研究的深化,也给文学史叙事带来了难以回避的诸多问题,以及可能反复阐释的空间。

一

在路遥去世十周年的时候,有评论者写过一篇题为《文学写作的诸问题》的文章,文中对国内学术界及文学史叙事冷眼路遥的情状流露出难以掩饰的不满,该文这样写道:"我们在中国的评论性的文学杂志里,已很少看到路遥的名字了。我们的批评家宁愿对一个只能写出死的文字的活着的作家枉费心力,却不愿对一个虽然去世但其文字却仍然活着的作家垂青关注"[①]。批评家的不满不是没有根据,而是因为在路遥去世之后的十年

---

① 李建军:《文学写作的诸问题——为纪念路遥逝世十周年而作》,载《南方文坛》2002年第6期。

时间里，他不仅被学术界逐渐淡忘，而且更被文学史家"有意"忘却。

如果查阅新世纪前有关路遥研究的文章细目，则不难发现，大部分文章集中在从1982年《人生》的发表到1992年路遥去世这个时间段里，其后学术界关于路遥的研究热情递减，在研究者眼中，路遥研究无疑已经越来越"边缘化"。和学术界的冷眼相呼应的是，文学史家对路遥的定位更是暧昧不清。回顾这个时段中以"当代文学（史）"命名的著作，可以发现路遥的文学史处境非常尴尬。从1999年出版的几部影响较大的史著来看，像洪子诚著《中国当代文学史》（北京大学出版社）、王庆生主编《中国当代文学》（华中师范大学出版社），都不曾提到路遥的创作，因此也就不会给路遥的文学人生以定位了。而在各类以"当代文学思潮"或"新时期文学"命名的著作中，著者也都没有更多地提及路遥。路遥成了一个被文学史"忘却"的作家。对这一现象，近年来的研究中多有论述，但阅读这类文章，我们发现其大多是带有情绪化的——不平不满多而冷静分析少。现在看来，追问路遥及其创作受冷遇的原因，或许比呼吁研究者和文学史家关注路遥更重要，因为在这个"忘却"现象的背后，正潜藏着路遥文学人生的特别之处，更具研究价值。

路遥始终坚守自己的审美理想，从来都不盲目趋时，也不愿置身于瞬息万变的文学潮流之中。但他不是独行侠，他更像一个辛劳而沉默的农民，即使在烈日下挥汗如雨也不会随意找个阴凉地与人搭腔。结果是，他给文学史家出了一个极大的难题，史家不能不看到他的成就（很多研究者以为史家无视路遥的创作成就，这显然是个误区，因为路遥在80年代的轰动效应使他们不能视而不见），但又将他无处安身，因为在80年代风行一时的各种文学思潮中，如伤痕文学、改革文学、寻根文学、先锋小说等，将路遥置于何处都显得不妥，那些思潮尽管对路遥也有影响，却都未成为他叙事的重心。倘若文学史家按其归纳出来的线索描述路遥，不免显得力不从心。抛开思潮不论，以小说类型而言，路遥的叙事也是一个描述的难点，你说他写的是乡土小说吧，他又经常关涉城市，而你说他写的是城市小说吧，却又是地道的乡土小说。也许史家在这样的时刻都会得出相似的结论：路遥就是路遥，一个立于思潮之外的作家，一个有话可说但"无从说起"的作家。于是，就出现文学史叙事中的两种情况，或者是干脆不提及路遥，或者是简单地一笔带过。

　　从1980年在《当代》第3期发表《惊心动魄的一幕》开始，路遥便显示了置身于潮流之外的姿态。这个中篇与其时流行的伤痕文学的叙述基调不同，它没有呈现那种批判、声讨或倾诉的叙述风格，而是全力塑造了一个虽犯过错误，但在派系斗争中却能够舍生取义的老干部马延雄的形象。作品问世之后，没有引起太大关注，反映者寥寥。在为数不多的评论中，秦兆阳的一篇文章可说是掷地有声，他颇有眼力地指出："这不是一篇针砭时弊的作品，也不是一篇反映落实政策的作品，也不是写悲欢离合、沉吟个人命运的作品，也不是以愤怒之情直接控诉'四人帮'罪恶的作品。它所着力描写的，是一个对'文化大革命'的是非分辨不清、思想水平并不很高、却又不愿意群众因自己而掀起大规模武斗，以至造成巨大牺牲的革命干部。"[①]秦兆阳是路遥文学人生的第一个知音，他虽没有直接指出路遥的不趋潮流，但也道明路遥从登上文坛的时刻就是一个善于思考的作家。1982年路遥发表成名作《人生》的时候，正值改革文学的风头正劲，但他没有走改革文学的路子，也就是说，他没有像蒋子龙、张洁、李国文等一样，讴歌那些披荆斩棘、迎难而上的改革者，而是刻画了在一个改革年代中不甘平庸、奋力拼搏而命运多舛的农村青年高加林的形象。《人生》问世后，引起了文坛轰动，吸引了众多研究者的关注，一时好评如潮，普遍认为高加林的形象已经达到了典型人物的高度。但在《人生》的研究中，似乎没有人作更深的追问，到底是什么造成了高加林的悲剧命运？我们看到，无论是高加林的时来运转，还是好运的急转直下，都是"权力"运作的结果，跟他的个人奋斗无关，也跟他的性格结构无关，而

---

① 秦兆阳：《要有一颗热情的心——致路遥同志》，载《中国青年报》1982年3月25日。

这映射出来的，却是路遥对底层民众前途命运的深挚忧患：改革带来了无数的机会，但机会的大门不是对底层人也一样公平地敞开的。

路遥1986年在《花城》发表《平凡的世界》（第一部），不久出了单行本，后来又陆续出版了第二部、第三部，至1991年，三卷本的《平凡的世界》终获第三届茅盾文学奖。《平凡的世界》的准备和写作时间长达六七年之久，这个时段学术界掀起了新观念、新方法的大讨论，左翼和延安文学传统受到质疑，现实主义、典型、反映论等传统文学观念也横遭贬抑，创作领域则呈现出多种观念、流派、现象并存的令人眼花缭乱的状态，先锋小说、新写实小说等新锐思潮层出不穷。对路遥来说，身处这样的文化语境，他的"史诗性"追求和现实主义的创作精神能否坚持，能否始终如一地完成一个多部头的达百万字之巨的大作品，的确是个严峻的考验。路遥后来不无伤感地谈到，面对思潮冲击时其内心激起的阵阵狂澜和孤军奋战的悲凉，"在当代各种社会思潮艺术思潮风起云涌的背景下，要完全按自己的审美理想从事一部多卷体长篇小说的写作，对作家是一种极其严峻的考验。你的决心，信心，意志，激情，耐力，都可能被狂风暴雨一卷而去，精神随时都可能垮掉。我当时的困难还在于某些甚至完全对立的艺术观点同时对你提出责难，我不得不在一种夹缝中艰苦地行走。在千百种要战胜的困难中，首先得战胜自己"[①]。这是路遥传达的痛切感受，一个作家要坚守其文学理想会是何其之难，非外人可知，但他坚守住了，终于没有放弃。那么，他的审美理想到底是什么呢？

路遥之所以能走上文学创作的道路，与任《延河》编辑时期柳青对他手把手的指导有莫大的关联，而柳青传授给路遥的，除了写小说的技术，更有其文学观念、美学理想、人格魅力等精神层面的东西，对路遥的影响至为深远。在柳青看来，文学是一种事业，是能推动底层改变人生命运的事业，路遥的文学观也与之趋近，他曾动情地说，"作为一个农民的

[①] 路遥：《生活的大树万古长青》，见雷达主编《路遥研究资料》，山东文艺出版社，2006年，第4页。

儿子，我对中国农村的状况和农民命运的关注尤为深切。不用说，这是一种带着强烈感情色彩的关注"。这也就不难理解，农村知识者在当代中国的命运遭际，以及他们在苦难人生中的奋争历程，便成为路遥建构文本世界的动力之源，因为这一切都是路遥择取的关注底层命运变动的最好观察点。柳青的文学主张，如"三个学校""做文学的愚夫"和"六十年一个单元"等，在路遥的文学人生中也体现得极为明显。

路遥的每一篇小说都有过硬的生活基础，绝非基于作家天马行空的想象，他始终践行"生活是文学的唯一源泉"的训诫，将自己看作是和农民一样的底层劳动者，并积极投身于底层的生活流程之中，因为他认为，只有这样，才能真正体验和把握住生活的精髓，"无论是政治家还是艺术家，只有不丧失普通劳动者的感觉，才有可能把握住社会生活历史过程的主流，才能使我们所从事的工作具有真正的价值。……我们只能在无数胼手胝足创造伟大生活伟大历史的劳动人民身上而不是在某几个新的和古老的哲学家那里领悟人生的大境界，艺术的大境界"[①]。而自始至终的现实主义创作精神，以及长篇巨制的史诗性追求，也都源自柳青的言传身教。《人生》问世后，面对如潮的赞誉，路遥远没有飘飘然，相反，他表现得异常平静，他并不以为自己是个文学天才，反而把自己当作是"文学的愚夫"，舍得花"笨功夫"进行创作，如其所言，"搞文学，具备这方面的天资当然是重要的，但就我来说，并不重视这个东西。我觉得，作品在某种意义上，不完全是智慧的产物，更主要的是毅力和艰苦劳动的结果"[②]。路遥的这种践行促使他不断走向文学的大境界，他的行文恰似书法中的颜体那样——寓美于拙乃成大气，故其后也就有了《平凡的世界》这样史诗性的大气之作的诞生。他有勇气否定自我，在不断否定自我中成

[①] 路遥：《生活的大树万古长青》，见雷达主编《路遥研究资料》，山东文艺出版社，2006年，第4页。
[②] 路遥：《作家的劳动》，见雷达主编《路遥研究资料》，山东文艺出版社，2006年，第6页。

长、前行，而在艺术的表达上又力求精到，他认为，"任何一个严肃认真的作家，为寻找一行富有创造性的文字，往往就像在沙子里面淘金一般不容易"①。路遥又是一个善于思考的作家，他的忧患意识、苦难意识和底层意识总是使他能够看见别人看不见的东西，感受到别人不易感受到的东西，传达出别人难以传达的东西。他的感情是炽热的，对生活、对人生、对生命、对底层的感情都是如此，因之，尽管时隔多年，重读他的文字依然能使人体会到某种燃烧的激情——这样的文字，使一切所谓技巧的东西、先锋的东西、华丽的东西都黯然无光失去重量，这也是他审美追求的别一体现。"对生活应该永远抱有激情。对生活无动于衷的人是搞不成艺术创作的。艺术作品都是激情的产物。如果你自己对生活没有激情，怎么能指望你的作品去感染别人？"②他的这种真挚的表白促人深思。

路遥的精神导师是柳青，这已是不争的事实。而就路遥的文学人生来看，也是柳青文学生命的接续，这无疑是路遥遭遇史家冷眼的另一个重要原因。柳青从20世纪80年代中后期开始被某些研究者所质疑，至90年代其遭贬抑也到了最低点，有些史著几乎不提柳青，或是作为被挞伐的对象而提出来。作为柳青弟子的路遥受到"株连"也在所难免，但路遥似乎早有思想准备，被研究者质疑或被文学史家冷眼都不曾动摇他的初衷。他是这样认为的，"写作过程中与当代广大的读者群众保持心灵的息息相通，是我一贯所珍视的。这样写或那样写，顾及的不是专家们会怎么说，而是全心全意地揣摩普通读者的感应。古今中外，所有作品的败笔最后都是由读者指出来的；接受什么摒弃什么也是由他们抉择的。我承认专门艺术批评的伟大力量，但我更尊重读者的审判"③。他的所思所为几乎和柳青如出

---

① 路遥：《作家的劳动》，见雷达主编《路遥研究资料》，山东文艺出版社，2006年，第7页。
② 路遥：《作家的劳动》，见雷达主编《路遥研究资料》，山东文艺出版社，2006年，第7页。
③ 路遥：《生活的大树万古长青》，见雷达主编《路遥研究资料》，山东文艺出版社，2006年，第4—5页。

一辙。当年柳青创作《创业史》的时候,也是每完成一章都要请那些相濡以沫的农民朋友加以品评,认真听取他们的意见,及时修正和补充,直到他们满意为止。作品发表后,来自专家的批评意见尽管很多,但柳青在大多数情况下都保持沉默,这是因为,在他看来,普通读者——那些创造了真实故事的人们的意见,比专家学者的批评更实在、有力。事实证明,柳青和路遥不仅有过人的眼光,更有足够的耐心。评论家的称赞不能使他们忘乎所以,同样,评论家的否定也不曾撼动他们的审美理想,他们知道等待,等待时间的长河会将一切虚的、假的、充水的文字荡涤淘尽。文坛上的风云变幻莫测,学术界的好恶亦随风而动,反反复复,此一时也彼一时也,都是常有之事,而普通读者的裁决才是最终的审判。

从更宽泛的文学史视域上看,路遥遭受史家冷眼也是有原因的。自80年代中后期到90年代后期,是文学观念的转型时期,这个时期有一种强烈的对文学体制化时代的运作机制的怀疑和解构的趋向,这倒是可以理解的——如果要"立"就不能不先"破"。问题是,在这个"破"的过程中,1942年以来几乎所有重要的文学经验都受到了全面的质疑、解构和一定程度的重创,这就不能让人理解和容忍了。反映论、典型论、史诗性、宏大叙事等与传统现实主义脉流相关的经验都被置于十字架上拷问,代之出场的、被"立"起来的则是西方现代主义和后现代主义的经验,而这些所谓"经验",究其实质不过是通过不甚精确的翻译文字或者是还没有完全消化的东西来传达的,加上国内"现代派"作家文化修养的制约和浮躁心理的鼓动,实际写出来的东西与真正的西方现代派或后现代派的精神本质已经面目全非,但是,就这样的作品反而是被文学史乐于和反复叙述的。我们看到,在这种潮流的冲刷下,新文学降生以来就苦心经营的现实主义经验被空前排斥,"反映"被不可知的混乱的历史非理性所嘲弄,"典型"被平面的、模糊的、晃晃悠悠的人物所取代,"史诗"被非逻辑的民间体验的历史碎片所置换,"宏大叙事"则被无所事事的顾影自怜的哼哼唧唧的"个人化"(或曰"私人化")叙事所颠覆。这就是当代文学史所叙述乃至"重写"的"多元"景观。也是在这种"多元"景观中，那些时刻关注国家、民族命运的现实主义作家在文学史格局中都面临着"被迫退场"的悲哀，不仅柳青、路遥，以及其他所有现实主义作家，而且新文学现实主义的代表作家——茅盾的文学史地位也明显受到质疑、呈滑落趋势。所以，在90年代的文学史叙事中，路遥的遭遇显然不是个别现象，而是具有一定的普遍性，这也从反面证实路遥是一个重要的现实主义作家。

二

路遥在准备《平凡的世界》的写作素材的时候，隐隐预感到这或许将是他生命中的大作，它将会把他生命中的一切，包括思想、情感、梦想、智慧、愿望、经验等，全部吸纳进去，最后熔铸成一部滚烫的文字。创造这样的作品，到西部纵深处进行"精神的朝拜"或接受"精神的沐浴"都是必要的，但正是在进入了毛乌素沙漠之时，路遥突然觉察到，"在这里，我才清楚地认识到我将要进行的其实是一次命运的'赌博'（也许这个词不恰当），而赌注则是自己的青春抑或生命"①。对路遥来说，《平凡的世界》的写作注定将是生命的极限体验，而延续时间之长更是令他心力交瘁。路遥后来不止一次地谈到写作过程的举步维艰，它已不是创作一部作品的问题了，而衍变成了路遥与命运之间展开的一场生死博弈。下面这些感受算得上是他写作之艰的极好注脚：

> 有时候，一旦进入创作过程（尤其是篇幅较大的作品），如同进入茫茫的沼泽地，前不着村，后不靠店，等于一个人孤零零地在纸上进行一场不为人知的长征。时不时会垮下来，时不时怀疑自己能否走到头，有时，终于被迫停下来了。这时候，可能并不是其他方面出了毛病，关键是毅力经受不住考验了，当然，退路是

---

① 路遥：《早晨从中午开始》，见《路遥文集》第5卷，人民文学出版社，2005年，第252页。

熟悉的，退下来也是容易的，如果在这种情况下被困难击败了，悲剧不仅仅在这个作品的失败，而且在于自己的精神将可能长期陷入迷惘状态中，也许从此以后，每当走到这样的'回心石'面前，腿就软了，心也灰了，一次又一次从这样的高度上退下来，永远也别指望登上华山之巅。遇到这样的情况，除了对自己所写的东西保持清醒的头脑以外，最重要的就是要咬着牙，一步一步地向前跋涉，要想有所收获，达到目标，就应当对自己残酷一点！"[1]

在中外文学史上，像路遥这样为了挚爱的文学事业而甘愿牺牲的作家委实不多，路遥之创作《平凡的世界》的过程，也正如曹雪芹之创作《红楼梦》的过程——"字字看来都是血，十年辛苦不寻常"。有研究者对路遥为了创作以命相搏的"自残式"的做法表示怀疑，甚至不屑，认为不值得，真是难以理解。虽然我们不能说路遥的倾力之作《平凡的世界》就一定是部伟大的作品，但至少可以肯定的一点就是，所有的传世之作都定然少不了生命的浇灌与熔铸。这也就不难理解，《平凡的世界》为什么终至成为一部影响数代人的作品了。

"影响"有时体现在一定的统计数字上。《平凡的世界》每出一稿都在中央人民广播电台播出，即使还在播出过程中，央广和路遥就收到数以千计的听众来信，"沉默的大多数"对作者路遥不想再保持沉默，他们要敞开心扉向路遥诉说心中淤积的苦闷和"阅读"这部作品时的惊喜。作品人物孙少平、孙少安所经历的屈辱史、奋争史和创业史，给听众（读者）带来的情感冲击和精神鼓舞是空前的，也是深层次的。而令他们倍感震惊和欣慰的是，孙少平们可能就在他们的身边，或者听众自己就是孙少平、孙少安，这种"阅读"体验对他们来说是从未有过的，缘此也就形成了马斯洛所谓的"巅峰体验"，而这种体验一旦形成便成为永远的阅读记忆，深刻影响他（他们）的行为方式与价值判断。从听众对《平凡的世界》的

---

[1] 路遥：《作家的劳动》，见雷达主编《路遥研究资料》，山东文艺出版社，2006年，第6页。

强烈反响来看,路遥无疑完成了"生活是文学的唯一源泉"这一论断的形象化诠释。试想一部向壁虚构式的作品,哪怕作者的叙事能力再怎么先锋前卫,言辞再怎么华章流彩,技巧再怎么纯熟老道,都不会让读者永生难忘,这是为什么呢?是因为"虚"和"假"还是有着分明的界限,因为读者迟早会发现在真实生活中根本就不是那么回事。

有人做过统计,《平凡的世界》仅从1986年到2000年这十五年间,至少已重印过四次[1]。而且,在2005年前后进行的几次调查都显示,《平凡的世界》受读者欢迎的程度,在中国当代文学类图书乃至古今中外的所有文学类图书中都是居于前列的[2]。所以,有人这样认为也绝不是没有道理,"随着时间的推移,它不但在读者的记忆中显示出越来越重要的意义,而且在当下读者的阅读生活中占据越来越中心的位置"[3]。李建军根据自己作报告时参与研究生的讨论,记录和整理了一些现实的材料,也从一个侧面说明了《平凡的世界》影响的广泛性与持续性。一个研究生说,"像《平凡的世界》这样的作品,不管是文科班的,还是理科班的都在看"。另一个研究生说,"我觉得它(指《平凡的世界》)不仅是我的精神资源,我的同龄人或我们的上一代人中一大部分人都从中获得了慰藉"。还有一个研究生指出,孙少平虽身处逆境而追求不息的精神对他冲击颇大,"这种追求精神,我觉得对我们这个时代太重要了,太重要了!当我出现这种迷茫心态的时候,我拿过《平凡的世界》来看看的时候,我会热泪盈眶的"[4]。《平凡的世界》影响"80后"大学生的程度,我们也不妨举现实之例:前几年笔者到某大学访学,由于未敢携带太多的书籍,研究中要用

---

[1] 熊修雨、张晓峰:《穿过云层的阳光——论路遥及其创作对中国当代文学的反思》,载《学术探索》2003年第3期。
[2] 贺仲明:《〈平凡的世界〉现象透析》,载《文艺争鸣》2005年第4期。
[3] 邵燕君:《〈平凡的世界〉不平凡——"现实主义常销书"的生产模式分析》,见李建军主编《路遥评论集》,人民文学出版社,2007年,第309页。
[4] 李建军:《文学写作的诸问题——为纪念路遥逝世十周年而作》,载《南方文坛》2002年第6期。

到《平凡的世界》的文本，就去校图书馆借阅，没想到连去十余次皆无果而返，原因都是一样——已全部"借出"，无奈之下只好去书店再购得一套。此事当时甚感蹊跷，后来，笔者回到所在高校，发现情况也相类似，隔了很久又去查阅，终于看到空出的一套，但书页显然由于阅读次数太过频繁已字迹模糊，装订亦呈散乱之状，从中不难看出，"80后"大学生无疑也是将其当作成长经历中必读的人生励志的教科书了。

我们该如何看待读者接受中的"《平凡的世界》现象"呢？《平凡的世界》的问世至今已有数十年，在这一时期，研究者从来都是毁、誉皆有之，各执一词，互不相让。毁之者尽情数落《平凡的世界》的不是，指出它有这样那样的缺点和"不成熟"，而且甚至对其拥有如此庞大的读者队伍也表现出不屑的神情，言外之意是，读者对《平凡的世界》的热情是纯属多余。而誉之者明知此等言论甚是荒谬，但因为缺乏强有力的学理论据，或辩词中夹杂了较多的情感成分，故而不能使其反驳或有效击中对方的要害，竟使此论四处讹传。路遥早就警告过，有些作家太过低估读者的"总体智力"了，以为读者不看好他们的作品是读者不识好歹，却从没有坐下来好好反省自己的写作是否真的出了问题，这自然会助长他们不必要的"愤世嫉俗"之慨，他们真应该仔细听一听路遥的警告，"大多数作品只有经得住当代人的检验，也才有可能经得住历史的检验。那种藐视当代读者总体智力而宣称作品只等未来才大发光的清高，是很难令人信服的"[①]。从上面持反面意见的情况来看，太过低估普通读者的"总体智力"的，除了某些作家，还确实存在一些研究者。笔者认为，无论从何种意义上讲，一部文学作品只有进入阅读历史才能产生其相应的价值，而阅读量越大，读者的反响越强烈，说明该作品的价值意义就越大。姚斯是以研究读者接受理论而闻名的学者，在他看来，"真正意义上的读者"是实质性地参与了作品存在，甚至决定了作品存在的读者。不言而喻，离开

---

① 路遥：《生活的大树万古长青》，见雷达主编《路遥研究资料》，山东文艺出版社，2006年，第4页。

了读者的阅读，即使一部作品有再大的价值也不会产生什么意义，比如，摆在桌子上而不被阅读的莎士比亚的《哈姆雷特》和摆在桌子上的台灯又有什么区别呢？因此，姚斯认为，"文学作品从根本上讲注定是为这种接受者而创造的"①，而文学作品只有在持续的阅读中才能转化为一种实质性的当代存在，他以这样的比喻来说明阅读的重要性，一部文学作品"更多地像一部管弦乐谱，在其演奏中不断获得读者新的反响，使文本从词的物质形态中解放出来，成为一种当代的存在"②。数十年来，《平凡的世界》在几代读者中不断获得反响，早已使其成为"一种当代的存在"，并不会因为路遥的谢世而终止。

何谓文学经典？研究者的看法可能差异很大，但根据姚斯的理论来看，所谓文学经典就是无论在何种语境下都被读者阅读的作品，是能不断读出"新意"来的作品，是无论社会如何发展而其生命力都永不枯竭的作品。《平凡的世界》就算得上是这样的一部作品。21世纪以来，随着中国的地域差距、贫富差距和城乡差距呈无限蔓延趋势，社会底层被大量生产出来，那些来自乡间而挣扎于城市的底层，在城市经历的屈辱史、奋争史和创业史，促使有良知的作家奋笔疾书，"底层文学"就这样诞生了。"底层文学"作为新世纪文学的重要潮流，其研究价值自不待言，也是在这种语境中，《平凡的世界》进入了其新的阐释历史。如果从"底层文学"的美学尺度来衡量，《平凡的世界》完全称得上是一部底层文学作品，孙少平们的经历绝不亚于当下底层文学中底层的人生，但与当下底层文学不同的是，《平凡的世界》弥散着的悲壮的英雄主义情结，却能给陷入苦难与困境的人们提供某种"走出来"的精神力量。路遥的文学人生，不能不让人想起别尔嘉耶夫曾说过的一段话，"俄罗斯作家没有停留在文学领域，他们超越了文学界限，他们进行着革新生活的探索。他们怀疑艺术的正当性，怀疑艺术

---

① 姚斯：《文学史作为向文学理论的挑战》，见H.R.姚斯、R.C.霍拉勃《接受美学与接受理论》，周宁、金元浦译，辽宁人民出版社，1987年，第23页。
② 同上，第26页。

所特有的作品的正当性。19世纪的俄罗斯文学带有教育的性质，作家希望成为生活的导师，致力于生活的改善"①。深受俄罗斯文学影响的路遥，也像19世纪的俄罗斯作家一样，在"进行着革新生活的探索"和"致力于生活的改善"。路遥以"超越了文学界限"的眼光和看起来略显朴拙的文字从事这项艰难的工作，但他却因此拥有了铁杆读者——那些滚爬于生活底层的人们，那些不愿屈从于命运的人们，那些虽屡遭坎坷却永不放弃的人们，这或许是"路遥《平凡的世界》现象"成为一个永恒话题的原因。

三

对路遥及其《平凡的世界》在当代文学史写作中的持续的"缺席"现象，不管文学史家出于何种想法而"遮蔽"它的存在，必然会激起广大读者和研究者的一再质疑与探询。数年前，在延安大学"纪念路遥及其创作研讨会"上，我曾就"路遥与中国当代文坛"这样一种现象做过专题发言。今天，我们重提这个话题，并不是要再次为路遥鸣不平，而是试图探寻文学史家的这种"遮蔽"趋向是否已经陷入某种方法论的难题，并进一步反思80年代提出"20世纪中国文学史"和90年代提出"重写文学史"之后，当代文学史写作模式到底有没有真正意义上的突破。我以为，在这种"探寻"与"反思"的过程中，路遥的《平凡的世界》始终是一个重要的参照文本，它如同试金石一样，对史家的方法论和文学史写作模式进行检测。在此，让我们再次解读一下德国著名美学家姚斯的接受美学理论，或许对路遥的文学史遭遇有重要的启示。

姚斯在（20世纪60年代）就指出，当时的德国文学史研究之所以衰落，归根到底是研究方法上的失误②。姚斯把当时为止所存在的文学史研

---

① 尼·别尔嘉耶夫：《俄罗斯思想：十九世纪末至二十世纪初俄罗斯思想的主要问题》，雷永生、邱守娟译，生活·读书·新知三联书店，1995年，第80页。
② 朱立元：《当代西方文艺理论》，华东师范大学出版社，2005年，第286—287页。

究方法归纳为三种重要的范式：一是古典主义——人文主义范式（以古代经典作品为范式，描述文学发展的历史，此范式在19世纪衰落）；二是历史主义——实证主义范式（将文学史看作是整个社会历史的一部分，文学的变革是社会政治变革和思想发展的必然结果，此范式在一战后衰落）；三是审美形式主义范式（对文学作品本身进行内部研究，将文学史看作是与社会历史分离的自足封闭的历史，这种范式在二战后衰落）。姚斯认为，这三种文学史研究范式都割裂了文学与历史、历史方法与美学方法的内在关联，所以都无法揭示文学史存在的本身。因此，必须找到一种新的能将文学与历史、历史方法和美学方法统一起来的文学史研究方法，这种方法就是接受美学。姚斯认为文学作品的存在方式显示为紧密相关的双重历史，其一是作品与作品之间的相关性历史，其二是作品存在与一般社会历史的相关性历史。在此基点上，姚斯紧接着指出，文学作品的存在史不仅是上述的双重历史，也是作品与接受相互作用的历史。过去，文学史只和作家的创作有关，与读者的接受无关。这样，一部文学史不过是作家的创作史和作品的罗列史，而读者始终是缺席的。所以姚斯坚决主张，文学史研究必须引入读者的接受，这种"引入"读者的文学史叙事正是接受美学理论作为文学史方法论基础的关键所在。

  关于当代文学史写作的讨论是近三十多年来的一个热点话题，它起始于酝酿于80年代中期以后，到目前已经涌现出了众多"重写"的文学史著作。数年来，关于文学史写作的讨论，集中在"写什么"和"如何写"这两个问题上，前者要回答的是当代文学史应该叙述什么，后者要回答的是以什么价值立场进行阐述，显然，"方法论"问题还没有进入这一话题的讨论当中，这说明"重写"之作还有其商榷空间。在此，让我们选取两部颇有"重写"意义的当代文学史著作，以检测文学史家所秉持的方法论和文学史写作模式，即洪子诚所著的《中国当代文学史》、陈思和主编的《中国当代文学史教程》，两部史著各有特色，被学界普遍看作是"重写文学史"的代表性成果。

洪著的言史方式，属于典型的历史主义—实证主义范式，所以，尽管其有很多突破，如对传统文学史范式的自我调整，对大量史料的新的阐释，能够把"问题"带到"历史情境"中去，对文学环境的审视采取了多维视角，等等，但从接受理论来看，洪著仍然表现出了两个明显的不足：其一是缺少"作品与作品之间的相关性历史"的描述，也就是文学性分析和美学意识未能充分展开；其二是没有引入读者视角，忽略了"真正意义上的读者"。所以，赵树理之后的柳青，柳青之后的路遥便失去了文学史线索上的描述，路遥的缺席便是断线的标志，况且对《平凡的世界》的只字未提也表现出该著的无读者意识。

陈著的著史方法，有着明显的突破历史主义—实证主义范式的意图，他还引入了"民间""潜在写作"和"共名与无名"等文学史观念以强化这一意图。相对于洪著而言，陈著更靠近审美形式主义范式，而也正是在这个意义上，它同样表现了不足，也就是说，陈著在单个作家的单个作品方面，分析得较细，但我们却看不到作品存在史的阐释，比如它虽然选择了路遥的《人生》，却没有说明该文本与《平凡的世界》之间的关联，因此我们就无法看到"作品与作品之间的相关性历史"。陈著以作品为中心来阐释文学史，按接受美学理论看，这是著史的正路，但问题在于，它所选的作品有没有经过读者的充分阅读，这个作品是不是一种"当代存在"，《平凡的世界》比《人生》的阅读更充分，更能表明某种当代存在性，所以他选择的可疑性就表现了出来。

从上述两部当代文学史的重写，可以看到无论在方法论、文学史观念、体例安排等方面都有突破，但它们身上又都体现了相似的不足，这明显表现在"作品与作品之间的相关性历史"的阐释空缺方面。也就是说，两部史著都忽略了读者的接受因素，两部史著都存在著史者言说的权力话语与接受者选择之间难以弥合的矛盾。或许我们的文学史家太过看重于传统的写作模式，在这种情况下，接受美学理论给我们打开了一个很好的视窗，因此应该看到，文学研究应落实为文学作品的研究，文学作品的研究应落实为文学作品的存在方式的研究，文学作品的存在方式的研究应落实为文学作品的存在史的研究，而文学作品的存在史（亦即读者的接受史）无疑也是文学史研究的重要内容。在这个意义上，"路遥《平凡的世界》现象"作为一种当代存在，在时刻检验着当代文学史叙事的真实性。

原载《小说评论》2013年第1期

路遥与新文学的现实主义思潮

一、对新文学现实主义精神的承扬

在路遥研究中,争议颇多的是其执守的现实主义创作路子,在20世纪80年代的中国文学环境中显得陈旧且不合时宜,致使路遥遭受史家的集体冷遇和文学史评价空缺;而持续被读者热读的路遥,其《平凡的世界》不仅在中国当代数十年来的民众阅读中名列榜首,且在碎片化和消遣阅读充斥市场的今天,它的纸质版依然以每年三百万册的销量在增长。那么,这是一种怎样的文学现象,又如何认识这种现象,成为一个不仅对重新认识路遥,且对深入思考读者与文学史的关系等不无助益的问题。今天,如果我们将路遥进一步置于新文学现实主义的流变过程中来考察,非但没有过时,反而更有助于探讨他创作的整体精神面向和一些特点。路遥是把现实主义作为一种精神的自觉、一种文学价值追求的实践理性,来积极投身新时期中国文化的建构和文学的变革。他是这样理解现实主义的:

> 现实主义在文学中的表现,绝不仅仅是一个创作方法问题,而主要应该是一种精神。从这样的高度纵观我们的当代文学,就不难看出,许多用所谓现实主义方法创作的作品,实际上和文学要求的现实主义精神大相径庭。……许多标榜"现实主义"的文学,实际上对现实生活作了根本性的歪曲。这种虚假的"现实主义"其实应该归属"荒诞派"文学,怎么可以说这就是现实主义

文学呢？而这种假冒现实主义一直侵害着我们的文学，其根系至今仍未绝断。①

对现实主义精神的这种理解，使他能够以开放的姿态，尽力吸收诸种文学观念及文学创作方法的优长，来营造自己的文学世界。这使他追求的现实主义文学有着这样的特点：在继承五四以来现实主义文学精神的基础上，勇于实践，富于创造，一方面对当代中国极富震荡时期及变革年代的现实生活的各种关系，能够作更深广的把捉；另一方面又能发掘潜藏在生活深处的理想之光，将其熔铸到人物形象和生活形象中去。他是由书写个人的命运到对历史走向的清醒判断，从对民族历史的把握到对民族精神的探察，把宏伟的历史与繁复的现实迭现出来，这样表现的历史真实便上升到新的审美层次。他的作品不但在反映现实生活时沉实雄辩，而且具有相当的历史深度和广度，塑造出高加林、孙少平等一批富有历史感又极富生命质感的人物，在他们身上体现着"较大的思想深度和意识到的历史内容"②，使得路遥的现实主义文学书写有着沉实的底蕴。

中国新文学的现实主义主潮，"是以中国古典现实主义和西方近代现实主义在'五四'时代的历史交错点作为艺术背景和艺术渊源的"③。它的基本精神是正视现实、批判现实，启蒙民众，拯救社会。在文学创作中，则集中表现为新文学作家紧张地思考现实的诸种问题，批评现状，热忱地干预当下社会的精神姿态，这种现实的精神姿态和创作追求"是中国知识分子经世济民的传统心理建构与西方现实主义创作理论的某种契合，也是中国传统文化在文学创作中所体现出来的积极阳刚的本质"④。中国当代文学是现代文学的继续和发展。特别是由于自新时期以来国门向世界

---

① 路遥：《早晨从中午开始》，见《路遥文集》第2卷，陕西人民出版社，1993年，第14—15页。
② 恩格斯：《致斐·拉萨尔》，见《马克思恩格斯选集》第4卷，人民出版社，1972年，第343页。
③ 杨义：《中国现代小说史》第1卷，人民文学出版社，1986年，第170页。
④ 陈思和：《中国新文学整体观》，上海文艺出版社，1987年，第104—105页。

的再次洞开引来的文坛的多元发展态势,各种文化、文学思潮汹涌而至,极大地拓展和开阔了中国文学的视野,使新时期文学构成了一个前所未有的壮观时期。但是,屹立在种种文学思潮和流派中的现实主义,仍然占据主导地位。这是因为现实主义本身具有的博大气魄与宽容姿态,使它能够汲纳多种文学现象的优长、不断地丰育、发展自身,并使得中国新时期文学的现实主义在其存在的形态上已不完全相同于传统意义上的现实主义,它容纳着更加丰富的人文内涵,更加广博的知识视界,更有识别力的书写经验。路遥也正是在这样一种意义上构建自己的文学世界的。

路遥的文学精神,是与五四以来的新文学精神一脉相承的。对社会现实的密切关注及对现实生活的积极参与,是路遥创作的主要目的。他曾多次谈到,他的创作不是为了消愁解闷,不是为了游戏消遣。同五四以来的大多数作家一样,他非常重视文学的社会功利目的,坚信文学对社会改造的精神作用,在这一点上,他与茅盾、柳青等新文学的现实主义主流作家一脉相承。可以说,路遥是继茅盾、柳青之后步入新时期以来中国当代最优秀的现实主义作家之一,他对现实主义文学的自觉实践及富有创化性的文学追求,首先来自他极力强调作为一名作家对社会强烈的忧患意识和责任感:

> 目前我国的文学创作的天地无疑广阔多了,严肃的作家都在努力追求。但……情况有些"纷扰"。最通常的"流行病"有两种:制造时髦的商品或有震动性的"炸弹",不是严格地从生活出发,而以"新"的刺激性为目的;另一种是闭着眼不面对生活和艺术的现实,反正过去的都是永放光辉的法宝,新出现的都是叛逆,都应该打倒……
>
> 真正的文学,真正的现实主义文学与以上两种现象毫不相干。但是,在中国,要在作家的灵魂和工作中排除这些现象的干扰并不是一件容易的事。心平气静地在这种"夹缝"中追求自己

的道路，需要一种强大的精神力量和对事业的虔诚的态度。①

正是以"一种强大的精神力量和对事业的虔诚的态度"，路遥带着他的文学理想积极参与到新时期以来中国文学的复兴之中。

在中国新文学传统中，与人民血肉相连，与民众气息相通的文学，是最经得起历史检验的文学。"人民性"书写，是中国新文学的精神核体，人民大众的生活，是新文学作家创作的根基。现实主义文学之所以在新文学的发展中占据主潮位置，就是因为它以人民作为取之不尽、用之不竭的伟大源泉。而为民众书写，是新文学作家自觉的精神追求与自我约束。因此，他们都抱着严肃的"为人生"的目的，期望用文学来改造中国社会。茅盾说："尤其在我们这个时代，我们希望文学能够担当唤醒民众而给他们力量的重大责任"，"现代的活文学一定是附着于现实人生的，以促进眼前的人生为目的的"。②改造中国社会，是有良知的作家们始终不渝的人生观、创作观、思想观、价值观。因此，他们都在文学作品中清醒地正视现实，严肃地解剖社会，悲悯于民众的疾苦，忧患于人民的苦难，使得新文学书写的"人民性"精神内涵丰富而深广。

在当代作家中，路遥对自己的人生使命抱有明确的意识。他的小说创作，延续了五四新文学"为人生"的文学主张及其实践，承扬着新文学创作中坚实的"人民性"精神指向，充分地体现在作家对人民的现实生存状态的高度关注以及在其创作中表现的对人民在历史创造中的博大的人文情怀。在路遥的创作中，突出地体现在他不仅史诗般地书写了人民群众在改革开放的历史潮动中对政治经济解放的渴望，而且深刻地表现了他们精神的、心理的解放。他的作品有一种大悲悯、大同情的精神境界，这种"境界"的形成，不仅在于他是一个"血统的农民的儿子"，还在于他和

---

① 路遥：《关于〈人生〉与阎纲的通信》，见《路遥文集》第2卷，陕西人民出版社，1993年，第401—402页。
② 茅盾：《"大转变时期"何时来呢？》，见《茅盾全集》第18卷，人民文学出版社，1989年，第414页。

民众之间那种真诚热烈的情感。他说："作为一个农民的儿子，我对中国农村的状况和农民命运的关注尤为深切。不用说，这是一种带有强烈感情色彩的关注。"这种对民众的"强烈感情色彩"的关注，充分体现在他创作中对民众创造历史的"苦难"的书写，他把个人成长的苦难的生命体验与当代中国"三农"的复杂社会问题充分结合，映现出整个时代的困境与人民生活的苦涩，以及对"苦难"的抗争。在路遥的《在困难的日子里》《惊心动魄的一幕》《平凡的世界》等作品中，苦难不仅是个人的或群体的经历，更是社会问题的基调与背景，这种思想深度为路遥的创作增添了庄严感与悲壮的力度。路遥不愿意掩饰和美化自己对生活的真实感受，他总是真切的、毫不怜惜地展示人世间的苦难，执着于这苦难，倾其全力于这苦难。这样的写作姿态，促使他把广大民众的苦难写得深切、厚实，写得撼人心魄。在路遥的系列作品中，我们看到的是那些普通民众苦难的奋斗史，他们创业的历史沉郁、悲壮而崇高；在这种苦难的奋斗史中，融化着他们对历史、对社会、对生活、对人生、对生命坚定不移的信念、追求和牺牲精神，充满着积极进取的乐观态度。我们从这种苦难的奋斗史中得到的不是忧伤、凄婉和悲哀，而是厚重、刚健，满怀着昂扬激情的精神力量。它同时构成了路遥"苦难意识"的主旋律，以审美的形式回旋在平凡人的世界中。正是在这样的意义上，《平凡的世界》成为一部被读者"读"出来的经典。

在路遥其时的中国创作环境中，他和他的现实主义作品则显得土里土气、格格不入，但这恰恰也是这位作家独立人格、承担意识的体现。路遥一直关注的是改革开放时代中国社会的重大问题，比如"三农"问题、社会转型问题、普通民众的生存问题、农村青年的出路问题、农民工进城问题、乡镇企业的生存发展问题，等等，这种种问题，依然是当下中国值得正视和探讨的问题。路遥悲悯于民众生活的艰难，他所坚持观照的，始终是平凡的世界里中国百姓的日常生活，是那些底层社会真切动人的欢笑与痛苦。特别是他所塑捏的高加林、孙少安、孙少平等人物形象，有着一代农村青年普遍的人生轨迹的影子,无不引起人们的情感共振。还有路遥那种下沉的观察社会和人生的视角、清醒的认识、鲜明的立场,既延续了中国现代自五四以来的现实主义文学精神传统,又借小说创作回应了文学为什么人、如何为的文学大众化的问题。在新时期以来的中国作家中,路遥持守的现实主义是真诚而步履坚实的,态度是执着而鲜明的。强烈的参与社会改革的思想意识,对社会现实人生的积极干预,对理想的执着追求,瞩望社会前进的奋争精神,都使他的小说强烈地体现着当代中国现实的动态图景。

二、开放的现实主义视界

回望80年代,文学的发展势头呈现出了多种可能性。这一时期,正是中国文坛各种新观念、新知识、新方法争奇斗艳、异常繁闹的时期。重客观、面向大众世界的反映论遭到批判,重主观、面向自我的表现论受到推崇,现代主义的各种表现蜂拥而至,朦胧诗派、寻根文学、先锋派小说、新写实等各种新潮呼啸文坛,成为许多作家竞相模仿和追逐的文学场域。不可否认,带有实验性质的各种新潮书写对笼罩并统制中国文坛数年的所谓现实主义是强劲的冲击,也不能不对执于现实主义文学的路遥心理上造成一定的压力,但是他却执拗地按照自己所选择的路子不变。他认为:"在现有的历史范畴和以后相当长的时代里,现实主义仍然会有蓬勃的生命力。""即使有一天现实主义真的'过时',更伟大的'主义',莅临我们的头顶,现实主义作为一定历史范畴的文学现象,它的辉煌是永远的。"① 与此同时,路遥认真考察了中国当代文坛的现状,作出了这样的判断:

　　……现实主义在我国当代文学中是不是已经发展到类似19世

---

① 路遥:《早晨从中午开始》,见《路遥文集》第2卷,陕西人民出版社,1993年,第14页。

纪俄国和法国现实主义文学那样伟大的程度,以致我们必须重新寻找新的前进途径?实际上,现实主义文学在反映我国当代社会生活乃至我们不间断的五千年文明史方面,都还没有令人十分信服的表现。虽然现实主义一直号称是我们当代文学的主流,但和新近兴起的现代主义一样处于发展阶段,根本没有成熟到可以不再需要的地步。①

事实上,现实主义在一种被冷落、被贬抑的情境中继续发展,完成了从封闭、机械、单调的艺术模式向开放的艺术形态的过渡,实现了审美意识的更新与审美视野的拓展,使现实主义在当代中国具有了冲破历史限制,容纳现代艺术素质的可能性,具有了适应时代需要,表现当代社会生活的艺术生命力。现在看来,在80年代,能够反映这一时期中国历史风貌与民众的情感及心理情绪并且能够代表其时文学成就的恰恰是现实主义作品,这从最初几届获得茅盾文学奖的数部长篇小说便可窥其一斑。路遥所说的现实主义更是现实化、自我化、开放化的现实主义。从这样的意义上看,说路遥从新时期中国文学的现代主义思潮受到了压力并不确切。开放的社会政治环境、多样的社会、文化和文学思潮,不仅为现代主义提供了良好的土壤,更为现实主义文学提供了再现魅力的机遇。这是我们考察路遥的创作时所必须看到的。

敢于坚持自己的文学主张,忠于自己的艺术选择,这确实体现了路遥执拗的勇气。把整个生命投入"传统现实主义"的《平凡的世界》,是路遥所追求的。他在长达七万字的写作随笔《早晨从中午开始》中,坦率地叙说了创作《平凡的世界》的心灵轨迹。现在看来,这部创作"回忆录"的价值并不亚于《人生》和《平凡的世界》,它可以说是路遥的文学思维和生命意识的宣言。作家"为求全景式反映中国近十年间城乡社会生活的巨大历史变迁",首先遇到的问题是"用什么方式构造这座建筑物?"路

---

① 路遥:《早晨从中午开始》,见《路遥文集》第2卷,陕西人民出版社,1993年,第14页。

遥决意"要用现实主义手法结构这部规模庞大的作品",并且"站在历史的高度上",对繁复庞杂的历史事件作出审美判断,"力图有现代意义的表现"。①路遥在坚持现实主义的基础上,非但不拒斥一切有利于现实主义的东西,而是放开眼界,尽力吸收:

> 实际上,我并不排斥现代派作品。我十分留心阅读和思考现实主义以外的各种流派。其间许多大师的作品我十分崇敬。我的精神常如火如荼地沉浸于从陀思妥耶夫斯基和卡夫卡开始直至欧美及伟大的拉丁美洲当代文学之中,他们都极其深刻地影响了我。当然,我承认,眼下,也许列夫·托尔斯泰、巴尔扎克、司汤达、曹雪芹等现实主义大师对我的影响更要深一些。

> ……我的观点是,只有在我们民族伟大历史文化的土壤上产生出真正具有我们自己特性的新文学成果,并让全世界感到耳目一新的时候,我们的现代表现形式的作品也许才会趋向成熟。②

路遥不仅在理论上这样看取现实主义文学在当代中国的走向,而且在创作中努力实践,吸收在现实主义以外的对自己有用的诸种文学思潮的优势和长处,丰富了他创作的内在表现力。在他的小说中,有象征、抒情与写实结合在一起的《风雪腊梅》《青松与小红花》等短篇;有以心理现实和内心独白为基调的《你怎么也想不到》等中篇;有借用现代派手法表现人物的内在情绪流动的《平凡的世界》,如在长篇中,写到当田晓霞目睹到自己的情人孙少平在井下劳动的情景后,有这样一段描述:

> 她眼前只是一片黑色:凝固的黑色,流动的黑色,旋转的黑色……

> 她就像刚刚从雷鸣电闪的暴风雨中走回来。脑子里一片空白,只有不尽的黑色在眼前流动着……

---

① 路遥:《早晨从中午开始》,见《路遥文集》第2卷,陕西人民出版社,1993年,第10、16页。

② 同上,第12—13页。

……她根本没有在意那几张殷勤的笑脸。眼前流动的仍然是黑色……

　　……她眼前却又流动起排山倒海般的黑色。……黑色。是的，黑色。黑色之中，他和他的同伴们黑脸上淌着黑汗，正把那黑色的煤攉到黑色的溜子上……①

　　像这样的描写人物心理流动的精彩段落在《平凡的世界》中随处可见，它显然是受到现代派手法的影响才能达到的一种艺术效果，而这种手法对现实主义作品的渗入，有力地加深了作品内在的底蕴，以及人物心灵色彩的深度。

　　路遥不仅注重吸收多种艺术手法的运用，而且善于创造具有自己独特个性的叙事方式。他把前人所创造的叙事文学的作用，发挥到一个新的高度。在这里，如果我们考虑到形式的价值不仅在于形式本身，还在于内容的历史性和时代性的话；那么，在形式和内容的相互作用中来讨论形式的意义，就是很有必要的了。因为"创作者必须自己构成一个世界，从自身内部，从他所从属的自然中找到一切"②。在路遥的小说中，像《平凡的世界》的艺术价值也在于叙事形式和作家理解了的生活形式的一致，在于叙事节奏同作家心灵节奏的和谐，在于表现内容和表现方式的高度统一。中年的人生体验、热情、宽厚的情感，在一种质朴的叙事温床中流动，对人生的成熟理解寄寓在厚重的叙事氛围中，对黄土地及黄土地一样的人民的爱在普通人的命运中升华。美国评论家R·V·卡西尔说过："写小说对作者来说，可能是与情节（行动）的发展并行的一种微妙的举动"，"这些情节可能是身心进入那个特定作品的作者的自画像"。③从《平凡的世界》的形式构成中，我们也看到作家强烈的主观心灵之于客观生活的

---

① 路遥：《平凡的世界》，《路遥文集》第5卷，陕西人民出版社，1993年，第89—94页。
② 里尔克：《致一位青年诗人的信》，见伍蠡甫等编《现代西方文论选》，上海译文出版社，1983年，第165页。
③ 转引自李星：《无法回避的选择——从〈人生〉到〈平凡的世界〉》，见马一夫、厚夫主编《路遥研究资料汇编》，中国文史出版社，2006年，第91页。

投射。

现实主义文学不仅需要吸收多种艺术手法来丰育自身，而且，成功的现实主义作品，特别是具有史诗品格的作品更需要阔深的知识结构。改革开放以来，作家们在对现实认识深化的过程中，理论的指导作用进一步表现出来，从而促进了作家们学习理论的自觉性。很多作家都曾谈到他们借助于马列主义理论认识中国现状和农民问题。[①]不但如此，他们还希望在现代科学中汲取智慧，反映更广阔的社会生活。不但心理学、社会学、民俗学等引起了作家们的兴起，有见识的作家还提出：促使作家成功的因素，应该具备政治、哲学、经济学、心理学、伦理学、历史学、自然科学，以及民族的与地方风俗习惯的、家庭的和个人气质的等等多种因素。固然，要达到融会贯通，娴熟应用，是很难的，但这种追求的成效却是明显的。路遥的小说，努力追求多种知识的浇注。他在谈"创作准备"时，首先谈到了读书："大量地阅读古今中外的文学著作和其他方面的典籍。……读这些经典著作，不仅仅是治狂妄病，最主要的是它给我们带来无穷无尽的营养"。其次谈到了生活："应积极地投身于火热的社会生活中去，寻找困难，主动体验生活中一切酸甜苦辣的感情"，在他看来，"读书、生活，对于要从事文学事业的人来说，这是两种最基本的准备"。[②]这里可以看出，路遥对生活经验和读书积累的重视！也许在他看来，大众文化从实际的生活中随时都可以汲取，但广博的知识结构却必须通过消融精英们的心血结晶——书本，才能获得。我们从他读书、读报刊的选择性颇强的目录中，同样可以领略到他对作家知识结构的极其重视。请看他在1985年介绍的一些他喜欢阅读的书籍、报刊的目录及有关的情况。著作：范围广，文学以外，各种书都读一些。喜欢读《红楼梦》，鲁迅的全部著作，

[①] 韩少功：《文学创作的"二律背反"》，载《上海文学》1982年第11期；何士光：《我怎样走上写作道路的》，载《文谭》1982年第8期；高晓声：《扯淡及其他》等文章，见《创作谈》，花城出版社，1981年，第90—99页。

[②] 路遥：《答〈延河〉编辑部问》，见《路遥文集》第2卷，陕西人民出版社，1993年，第391—392页。

柳青的《创业史》，列夫·托尔斯泰、巴尔扎克、肖洛霍夫、司汤达、莎士比亚、恰科夫斯基和艾特玛托夫的全部作品，泰戈尔的《戈拉》，夏绿蒂的《简·爱》，马尔克斯的《百年孤独》等（理由是"这些人大都是生活的百科全书式的作家。他们每一个人就是一个巨大的海洋"。他的特点是：欣赏博大宏阔、百科全书式的气度）。报纸：每天详读《人民日报》《光明日报》《陕西日报》和《参考消息》，长期坚持（理由："读报纸是一种最好的休息和调节"，"读报纸往往给当天的写作带来许多新的启发，并且对作品构思的某些方面给予匡正"。特点：兼顾政治经济、知识学术、本国及本省的"小气候"与国际"大气候"等）。杂志：喜读文学杂志，又有《世界知识》《环球》《世界博览》《飞碟探索》《新华文摘》和《青年文摘》等（理由：开阔视野，关注最新创作及科学研究的成果。特点：兴趣广泛、知识更新意识强）。[①]

  勤奋而大量的阅读，参之以生活本身这本大书，使路遥的知识结构、智能结构、精神结构更加充实起来，有效地促进并丰富了他的创作视界。纵观中国新文学史，一些著名作家既是作家又是学者，甚至兼具多重身份，如鲁迅、郭沫若、茅盾、老舍、巴金、曹禺、沈从文等。对此，有人认为："大作家都称得上是学者"，"能够完成伟大史诗的作家，能够不同时是思想家、史家、美学家、社会学家和诗家吗？一个企图攀登文学创作的高峰的人，一个企望通过自己的作品而对本民族文化以及人类文化做出哪怕是些微贡献的人，能够不去努力学习、吸收、掌握民族的与全世界的文化精华吗？一个企望在语言艺术上有所创造，有所发明，有所发现，有所前进的人，能够对古文、外文一无所知吗？"[②]对照这样的高要求，路遥在《平凡的世界》中已作出了初步的应答，使这部作品显示着现实主义的史诗性品格。

[①] 路遥：《答〈延河〉编辑部问》，见《路遥文集》第2卷，陕西人民出版社，1993年，第395—397页。

[②] 王蒙：《一个值得探讨的问题——谈我国作家的非学者化》，见林建法、管宁选编《文学艺术家智能结构》，漓江出版社，1987年，第3、7—8页。

三、对心理现实主义的追求

　　现实主义不仅要求真实地、历史地反映生活，而且在它不断发展的过程中，也要求丰富自身、拓宽和提升自身的"心象"境界。进入80年代后，中国作家一方面要求继续强化现实主义精神，另一方面努力理解现实主义的全部含义。这时，人们发现，过去的现实主义不是完整的现实主义，甚至是伪现实主义，它不但忘却了对巨大的心灵世界所承担的历史责任，甚至误导、笼罩了很长时段的中国文坛。这一发现应当说是中国文学现实主义历史上一个极为有意义、有突破的重大变化。过去几十年时间里，当代文学的现实主义确实很少关注人的内心世界，而仅仅把外部现实世界划为自己的唯一对象（即便如此，其外部世界的呈现也往往是虚浮的、夸饰的），当这一新的意识萌动并由个别作家付诸创作实践时，由于习惯力量的作用，遭到了一些非议，甚至有人误认为"由内部看外界，深入挖掘心理"，"主体的微妙印象"等一系列概念是现代主义范畴的东西。这种认识，是对现实主义精神的悖逆。实际上，即使有这种"新的意识萌动"的作家，也仍然没有超出鲁迅所开创的，并经胡风等人再次倡导和实践的"体验的现实主义"（或称"主观现实主义"）的范畴。但不管怎么说，当代作家要求文学对被冷漠了的心理世界承担责任，并在创作中不断实践，其结果并不是现实主义精神减弱了，也未出现现代主义冲击了现实主义的逆势，而是现实主义更加丰满、富有和开阔起来。

　　由此我们再观路遥的创作，可看出他所追求的现实主义精神的内在意蕴，不仅在于他的小说展示的大量的生活细节，特别是农村生活的逼真的画面，而且还在于作者从中精细深刻地刻画出了人物的心理、性格，写出了中国农民个体的和群体的生活命运，以及他们心灵蜕变的艰难历程。从《人生》到《平凡的世界》，构成了路遥创作的重大突破。其间，能够看到作家有两个自信：一是用现实主义完全可以表现中国的现实；二是现实主义可以在中国文学中得到拓宽和发展。如果把问题考察得更细一些，把视野放得更广一些，便不难发现，他的现实主义体现出心理现实主义的特点。实际上，现实主义有着深广的气度，它不仅是写实的现实主义，还是心理的现实主义。众所周知，心理的现实主义在果戈理时期走向成熟，后来一直发展到托尔斯泰时期，车尔尼雪夫斯基称之为"心灵的辩证法"，并指出："认识人的心灵，乃是托尔斯泰伯爵才华的最基本的力量。"①而陀思妥耶夫斯基则把它深化到了前所未有的深度。心理现实主义在中国现代文学中以鲁迅为代表，在茅盾的小说中有长足发展。特别是在20世纪三四十年代，"七月派"著名的文艺理论家胡风提出"主观现实主义"，把中国现代的心理现实主义引向深入。胡风把作家主观能否"体验""搏斗""突入""扩张"当作贯彻现实主义的关键，强调作家必须深入体验和理解人物的心理，把握人物的灵魂，这是深一层的"突入"。胡风不但神往于鲁迅小说所开创的"灵魂的写实主义"，而且要求作家必须能表现"活的人，活人底心理动态，活人底精神斗争"②，"要反映一代的心理动态"③。在胡风看来，主观对客观的突入，就是要透过现实的表面，深入更隐蔽的深层本质，创作主体必须有发掘和发现这些人物的精神和心理的潜在因素的力量，有"把读者拖进现实里面"的卓然能力。④正是在胡风理论的倡导下，"七月"派的丘东平、路翎等作家的小说创作成就斐然。

在当代文学中，心理现实主义的文学实践以柳青最为出色。他的《创

---

① 车尔尼雪夫斯基：《列·尼·托尔斯泰伯爵的〈童年〉、〈少年〉和战争小说》，见伍蠡甫等编《西方文论选》（下），上海译文出版社，1979年，第428页。
② 胡风：《人生·文艺·文艺批评》，见《胡风评论集》（下），人民文学出版社，1985年，第29页。
③ 胡风：《文艺工作底发展及其努力方向》，见《胡风评论集》（下），人民文学出版社，1985年，第12页。
④ 胡风：《论现实主义的路》，见《胡风评论集》（下），人民文学出版社，1985年，第332页。

业史》堪称史诗性作品，其所反映的生活对人们了解那个时代有着重要的认识价值，所创造的形象对了解中国农民心理有着重要的美学价值。路遥所遵循的就是柳青承续下来的心理现实主义传统，但是路遥又不完全同于柳青，他的创作不像柳青那样有着激越的浪漫主义色彩，也不像柳青作品那样存在着浓厚的政治因素。他的《平凡的世界》更倾向于按照生活的本来面目，按照人物自身的心理逻辑、命运轨迹、心灵历程把生活忠实地反映出来，同时，也不乏作者主观精神的"突入"。从《平凡的世界》中可以看出，路遥不仅师承了柳青，而且有些方面又超越了柳青。这表现在：人物性格不是从政治化到性格化、从共性到个性，而是从个性到共性；主要人物的内质不再是阶级、阶层的直接化身，而是个体意志的表现（如孙少平）；在结构上，它不再是社会政治矛盾的人物化，而是以有血有肉的人物为中心，将人物"形塑"充分心灵化，与此相关的是，事件特别是政治性事件退后了，人物的心理情绪被直接推到了叙事的中心位置，人物在自身发展的过程中才能获得意义，也就是说，作者反映的是活的人、活人的精神、活人的心理历程。因此，我们在《平凡的世界》中看到的是一个世界——一个平凡的活生生的世界，看到的是中国陕北黄土高原上那些褶皱中、窑洞里的农民的众生相，这个众生相，是社会的全景图像，这些人物，不再是政治的符号，而是从厚土中走出来的民众群像。例如，在《平凡的世界》中，由县委副书记田福军和县委书记冯世宽所上下联系的这条结构线，反映了诸多复杂的政治斗争和路线斗争的较量及力量的消长，它是构成《平凡的世界》史诗规模的重要条件。然而，在某些地方，作者尽力淡化政治斗争的因素，把尖锐的政治斗争尽量化入儿女亲事的阴差阳错，化入退休干部徐国强老人的心理氛围，化入全县最"先进"和最落后地区的广阔的人民生活，化入互相渗透交织的现实的多层面的人际关系，等等，大大冲淡了长期以来的当代文学作品中强烈的政治色彩给人们心理上造成的阴影。不可否认，路遥是一个有深厚历史感的作家，他是思考整个中国社会问题的作家，《平凡的世界》书写了当代中国的矛盾、变革，但是这部作品深入揭示中国农民深层的文化心理，而当这一切通过人物的心理、人们之间的矛盾冲突体现出来的时候，也就不仅显示出了作家的历史感，而且这种历史感也就得到了艺术的转化和实现。

　　由于政治意识的淡化，使路遥把视线集中于人本身，即对现实关系中各式各样的人的思考和理解，构成了他心理现实主义的特点。其突出表现是，观照整个人生，写人的命运，理解各种人的存在、生活方式和价值意义，并通过人的命运反映出特定时代的整个社会的运动走向。在《平凡的世界》中，他没有在人格的意义上随意否定任何一个人，而是着力表现每一个人在复杂多变的现实社会中心灵的运动过程。从乡土政治家田福堂、游手好闲的王满银、善于看风使舵的孙玉亭、"文革"中提升起来的年轻公社书记周文龙（后来提升为县委书记），甚至包括傻子田二的身上都或直接或曲折地闪现出美学意义上的人性光彩。而作者对人的思考和理解，主要表现在对普通人丰富的心灵世界和人生存在意义的深入开掘。田福堂是长期以来中国畸形发达的政治历史的产物，作者对他的针砭是明显的，但是当考虑到他也是一个农民，他的目的只是为巩固自己的一点权力的时候，你却不能不佩服他的智慧和才能。他在偷水事件中把握村民心理的果断和冒险精神，在处理俊斌丧事中顺应传统人情终于使自己由被动到主动的机敏，在处理捉奸事件中的以逸待劳、不露声色，却心怀叵测，把自己的对手一步步逼向被动的韬略，他不惜流泪下跪、一口一声干娘的逼金老太太搬家的精明……，都使他成为乡土社会最出色的政治家。这里，对人物心灵世界的揭示使人物具有了超越个人品质的审美属性；而人物心理、行为的轨迹充分体现着他是一个活生生的人，同时也体现着他存在的审美价值和意义。作品中的孙玉亭，则是一个读了几天书，在社会上闯荡了些年的油滑而世故、聪明而愚蠢、外强而内弱的综合体。他的行为处处显示出可笑的聪明、庄严的滑稽。例如，在批斗侄女婿王满银以前，他特意早早来为大哥打招呼，但为了表示他和"阶级敌人"的亲属的界限，他却不进大哥的门，远远地在门外喊叫："革命是革命，亲人是亲人！"孙玉亭从心里讲,对大哥的感情是真诚的,因此才绞尽脑汁想出了批判田二以顶替王满银的绝招儿,并事先将这批判的一幕在心里预演了一番。而他为了巴结田福堂,顺便也为侄子孙少平解决了当民办教师的问题之后,他也再不会在门外喊叫,而是径直入室,理直气壮地吃、喝、拿。特别是作者对他在走向兄长家那段微妙的心理活动的描写,更是入木三分地揭示出他的"唯利"处世哲学及性格特点。路遥总是将人物的心理内容和行动过程,鲜活地展现给读者,同时也把读者拖进现实里面。

力图表现"一代的心理动态",是中国现代长篇叙事小说的优秀传统,这一传统在茅盾、老舍、巴金、路翎、柳青等作家身上表现得尤其突出,也是路遥所追求的。从他小说的整体视景来看,在马建强、郑小芳、高加林、孙少平、孙少安等人物身上,体现着一代青年心灵衍变的轨迹、行动的历程。如果说在马建强、郑小芳身上,还闪烁着20世纪五六十年代的青年的思想光彩的话;那么高加林、孙少平、孙少安则更多地具有当今这个世界主人的气质,与《创业史》中的梁生宝们相比,在他们身上,就显出了心理的差异,以及由心理轨迹所折射的时代的差异。20世纪五六十年代的青年,他们仿佛是刚从幽暗的地狱里爬出,面前豁然洞开出一个光辉灿烂的世界,他们活动的背景是明朗的、开阔的、充满欢乐的,因而他们的行动目标也是极为清晰的,那就是在党的领导下,走他们所理解的社会主义道路。他们的动机不是琐屑的个人欲望,而是从当时不可阻挡的历史潮流中得来的乐观精神,他们的出发点不是私人的恩恩怨怨,而是数亿人民的利益和愿望。在那一代身上,个人与国家的利益和愿望是统一的、和谐的。与此不同的是,高加林、孙少平、孙少安们面对的是理想的失落、竞争的激烈,他们的前途非但不明朗,为了得到一份自认为"理想"的工作,却要受到种种挫伤。他们的事业和理想终竟无所附丽,其中又显示着强烈的个人主义色彩,这在高加林身上表现得尤为突出。当然,表现在高加林身上的个人主义并不能完全说成是一代青年的退步,它也从另一方面反映出当代青年开拓事业所赖以前进的思想意识、精神世界,包括变化了的和正在变化着的价值观念、人生取向。人们看到，一种新的道德原则，新的人与人之间的关系正在形成强大的社会力量。自农业生产责任制实行以来，社会似乎又回到了农业经济时以一家一户为生产单位的状态。农民的活动范围徒然被缩小了，如何把农民从小家庭中解放出来，使之投身于社会的变革和斗争，又是一个令人困惑的问题。孙少平、孙少安是作者仍在探索的过程，在自我意识、自我期待及对现实生活极高的知解力方面，他们与高加林有相通之处。但他们又不同于高加林，在极力改变自身命运的同时，并渴望改变整个社会。他们能正确地认识自己在社会中所处的位置，有远大的理想，但没有高加林式的好高骛远；他们有为实现理想奋斗的决心，但没有高加林式的个人主义。比起高加林来，他们更现实，更愿意把个人理想的实现附丽于整个农村现状的改变。

由此可以看到，路遥不愧是改革开放时代的先锋作家，他对当代农村青年"一代的心理动态"的跟踪式书写，对他们在大时代浪潮中的表现，体现着这样一个过程：由被社会统摄规训中的一代人到改革开放年代个体心灵的空前觉醒，再到他们自觉地融入时代浪潮并肩负起民族振兴的责任——从这一转折过程中，我们不仅可清晰地触摸当代青年心灵蜕变的轨迹，也可清晰地触摸当代中国艰难的历史衍变及它的未来前景。

原载《中国现代文学研究丛刊》2020年第9期

（本文系与于敏合作）

陕西文学七十年的追求与回望

一

在中国当代文学格局中,陕西文学无疑是一道极为亮眼的风景线。在这片发源于周、秦,繁盛于汉、唐且有着深厚历史积淀和文化内涵的土地上,当代陕西文学自觉地承继了延安文艺精神,以深切的文学忧患意识、多样厚重的现实主义创作方法及圆熟而颇具特色的表现形式,至今已走过了七十年的光辉历程。历史地看,从五四的儿女们——郑伯奇、冯润璋等,到在革命与战争中淬炼精魂的延安作家群;从自觉遵从、实践新中国文艺政策的柳青、杜鹏程,到20世纪八九十年代强势崛起的"文学陕军",再至当下丰富多元、各显风采的作家创作,这条前后相承的创作脉络,很大程度上构成了考察百年中国文学变迁中极其重要的参照坐标。尤其是1949年以来的陕西文学,更是以其既显示了浓烈的乡土中国底色,又饱含当代时代情绪和民众愿望,既关注广大人民的物质和精神世界,又承载了城乡变迁、传统延续的历史之重的承担意识和宏大追求,突出显现了陕西文学的深厚底蕴和秦地作家们的创作活力。

任何文学作品都是作家的思想、才气、情感等因素的综合体现,而这些因素又与时代、社会有着密不可分的关系。在与共和国同行的七十年里,陕西作家们辛勤耕耘、不断寻求突破,织就了各有特色的文学图景。其实,纵观七十年来陕西作家们的创作表现,不难发现他们的创作几乎都有着同样的根基和底色,那就是:对"人民性"的坚持和发扬。

事实上,"人民性"在中国现代文学中就得到了相当程度的展现和抒写。对其进行溯源式考察,可知这一概念最初源于五四时期对"人"的发现。继而,随着启蒙与革命的交织发展,无产阶级革命文学的创造者们以马克思主义为武器,把处于底层的最广大民众确认为革命主体。于是,处于底层的广大工农民众构成了文学书写中"人民性"的实际内涵,并且使得"人民"这一概念具有了民族和阶级的双重属性。1942年5月,延安召开了影响深远的文艺座谈会,毛泽东在《讲话》中集中回答了文艺的服务对象问题、文艺工作者的立场问题、态度问题、工作和学习问题,以及普及和提高、党内统一战线等问题。问题的中心,是文艺必须为工农兵、为革命和战争服务。实际上,毛泽东对文艺创作原则和服务对象的论述,就是围绕"人民性"展开的。在当时局势紧张、战事不断的情形下,延安成为在新的意识形态下重构文学规范和调整创作方向的重要实践地。在延安的文艺实践中,以工农兵为主体的最广大的人民群众被明确为文艺的服务对象,此时,"人民"具有了更加宽广深厚的历史内涵,"人民性"也使得文艺具有更加强烈的时代号召力。而在延安文艺中,由"人民"衍发出的"人民性"也便成为文学创作的核心要素。延安文艺对中国当代文学之特殊性的意义自是不必多言,正如论者之前所提出的:"在现代中国文学格局中,延安文艺的形成无疑是最重大的文化事件之一,它既是中国新文学历史逻辑发展的合理结果,又全面规范了当代文学的建构与走向。也就是说,延安文艺承续和发展了'五四'新文学的某些内在精神,又在左翼文艺运动的理论建设的基础上,将大众化、民族化讨论和实践进一步深入,成为马克思主义文艺理论中国化的重大成果。延安文艺不仅在当时产生了广泛的政治文化影响,而且更值得注意的是,它在新中国成立后很快由延安时期的'党的文艺路线'转换为整体的'国家文学'形态,并由此对建国后的文艺进程产生了毋庸置疑的决定性影响。"[①]由延安文艺出发,

---

[①] 赵学勇:《延安文艺与现代中国文学》,载《解放军艺术学院学报》2012年第4期。

"人民性"这一文学创作的"关键词"及其所容纳的丰富内涵,很大程度上成为1949年后中国作家们的普遍追求,这一追求在此后七十年的陕西文学历程中表现得尤为突出。

二

20世纪五六十年代,中国作家创作的题材主要集中在"革命战争"与"农村"这两大题材的范围之内。可以毫不夸张地说,在当时的文坛上,杜鹏程和柳青是不可或缺的产生了重要影响的作家。作为这一时期陕西文学的主要创作者,杜鹏程和柳青已经远远走出了陕西,在当代文学史上也一直占有相当重要的位置,且有"标高"的价值和意义。

什么样的文学才是社会主义中国的文学,虽然在毛泽东《讲话》及其后的理论上被明确描述出来,但在创作实践上并没有得到理想化解决。而在社会主义中国文学的实践中,《保卫延安》是不可低估的,这部作品"在它强烈而统一的气氛里,在它对于战争的全面而有中心的描写里,这么集中地、鲜明地、生动有力地激动着我们的是这样的革命战争的面貌,气氛,尤其是它的伟大精神"[①]。作品以宏大的史诗结构,在解放战争的整体背景上,艺术地概括了我军由战略防御转入战略反攻的历史进程,深刻地揭示了这场战争之所以能够取得胜利的根本原因。历史真实与艺术形象的高度融合与统一,激昂高亢的英雄主义,对中国革命历史的艺术阐释,使得这部作品成为当代革命历史题材小说中的开创之作。

如果说"史诗性"意识的自觉追求对《保卫延安》来说仅是一种评价的话,那么对当代文学,特别是对革命历史题材的长篇小说来讲,却开启了一种传统——一种当代文学声势浩大波澜壮阔的叙事传统。也就是说,"史诗"是建构革命历史的重要形式,在对历史的重新想象和追忆中,不

---

① 冯雪峰:《论〈保卫延安〉》,见《冯雪峰论文集》(下),人民出版社,1981年,第230页。

仅再现了革命历史的发展的必然性，而且形象地阐释了历史发展的合理性。对历史的叙述折射着的是作者把握时代精神的诉求。因此，《保卫延安》作为第一部表现革命战争历史的长篇小说，它的成功，为这一题材的开掘与发展，提供了重要经验，使革命历史题材逐渐成为当代中国文学的重要组成部分。

在当代文学的另一大题材即"农村题材"的范围内，柳青的《创业史》可以说是开创了不仅局限于农村题材，而且对当代文学具有普遍意义的文学范式。《创业史》被普遍认为是"代表五六十年代文学创作最高水平的作品之一"①。作为中国当代文学的一部经典作品，虽历经磨难和争议，但是其创作者柳青身上所体现的一种"与时代共歌哭，与人民血肉融通"的文学精神是可贵而永存的。《创业史》的当代经典地位的价值和意义在我们看来，已经远远溢出了它的文本本身的价值和意义，特别是对这个时代所出现的诸如"精神的缺钙""庸俗的泛滥""自我的迷失""恶俗的流布"等文坛怪象、病象，有着相当的警示和反拨作用。柳青至今存在的意义，首先体现在柳青对作家自我身份的自觉的认知意识和对这种认知的全身心践行上。柳青在陕西长安的皇甫村一待就是十四年，在这一点上，柳青的价值和意义不仅在于进一步验证和丰富了"生活是文学的唯一源泉"的唯物文学史观的美学内涵，而且为当代中国文学的"人民性"精神指向树立了样板。也正是在这一点上，柳青才对中国革命及革命胜利后的农民问题有如此深切的关注，对农村生活有如此深刻的体验，对农村的社会主义变革有如此宏阔的反映。《创业史》的文学史意义和价值，还在于塑造了梁生宝这个崭新的中国农民形象。这个崭新的形象，既不同于鲁迅、茅盾等笔下的麻木、愚昧、贫苦、愁苦的旧式农民形象，也不同于赵树理笔下的小二黑、小芹、李有才等民间新人。"梁生宝是一个没有'前史'的人物形象，他是一个天然的中国农村新人，没有人对他进行教育和

---

① 严家炎主编：《二十世纪中国文学史》（下），高等教育出版社，2010年，第65页。

告知，他对新中国、新社会、新制度的认同几乎是与生俱来的。于是，他就成了蛤蟆滩合作化运动天然的实践者和领导者。"①现在看来，柳青在塑造梁生宝这个人物时，几乎调动了一切艺术手段，来展示这个新人的品质、才能和魅力，并通过这一形象完成了对中国农民的想象性建构和本质化书写。这也是柳青所追求的"为人民"而写作的理想化实现。

作为五六十年代陕西文学重大成果的《保卫延安》和《创业史》，以其宏阔的文学视野分别再现了解放战争和农业合作化运动的壮阔图景，以其全景史诗式的创作追求留存了波澜壮阔的时代记忆。那么，在他们的创作中，是以怎样的文学观念践行自己的创作的呢？其极为重要的原因就是杜鹏程和柳青的创作都遵循和崇尚现实主义，他们尤其注重从现实生活中撷取素材、吸收营养。杜鹏程坚持通过调查和研究深刻认识生活，柳青的"三个学校"（即生活的学校、政治的学校和艺术的学校）的文学积累及广博的生活经验，这些都是他（他们）承继《讲话》精神，践行文艺为广大民众，切实为人民写作，坚守现实主义文学精神的生动体现。他们在具体的文学创作实践中，总是对丰富、复杂的人民群众的日常生活表现出了浓厚的兴趣；感奋于人民在时代潮流中创造历史、推动历史的角色；他们总是以作家的良知，满怀激情地书写火热的现实斗争生活，努力塑造时代环境中的典型的英雄人物，这一切都是他们重要的人格体现与创作的审美追求。他们对现实主义的不懈追求，本质上是基于他们在创作中对"人民性"的强烈认知与不懈追求。杜鹏程曾说，"我自己的出身和经历，使我和劳动人民有着血肉不可分的关系，他们哺育了我，而我热爱他们，愿意把自己的一切奉献给他们"②。柳青在农村积累素材的日子里，借助职务之便，也真正为农民们付出了不少心血。柳青的创作其实是以自己的方式参与了"中国农民本质"不可或缺的精神建构过程，突显了现代文学中被压抑的有关"农民"的现代性"知识"。当代中国的社会问题，归根结

---

① 严家炎主编：《二十世纪中国文学史》（下），高等教育出版社，2010年，第66页。
② 杜鹏程：《杜鹏程文集》第3卷，陕西人民出版社，2008年，第313页。

底,还是农民问题,柳青们怀着高度的社会责任感,密切关注着最底层的农民的精神走向,因为他们深知,中国社会的稳定和发展与这个群体息息相关。柳青这些从底层中来、到底层中去的作家,注定要在"历史的现场"叙写农民群体改变自身命运的艰难历程。他们是真正的"底层作家"——长期扎根于社会的最底层,在真切的生活流程中体察底层民众的哀乐人生,而他们的笔端流淌着的却是乐观和豪情,是对新生制度不可遏制的赞美之情,因而在他们的作品中绝难读到与现代文学相类似的沉重的忧患和失望的叹息,但又是中国现代主流现实主义文学精神的当代延续。柳青及其《创业史》既是那个改天换地的时代的产物,又超越了那个时代所能容纳的限度;既是政治话语中的存在,又超越了政治话语所能触及的边界;既是地域性的文学传达,又超越了地域文化的范畴;既是理想主义的激情言说,同时具有理性主义的历史厚度。柳青的文学人生及其精神不仅在当代陕西作家中持续发生着巨大的影响,也深深融入了中国当代文学的发展进程,并且至今仍然葆有强劲的活力。

三

经历过"文化大革命"十年之后,当代文学进入了一个多元并存、丰富驳杂的时代。各种文学理论的涌入,诸多文艺思潮的兴起,各式文学作品的交替变换,使得80年代成为文学的试验场和繁荣期。路遥、贾平凹、陈忠实等作家都是循着陕西文学的优秀传统而展开其文学诉求的。

作为一个在文学书写中始终以"人民性"看取创作意义与价值追求的当代作家,路遥的写作卓然践行了以人民为本位的根本原则,这首先表现在他将作家的身份定位、写作行为与书写对象并置,深入贯穿到人民的身份意识之中。在这一点上,路遥与柳青是完全相通的。路遥多次表达自己是"血统的农民的儿子",并将文学创作称作如"父亲在土地上的劳动一样";作家"永远也不丧失一个普通劳动者的感觉,像牛一样的,像土地一样的贡献"。正是这种自觉的对作家自我身份的清醒意识,使他的创作总是不满足于社会问题的再现,而是苦苦求索社会问题的发现。人民不再是作家代为发言的群体或是深受同情的阶层,而是作家个人及其作品的主体性存在。也正是在这种精神层面上,路遥的创作在很大程度上实践并回应了当代文学中曾一度存在的"窄化"人民的问题,拓展了人民文艺的宽阔视域。

路遥以他不随时潮的执着的现实主义精神,践行着自延安文艺座谈会以来"深入生活,扎根人民"的创作旨向,在柳青等人开创的路途上继续前行,为奋斗在时代大潮中的普通的劳动人民留影树传。路遥曾有幸多次亲聆柳青的教诲,从而使其精神人格得以提升,他从柳青那里承继更多的是乡土情结、进取精神,以及殉道者的决绝和苦吟者的坚韧。他追踪着柳青的现实主义创作道路,亦然全景式地描述一个时代的巨变在底层群体内心所激起的层层波澜,亦然满怀深情地叙写社会底层青年曲折拼搏的创业之路,亦然雄心勃勃地织造着沧海桑田的巨幅画卷。《平凡的世界》不妨看作是《创业史》的合理延伸,孙少平也是梁生宝的生命延续。《创业史》和《平凡的世界》这两部不同时空中问世的文学力作,感动了数代沉浮于社会底层的人群,这种"感动"的力量无非来自这两部作品都能够使弱势群体在一个浮华世界的喧嚣之外,看到别一个更真实、更持久,也更具有人情味的世界,这个世界才属于他们,才是他们疲惫的灵魂可以诗意栖息的地方。可以说,路遥是柳青的坚定的追随者和维护者,路遥自80年代以来能够引起中国文坛的分外关注,正在于他复活了柳青的文学精神,接续了柳青未尽的文学话语。

新文学创作中的"人民性"精神指向,总是充分地体现在作家对人民现实生存状态的高度关注,以及在其创作中表现的对人民在历史创造中的博大的人道情怀。在路遥的创作中,则突出地体现在他不仅史诗般地书写了人民群众在改革开放的历史潮动中对政治经济解放的渴望,而且深刻地表现了他们精神的、心理的解放。他的作品有一种大悲悯、大同情的精神境界，这种"境界"的促成，不仅在于他是一个"血统的农民的儿子"，还在于他"对中国农村的状况和农民命运的关注尤为深切"。这种对民众的"强烈感情色彩的关注"，充分体现在他创作中对民众创造历史的"苦难"的书写，他把个人成长的生命体验与当代中国"三农"的复杂社会问题充分结合，映现出整个时代的困境与人民生活的苦涩，以及对"苦难"的抗争。苦难在路遥的创作中不仅是个人的或群体的经历，更是社会问题的基调与背景，这种思想深度为路遥的创作增添了庄严感与悲壮的力度。这样的写作姿态，促使他把广大民众的苦难写得深切、厚实，写得撼人心魄。在路遥的系列作品和《平凡的世界》中，我们看到的是那些普通人苦难的奋斗史，他们创业的历史沉郁、悲壮而崇高；在这种苦难的奋斗史中，容纳着他们对历史、对社会、对生活、对人生、对生命坚定不移的信念、追求和牺牲精神，充满着积极进取的乐观态度。我们从这样的苦难的奋斗史中得到的不是忧伤、凄婉和悲哀，而是厚重、刚健，满怀着昂扬激情的精神动力。

同时期的陈忠实也是柳青的忠实信徒，在创作《白鹿原》前，他曾阅读了七遍《创业史》。陈忠实奉行柳青"三个学校"的文学主张，从1962年到1982年这漫长的二十年时间里，他一直处于社会的底层和基层，积累了大量的素材，为其创作一部"民族的秘史"夯实了基础。着手创作《白鹿原》之前，陈忠实花了两三年的时间去作社会调查和历史研究，为了搜集到原始性的素材，他走访了关中平原的上百个村子、几百户村民，查阅了几十个县的县志，做了近百万字的笔记。成稿之后，又花了多年的时间潜心修改。陈忠实创作《白鹿原》的前前后后，始终将自己定位在"做文学的愚夫"的基点上，长时间地忍受着心灵的折磨和创作的煎熬，殚精竭虑、呕心沥血，柳青的文学精神在陈忠实这里以另一种方式呈现了出来。作为一种精神资源，柳青的文学人生已渗透到了众多陕西当代作家的血脉当中，其影响并不会因为时代的更替而褪色。

也因此，陈忠实八九十年代的创作同样深沉厚重，极具生活实感，在"历史传奇"中回应着当下的诉求。习近平总书记指出:"文学艺术创造、哲学社会科学研究首先要搞清楚为谁创作、为谁立言的问题,这是一个根本问题。人民是创作的源头活水,只有扎根人民,创作才能获得取之不尽、用之不竭的源泉。"应该说,以路遥和陈忠实为代表的80年代陕西作家,就是在人民之中获得了源源不断的创作素材和经验,在"人民性"的底色上延续和深化了现实主义。

习近平总书记在中国文联十大、中国作协九大开幕式上指出:"文艺创作方法有一百条、一千条,但最根本、最关键、最牢靠的办法是扎根人民。"20世纪90年代以来,陕西作家以鲜明的人民意识、独特的文化体验及丰富的创作方式,在现实主义的广阔道路上不断前进,涌现出一大批难得的佳构。贾平凹的创作就以丰富多变的风格和独特多样的取材引人瞩目。这一时期,贾平凹具有先锋性质的商州书写堪为个中代表。其后的《土门》《高老庄》以及21世纪以来的《怀念狼》《秦腔》《极花》等小说皆在摹写原生态的乡土生活,用细腻而不失粗犷、厚重而不失飘逸、通俗却又充满神秘的笔调,展现着乡土人间的种种善恶美丑。在创作中,贾平凹也总是直接关注最普通的人民群众在现实生活中遭遇和困境,比如《秦腔》对"三农"问题的关切,《带灯》对社会主义新农村建设的注目,《极花》对妇女拐卖问题的思考。贾平凹的现实主义追求体现在"在透视现实问题时,贾平凹站在农民立场,再现了农民的生存现状与内心世界,揭示出农村复杂的矛盾纠葛"[①]。其实,贾平凹之所以执着于乡土农民的书写,一方面与他的农民根性有关,另一方面,则是因为他对在"现代性"大潮下农民如何适应和改变自身的命运有着深刻而痛苦的思考,某种程度上,其本身就是"人民性"书写的一种体现。

当下的陕西文学,值得我们欣喜的不光是贾平凹的创作,陈彦的几部长篇给我们带来的是别样的体验。自2013年小说《西京故事》被称作"重

---

① 刘杨:《追求与困顿:论贾平凹的乡土书写》,载《文学评论》2018年第6期。

要的文学收获"以来，陈彦的小说创作呈现出奔腾之势，先后出版了《装台》《主角》等，赢得了不少荣誉，尤其是《主角》获得了第十届茅盾文学奖，这对陕西文学而言无疑具有重要而独特的意义。陈彦的小说几乎都是以底层的小人物为主角，叙写他们在现实生活中摸爬滚打的悲欢离合。比如《西京故事》写农民罗天福携家带口到大城市卖千层饼谋生的经历，《装台》关注城市最底层的农民工生活，《主角》展现山沟里的放羊娃成为名角的人生坎坷。陈彦对底层人民的关注，最终要表达的是在现实中迎接现实，在苦难中超越苦难，这样也就具有了形而上的意味。显然，陈彦的创作仍然在沿着现实主义的方向，并且对在日新月异的时代洪流中的底层人民的生活和情感显示出了新的思考。

四

　　对陕西文学七十年的发展历程进行总括式的观察，很明显的一点是，现实主义创作原则在秦地作家们的手中展现出了蓬勃旺盛的生命力，成为他们描绘生活、展现时代和介入现实的有效方式。而对"人民性"的坚持和发扬则促使他们不断深入生活，不断关注现实，为最广大的普通人民进行书写和言说。从柳青、杜鹏程，到路遥、陈忠实，再到贾平凹、陈彦，秦地作家们以"人民性"为针，以现实主义为线，织起了一张显示当代中国社会变迁、人民生活境遇改变的全貌图。

　　习近平总书记强调，要"更好用中国理论解读中国实践，为党和人民继续前进提供强大精神激励"，"创作出无愧于我们这个伟大时代、无愧于我们这个伟大国家、无愧于我们这个伟大民族的优秀作品"。进入新时代，面对着越发迅速，甚至难以把握的社会现实，陕西文学如何更好地延续传统、不断寻求突破，在历史的基础上走得更远，是值得我们思考的。

　　新时代，秦地作家要继续坚持人民性导向，继续深化现实主义创作手法。对"人民性"的理解也要由一元化标准逐步走向文化自觉。源于地域创作的陕西作家更要超越地域，视野应更加开阔，思考要更加深入。地域当然是文学创作中的重要因素之一，但在信息化时代，地域因素显得不再那么唯一。这不是说文学中的地域色彩已经消失，而是说在当下要想使文学作品拥有更为持久的生命力，就必须有意识地跳脱出地域的框架，立足民族甚至整个人类，以"现代性"的视野，对现时代瞬息万变的世界作出更为深刻的思考，以文学的形式，以更加切近人民的姿态，对当代中国繁复的社会问题、人的问题、文化的问题等等作出审美的回应。

七十年风雨，七十年收获。陕西文学的七十年，多彩而壮丽，丰富而深沉。它或许不那么新潮，但永远扎根人民，永远面向着现实生活，这恰是陕西文学的宝贵之处、独特之处。在新时代，陕西文学需要继续深化现实主义，坚持"人民性"特质。"新时代文艺的人民性体现在让文艺最大限度满足人民群众精神文化需要"①，这样的"人民性"也应当成为秦地作家们的新的追求方向。我们期待陕西文学在新的征程上能够更加成熟，更有活力！在中国特色社会主义新时代，坚持以人民为中心，坚持与时代同行，在新时代的广阔天地中迎来群峰耸峙的壮丽前景。

原载《小说评论》2020年第5期，原题为《"人民性"书写的根基与精神指向——陕西文学七十年的追求与回望》

（本文系与于敏合作）

---

① 泓峻：《人民文艺观的历史形态与当代内涵》，载《文艺报》2019年8月21日。

后 记

收录在这本书中的文字,是作者近年来研究陕西文学现象及重要作家的部分论文,因书系体例及篇幅所限,所选文章并未能反映作者研究陕西作家与文学的全貌。在章节的结构上,将研究延安文艺的部分论文排在前面,是因为生存于三秦大地上的当代陕西作家深受延安文艺精神的润育,在他们的文学创作中,充分彰显着延安精神的当代回响。陕西作家不仅深受延安文艺影响,而且由于他们本身生存于古老的三秦大地,在这片发源于周、秦,繁盛于汉、唐,且有着深厚历史积淀和文化内涵的土地上,陕西作家浸润于源远流长的汉唐文化影响,他们虽不像秦地古代作家一样长时间引领文学思潮的主流,但因为秉承了汉唐文化的精神核体,在创作的美学范式上仍别具格调,体现出雄浑、阔大、壮美、深沉、悠远的文学气象。与此同时,当代陕西作家由于生长在这片中国现代革命历史最为壮观的红色热土上,对自身身份的强烈体认,使他们自觉地承继了延安文艺精神,以深切的文学忧患意识、多样厚重的现实主义创作方法及圆熟而颇具特色的表现形式,展示于中国当代文坛。

故此,在百年中国文学的发展历程特别是当代文学的整体格局中,陕西文学无疑是一道极为亮眼的风景线。历时地看,从五四的儿女们——郑伯奇、冯润璋等,到在革命与战争中淬炼精魂的延安作家群;从自觉遵从、实践新中国文艺政策的柳青、杜鹏程,到20世纪八九十年代强势崛起的"陕军",再至当下丰富多元、各显风采的陕西作家创作,这条前后相承的创作脉络,很大程度上构成了考察百年中国文学变迁中极其重要的参照坐标。尤其是1949年以来的陕西文学,更是以其既显示了浓烈的乡土中国底色,又饱含时代的沉重步履和历史走向,既关注广大人民的物质和精神世界,又承载了城乡变迁、传统延续的历史之重的承担意识和宏大追求,突出显现了陕西文学的深厚底蕴和作家们的创作活力。

在当代陕西文学的发展历程中,最明显的特点是,现实主义文学精神融化于作家们的心灵深处,在他们笔下展现出了蓬勃旺盛的生命力。对现实主义文学精神的持守和发扬促使陕西作家不断深入生活,不断关注现实,为最广大的普通人民进行书写和言说。从柳青、杜鹏程,到路遥、陈忠实,再到贾平凹、陈彦等,陕西作家们构织起了一张显示当代中国社会变迁、人民生活境遇改变的全貌世相图。他们的作品也因此走向了世界。

感谢陕西文学院、陕西省作家协会将拙作收入"当代陕西文学评论文丛",感谢编辑们的辛勤付出。

赵学勇
2023年2月1日